T0203436

Emma Donoghue nació en Dublín en 1969 y actualmente reside en la ciudad canadiense de London (Ontario). Mientras cursaba estudios de doctorado en la Universidad de Cambridge —título que obtuvo en 1997—, inició la que se convertiría en una flamante trayectoria literaria. Así, desde su debut en 1994 con *Stir Fry*, Emma ha escrito libros de relatos, ensayos y novelas contemporáneas e históricas entre las que se cuentan *Hood* (1995), *Slammerkin* (2000) y *La Habitación* (2010), finalista del Man Booker Prize y adaptada al cine en 2015. Sus obras han recibido numerosos premios y han sido elogiadas por la crítica, llegando a publicarse en más de una veintena de países.

Para más información, visite la página web de la autora: www.emmadonoghue.com

EMMA DONOGHUE

La habitación

Traducción de
Eugenia Vázquez Nacarino

DEBOLSILLO

Título original: *Room*

Primera edición en Debolsillo: febrero de 2016
Tercera reimpresión: julio de 2020

© 2010, Emma Donoghue Ltd.
Publicado por acuerdo con Little, Brown and Company, New York, USA
Todos los derechos reservados
© 2016, Penguin Random House Grupo Editorial, S.A.U.
Travessera de Gràcia, 47-49. 08021 Barcelona
© 2010, Eugenia Vázquez Nacarino, por la traducción

Printed in Spain – Impreso en España

ISBN: 978-84-663-3550-8
Depósito legal: B-3.612-2016

Impreso en QP Print

P 3 3 5 5 0 8

Penguin
Random House
Grupo Editorial

La Habitación es para Finn y Una, mis mejores obras.

¡Ah, hijo, qué angustia tengo!
Pero tú dormitas, duermes como niño de pecho,
dentro de este incómodo cajón de madera
de clavos de bronce que destellan en la noche,
tumbado en medio de la tiniebla azul oscuro.

«Lamento de Dánae»
SIMÓNIDES DE CEOS (circa 556-468 a. C.)
[Trad. de Carlos García Gual,
Antología de la poesía lírica griega (siglos VII-IV a. C.), Madrid,
Alianza, 1980]

Regalos

Hoy tengo cinco años. Anoche cuando me fui a dormir al Armario tenía cuatro, pero al despertarme en la Cama, aún oscuro, ya había cumplido cinco, abracadabra. Antes de eso tenía tres, luego dos, luego uno y luego cero.

—Y antes, ¿tuve años de menos?

—¿Mmm? —Mamá se despereza estirando todo el cuerpo.

—En el Cielo. Si tenía menos uno, menos dos, menos tres...

—No, los números no empezaron hasta que bajaste volando a toda pastilla.

—Y entré por la Claraboya. Estabas muy triste hasta que de repente aparecí en tu barriga.

—Tú lo has dicho —Mamá se incorpora y se asoma un poco de la Cama para encender la Lámpara, que lo baña todo de luz, zassssssss.

Cierro los ojos justo a tiempo, y luego abro uno sólo una rendija, y después los abro los dos.

—Lloré hasta que no me quedaron lágrimas —dice—. Pasaba el tiempo tumbada, contando los segundos.

—¿Cuántos segundos? —pregunto.

—Millones y millones.

—No, pero ¿cuántos exactamente?

—Perdí la cuenta —dice Mamá.

—Y entonces deseaste con todas tus fuerzas que te creciera un huevo, hasta que te pusiste gorda.

Sonríe.

—Sentía tus pataditas.

—¿Y a qué le daba patadas?

—Pues a mí, claro —esa parte siempre me da risa—. Desde dentro, pumba, pumba —Mamá se levanta la camiseta de dormir y hace saltar la tripa—. Pensé: «Jack está en camino». Y a primera hora de la mañana saliste y resbalaste hasta la alfombra, con los ojos abiertos como platos.

Miro la Alfombra, estirada en el Suelo con sus colores rojo, marrón y negro en zigzag. Hay una mancha que hice sin querer cuando nací.

—Cortaste el cordón y quedé libre —le digo a Mamá—. Entonces me convertí en un niño.

—Niño ya eras, en realidad —sale de la Cama y va hasta el Termostato, para caldear el aire.

No creo que viniera anoche después de las nueve. Cuando viene, el aire siempre se nota distinto. No pregunto, porque a Mamá no le gusta hablar de él.

—Dime, señor Cinco, ¿quieres tu regalo ahora o después del desayuno?

—¿Qué es, qué es?

—Ya sé que estás emocionado —dice—, pero recuerda que no tienes que morderte el dedo, porque podrían meterse microbios en la herida.

—¿Y ponerme malito, como cuando tenía tres años y empecé a vomitar y me dio diarrea?

—O peor aún —dice Mamá—. Los microbios pueden hacer incluso que una persona se muera.

—¿Y que vuelva al Cielo antes de tiempo?

—Y dale, mírate: sigues mordiéndote —me aparta la mano de la boca.

—Perdón —me siento encima de la mano traviesa—. Llámame otra vez señor Cinco.

—Entonces qué, señor Cinco, ¿ahora o luego? —dice.

Me planto de un salto en la Mecedora para mirar el Reloj, que dice las 07.14. Me aguanto en equilibrio en la Mecedora como si fuera una tabla de *skate,* y luego vuelvo de un salto al Edredón, ¡yupi!, y aterrizo en el *snowboard*.

—¿Cuándo es mejor abrir los regalos?

—De las dos formas estaría bien. ¿Quieres que escoja por ti? —pregunta Mamá.

—Ya tengo cinco años, tengo que escoger yo —el dedo se me ha metido otra vez en la boca; lo pongo debajo de la axila y la cierro con llave—. Escojo... ahora.

Saca algo de debajo de su almohada, creo que ha estado ahí escondido toda la noche sin que nadie lo viera. Es un papel con renglones, enrollado en un tubo y atado con la cinta lila de las mil chocolatinas que tuvimos cuando pasó la Navidad.

—Ábrelo —me dice—. Con cuidado.

Descubro la manera de deshacer el nudo, desenrollo el papel, lo aliso: es un dibujo, a lápiz nada más, sin colores. No sé qué es hasta que lo pongo del revés.

—¡Soy yo! —igual que en el Espejo pero más, porque aquí se me ve la cabeza, y el brazo y el hombro con la camiseta de dormir—. ¿Por qué mis ojos del dibujo están cerrados?

—Estabas durmiendo —dice Mamá.

—¿Cómo hiciste un dibujo dormida?

—No, yo estaba despierta. Ayer por la mañana, y anteayer, y el día anterior, encendía la lámpara y te dibujaba —ya no sonríe—. ¿Qué pasa, Jack? ¿No te gusta?

—No me gusta cuando tú estás encendida y yo apagado...

—Bueno, es que no podía dibujarte despierto, porque entonces no hubiera sido una sorpresa —Mamá se queda callada—. Creí que te haría ilusión que fuera una sorpresa.

—Prefiero que sea una sorpresa y saberlo.

Creo que le asoma una sonrisa.

Me subo a la Mecedora para coger una chincheta del Costurero, que está encima de la Estantería. Eso significa que de las seis que había ahora quedará una. Antes teníamos siete, pero una desapareció. Hay una aguantando las *Obras maestras del arte occidental núm. 3: Santa Ana, la Virgen, el Niño y San Juan niño* detrás de la Mecedora, y una que sujeta *Obras maes-*

tras del arte occidental núm. 8: Impresión: sol naciente al lado de la Bañera, y una clavada en el pulpo azul y otra en la lámina del caballo loco que se llama *Obras maestras del arte occidental núm. 11: Guernica*. Las obras maestras venían en las cajas de los copos de avena, pero el pulpo lo hice yo, es mi mejor dibujo del mes de marzo; se está ondulando un poco por el vapor que sube cuando llenamos la Bañera. Clavo con la chincheta el dibujo sorpresa de Mamá en la plancha de corcho que hay justo en mitad de la pared, encima de la Cama.

Ella niega con la cabeza.

—Ahí no.

No quiere que el Viejo Nick lo vea.

—¿Y en el fondo del Armario, por dentro? —pregunto.

—Buena idea.

El Armario es de madera, así que tengo que hacer superfuerza para clavar la chincheta. Cierro las puertas tontainas que siempre chirrían, incluso después de ponerles aceite de maíz en las bisagras. Miro a través de los listones, pero está demasiado oscuro. Las abro un poquito para espiar: el dibujo secreto es blanco, menos las rayas finitas de color gris. El vestido azul de Mamá cuelga un poco más arriba de mi ojo dormido; me refiero al ojo de mentira del dibujo. El vestido colgado está en el Armario y es de verdad.

Huelo a Mamá a mi lado, tengo el mejor olfato de la familia.

—Oh, se me ha olvidado tomar un poco al levantarme.

—No pasa nada. A lo mejor ahora que tienes cinco años podemos saltarnos alguna que otra toma de vez en cuando, ¿no crees?

—Nanay de la China.

Así que se tumba en la blancura del Edredón, y yo me tumbo también y tomo un montón.

Cuento los cereales hasta cien, echo sin salpicar una cascada de leche que es casi del mismo blanco que los cuencos y damos las gracias al Niño Jesús. Elijo la Cuchara Derretida, con el mango blanco lleno de burbujitas de cuando se apoyó por accidente en la olla de cocer la pasta. A Mamá no le gusta la Cuchara Derretida, pero es mi favorita porque no es como las demás.

Acaricio los arañazos de la Mesa: sana, sana, culito de rana. La Mesa es un círculo todo blanco, menos los arañazos grises de cortar encima los alimentos. Mientras comemos jugamos a Tararear, porque para eso no hace falta mover la boca. Adivino «Macarena» y «She'll Be Coming 'Round the Mountain», y también «Swing Low, Sweet Chariot», aunque en realidad es «Stormy Weather». Como son dos puntos, me gano dos besos.

Tararareo «Row, Row, Row Your Boat», Mamá la adivina enseguida. Entonces empiezo con «Tubthumping». Mamá pone una mueca.

—Ah, me la sé... Es esa que habla de cuando te derriban y vuelves a levantarte, ¿cómo se llama? —dice.

Se acuerda casi al final del todo. Cuando me toca por tercera vez hago la de «Can't Get You out of My Head», y Mamá no tiene ni idea.

—Has elegido una difícil... ¿La has oído por la tele?

—No, te la he oído a ti —no me puedo aguantar y se me escapa el estribillo; Mamá dice que está en Babia.

—Tarugo —y le doy sus dos besos.

Llevo mi silla hasta el Lavabo para fregar los cacharros; con los cuencos tengo que ir con cuidado, pero con las cucharas puedo hacer clinc, clanc, clonc porque no pasa nada. Saco la lengua delante del Espejo. Mamá aparece por detrás, veo mi cara pegada encima de la suya, como la máscara que hicimos cuando fue Halloween.

—Ojalá el dibujo fuera mejor —dice—, pero por lo menos te muestra como eres.

—¿Y cómo soy?

Da unos golpecitos en el Espejo, donde está mi frente. Los dedos dejan un cerco en el cristal.

—Mi vivo retrato.

—¿Por qué soy tu vivo retrato? —poco a poco, el cerco desaparece.

—Eso quiere decir que te pareces a mí. Supongo que porque eres sangre de mi sangre. Los mismos ojos castaños, la misma boca grande, la misma barbilla puntiaguda...

Nos miro a los dos al mismo tiempo, mientras los nosotros del Espejo nos miran también.

—La nariz no es la misma.

—Bueno, es que de momento tienes nariz de niño.

Me la agarro.

—¿Se me caerá y me saldrá una nariz de adulto?

—No, no, solamente crecerá. Y el mismo pelo castaño...

—Pero el mío me llega hasta la cintura, y el tuyo sólo hasta los hombros.

—Eso es verdad —dice Mamá mientras coge la Pasta de Dientes—. Todas tus células están el doble de vivas que las mías.

No sabía que las cosas pudieran estar vivas a medias. Aunque tampoco sabía que los retratos tuvieran vida dentro. Miro de nuevo el Espejo. Nuestras camisetas de dormir también son diferentes, y la ropa interior: la de ella no tiene ositos.

Cuando escupe la segunda vez es mi turno con el Cepillo de Dientes; me restriego todos los dientes por todas las caras. Enjuago las babas de los dos, que resbalan por el Lavabo, y pongo sonrisa de vampiro.

—Ah —Mamá se tapa los ojos—, me deslumbras con esos dientes tan limpios.

Los suyos están bastante picados porque durante un tiempo se olvidó de lavárselos; ahora le da pena y ya no se olvida, pero siguen llenos de caries.

Pliego las sillas y las pongo al lado de la Puerta, apoyadas en el Tendedero. Aunque él siempre se queja y dice que no hay espacio, si se pone bien plano entran todos de sobra. Yo también puedo plegarme, aunque no tanto porque estoy vivo y tengo músculos. La Puerta está hecha de un metal brillante mágico. Hace *piiii, piiii* después de las nueve, y entonces se supone que tengo que quedarme apagadito dentro del Armario.

La cara amarilla de Dios hoy no entra en la Habitación, Mamá dice que le cuesta abrirse paso por la nieve.

—¿Qué nieve?

—Mira —dice señalando hacia arriba.

Hay un poquito de luz en lo alto de la Claraboya, el resto está todo oscuro. La nieve por la Tele es blanca, pero la de verdad no. Qué raro.

—¿Por qué no nos cae encima?

—Porque está fuera.

—¿En el Espacio Exterior? Ojalá estuviera dentro, así podríamos jugar con ella.

—Ah, pero entonces se derretiría, porque aquí dentro se está calentito —empieza a tararear, y a la primera adivino que es «Let It Snow». Canto la segunda estrofa. Luego hago «Winter Wonderland» y Mamá canta conmigo, pero más agudo.

Todas las mañanas hay miles de cosas que hacer, por ejemplo, darle a la Planta una taza de agua dentro del Lavabo para que no chorree, y volver a colocarla luego en su platito, encima de la Cajonera. La Planta vivía en la Mesa, pero la cara amarilla de Dios le quemó una hojita. Aquélla se le cayó, pero le quedan nueve, que son tan anchas como mi mano y están cubiertas de pelusilla, igual que un perro, dice Mamá. Pero los perros son Tele. No me gusta el nueve. Descubro que hay una hoja diminuta saliendo, así que cuentan como diez.

La Araña es de verdad. La he visto dos veces. Ahora la busco debajo de la Mesa, pero entre la pata y lo plano sólo veo una telaraña. La Mesa aguanta muy bien el equilibrio, y mira que es difícil; yo, aunque pueda pasarme siglos a la pata coja, al final siempre me caigo. A Mamá no le cuento lo de la Araña. Ella dice que las telarañas son suciedad y las barre. A mí me parecen plata superfina. A Mamá le gustan los animales que corren por ahí comiéndose unos a otros en el planeta de la fauna, y en cambio los de verdad no le gustan. Una vez, cuando tenía cuatro años, me quedé mirando las hormigas que subían en fila india por la Cocina, y ella vino corriendo y las chafó todas para que no se llevaran nuestra comida. Un momento estaban vivas y al minuto siguiente eran polvo. Lloré hasta que por poco se me derritieron los ojos. Otra vez por la noche algo hacía zzzzzzz, zzzzzzz, zzzzzzz y me picaba, y Mamá lo aplastó contra la Pared de la Puerta, debajo de la Estantería: era un mosquito. Aunque ella la restregó, ahí está todavía en el corcho la marca de la sangre que el mosquito me estaba robando, igual que un vampiro chiquitín. Ésa fue la única vez que se me ha salido sangre del cuerpo.

Mamá se toma la pastilla del paquete plateado que tiene veintiocho capsulitas espaciales. Luego me da una vitamina del frasco con el niño que hace el pino, y ella coge una del grande con el dibujo de una mujer que juega al tenis. Las vitaminas son una medicina para no ponerte enfermo y no volver al Cielo todavía. Yo no quiero ir nunca porque no me gusta morirme, pero Mamá dice que está bien irse cuando tengamos cien años y ya estemos cansados de jugar. También se toma un matadolores. A veces se toma dos: nunca más de dos, porque hay cosas que son buenas para nosotros, pero si se toman de golpe hacen daño.

—¿Te duele la Muela Mala? —pregunto. Está arriba, casi al fondo de la boca de Mamá, y es la peor de todas.

Mamá asiente.

—¿Por qué no te tomas dos matadolores a cada ratito todos los días?

Hace una mueca.

—Entonces me engancharía.

—¿Qué es eso?

—Como estar colgada de un gancho, porque el cuerpo me los pediría constantemente. De hecho, necesitaría tomar cada vez más.

—¿Y qué hay de malo en necesitar?

—Es difícil de explicar.

Mamá lo sabe todo, menos las cosas que no recuerda bien o algunas que no puedo entender porque soy demasiado pequeño.

—Las muelas no me duelen tanto si dejo de pensar en ellas —me dice.

—¿Y eso cómo puede ser?

—Se llama control mental. La mente es muy poderosa, y si no pensamos en algo, dejamos de darle importancia.

Cuando me duele cualquier trocito de mi cuerpo, siempre le doy importancia. Mamá me frota el hombro. Aunque no me duele, me gusta igual.

Todavía no le cuento lo de la telaraña. Qué raro tener un secreto que es mío y no de Mamá. Todo lo demás es de los dos. Supongo que mi cuerpo es mío, y también las ideas que pasan dentro de mi cabeza. Pero mis células nacieron de sus células, así que de alguna manera soy suyo. También cuando le cuento lo que estoy pensando y ella me dice lo que está pensando, cada una de nuestras ideas saltan a la cabeza del otro, igual que cuando pintas azul encima del amarillo y sale verde.

A las 08.30 aprieto el botón de la Tele y al probar entre los tres canales encuentro a *Dora la Exploradora,* ¡yupi! Mamá le da vueltas al Conejo Orejón, despacito, para que al moverle las orejas y la cabeza la imagen se haga más clara. Un día, cuando tenía cuatro años, la Tele se murió y lloré, pero por la noche el Viejo Nick trajo una caja de convertidor mágica y la resucitó. Después de esos tres canales sólo se ve niebla, así que no los miramos porque hacen daño a los ojos; sólo si hay música ponemos la Manta encima para escuchar a través del gris y mover el culito.

Hoy toco con los dedos la cabeza de Dora para abrazarla y hablarle de mis superpoderes ahora que tengo cinco años, y ella sonríe. Dora tiene un montón de pelo que parece un casco marrón, con el flequillo cortado en picos; el pelo es tan grande como el resto de su cuerpo. Vuelvo otra vez a la Cama para ver la Tele sentado entre las piernas de Mamá, y me retuerzo hasta que no se me clava ninguno de sus huesos. No tiene muchas partes carnosas, pero las que tiene son superblanditas.

Dora dice cosas que no son palabras de verdad, sino en español, como *lo hicimos*.* Va siempre con su Mochila, que por dentro es mucho más de lo que parece por fuera y cabe todo lo que Dora necesita: escaleras, trajes espaciales para bailar y jugar al fútbol y tocar la flauta y vivir aventuras con su mejor amigo, el mono Botas. Dora siempre me pide ayuda, por ejemplo para encontrar un objeto mágico, y espera a que yo le diga: «¡Sí!». Hoy le grito: «Detrás de la palmera», y su flecha azul se clava justo detrás de la palmera y entonces ella dice: «*¡Gracias!*». Las demás personas de la Tele no escuchan nunca. El Mapa muestra tres lugares cada vez, y tenemos que llegar al primero para ir al segundo y luego al tercero. Camino al lado de Dora y Botas, que van cogidos de la mano, y canto con ellos todas las canciones, sobre todo la que se hace dando volteretas o chocando los cinco, o la canción de la Gallina Tonta. Tenemos que vigilar al zorro Swiper, que es muy astuto. Le gritamos: «¡Swiper, no robes!» tres veces, hasta que se enfada un montón y dice: «¡Jolín!», y huye corriendo. Una vez Swiper hizo una mariposa robot de control remoto, pero no funcionaba bien y le robó la máscara y los guantes a él, fue divertidísimo. A veces cazamos estrellas y las ponemos en el bolsillo de la Mochila; yo me quedaría

---

* *Dora la exploradora* es una serie de dibujos animados de la productora Mattel. Originalmente la serie apareció en el mundo angloparlante con fragmentos en español, a fin de servir de apoyo a la enseñanza de nuestra lengua desde la infancia. Las palabras en cursiva que se contienen en la novela aparecen en el original en español. (*N. de la T.*)

con la Estrella Ruidosa, que despierta a todo el mundo, y con la Estrella Cambiante, que puede adoptar cualquier forma que quiera.

En los demás planetas casi siempre sale mucha gente; en la pantalla caben cientos de personas, aunque normalmente sólo se ve a una más grande, de cerca. Las personas llevan ropa para cubrirse la piel. Tienen la cara rosa, o amarilla, o marrón, o un trozo de cada, o peluda, y la boca muy roja y los ojos grandes con bordes negros. Se ríen y gritan mucho. Me encantaría ver la Tele todo el rato, pero la Tele pudre el cerebro. Antes de que yo bajara del Cielo, Mamá la dejaba encendida todo el día y se convirtió en un zombi, que es como un fantasma sólo que anda arrastrando los pies: plof, plof. Así que ahora siempre la apaga después de ver un programa, y entonces las células se multiplican otra vez durante el día y podemos ver otro programa después de cenar, para que luego nos crezca más cerebro mientras dormimos.

—¿Sólo uno más, hoy, que es mi cumpleaños? Por favor...

Mamá abre la boca, y vuelve a cerrarla. Entonces dice:

—Está bien, ¿por qué no?

Quita la voz durante los anuncios, porque hacen papilla el cerebro aún más rápido y entonces se nos escurriría por las orejas. Miro los juguetes, hay un camión chulísimo y una cama elástica y Bionicles. Dos niños tienen Transformers en la mano y luchan con ellos, pero no parecen malos, tienen pinta de ser buenos chicos.

Enseguida empiezan los dibujos de Bob Esponja Pantalones Cuadrados. Voy corriendo a tocar a Bob, y toco también a Patricio, la estrella de mar; a Calamardo no, que me da repelús. Es una historia de miedo sobre un lápiz gigante, la veo a través de los dedos de Mamá, que son todos el doble de largos que los míos.

A Mamá nada le da miedo. Bueno, a lo mejor el Viejo Nick sí. La mayoría de las veces no lo llama por su nombre; yo ni sabía cómo se llamaba hasta el día en que vi unos dibujos de un tipo que entraba en las casas por la noche y al que le decían Viejo Nick.* Al de verdad lo llamo así porque viene de noche, aunque no se parece al hombre de la Tele, que llevaba barba y cuernos y todo eso. A Mamá le pregunté una vez si es viejo, y me dijo que tiene casi el doble de años que ella, y eso es bastante.

Mamá se levanta y apaga la Tele en cuanto salen los créditos.

El pis me sale amarillo, es por las vitaminas. Me siento también a hacer caca.

—Adiós, buen viaje hacia el mar.

Después de tirar de la cadena miro cómo la cisterna se llena de nuevo haciendo burbujas y ruiditos. Entonces me restriego las manos con jabón hasta que parece que se me va a caer la piel a tiras, que es cuando sabes que ya te has lavado bastante.

—Hay una telaraña debajo de la Mesa —digo, aunque no sabía que fuera a decirlo—. La Araña vive ahí, la he visto dos veces —Mamá sonríe, aunque no es una sonrisa de verdad—. ¿A que no vas a barrerla, por favor? Porque la Araña no está, pero a lo mejor vuelve.

Se arrodilla y mira debajo de la Mesa. No le veo la cara hasta que se mete el pelo detrás de la oreja.

—Te diré lo que vamos a hacer. Voy a dejarla hasta que hagamos limpieza, ¿de acuerdo?

Eso es el martes, faltan tres días.

—De acuerdo.

—¿Sabes qué? —se pone de pie—. Tenemos que marcar lo alto que eres, ahora que has cumplido cinco años.

Doy un salto enorme.

Normalmente no se pueden hacer dibujos en ninguna parte de la Habitación ni en ningún mueble. Cuando tenía dos años pinté unos garabatos en la pata de la Cama, la que está al lado del Armario, y siempre que hacemos limpie-

* *Old Nick* es uno de los nombres con que en inglés se alude al diablo. *(N. de la T.)*

za Mamá da unos golpecitos con el dedo en el rayajo y me dice: «Mira, vamos a vivir con eso para siempre».

Medirme el día de mi cumpleaños es distinto, porque son unos numeritos de nada al lado de la Puerta: un 4 negro, y un 3 negro más abajo, y un 2 rojo, que era el color del Bolígrafo que tuvimos antes hasta que se gastó, y debajo del todo un 1 rojo.

—Ponte bien erguido —dice Mamá. Me hace cosquillas en la coronilla con el Bolígrafo.

Cuando me aparto hay un 5 negro un poco más arriba del 4. El cinco es el número que más me gusta; tengo cinco dedos en cada mano y en cada pie, y Mamá igual, porque soy su vivo retrato. El nueve es mi número menos favorito.

—¿Cuál es mi alto?

—Tu altura. Bueno, exactamente no lo sabemos —dice—. A lo mejor alguna vez podríamos pedir una cinta métrica para el Gusto del Domingo.

Creía que las cintas métricas sólo existían en la Tele.

—No, mejor pedimos chocolatinas.

Pongo el dedo encima del 4 y pego la cara a la pared, el dedo me toca el pelo.

—Esta vez no me he puesto mucho más alto.

—Es normal.

—¿Qué quiere decir normal?

—Es... —Mamá se muerde el labio—. Quiere decir que está bien. *No hay problema.*

—Pero mira qué músculos más grandes —salto encima de la Cama, parezco Pulgarcito con sus botas de siete leguas.

—Inmensos.

—Impresionantes.

—Colosales.

—Gigantescos.

—Enormes —dice Mamá.

—Gigantormes —me sale una palabra sándwich, que es cuando apretujamos dos y las convertimos en una sola.

—Ésa es buena.

—¿Sabes qué? —le digo—. Cuando tenga diez años ya seré mayor.

—Ah, ¿sí?

—Me haré más grande, y más grande, y más grande, hasta convertirme en humano.

—Bueno, humano ya eres —dice Mamá—. Los dos somos seres humanos.

Pensaba que nosotros éramos de verdad. Las personas de la Tele están hechas sólo de colores.

—¿Que serás como yo? ¿Era eso lo que querías decir?

—Sí, que seré una mujer como tú, con un niño en un huevo dentro de mi barriga, y él también será de verdad. O si no, cuando crezca, me convertiré en un gigante, pero uno bueno, hasta aquí de alto —doy un salto para llegar arriba del todo de la Pared de la Cama, y casi llego a donde empieza el Techo, que luego sigue subiendo torcido.

—Suena genial —dice Mamá.

Se le desinfla la cara; seguro que he dicho una cosa que no le ha gustado, pero no sé cuál.

—Saldré por la Claraboya al Espacio Exterior e iré saltando, boing, boing, de un planeta a otro —le digo—. Visitaré a Dora, a Bob Esponja y a todos mis amigos, y tendré un perro que se llamará Lucky.

Mamá pone una sonrisa. Va a dejar el Bolígrafo otra vez encima de la Estantería.

—¿Cuántos años cumplirás cuando sea tu cumpleaños? —le pregunto.

—Veintisiete.

—Hala.

Me parece que con eso no la he puesto contenta.

Mientras se llena la Bañera, Mamá baja el Laberinto y la Fortaleza de lo alto del Armario. Desde que tengo dos años hacemos el Laberinto con los tubos que van dentro de los rollos de papel higiénico, los pegamos unos a otros y formamos túneles que giran hacia todos lados. A la Pelota

Saltarina le encanta perderse en el Laberinto y esconderse. Tengo que llamarla y sacudirla, girarlo hacia un lado y ponerlo boca abajo, hasta que al final salga rodando. Uf, menos mal. Luego mando otras cosas adentro del Laberinto, por ejemplo un cacahuete, o al Pequeño Color Azul, que no es más que un pedacito de plastidecor roto, o meto un espagueti cortado sin cocer. Se persiguen unos a otros por los túneles y aparecen de repente y gritan: «¡Bu!». No los veo, pero los oigo a través del cartón, y me hago una idea de dónde están. El Cepillo de Dientes quiere meterse una vez para probar, pero le digo «lo siento, eres demasiado largo». Así que en vez de eso entra en la Fortaleza y vigila una torre. La Fortaleza está hecha de latas y frascos de vitaminas, cada vez que tenemos uno vacío se lo añadimos y así va creciendo. La Fortaleza mira en todas las direcciones y lanza chorros de aceite hirviendo a los enemigos, que no saben que tiene unas ranuras secretas hechas con un cuchillo, ja, ja. Me gustaría meterla dentro de la Bañera para convertirla en una isla, pero Mamá dice que el agua despegaría el celo y ya no serviría.

Nos soltamos las coletas y dejamos que el pelo nade. Me tumbo encima de Mamá y no hablo, me gusta oír el latido de su corazón. Cuando respira subimos y bajamos un poco. Pene flota.

Como es mi cumpleaños, hoy elijo por los dos lo que nos vamos a poner. La ropa de Mamá vive en el cajón más alto de la Cajonera, y la mía, en el de debajo del todo. Elijo sus vaqueros azules favoritos, los de los remaches rojos, que sólo se pone en ocasiones especiales porque se le están deshilachando por las rodillas. Para mí escojo la sudadera amarilla con capucha. Cierro con cuidado el cajón, pero la esquina derecha sobresale aún y Mamá tiene que meterla con un golpe. Tiramos juntos de la sudadera, que me muerde la cara y al final, plop, entra.

—¿Y si la corto un poco en la mitad de la uve del cuello? —dice Mamá.

—Nanay de la China.

Para Gimnasia nos quedamos sin calcetines, porque los pies se agarran mejor. Hoy escojo que empecemos con la Pista: levantamos la Mesa y le damos la vuelta para ponerla encima de la Cama, y sobre ella la Mecedora, y por último extendemos la Alfombra para taparlos a los dos. La Pista va alrededor de la Cama, desde el Armario hasta la Lámpara; en el Suelo hay dibujada la forma de una ce negra.

—Eh, mira, hago un ida y vuelta en dieciséis pasos.

—Caramba. Cuando tenías cuatro años necesitabas dieciocho pasos, ¿a que sí? —dice Mamá—. Bueno, ¿y cuántos idas y vueltas crees que puedes hacer hoy?

—Cinco.

—¿Qué te parece cinco veces cinco? Así tendrías tu número favorito al cuadrado.

Lo contamos con los dedos. Me sale veintiséis, pero Mamá dice que son veinticinco, así que cuento otra vez y me da lo mismo que a ella. Después me cronometra con el Reloj.

—Doce —grita—. Diecisiete. Venga, vas muy bien.

Respiro muy rápido.

—Vamos, más deprisa.

Voy a toda pastilla, como Superman cuando vuela.

Cuando le toca correr a Mamá tengo que apuntar en el Cuaderno de Renglones de la Facultad el número que sale al principio y el número que sale cuando ha acabado, y entonces los dividimos para ver lo rápido que ha ido. Hoy su tiempo es nueve segundos más que el mío, y eso quiere decir que he ganado, así que me pongo a dar botes y a hacerle pedorretas.

—¿Por qué no echamos una carrera?

—Ya sé que suena divertido —dice—, pero acuérdate de que una vez lo intentamos y me golpeé el hombro con la cajonera.

A veces se me olvidan las cosas, aunque si Mamá me las dice, las recuerdo otra vez.

Bajamos todos los muebles de la Cama y vuelvo a colocar la Alfombra donde estaba, cubriendo la Pista, para que el Viejo Vick no vea la ce de suciedad.

Mamá escoge jugar al Trampolín, aunque en la Cama salto sólo yo porque Mamá podría romperla. Ella hace de comentarista.

—Un audaz giro en el aire del joven campeón estadounidense en esta mañana de marzo...

Luego escojo Simón Dice, y después Mamá dice que nos pongamos otra vez los calcetines para Cadáver, que es tumbarse como una estrella de mar y tratar de poner las uñas de los pies flojas, el ombligo flojo, la lengua floja, hasta el cerebro flojo. A Mamá le entra un picor detrás de la rodilla, se mueve y gano otra vez.

Son las 12.13, así que ya podemos comer. Mi trozo favorito de la oración es el del pan nuestro de cada día. En los juegos mando yo, en cambio Mamá manda en las comidas: no nos deja tomar cereales para desayunar, comer y cenar, por ejemplo, para que no nos pongamos malitos y porque además se acabarían demasiado rápido. Cuando yo tenía cero años y un año, Mamá aplastaba mi comida o me la daba masticada. Luego ya me salieron los veinte dientes que tengo, y ahora puedo masticar cualquier cosa. Para almorzar hay atún con galletas saladas; mi trabajo consiste en enrollar la tapa de la lata hacia atrás, porque la muñeca de Mamá no tiene fuerza.

Como ando un poco movidito, Mamá dice que juguemos a Orquesta, que es correr mientras les sacamos ruidos a las cosas. Toco el tambor en la Mesa y Mamá hace toc, toc en las patas de la Cama. Luego puf, puf sacudiendo las almohadas, y yo hago ding, dong en la Puerta con un tenedor y una cuchara a la vez que golpeo con los dedos de los pies en la Cocina. Mi favorito es dar un pisotón al pedal del Cubo de la Basura, porque la tapa se levanta de un salto. El instrumento que más me gusta es el gong, una caja de cereales en la que hice un collage con un montón de piernas, zapatos, abrigos y cabezas que saqué del catálogo antiguo, todos de colores distintos, y luego le puse tres gomas tensadas en el medio. El Viejo Nick ya no trae catálogos para que nos escojamos la ropa, Mamá dice que cada vez está más tacaño.

Trepo a la Mecedora para bajar los libros de la Estantería, y hago un rascacielos de diez pisos encima de la Alfombra.

—Qué edificio tan edificante —dice Mamá riéndose. A mí no me parece muy gracioso.

Teníamos nueve libros, pero sólo cuatro con dibujos dentro:

> *Mi gran libro de canciones infantiles*
> *Dylan la Excavadora*
> *El conejito andarín*
> *El libro móvil del aeropuerto*

También cinco sin dibujos, sólo con uno en la tapa:

> *La cabaña*
> *Crepúsculo*
> *El guardián*
> *Amor agridulce*
> *El código Da Vinci*

Mamá sólo lee los que tienen letras, si está desesperada. Cuando aún tenía cuatro años pedimos otro con dibujos para el Gusto del Domingo y llegó *Alicia en el País de las Maravillas*. Alicia me gusta, aunque el libro tiene demasiadas palabras, y encima un montón son antiguas.

Hoy elijo *Dylan la Excavadora*. Como está casi abajo del todo, hace una demolición del rascacielos, ¡pumba!

—Otra vez Dylan... —dice Mamá con una mueca, y luego pone su voz más ronca.

> *¡Aaaaaquí está Dylan, la robusta excavadora!*
> *Remueve la tierra con su pala mordedora.*
> *Mira cómo hunde su largo brazo en la tierra,*
> *a nadie le gusta morder el polvo como a ella.*

Esta megapala da vueltas y por la obra gira
cavando y nivelando el suelo de noche y de día.

Aparece un gato en el segundo dibujo, que en el tercero está encima del montón de rocas. Las rocas son piedras, que quiere decir que son unas cosas pesadas y duras como la cerámica de la Bañera, el Lavabo y el Váter, aunque no tan suaves. Los gatos y las rocas son sólo Tele. En el quinto dibujo el gato se cae, pero los gatos tienen siete vidas, no como Mamá y yo, que tenemos una cada uno.

Mamá escoge casi siempre *El conejo andarín,* porque le gusta cuando la madre conejo al final alcanza al conejito bebé y le dice: «Anda, toma una zanahoria». Los conejitos son Tele, pero las zanahorias son de verdad, y a mí me encantan porque son crujientes. Mi dibujo preferido es el del conejito bebé convertido en roca en la montaña, mientras su mamá tiene que subir sin descanso para encontrarlo. Las montañas son demasiado grandes para ser de verdad, igual que los árboles y los ríos y esas cosas; una vez vi una en la Tele donde había una mujer colgando de unas cuerdas. Las mujeres no son de verdad como Mamá, y los niños y las niñas tampoco. Los hombres no son de verdad, menos el Viejo Nick, aunque ahora que lo pienso tampoco sé si es de verdad verdadera. A medias, a lo mejor. Nos trae la comida y nos da el Gusto del Domingo, y además es quien desaparece la basura, pero no es humano como nosotros. Sólo pasa de noche, como los murciélagos. A lo mejor es la Puerta la que lo aparece, cuando suena el *piiii, piiii* y el aire cambia. Creo que Mamá no quiere hablar de él, no sea que se vuelva más real.

Ahora me retuerzo sentado en las piernas de Mamá y miro mi dibujo favorito del Niño Jesús jugando con Juan el Bautista, que es su amigo y su primo mayor al mismo tiempo. Sale también María acurrucada en brazos de su madre, que es la abuela del Niño Jesús, igual que la *Grandma* de Dora. Es un dibujo raro, sin colores, y faltan algunas manos y algunos pies, Mamá dice que porque no está acabado. Quien puso al Niño Jesús en la barriga de María fue un ángel que bajó del cielo, como un fantasma pero chulísimo, con plumas y todo. María se sorprendió un montón y dijo: «¿Cómo puede ser?». Y luego dijo: «Bueno, que así sea». Cuando el Niño Jesús salió por su vagina en Navidad lo puso en un pesebre; donde comen hierba las vacas, sólo para que le dieran calor con su aliento, porque era un niño mágico.

Mamá apaga ya la Lámpara y nos tumbamos. Primero rezamos la oración del pastor, la de los verdes pastos, que me parece que son unos campos parecidos al Edredón, pero esponjosos y verdes en vez de blancos y lisos. (Lo de la copa rebosante seguro que fue un estropicio.) Ahora tomo un poco, de la derecha, porque en la izquierda apenas queda. Cuando tenía tres años tomaba mucho a todas horas, pero desde que cumplí cuatro tengo tantas cosas que hacer que sólo tomo unas poquitas veces durante el día y por la noche. Ojalá pudiera hablar y tomar a la vez, lo que pasa es que sólo tengo una boca.

Estoy a punto de dormirme, aunque aún no me he apagado del todo. Creo que Mamá sí, por cómo respira.

Después de la siesta Mamá dice que se le ha ocurrido que no nos hace falta pedir una cinta métrica, podemos hacernos una regla nosotros mismos.

Reciclamos la caja de cereales de nuestra Antigua Pirámide Egipcia, Mamá me enseña a cortar una tira tan larga como su pie. Me cuenta que el pie es una medida más o menos igual de grande que un pie, por eso se llama así, y que si la redondeamos mide treinta centímetros, así que dibujamos treinta rayitas iguales en la regla. Le mido la nariz, cinco centímetros. Mi nariz mide tres centímetros y medio, lo apunto. Mamá le da unas volteretas a cámara lenta a la regla siguiendo la Pared de la Puerta, donde se ve lo alto que estoy, y dice que ya debo de estar rozando el metro.

—Eh —digo—, vamos a ver cuánto mide la Habitación.

—¿Cómo, toda?

—¿Es que tenemos alguna otra cosa que hacer?

Me mira raro.

—Supongo que no.

Anoto todos los números, como por ejemplo que la Pared de la Puerta hasta la línea donde empieza el Techo mide dos metros.

—¿Sabes qué? —le digo a Mamá—, cada plancha de corcho es un poquito más grande que la regla.

—Ostras —dice dándose una palmada en la cabeza—, supongo que son baldosas de treinta por treinta, así que creo que la regla se me ha quedado un pelín corta. Pues entonces contemos las baldosas, que será más fácil.

Empiezo a contar la altura de la Pared de la Cama, pero Mamá me dice que todas las paredes son iguales. Otra norma es que el ancho de las paredes es el mismo que el ancho del Suelo; cuento once pies hacia un lado y once hacia el otro. Eso quiere decir que el Suelo es cuadrado y que mide tres metros treinta. La Mesa es un círculo, así que me hago un lío, pero Mamá la mide por el medio, que es la parte más ancha, y le sale metro veinte. Mi silla tiene setenta centímetros de alto, y la de Mamá es exactamente igual. Y eso es un pie menos que lo que mido yo. De pronto Mamá está un poco mareada de tanto medir, así que paramos.

Pinto detrás de todos los números que hemos escrito con nuestros cinco colores, que son azul, naranja, verde, rojo, marrón, y cuando termino el papel se parece a la Alfombra, pero a lo loco. Mamá me dice que por qué no lo uso de mantelito para la cena.

Esta noche elijo espaguetis. También hay un brócoli fresco que no elijo: es bueno para nosotros y punto. Corto el brócoli en trocitos con el Cuchillo de Sierra, y de vez en cuando me zampo uno cuando Mamá no mira.

—Oh, no, ¿dónde se ha metido ese pedazo grande? —dice Mamá, aunque no enfadada de verdad, porque las cosas crudas nos dan superfuerza.

Mamá se encarga de calentarlo todo en los dos aros de la Cocina, que se ponen al rojo vivo. A mí no me deja tocar los botones porque tiene que asegurarse de que no haya nunca un fuego como los que salen en la Tele. Si los anillos tocaran algo, como un trapo de secar los platos o nuestra ropa, las llamas correrían por todas partes con lenguas naranjas y quemarían la Habitación hasta que quedaran sólo cenizas, y nosotros toseríamos y nos asfixiaríamos y gritaríamos de dolor como nunca.

No me gusta el olor a brócoli cocido, pero no es tan horrible como el de las judías verdes. Las verduras son todas de verdad, en cambio el helado es Tele. Jo, cómo me gustaría que también fuera de verdad.

—¿La Planta está cruda?

—Bueno, sí, pero no es de las que se comen.

—¿Por qué ya no da flores?

Mamá se encoge de hombros y revuelve los espaguetis.

—Se cansó.

—Pues debería irse a dormir.

—Cuando se levanta por la mañana sigue cansada. Quizá sea porque en la tierra de la maceta ya no le queda alimento suficiente.

—Pues que se coma mi brócoli.

Mamá se echa a reír.

—No me refería a esa clase de alimento, sino al que toman las plantas.

—Podríamos pedírselo, para el Gusto del Domingo.

—Ya tengo una larga lista de cosas que pedir.

—¿Dónde?

—No, en mi cabeza —dice. Saca un gusano de espagueti y lo muerde—. Creo que el pescado les gusta.

—¿A quiénes?

—A las plantas, les gusta el pescado podrido. ¿O eran las espinas del pescado?

—Puaj.

—A lo mejor, la próxima vez que haya palitos de pescado podemos enterrar un poquito para la planta.

—De los míos no.

—Bueno, pues un trocito de uno de los míos.

Los espaguetis me gustan más que ninguna otra cosa por la canción de la albóndiga que de un estornudo se va rodando hasta el jardín, y al año siguiente nace un árbol de albóndigas con tomate. Siempre la canto mientras Mamá nos llena los platos.

Después de cenar, ¡increíble!, hacemos un pastel de cumpleaños. Seguro que va a estar *delicioso,* con una vela por cada año que tengo, todas encendidas como nunca antes las he visto.

Soplando huevos soy el mejor, los vacío de una sola vez. Para el pastel tengo que soplar tres; cojo la chincheta de la lámina *Impresión: sol naciente,* porque creo que el caballo loco se enfadaría un montón si descolgara el *Guernica,* aunque siempre pongo enseguida la chincheta en su sitio otra vez. Mamá cree que el *Guernica* es la obra más maestra de todas porque es la más real, pero la verdad es que se ve todo revuelto: el caballo grita con muchos dientes porque tiene una lanza clavada, y además hay un toro y una mujer que agarra a un bebé de trapo con la cabeza del revés y una farola que parece un ojo, y lo peor es el gran pie hinchado de la esquina: siempre pienso que me va a dar una patada.

Me quedo chupando la cuchara mientras Mamá mete el pastel en la barriga caliente de la Cocina. Intento hacer malabares con las cáscaras, tirándolas al aire todas a la vez. Mamá atrapa una al vuelo.

—¿Les pintamos caritas?

—No —digo.

—¿Prefieres que les hagamos un nido de pasta de harina? Si mañana descongelamos aquellas remolachas, podemos utilizar el caldo para teñirlos de morado...

Niego con la cabeza.

—Vamos a añadírselos a la Serpiente de Huevos —digo.

La Serpiente de Huevos es mucho más larga que la Habitación. La empezamos cuando yo tenía tres años, vive enrolladita debajo de la Cama y nos cuida para que no nos pase nada. La mayoría de los huevos son marrones, pero de vez en cuando hay uno blanco. Algunos están pintados con el Lápiz, otros, con los colores o el Bolígrafo Negro, y algunos llevan trocitos pegados con engrudo, o una corona de papel de plata, o un cinturón de cinta amarilla, o pelo que les hicimos con hilos o recortes de tela. La lengua es una aguja por la que pasa el hilo rojo que la atraviesa de la cabeza hasta la cola. A la Serpiente de Huevos apenas la sacamos, porque a veces se enreda y los huevos se resquebrajan alrededor de los agujeritos, y entonces se caen y usamos las cáscaras rotas para hacer mosaicos. Hoy paso la aguja por uno de los agujeros de los huevos del pastel y tengo que moverla hasta que por el otro lado asoma la punta, y sacarla con cuidado. Ahora es tres huevos más larga, así que vuelvo a enrollarla superdespacito para que quepa bien debajo de la Cama.

El pastel tarda horas y horas, pero esperamos respirando ese olor tan bueno hasta que está listo. Mientras se enfría preparamos una cosa que se llama el baño, pero que no es nada de bañarse, sino azúcar disuelta en agua. Mamá lo echa por encima del pastel.

—Ahora puedes ir poniendo las chocolatinas, y así yo voy fregando los platos.

—Pero si no hay.

—Ajá —dice Mamá, y saca la bolsita y la sacude: chas, chas, chas—. Guardé unas cuantas del Gusto del Domingo de hace tres semanas.

—Qué pillina. ¿Y dónde las guardaste?

Se cierra la boca con cremallera.

—¿Y si alguna vez vuelvo a necesitar un escondite?

—¡Dímelo!

Mamá ya no sonríe.

—Si gritas, me duelen los oídos.

—Dime cuál es el escondite, venga.

—Jack...

—No me gusta que haya escondites.

—¿Qué problema hay?

—Que se metan los zombis.

—Ah.

—O los ogros, o los vampiros...

Abre la Alacena y saca la caja del arroz. Señala el agujero oscuro.

—Simplemente las escondí ahí, entre el arroz. ¿De acuerdo?

—De acuerdo.

—Ahí dentro no cabría nada que dé miedo. Puedes comprobarlo cuando quieras.

Hay cinco chocolatinas en la bolsa: una rosa, una azul, una verde y dos rojas. Se me pega un poco de color en los dedos cuando las pongo en el pastel. Se me quedan las manos pegajosas de baño y chupeteo hasta la última gota.

Entonces toca poner las velas, pero resulta que no hay.

—Otra vez estás gritando —dice Mamá tapándose los oídos.

—Es que dijiste que era un pastel de cumpleaños, y no es un pastel de cumpleaños si no hay cinco velas encendidas.

Mamá resopla.

—Tendría que haberme explicado mejor. Eso es lo que significan las cinco chocolatinas, significan que tienes cinco años.

—No quiero este pastel —odio cuando Mamá se queda callada a ver si digo algo—. Pastel apestoso.

—Jack, cálmate.

—Tendrías que haber pedido velas para el Gusto del Domingo.

—Bueno, la semana pasada necesitábamos calmantes.

—¡Yo no los necesitaba, sólo tú! —grito.

Mamá me mira como si yo tuviera una cara nueva que no hubiera visto nunca.

—Además, acuérdate de que tenemos que elegir cosas que para él no sean difíciles de conseguir —contesta luego.

—Pero él puede conseguirlo todo.

—Sí, claro —dice—, si se molesta en buscarlo...

—¿Por qué se molesta?

—Quiero decir que a lo mejor hubiera tenido que ir a dos o tres tiendas, y eso le hubiera puesto de mal humor. Y si no hubiera encontrado esa cosa imposible, entonces nos habríamos quedado sin ningún Gusto del Domingo.

—Pero, Mamá —me echo a reír—, él no va a las tiendas. Las tiendas son Tele.

Se muerde el labio. Entonces mira el pastel.

—En fin, lo siento. Pensé que las chocolatinas servirían.

—Qué tonta es Mamá.

—Boba —dice, y se da una palmada en la cabeza.

—Tarugo —digo, pero con voz cariñosa—. La semana que viene, cuando cumpla seis, me consigues velas, ¿vale?

—El año que viene —dice Mamá—. Quieres decir el año que viene.

Tiene los ojos cerrados. Siempre se le cierran, y entonces se pasa un minuto entero sin decir nada. Cuando era pequeño pensaba que se quedaba sin pilas, igual que le pasó una vez al Reloj y tuvimos que pedir una nueva para el Gusto del Domingo.

—¿Lo prometes?

—Lo prometo —dice abriendo los ojos.

Me corta un pedazo enorme y cuando no mira pongo las cinco chocolatinas encima, las dos rojas, la rosa, la verde y la azul.

—Ay, ha volado otra más, ¿cómo es posible?

—Ahora ya nunca lo sabrás, ja, ja, ja —digo poniendo la voz de Swiper cuando le roba algo a Dora.

Cojo una de las rojas y la acerco despacio hasta la boca de Mamá, que se la coloca entre los dientes de delante, que no están tan picados, y la mordisquea sonriendo.

—Mira —le enseño—, en mi pastel hay agujeros donde hace un momento estaban las chocolatinas.

—Parecen cráteres —dice, y pone la yema del dedo en uno de ellos.

—¿Qué son cráteres?

—Son los agujeros que quedan cuando ocurre algo. En lugares donde ha habido un volcán o una explosión, por ejemplo.

Pongo la chocolatina verde de nuevo en su cráter y cuento: diez, nueve, ocho, siete, seis, cinco, cuatro, tres, dos, uno, ¡pum! Se va volando hasta el Espacio Exterior y da la vuelta al universo hasta llegar a mi boca. Mi pastel de cumpleaños es lo más rico que he comido en mi vida.

Mamá no tiene hambre de pastel ahora mismo. La Claraboya ha ido chupando toda la luz y ahora está casi negra.

—Hoy es el equinoccio de primavera —dice Mamá—. Recuerdo que lo dijeron por la tele la mañana en que naciste. Aquel año todavía quedaba nieve, igual que éste.

—¿Qué quiere decir equinoccio?

—Quiere decir que hay las mismas horas de oscuridad que de luz, que el día y la noche duran lo mismo.

Ya es muy tarde para ver nada en la Tele, por lo del pastel. El Reloj dice que son las 08.33. La sudadera amarilla con capucha por poco me arranca la cabeza cuando Mamá me la quita. Me pongo la camiseta de dormir y me cepillo los dientes mientras Mamá ata la bolsa de la basura y la pone al lado de la Puerta con la lista que hemos hecho y que he escrito yo. Esta noche dice: «Por favor, pasta, lentejas, atún, queso (si no demasiado $), zumo de naranja. Gracias».

—¿Podemos pedir uvas? Son buenas para nosotros.

Al final Mamá pone: «Uvas a ser posible (o cualquier fruta fresca o en lata)».

—¿Me cuentas un cuento?

—Uno rapidito. ¿Qué tal el de... *GingerJack*?

Me lo cuenta superrápido y supergracioso. Ginger-Jack es una galleta de jengibre que salta del horno y echa a correr. Va rodando, rodando, para que no puedan atraparla ni la ancianita, ni el ancianito, ni los trilladores, ni los segadores, ni nadie. Pero al final la muy tonta deja que la zorra la cruce al otro lado del río y, ¡ñam!, se la zampa de un bocado.

Si yo estuviera hecho de pastel, me comería yo mismo antes de que me zamparan los demás.

Rezamos una oración rapidísima que se hace juntando las manos y con los ojos cerrados. Yo rezo para que Juan el Bautista y el Niño Jesús vengan un día a jugar con Dora y con Botas. Mamá reza para que el sol derrita la nieve de la Claraboya.

—¿Puedo tomar un poquito?

—Mañana en cuanto te levantes —dice Mamá estirándose la camiseta para abajo.

—No, ahora.

Señala el Reloj, que dice las 08.57, o sea, que sólo faltan tres minutos para las nueve. Así que me meto corriendo en el Armario y me acuesto encima de la almohada y me envuelvo en la Manta, que es de felpa gris con ribetes rojos. Estoy justo debajo del dibujo donde salgo yo, me había olvidado de que estaba ahí. Mamá asoma la cabeza.

—¿Tres besos?

—No, cinco para el señor Cinco.

Me los da y luego cierra la puerta, que chirría.

Aún entra algo de luz por las rendijas y puedo verme un poco en el dibujo: las partes que son como Mamá y la nariz, que es sólo mía. Acaricio el papel, suave como la seda. Me estiro y toco el Armario con la cabeza por un lado y los talones por el otro. Oigo a Mamá poniéndose la camiseta y tomando sus matadolores: por la noche siempre dos, porque dice que el dolor es como el agua, cuando uno se tumba se derrama. Escupe la Pasta de Dientes.

—Nuestro amigo Zack tiene un pack —dice.

Me pienso una.

—Nuestro amigo Zah dice blablablá.

—Nuestro amigo Salvador vive en el congelador.

—Nuestra amiga Dora fue a la tiendora.

—Esa rima tiene trampa —dice Mamá.

—¡Jolín! —gruño, igual que Swiper—. Nuestro amigo Niño Jesús... fue en autobús.

—Nuestra amiga Bruna le cantó a la luna.

La luna es la cara plateada de Dios, que solamente sale en ocasiones especiales.

Me incorporo un poco para pegar la cara a los listones. Veo franjas de la Tele apagada, del Váter, de la Bañera, mi dibujo del pulpo azul con los bordes ondulados, a Mamá guardando nuestra ropa en la Cajonera.

—¿Mamá?

—¿Mmm?

—¿Por qué estoy escondido como las chocolatinas?

Creo que está sentada en la Cama. Habla bajito, apenas la oigo.

—Es que no quiero que te mire. Incluso cuando eras bebé, siempre te envolvía bien con la manta antes de que él entrara.

—¿Me dolería?

—Si te dolería ¿el qué?

—Que me viera.

—No, no. Anda, duérmete ya —me dice Mamá.

—Di los Bichos.

—Buenas noches, dulces sueños, que los bichos no piquen a mi pequeño.

Los Bichos son invisibles, pero hablo con ellos y algunas veces los cuento; la última vez llegué a trescientos cuarenta y siete. Oigo el clic del interruptor y la Lámpara se apaga en el mismo segundo. Ruidos de Mamá metiéndose debajo del Edredón.

Algunas noches he visto al Viejo Nick a través de las rendijas que hay entre los listones, pero nunca de cerca todo entero. Tiene un poco de blanco en el pelo, que sobresale menos que las orejas. A lo mejor es que sus ojos pueden convertirme en piedra. Los zombis muerden a los niños para que no puedan morirse, los vampiros les chupan la sangre hasta que parecen de trapo, los ogros los cogen por las piernas y los devoran a mordiscos. Los gigantes pueden ser igual de malos, como aquel del cuento que decía: «Vivo o muerto, haré pan con la harina de sus huesos»;* pero Jack huyó con la gallina de los huevos de oro y bajó a toda prisa por la mata de habichuelas. El Gigante empezó a bajar tras él, pero Jack le pidió a gritos el hacha a su madre, que es como nuestros cuchillos sólo que más grande. La Mamá estaba demasiado asustada para cortar la mata ella sola, pero cuando Jack llegó al suelo lo hicieron entre los dos y el Gigante quedó hecho puré y se le salieron las tripas, ja, ja. A partir de entonces Jack fue Jack el Matagigantes.

No sé si Mamá se ha dormido ya.

En el Armario siempre procuro apretar los ojos con fuerza y dormirme rápido para no oír llegar al Viejo Nick. Luego me despierto y ya es por la mañana, y estoy en la Cama con Mamá y tomo un poco de su lechecita y todo es perfecto. Pero esta noche el pastel me hace burbujas en la barriga y no me puedo dormir. Me cuento los dientes de arriba con la lengua: de derecha a izquierda hasta diez, luego los dientes de abajo de izquierda a derecha, y entonces otra vez al revés; tienen que ser diez cada vez, y dos veces diez son veinte, que son los dientes que tengo.

No se oye ningún *piii, piii*, deben de ser mucho más de las nueve. Me cuento los dientes otra vez y me dan dieci-

---

* Uno de los versos de la estrofa que se popularizó en distintas versiones decimonónicas del cuento infantil *Jack and the Beanstalk*, cuya versión más próxima en la tradición castellana sería *Las habichuelas mágicas*. La estrofilla recoge las palabras del gigante cuando Jack (el niño protagonista, de éste como de tantos otros cuentos infantiles de raigambre oral) irrumpe en su castillo: *Fee-fi-fo-fum! / I smell the blood of an Englishman? / Be he 'live, or be he dead, / I'll grind his bones to make my bread.* [¡Diantre! / ¿Huelo a sangre de inglés? / Vivo o muerto, / haré pan con la harina de sus huesos.] *(N. de la T.)*

nueve. Tengo que haber hecho algo mal, ¿o será que me ha desaparecido uno? Me mordisqueo el dedo, sólo un poquito, y luego un poquito más. Sigo despierto horas y horas.

—¿Mamá? —susurro—. ¿No va a venir o sí?

—Parece que no. Anda, vente conmigo.

Me levanto de un salto y abro el Armario de un empujón, en dos segundos estoy en la Cama. Debajo del Edredón se está supercalentito, tengo que sacar los pies para que no me ardan. Tomo un montón, primero de la izquierda y después de la derecha. No quiero dormirme, porque entonces ya no será mi cumpleaños.

Una luz se enciende y se apaga, me hace daño a los ojos. Miro afuera del Edredón, pero sin abrirlos apenas, sólo una rendija. Mamá está de pie al lado de la Lámpara y todo resplandece; luego, clic, oscuro otra vez. Luz de nuevo, dura tres segundos y después oscuro, luego luz sólo un segundo. Mamá mira hacia la Claraboya. Oscuro otra vez. Por las noches hace eso, creo que la ayuda a volver a dormirse.

Espero a que la Lámpara esté apagada de verdad. Susurro en la oscuridad.

—¿Ya está?

—Perdona, te he despertado —dice.

—No pasa nada.

Vuelve a meterse en la Cama. Está más fría que yo, le enrollo los brazos alrededor de la cintura.

Ya tengo cinco años y un día.

Pene Bobo siempre está levantado por la mañana y tengo que empujarlo para que se baje.

Cuando nos frotamos las manos después de hacer pipí, canto la de «He's Got the Whole World in His Hands». Después no se me ocurre ninguna otra canción donde salgan manos, pero me acuerdo de que la de los pajaritos se hace con los dedos.

> *Echa a volar, Pedro,*
> *echa a volar, Pablo.*

Mis dos dedos van volando por toda la Habitación y por poco chocan en el aire.

> *Vuelve, Pedro,*
> *vuelve, Pablo.**

—Creo que en realidad son ángeles —dice Mamá.
—¿Eh?
—Ah, no, perdón: santos.
—¿Qué son santos?
—Gente bendita, personas muy buenas. Como los ángeles, pero sin alas.

Estoy hecho un lío.

—Entonces, ¿cómo es que se fueron volando del muro?
—No, eso lo hicieron los pajaritos, que sí pueden volar. Quería decir que se llaman así por San Pedro y San Pablo, dos amigos del Niño Jesús.

Pensaba que el único amigo era Juan el Bautista.

—De hecho, San Pedro estuvo en la cárcel una vez...

Me echo a reír.

—Los bebés no van a la cárcel.
—No, fue cuando todos eran mayores.

No sabía que el Niño Jesús se hacía mayor.

—¿San Pedro es malo?

---

* Alusión a una canción infantil *(Two little dicky birds sitting on a wall, / One named Peter, one named Paul. / Fly away Peter, fly away Paul, / Come back Peter, come back Paul!)* que suele cantarse acompañada de movimientos con las manos que imitan el vuelo de los pájaros. *(N. de la T.)*

—No, no, lo metieron en la cárcel por equivocación. Mejor dicho, fueron unos policías malos quienes lo encerraron allí. Bueno, la cuestión es que rezó y rezó para salir de allí, y ¿sabes qué? Un ángel bajó volando del cielo y echó la puerta abajo.

—Qué guay —digo. Aunque prefiero cuando son pequeños y van todos por ahí corriendo desnudos.

Se oye un ruidito raro, como un crec, crec. Por la Claraboya entra una luz brillante, la nieve oscura prácticamente ha desaparecido. Mamá mira también hacia arriba. Veo que le asoma una sonrisa, creo que la oración ha hecho magia.

—¿Todavía van iguales?

—¿Qué, por el equinoccio? —dice—. No, la luz ya empieza a ganar, aunque todavía por muy poco.

Me deja desayunar pastel. Hasta hoy no lo había hecho nunca. Se ha puesto más crujiente, pero sigue estando bueno.

En la Tele están *Las mascotas maravilla*. Se ve con bastante niebla, y aunque Mamá sigue moviendo el Conejo Orejón, la imagen apenas se aclara. Hago un lazo con la cinta lila en su oreja de alambre. Ojalá fueran *Los amiguitos del jardín,* hace siglos que no me los encuentro. Aún no tenemos el Gusto del Domingo porque el Viejo Nick no vino anoche: la verdad es que eso fue lo mejor de mi cumpleaños. Además, lo que le hemos pedido tampoco me hace tanta ilusión: unos pantalones nuevos, porque los negros tienen agujeros en vez de rodillas. Los agujeros no me molestan, pero Mamá dice que así parezco un indigente. Dice que no puede explicarme esa palabra.

Después del baño juego con la ropa. La falda rosa de Mamá esta mañana es una serpiente que se pelea con mi calcetín blanco.

—Soy la mejor amiga de Jack.

—No, yo soy el mejor amigo de Jack.

—Toma puñetazo.

—Toma mamporro.

—Pues yo te disparo con mi bomba voladora.

—Vale, pues yo tengo un transformerbomba jumbo megatrón.

—Eh —dice Mamá—, ¿jugamos a Portería?

—Ya no tenemos la Pelota de Playa —le recuerdo. La exploté sin querer cuando la chuté contra la Alacena con todas mis fuerzas. Yo quería pedir otra, en vez de unos estúpidos pantalones.

Mamá dice que podemos inventarnos una nueva; hacemos una bola con todas las páginas escritas en las que he estado practicando y la metemos en una bolsa de la compra. La estrujamos hasta darle más o menos forma de pelota, y entonces le dibujamos una cara de miedo, con tres ojos. La Pelota Palabrera no llega tan alto como la Pelota de Playa, pero en las paradas cruje un montón. Mamá es la que mejor para, aunque a veces le duele la muñeca estropeada. Yo soy el que mejor tira.

Como he desayunado pastel, preparamos las tortitas de los domingos para comer. No queda mucha masa, así que salen finitas, como a mí me gustan. Las doblo y algunas se rompen. Tampoco hay mucha jalea, así que la mezclamos con agua.

Un extremo de la mía chorrea, Mamá friega el Suelo con el Estropajo.

—El corcho está muy gastado —dice apretando los dientes—, ¿cómo se supone que vamos a mantenerlo limpio?

—¿Dónde?

—Aquí, por el roce de los pies.

Me agacho y miro debajo de la Mesa: en el Suelo hay un agujero por el que se ve una cosa marrón que es más dura que mi uña.

—No lo hagas más grande, Jack.

—Si no lo hago, sólo estoy mirando con el dedo —es como un cráter diminuto.

Movemos la Mesa hasta al lado de la Bañera, y así podemos tomar el sol tumbados en la Alfombra justo debajo de la Claraboya. Se está supercalentito. Canto «Ain't No Sunshine», y Mamá, «Here Comes the Sun», y después elijo «You Are My Sunshine». Entonces me entran ganas de tomar un poco; esta tarde la izquierda sabe supercremosa.

La cara amarilla de Dios se vuelve roja a través de mis párpados. Cuando los abro, hay tanta luz que no puedo mirar. Hago sombras chinescas con los dedos encima de la Alfombra, salen pequeñitas y aplastadas.

Mamá duerme la siesta.

Oigo un ruidito y me levanto sin despertarla. Por detrás de la Cocina se oye una especie de arañazos diminutos.

Un ser vivo, un animal, pero de verdad, no de Tele. Está en el Suelo comiendo algo, a lo mejor una miga de tortita. Tiene cola. Pienso qué puede ser, creo que es un ratón.

Me acerco más y, zas, desaparece debajo de la Cocina. Ya casi no lo veo, no sabía que ningún animal fuera tan rápido.

—Oh, Ratón —digo en un susurro, para no asustarlo. Así es como se habla con un ratón, sale en *Alicia*. Aunque a ella se le ocurrió hablar de su gata Dina sin darse cuenta y el ratón se puso nervioso y se escabulló. Junto las manos y me pongo a rezar: «Oh, Ratón, vuelve, por favor, por favor, por favor...».

Espero horas y horas, y nada.

Mamá está dormidísima.

Abro la Nevera, aunque dentro no hay gran cosa. A los ratones les gusta el queso, pero no nos queda ni gota. Saco el pan, desmenuzo unas migas en un plato y lo pongo en el Suelo, donde estaba el Ratón. Me agacho y me hago pequeñito, y espero otra vez durante horas.

De pronto pasa una cosa maravillosa: el Ratón asoma la boca, que acaba en punta. Por poco me pongo a dar saltos, pero no lo hago, me quedo superquieto. Se acerca a las migas y olisquea. Estoy a menos de dos pasos de él, ojalá hubiera cogido la regla de medir, lo que pasa es que está guardada en su sitio, en el Costurero, debajo de la Cama, y no quiero moverme para no asustar al Ratón. Observo sus manitas minúsculas, los bigotes, la cola enroscada. Está vivo de verdad, es el animal vivo más grande que he visto en mi vida, millones de veces más grande que las hormigas o la Araña.

De repente, ¡patapumba!, un golpe en la Cocina. Doy un grito y piso el plato sin querer. El Ratón se ha ido, ¿dónde está? ¿Lo habrá aplastado el libro? Es *El libro móvil del aeropuerto*. Paso todas las páginas, pero no está. La cinta de recogida de equipajes se ha rasgado y la pestaña ya no se podrá levantar más.

Mamá pone una cara rara.

—Has hecho que se vaya —le grito.

Tiene el Recogedor en la mano, está juntando los trozos del plato roto.

—¿Qué hacía esto en el suelo? Ahora sólo nos quedan dos platos grandes y uno pequeño, mira qué bien.

La cocinera de *Alicia* le lanza platos al niño, y una sartén que por poco le arranca la nariz.

—A los ratones les gustan las migas de pan.

—¡Pero bueno, Jack!

—Era de verdad, lo he visto.

Arrastra la Cocina para separarla de la pared: hay una grieta pequeña. Mamá coge el rollo de papel de plata y empieza a rellenar de bolas la grieta.

—No, por favor.

—Lo siento, pero donde hay uno hay diez.

Qué matemáticas tan locas.

Mamá deja el papel de plata y me coge con fuerza por los hombros.

—Si dejamos que se quede, pronto estaremos inundados de crías. Y nos quitarán la comida, traerán microbios en sus asquerosas patas...

—Podrían comerse mi parte, no tengo hambre.

Mamá ni me escucha. Empuja otra vez la Cocina hasta arrimarla a la Pared de la Puerta.

Después utilizamos un trozo de celo para que la página del hangar se levante mejor en *El libro móvil del aeropuerto,* aunque la cinta de recogida de equipajes no tiene arreglo, está demasiado rasgada.

Nos acurrucamos en la Mecedora y Mamá me lee *Dylan la Excavadora* tres veces seguidas; eso quiere decir que lo siente.

—¿Por qué no pedimos un libro nuevo para el Gusto del Domingo? —le digo.

Ella tuerce la boca.

—Ya lo hice, hace unas semanas; quería que lo tuvieras para el cumpleaños. Pero me dijo que dejáramos de darle la lata, que ya tenemos toda una estantería de libros.

Miro la Estantería, por encima de su cabeza, y pienso que podrían caber cientos de libros más si guardáramos las demás cosas debajo de la Cama, al lado de la Serpiente de Huevos. O encima del Armario..., aunque ahí es donde viven la Fortaleza y el Laberinto. No es fácil pensar dónde está la casa de cada cosa. Mamá a veces me dice que tenemos que tirar trastos a la basura, pero al final siempre encuentro un sitio donde ponerlos.

—Por él podríamos pasarnos el día entero viendo la Tele.

Suena divertido.

—Entonces se nos pudriría el cerebro, igual que a él —dice Mamá. Se estira para coger *Mi gran libro de canciones infantiles.* Elijo una en cada página y Mamá me la lee. Las que más me gustan son las que tienen algún Jack, como la de «Jack Sprat» o la de «Little Jack Horner». O la de:

> *Jack, ten ahínco,*
> *Jack, corre raudo.*
> *Jack, salta de un brinco*
> *el candelabro.*

Creo que quería probar si podía hacerlo sin quemarse la camisa de dormir. En la Tele salen pijamas, o camisones para las chicas. Mi camiseta de dormir es la más grande que tengo, tiene un agujero en el hombro, por donde me gusta meter el dedo y hacerme cosquillas antes de apagarme del todo por la noche. También está la de «Jackie Wackie, budín y pastel», pero cuando aprendí a leer vi que en realidad habla de Georgie Porgie. Mamá la adaptó para que saliera yo, y eso no es mentir, es hacer como que las cosas son de otra manera. Igual que con la de:

> *Jack, Jack, el hijo del gaitero,*
> *robó un cerdo y huyó ligero.*

En realidad en el libro dice Tom, pero Jack suena mejor. Robar es cuando un chico coge lo que es de otro, porque en los libros y en la Tele todas las personas tienen cosas suyas que son de ellos y de nadie más; es un poco complicado.

Son las 05.39, así que podemos cenar. Hoy tocan fideos rápidos. Mientras están metidos en el agua caliente, Mamá busca palabras difíciles en el cartón de la leche para ponerme a prueba, como *nutricional,* que significa que alimenta, y *pasteurizada,* que significa que las pistolas láser eliminaron los microbios. Quiero más pastel, pero Mamá dice que antes algo de remolacha jugosa recién cortada. Luego como pastel, que ya está un poco duro, y Mamá come también, aunque un trocitín de nada.

Me pongo de pie en la Mecedora para coger la Caja de los Juegos, que está al final de la Estantería, y esta noche elijo las Damas, las rojas para mí. Las fichas se parecen un poco a las chocolatinas, pero las he chupado un montón de veces y no saben a nada. Se pegan al tablero con imanes mágicos. A Mamá le gusta el Ajedrez, pero cuando jugamos a mí me da dolor de cabeza.

A la hora de la Tele pone el planeta de la fauna, donde salen unas tortugas enterrando los huevos en la arena. Cuando a Alicia se le estira el cuerpo después de comerse la seta, la paloma se enfada porque cree que Alicia es una serpiente asquerosa que quiere comerse sus huevos. Cuando salen las tortugas bebé del cascarón es raro, porque las mamás tortuga ya se han ido. Me pregunto si las mamás se encuentran alguna vez con sus bebés en el mar, si se conocen o siguen nadando cuando pasan una al lado de la otra.

La fauna se acaba demasiado pronto, así que cambio a dos hombres que sólo llevan pantalones cortos y zapatillas de deporte y chorrean de calor.

—Eh, pegarse es muy feo —les digo—. El Niño Jesús se va a enfadar.

El de los pantalones cortos amarillos le atiza al peludo en el ojo.

Mamá se queja, como si le doliera a ella.

—¿Tenemos que ver esto?

—Dentro de un minuto entrará la policía, ni-no, ni-no, ni-no, y encerrará a estos tipos malos en la cárcel.

—Verás, en realidad... El boxeo es desagradable, pero es un deporte. Digamos que es un juego que se permite cuando llevan esos guantes especiales. Ahora ya es hora de parar la tele.

—Una partida de Loro, que es bueno para el vocabulario.

—Vale —se acerca y cambia al planeta del sofá rojo, donde la mujer del pelo hinchado que es la jefa hace preguntas a las otras personas y cientos de otras personas aplauden.

Escucho con superatención, está hablando con un hombre con una sola pierna, creo que perdió la otra en una guerra.

—Loro —grita Mamá, y les quita la voz con el botón.

—Imagino que el aspecto más conmovedor para todos nuestros telespectadores es que haya soportado usted algo tan patético... —me quedo sin palabras.

—Buena pronunciación —dice Mamá—. Conmovedor significa triste.

—Otra vez.

—¿El mismo programa?

—No, uno diferente.

Encuentra uno de noticias que es más difícil todavía.

—Loro —le quita de nuevo la voz.

—Ah... Con todo el debate sobre la ordeñanza pisándole los talones a la reforma sanitaria, y sin descuidar ni mucho menos las fechas del gobierno...

—¿Algo más? —Mamá espera—. Bien de nuevo. Pero era ordenanza, no ordeñanza.

—¿Qué diferencia hay?

—Ordeñar es sacar la leche a las vacas, por ejemplo, y una ordenanza...

Doy un bostezo enorme.

—Bueno, qué más da —Mamá sonríe y apaga la Tele.

Odio cuando las imágenes desaparecen y la pantalla se queda gris otra vez. Siempre me dan ganas de llorar, pero dura un segundo nada más.

Me pongo en el regazo de Mamá, los dos sentados en la Mecedora con las piernas todas enredadas. Ella es el mago transformado en un calamar gigante, y yo soy el valiente príncipe JackerJack y al final me escapo. Nos hacemos cosquillas y jugamos a Boing-Boing, y luego proyectamos sombras llenas de pinchos en la Pared de la Cama.

Entonces le pregunto por la Liebre Traviesa, que siempre le está gastando bromas astutas a la Hermana Zorra. Se tumba en medio del camino y se hace la muerta, y la Hermana Zorra la olisquea y dice: «Mejor no me la llevo a casa, apesta...». Mamá me olisquea todo y pone caras de asco, y yo intento no reírme para que la Hermana Zorra no sepa que en realidad estoy vivo, aunque al final siempre me río.

A la hora de la canción quiero una divertida. Mamá empieza:

—«Los gusanos rastreros reptan por el suelo...»

—«Te comen las tripas como patatas fritas...» —canto yo.

—«Te comen los ojos, te comen los piojos...»

—«Te comen la roña de los dedos de los pies...»

En la Cama tomo un montón, pero la boca se me duerme. Mamá me lleva al Armario, me arropa con la Manta y me tapa hasta el cuello; yo tiro y la aflojo otra vez. Mis dedos hacen chucuchú siguiendo el ribete rojo.

Piiii, piiii. Es la Puerta. Mamá se pone de pie de un salto y hace un ruido, creo que se ha dado un coco en la cabeza. Cierra bien las puertas del Armario.

Entra un aire helado, creo que con un poco de Espacio Exterior, huele superbién. La Puerta se cierra de golpe, eso quiere decir que el Viejo Nick ya está dentro. Se me ha pasado el sueño. Me pongo de rodillas y miro por las rendijas de los listones, pero lo único que veo es la Cajonera, la Bañera y una curva de la Mesa.

—Parece rico —la voz del Viejo Nick es superprofunda.

—Ah, son los restos del pastel de cumpleaños —dice Mamá.

—Deberías habérmelo recordado, podría haberle traído algo. Cuántos tiene, ¿cuatro?

Espero a que Mamá lo diga, pero nada.

—Cinco —digo en un susurro.

Seguro que Mamá me ha oído, porque se acerca al Armario y dice: «Jack» con voz de enfado.

El Viejo Nick se ríe, no sabía que supiera.

—Así que el monstruito habla.

¿Por qué dice «el monstruito»?

—¿Quieres salir y probarte los vaqueros nuevos?

No se lo dice a Mamá, sino a mí. Empiezo a sentir pum, pum, pum dentro del pecho.

—Está casi dormido —dice Mamá.

No, no lo estoy. Ojalá no hubiera susurrado para que me oyera, ojalá no hubiera hecho nada de nada.

Dicen algo más que apenas oigo.

—Vale, vale —dice el Viejo Nick—. ¿Puedo comer un trozo?

—Está medio reseco. Si de verdad te apetece...

—No, déjalo, tú mandas.

Mamá no dice nada.

—Yo sólo soy el chico de los recados, el que te saca la basura, el que se patea los pasillos de la ropa de niño, el que trepa a la escalera para quitarte el hielo de la claraboya... A su servicio, señora.

Creo que hace sarcasmo, que es cuando se dice lo contrario de lo que se piensa de verdad, con una voz muy retorcida.

—Te lo agradezco —Mamá no suena igual que siempre—. Así entra mucha más luz.

—Vaya, no duele, ¿verdad?

—Perdona. Muchas gracias.

—A veces parece que te arrancaran una muela —dice el Viejo Nick.

—Y gracias también por la comida, y por los vaqueros.

—De nada, mujer.

—Toma, te traeré un plato, a lo mejor por el centro no está tan mal.

Se oyen unos tintineos, creo que le está sirviendo pastel. Mi pastel.

Un minuto después habla, aunque poco claro.

—Sí, bastante reseco.

Tiene la boca llena de mi pastel.

La Lámpara se apaga de golpe, me hace dar un salto. La oscuridad no me molesta, pero no me gusta cuando me sorprende. Me tumbo debajo de la Manta y espero.

Cuando el Viejo Nick hace crujir la Cama, escucho y cuento de cinco en cinco con los dedos: hoy son doscientos diecisiete crujidos. Siempre tengo que contar hasta que hace el gemido y para. No sé qué pasaría si dejara de contar, porque siempre cuento.

¿Y las noches en que estoy dormido?

No sé, a lo mejor cuenta Mamá.

Después de doscientos diecisiete todo queda en silencio.

Oigo encenderse la Tele. Bah, es el planeta de las noticias. Por las rendijas veo que salen tanques, no me parece muy interesante. Meto la cabeza debajo de la Manta. Mamá y el Viejo Nick hablan un poco, pero no los escucho.

Me despierto en la Cama y sé que llueve, porque la Claraboya está empañada. Mamá me da un poco mientras canta muy bajito «Singing in the Rain».

Hoy la derecha no me sabe muy rica. Al incorporarme me acuerdo.

—¿Por qué no le habías dicho que era mi cumpleaños?

Mamá deja de sonreír.

—Se supone que cuando él está aquí, tú estás dormido.

—Pero si se lo hubieras dicho, me habría traído alguna cosa.

—Bueno, eso es lo que dice.

—¿Qué clase de cosa? —espero a que me conteste, pero no dice nada—. Tendrías que habérselo recordado.

Mamá estira los brazos por encima de la cabeza.

—No quiero que te traiga cosas.

—Pero para el Gusto del Domingo...

—Eso es distinto, Jack, lo que le pido son cosas que necesitamos —señala la Cajonera; encima hay una tela azul doblada—. Ahí tienes los vaqueros nuevos, por cierto.

Va a hacer pis.

—Podrías pedirle un regalo para mí. En toda mi vida no he tenido un regalo.

—Claro que tuviste un regalo, te lo di yo, ¿recuerdas? El dibujo.

—No quiero ese estúpido dibujo —digo llorando.

Mamá se seca las manos y viene a abrazarme.

—Bueno, bueno...

—Podría...

—No te oigo. Respira hondo.

—Podría...

—Dime qué te pasa, venga.

—Podría ser un perro.

—¿El qué podría ser un perro?

No puedo parar, tengo que hablar mientras lloro.

—El regalo. Podría ser un perro hecho realidad que se llamara Lucky.

Mamá me seca las lágrimas con el dorso de la mano.

—Ya sabes que aquí no hay sitio.

—Sí que hay.

—Los perros necesitan pasear.

—Nosotros paseamos.

—Pero un perro...

—Corremos una carrera superlarga cuando hacemos la Pista, Lucky podría correr a nuestro lado. Seguro que iría más rápido que tú.

—Jack. Con un perro nos volveríamos locos.

—No, de verdad que no.

—Que sí. Aquí encerrados, con los ladridos, los arañazos...

—Lucky no arañaría nada.

Mamá pone los ojos en blanco. Se acerca a la Alacena para sacar los cereales, los vierte en los cuencos sin contarlos ni nada.

Pongo cara de león rugiente.

—Por la noche cuando estés dormida voy a quedarme despierto y sacaré el papel de plata de los agujeros para que vuelva el Ratón.

—Vamos, no seas tonto.

—No soy tonto, tú eres la tonta, tarugo.

—Escucha, entiendo que...

—El Ratón y Lucky son mis amigos —otra vez estoy llorando.

—No existe ningún Lucky —Mamá habla con los dientes apretados.

—Sí que existe, y yo lo quiero.

—Acabas de inventártelo.

—Y también el Ratón, que es mi amigo de verdad y tú lo echaste...

—Sí, claro —grita Mamá—, para que no te correteara por la cara de noche y te mordiera.

Lloro tanto que me entra hipo. No sabía que el Ratón puede morderme la cara, pensé que eso sólo lo hacían los vampiros.

Mamá se deja caer encima del Edredón y se queda quieta.

Me acerco a ella y me tumbo a su lado. Le levanto la camiseta para tomar un poquito, todo el rato tengo que parar a limpiarme la nariz. La izquierda está rica, pero no hay mucho.

Más tarde me pruebo los vaqueros nuevos. Se me caen todo el rato. Mamá tira de un hilo que asoma.

—No hagas eso.

—Ya estaba suelto. Pedazo barato de... —no dice de qué.

—De tejano —le digo—. De eso se hacen los vaqueros, ¿no? —guardo el hilo en la Alacena, en la Tarrina de las Manualidades.

Mamá baja el Costurero para darles unas puntadas en la cintura. Después los vaqueros ya no se me caen.

Apenas paramos en toda la mañana. Primero deshacemos el Barco Pirata que hicimos la semana pasada y lo convertimos en un Tanque. El Globo hace de conductor; antes era tan grande como la cabeza de Mamá, rosado y gordo, pero ahora es pequeño como mi puño, sólo que rojo y arrugadito. Inflamos uno nada más el primer día de cada mes, así que no podemos darle un hermanito al Globo hasta que llegue abril. Mamá también juega con el Tanque, pero no tanto rato. Enseguida se cansa de las cosas, porque ella es mayor.

El lunes es uno de los días en que toca lavar la ropa, así que nos metemos en la Bañera con los calcetines, la ropa interior, mis pantalones grises salpicados de ketchup, las sábanas y los trapos de cocina, y los restregamos bien para quitarles la suciedad. Mamá sube el Termostato a tope para que la ropa se seque. Saca el Tendedero, que está al lado de la Puerta, lo abre y lo pone de pie. Yo le digo que tiene que ser fuerte como un caballo para aguantar el peso. Me encantaría montarme encima igual que cuando era un bebé, pero ahora soy tan enorme que podría romperlo. A veces estaría bien volver a hacerse pequeño y a veces grande, igual que Alicia. Después de escurrir y tender toda la ropa hace tanto calor que Mamá y yo nos tenemos que quitar la camiseta, y hacemos turnos para meter la cabeza en la Nevera y refrescarnos.

Para comer hay ensalada de judías, mi segundo plato menos favorito. Después de la siesta, todos los días menos los sábados y los domingos jugamos al Alarido. Nos aclaramos la garganta y nos subimos a la Mesa para estar más cerca de la Claraboya, cogiéndonos de las manos para no caernos. Decimos: «Preparados, listos, ya», y entonces abrimos mucho los dientes y damos alaridos: gritamos, chillamos, aullamos, berreamos, rugimos lo más fuerte que podemos. Hoy grito yo más fuerte, porque como ya tengo cinco años se me están dilatando los pulmones.

Entonces ponemos el dedo delante de los labios y hacemos: «Chsss». Una vez le pregunté a Mamá qué estábamos escuchando, y me dijo que por si acaso. Por si acaso, ¿qué? Nunca se sabe, me dijo.

Luego calco un tenedor, y calco el Peine, las tapas de algunos botes y las costuras de los lados de mis vaqueros. El papel con renglones es mejor para calcar; en cambio, el papel higiénico está bien para hacer dibujos infinitos. Hoy me dibujo a mí primero de rey Jack, y después dibujo un gato, un loro, una iguana, un mapache y a Papá Noel y una hormiga y a Lucky y a todos mis amigos de la Tele, en fila uno detrás de otro. Cuando acabo lo enrollo todo otra vez para que podamos limpiarnos el culito. Cojo un trozo nuevo del rollo siguiente, porque quiero escribirle una carta a Dora. Le saco punta al Lápiz Rojo con el Cuchillo Afilado; hay que agarrar fuerte el Lápiz, porque es tan corto que casi no queda. Escribo perfectamente, sólo que a veces las letras se me tuercen hacia delante. «Cumplí cinco años antes de ayer, puedes comerte el último trozo de pastel pero no tiene velas, adiós, besos, Jack.» El papel sólo se rasga un poquito en el segundo «de».

—¿Cuándo la recibirá?

—Bueno —dice Mamá—, imagino que tardará unas cuantas horas en llegar al mar, y luego la corriente la arrastrará a una playa...

Da risa cómo habla, porque está chupando un cubito de hielo para calmar la Muela Mala. Las playas y el mar son Tele, pero creo que cuando se manda una carta se vuelven de verdad un rato. Las cacas se hunden y las cartas flotan encima de las olas.

—¿Y quién la encontrará? ¿Diego?

—Seguramente. Y entonces se la llevará a su prima Dora.

—En su jeep de safari. Zum, zum, por la jungla.

—Así que yo diría que mañana por la mañana. Como muy tarde a la hora de comer.

El cubito de hielo ya se está haciendo pequeño en la cara de Mamá.

—¿A ver?

Saca la lengua y me lo enseña.

—Me parece que yo también tengo una muela mala.

—Ay, no, Jack —grita Mamá.

—De verdad verdadera. Au, au, au.

Le cambia la cara.

—Puedes chupar un cubito de hielo si quieres, no hace falta que tengas un dolor de muelas.

—Qué guay.

—No me des esos sustos.

No sabía que pudiera asustarla.

—A lo mejor me duele cuando tenga seis años.

Mientras saca los cubitos del Congelador resopla.

—No se dicen mentiras, o te crecerá la nariz.

No estaba diciendo mentiras, sólo era de broma.

Llueve toda la tarde, Dios no se asoma para nada. Cantamos «Stormy Weather» e «It's Raining Men», y esa del desierto que echa de menos la lluvia.

De cena hay palitos de pescado y arroz. Me pongo a exprimir el limón; no uno de verdad, sino de plástico. Una vez tuvimos un limón de verdad, pero se arrugó enseguida. Mamá pone un trozo de su palito de pescado debajo de la Planta, en la tierra.

Por la noche no hay planeta de dibujos animados, a lo mejor porque está oscuro y allí no tienen lámparas. Esta noche escojo un programa de cocina. No hacen comida de verdad, no hay latas. Ella y él hablan y se sonríen y preparan una carne con un pastel encima y cosas verdes alrededor de otras cosas verdes en manojos. Luego cambio al planeta del *fitness,* donde se ven muchas máquinas y gente en ropa interior repitiendo las mismas cosas una y otra vez. Me parece que viven ahí encerrados. Se acaba pronto y entonces dan los derribadores, que hacen casas de distintas formas y millones de colores con pintura, no sólo en los cuadros, sino por todas partes. Las casas son como muchas Habitaciones pegadas unas a otras, y las personas de la Tele se quedan dentro casi siempre, pero a veces salen afuera y se ponen al aire libre debajo del sol o de las nubes.

—¿Y si moviéramos la cama ahí? —dice Mamá.

La miro fijamente y luego miro a donde señala.

—Ésa es la Pared de la Tele.

—Así es sólo como la llamamos nosotros —dice—, pero probablemente la cama encajaría bien ahí, entre el baño y... Tendríamos que mover el armario un poco más allá. Entonces la cajonera estaría justo ahí, en lugar de la cama, con la tele encima.

Digo que no sacudiendo la cabeza.

—Entonces no la veríamos.

—Claro que la veríamos, estaríamos sentados aquí, en la Mecedora.

—Mala idea.

—De acuerdo, olvídalo —Mamá cruza los brazos y los aprieta.

La mujer de la Tele está llorando porque su casa ahora es amarilla.

—¿Le gustaba más cuando era marrón? —pregunto.

—No —dice Mamá—, llora de alegría.

Qué raro.

—¿Está contentriste, como tú cuando ponen música bonita en la Tele?

—No, es que es una idiota. Vamos a apagar ya la tele.

—Cinco minutos más, por favor...

Niega con la cabeza.

—Haré Loro, verás como ahora me sale mejor —escucho con todas mis fuerzas a la mujer de la Tele, y digo—: Sueño hecho realidad, tengo que decirle a mi Darren que esto supera incluso mis fantasías más delirantes, las cornisas...

Mamá aprieta el *off*. Quiero preguntarle qué es una cornisa, pero creo que aún está de mal humor por lo de cambiar los muebles de sitio, era un plan absurdo.

En el Armario, en lugar de dormir me pongo a contar discusiones. Hemos tenido tres en tres días: una por las velas, otra por el Ratón y otra por Lucky. Si tener cinco años significa discutir todos los días, preferiría tener cuatro otra vez.

—Buenas noches, Habitación —digo muy bajito—. Buenas noches, Lámpara y Globo.

—Buenas noches, cocina —dice Mamá—, y buenas noches, mesa.

61

Me sale una sonrisa.

—Buenas noches, Pelota Palabrera. Buenas noches, Fortaleza. Buenas noches, Alfombra. Buenas noches, Dora...

—Buenas noches, aire.

—Buenas noches, ruidos de todas partes.

—Buenas noches, Jack.

—Buenas noches, Mamá. Y los Bichos, no te olvides de los Bichos.

—Buenas noches —dice—, dulces sueños, que los bichos no piquen a mi pequeño.

Cuando me despierto, la Claraboya me mira muy azul desde el cristal, no queda ya nieve ni en las esquinas. Mamá está sentada en su silla con la cara entre las manos, eso quiere decir que le duele. Está mirando algo que hay encima de la Mesa, dos cosas.

Me levanto de un salto y lo cojo.

—Es un jeep. ¡Un jeep a control remoto!

Lo levanto en el aire, es rojo, y tan grande como mi mano. El mando es un rectángulo plateado, cuando muevo una de las palanquitas con el pulgar, las ruedas del jeep giran, ¡rrrrrrrrrr!

—Un regalo de cumpleaños atrasado.

Sé quién lo ha traído; ha sido el Viejo Nick, aunque ella no va a decirlo.

No quiero comerme los cereales, pero Mamá dice que en cuanto termine puedo volver a jugar con el Jeep. Me como veintinueve, y después ya no tengo más hambre. Mamá dice que es un desperdicio, así que se come el resto.

Descubro qué hay que hacer para que el Jeep se mueva sólo con el Mando. La antena puede hacerse larga de verdad o supercortita; es fina y plateada. Una palanca mueve el Jeep adelante y atrás, la otra para un lado y para el otro. Si las empujo las dos a la vez, el Jeep se queda paralizado como si le clavaran un dardo venenoso y dice: «¡Ajjjj!».

Mamá cree que será mejor ponerse con la limpieza, porque es martes.

—Despacito —dice—, recuerda que puede romperse.

Eso ya lo sé, cualquier cosa puede romperse.

—Y si lo tienes mucho rato encendido, las pilas se gastarán, y no hay otras de repuesto.

Puedo hacer que el Jeep dé la vuelta a toda la Habitación; es fácil, menos al pasar por el borde de la Alfombra, porque se enrolla debajo de las ruedas. El Mando es quien manda, es el que dice: «Vamos allá, Jeep tortuga. Dos vueltas a esa pata de la Mesa, a todo gas. Venga, que esas ruedas no dejen de girar».

A veces el Jeep se cansa; el Mando hace girar las ruedas hasta que rugen, grrrrrrrrr. Ese Jeep travieso se esconde en el Armario, pero el Mando lo encuentra con sus poderes mágicos y le hace ir de atrás hacia delante chocando con los listones.

Los martes y los viernes siempre huelen a vinagre. Mamá restriega debajo de la Mesa con el trapo que era uno de los pañales que llevé hasta que cumplí un año. Seguro que está limpiando la tela de la Araña, pero no me importa mucho. Después coge la Aspiradora y todo se llena de polvo y de ruido, brrr.

El Jeep se escabulle debajo de la Cama.

—Vuelve, Jeep bonito, chiquitín —dice el Mando—. Si fueras un pez en el río, yo sería el pescador y te atraparía con mi red.

Pero nada, el Jeep es traviesillo y se queda quieto hasta que el Mando se echa a dormir la siesta con la antena bajada a tope, y entonces el Jeep sale sin que se dé cuenta y va por detrás y le quita las pilas, ja, ja, ja.

Juego con el Jeep y el Mando todo el día, menos cuando estoy en la Bañera, que tienen que quedarse aparcados en la Mesa porque si se mojan, se oxidan. Cuando hacemos el Alarido los levanto hasta que casi tocan la Claraboya, y el Jeep hace brum, brum con las ruedas todo lo fuerte que puede.

Mamá se tumba otra vez, aguantándose la boca con la mano. A veces suelta mucho aire: uf, uf, uf.

—¿Por qué resoplas así?

—Intento controlar el dolor.

Me siento a su lado, le aparto el pelo de la cara con una caricia; la frente está resbaladiza. Me coge de la mano y la aprieta fuerte.

—No pasa nada.

Pues no lo parece.

—¿Quieres jugar con el Jeep, el Mando y conmigo?

—Luego, a lo mejor.

—Si juegas y dejas de pensar, ya no te dolerá.

Sonríe un poco, pero la siguiente respiración le sale más fuerte, como un quejido.

—Mamá, son casi las seis —le digo cuando son las 05.57.

Así que se levanta a preparar la cena, aunque ella no come nada. El Jeep y el Mando esperan en la Bañera, porque ahora está seca y es su cueva secreta.

—En realidad el Jeep se murió y se fue al Cielo —digo comiéndome las lonchas de pollo a la velocidad del rayo.

—Ah, ¿sí?

—Pero entonces por la noche, cuando Dios estaba dormido, el Jeep se escapó a escondidas y bajó por la mata de habichuelas para venir a verme.

—Qué astuto fue.

Me como tres judías verdes y tomo un trago grande de leche, y luego me como otras tres; de tres en tres pasan más rápido. De cinco en cinco pasarían más rápido todavía, pero eso no se puede hacer porque se me taponaría la garganta. Una vez, cuando tenía cuatro años, Mamá escribió: «Judías verdes / otras verduras congeladas» en la lista de la compra y yo taché «judías verdes» con el Lápiz Naranja. A ella le hizo gracia. El pan blandito me lo dejo para el final, porque me gusta metérmelo en la boca como un cojín y que se deshaga.

—Gracias, Niño Jesús, sobre todo por el pollo —digo—. Y por favor, que las judías verdes tarden mucho en volver. Eh, ¿por qué le damos las gracias al Niño Jesús y no a él?

—¿Él?

Señalo la Puerta con la cabeza.

Se pone seria, aunque no he dicho su nombre.

—¿Por qué deberíamos darle las gracias?

—La otra noche tú le diste las gracias por la comida y por quitar la nieve, y por los pantalones.

—No deberías escuchar —a veces, cuando está enfadada de verdad, ni abre la boca para hablar—. Le daba las gracias de mentira.

—¿Por qué hacías...?

Me corta.

—Él únicamente trae las cosas. En realidad no es quien hace que el trigo crezca en el campo.

—¿Qué campo?

—No puede hacer que el sol brille, o que llueva, o nada de nada.

—Pero, Mamá, el pan no sale de los campos —se tapa la boca con fuerza—. ¿Por qué has dicho que...?

—Debe de ser hora de ver la tele —dice rápido.

Son vídeos musicales, me encantan. Mamá hace los movimientos conmigo la mayoría de las veces, pero esta noche no. Doy saltos en la Cama, y al Jeep y al Mando les enseño a mover el culito. Salen Rihanna, T. I., Lady Gaga y Kanye West.

—¿Por qué los raperos llevan gafas de sol hasta por la noche? —le pregunto a Mamá—. ¿Les duelen los ojos?

—No, sólo quieren parecer elegantes. Y no tener a un montón de fans que los reconozcan todo el tiempo por lo famosos que son.

Me hago un lío.

—¿Por qué los fans son famosos?

—No, las estrellas son famosas.

—¿Y no quieren?

—Bueno, supongo que sí —dice Mamá levantándose a apagar la Tele—, pero también mantener un poco su vida privada.

Mientras tomo un poquito, Mamá no me deja meter el Jeep y el Mando en la Cama, aunque sean mis amigos. Y luego dice que para dormir tienen que quedarse en la Estantería.

—Si no, se te clavarán mientras duermes.

—No, no se me clavarán, lo prometen.

—Hagamos una cosa: guardamos el jeep y puedes dormir con el mando, que es más pequeño, siempre y cuando la antena esté plegada del todo. ¿Trato hecho?

—Trato hecho nunca deshecho.

Cuando estoy en el Armario, hablamos por las rendijas.

—Que Dios bendiga a Jack —dice Mamá.

—Que Dios bendiga a Mamá y haga magia para curarle la Muela. Que Dios bendiga el Jeep y el Mando y los filetes de pollo.

—Que Dios bendiga los libros.

—Que Dios bendiga todas las cosas de aquí dentro y del Espacio Exterior y otra vez el Jeep. ¿Mamá?

—Sí.

—¿Dónde vamos cuando nos dormimos?

La oigo bostezar.

—Nos quedamos aquí mismo.

—Pero los sueños... —espero a ver si dice algo— ¿son Tele? —sigue sin contestar—. ¿Me meto en la Tele para soñar?

—No. No nos movemos de aquí en ningún momento —su voz suena lejos, lejísimos.

Acurrucado, toco los botones con los dedos.

—¿No podéis dormir, botoncitos? —les susurro—. Bueno, tomad un poco —me los pongo en las tetillas para que tomen por turnos. Estoy casi dormido, pero no del todo.

Piiii, piiii. Es la Puerta.

Escucho con todas mis fuerzas. El aire frío se mete dentro de la Habitación. Si tuviera la cabeza fuera del Armario, por la Puerta abierta seguro que podría ver hasta las estrellas y las naves espaciales y los planetas y los extraterrestres dando vueltas en ovnis. Ojalá, ojalá, ojalá pudiera verlo.

Pum, la Puerta se cierra y el Viejo Nick le está diciendo a Mamá que de tal cosa no había y que además no sé qué otra cosa estaba por las nubes.

Me pregunto si ha mirado encima de la Estantería y ha visto el Jeep delante de la Lámpara. Sí, me lo trajo para mí, pero no creo que haya jugado nunca con él. Seguro que no sabe cómo se encabrita de pronto cuando le doy al Mando, brrrrum.

Mamá y él hoy hablan sólo un ratito. La Lámpara se apaga, clic, y el Viejo Nick hace crujir la Cama. Cuento de uno en uno en lugar de hacerlo de cinco en cinco, para variar, pero empiezo a perder la cuenta y cambio otra vez a de cinco en cinco. Llego a trescientos setenta y ocho.

Todo en silencio. Creo que el Viejo Nick está dormido. ¿Mamá se apaga también cuando él se apaga, o se queda despierta y espera a que se vaya? A lo mejor están los dos apagados y yo sigo encendido, qué raro sería. Podría levantarme y salir reptando del Armario, ni se darían cuenta. Podría hacer un dibujo de los dos en la Cama, por ejemplo. No sé si duermen hacia el mismo lado o de espaldas.

De pronto se me ocurre algo horrible, ¿y si el Viejo Nick está tomando? ¿Mamá le dejaría tomar un poco o le diría: «Nanay de la China, esto es sólo para Jack»?

Si tomara, podría empezar a hacerse más de verdad.

Quiero ponerme a saltar y a gritar.

Encuentro el botón que enciende el Mando, lo pongo en verde. ¿A que sería divertido que con sus superpoderes las ruedas del Jeep empezaran a girar encima de la Estantería? Ja, ja, el Viejo Nick se despertaría y se llevaría una buena sorpresa.

Pruebo con la palanca hacia delante, pero nada. Ostras, me he olvidado de subir la antena. La estiro del todo y pruebo otra vez, pero el Mando sigue sin funcionar. Saco la antena por las rendijas de los listones: ella está fuera y al mismo tiempo yo estoy dentro. Le doy al botón. Oigo un ruido pequeñísimo, debe de ser que las ruedas del Jeep empiezan a girar, y de repente...

PATAPUMBA.

El Viejo Nick ruge como nunca le había oído; grita algo de Jesús, pero no ha sido el Niño Jesús, he sido yo. La Lámpara se enciende, la luz me golpea a través de los listones, cierro los ojos con fuerza. Me retuerzo para tumbarme boca arriba y me tapo la cara con la Manta.

Está gritando.

—¿A qué te crees que estás jugando?

La voz de Mamá suena temblorosa.

—¿Qué? ¿Qué pasa? —dice—. ¿Has tenido una pesadilla?

Muerdo la Manta, que dentro de la boca es blanda como un pan gris.

—¿Has intentado algo? ¿Has intentado jugármela? —su voz se hace más profunda—. Porque ya te lo he dicho antes, allá tú con lo que haces...

—Estaba dormida —Mamá habla con una voz finita, como aplastada—. Por favor... Mira, mira, ha sido ese estúpido jeep, que se ha caído rodando de la estantería.

El Jeep no es ningún estúpido.

—Lo siento —dice Mamá—. Lo siento mucho, debería haberlo puesto en un sitio de donde no pudiera caerse. De verdad, te juro que estoy totalmente...

—Vale, vale.

—Mira, vamos a apagar la luz.

—No, déjalo —dice el Viejo Nick—, yo ya he hecho lo que había venido a hacer.

Nadie dice nada; cuento un hipopótamo, dos hipopótamos, tres hipopótamos...

Piiii, piiii. La Puerta se abre y se cierra de golpe. Se ha ido.

La Lámpara se apaga de nuevo.

Busco a tientas el Mando en el fondo del Armario, y descubro algo terrible. La antena está corta y afilada, debe de haberse roto entre los listones.

—Mamá —susurro.

No hay respuesta.

—El Mando se ha roto.

—Duérmete —pone una voz tan áspera y de miedo que pienso que no es ella.

Me cuento los dientes cinco veces; todas las veces me salen veinte, pero tengo que hacerlo de nuevo. Aún no me duele ninguno, pero a lo mejor me duelen cuando tenga seis años.

Me duermo pero no me doy cuenta, porque luego me despierto.

Sigo en el Armario, todavía está oscuro. Mamá aún no me ha llevado a la Cama. ¿Por qué aún no me ha llevado?

Abro las puertas y le escucho la respiración. Está dormida. No va a estar enfadada mientras duerme, ¿a que no?

Me deslizo debajo del Edredón. Me tumbo cerca de Mamá sin tocarla; a su alrededor todo es calor.

Desmentir

Por la mañana, mientras desayunamos las gachas de avena, le veo marcas.

—Tienes suciedad en el cuello.

Mamá no dice nada, sólo bebe un poco de agua. La piel se le mueve al tragar.

Creo que en realidad no es suciedad.

Tomo un poco de avena, pero está demasiado caliente y la escupo otra vez en la cuchara. Creo que ya sé lo que es. El Viejo Nick le hizo esas marcas en el cuello, aunque no sé cómo. Intento decirlo pero no sale. Lo intento otra vez.

—Perdón por hacer caer el Jeep anoche.

Bajo de mi silla y Mamá me deja acurrucarme en su regazo.

—¿Qué intentabas hacer? —me pregunta, con la voz todavía ronca.

—Enseñarle.

—¿Qué quiere decir eso?

—Quería, quería, quería...

—Tranquilo, Jack. Cálmate.

—Pero el Mando se rompió y todos os enfadáis conmigo.

—Escúchame bien —dice Mamá—. El jeep me importa un pimiento.

La miro, pestañeando.

—Era mi regalo.

—Me he enfadado contigo porque lo despertaste —dice, con la voz cada vez más fuerte y rasposa.

—¿Al Jeep?

—Al Viejo Nick.

Doy un brinco, ¡ha dicho su nombre en voz alta!

—Se asustó.

—¿Se asustó de mí?

—No sabía que eras tú —dice Mamá—. Pensó que yo lo estaba atacando, que lo golpeaba con algo en la cabeza.

Me tapo la boca y la nariz, pero se me escapan las risas como si fueran burbujas.

—No me hace ninguna gracia. De divertido no tiene nada, todo lo contrario.

Le miro de nuevo el cuello, veo las marcas que le ha hecho y ya no me río.

Las gachas queman todavía, así que volvemos a la Cama para darnos un abrazo.

Hoy por la mañana está *Dora*, ¡yupi! Va en un bote que por poco se choca con un barco, tenemos que levantar los brazos y gritar: «Cuidado», aunque Mamá no lo hace. Los barcos son sólo Tele, y el mar también, menos cuando llegan nuestras cacas y las cartas. ¿O será que dejan de existir en el momento en que llegan allí? Alicia dice que si está en el mar puede irse a casa por ferrocarril, que es como antes se llamaban los trenes. En la Tele hay bosques, y también selvas y desiertos, calles y rascacielos y coches. Los animales viven en la Tele, menos las hormigas y la Araña y el Ratón, aunque ahora él ya ha vuelto. Los microbios son de verdad, y la sangre. Los niños son Tele, aunque son bastante parecidos a mí; mi yo del Espejo tampoco es de verdad, es sólo una imagen. A veces me gusta soltarme la coleta y echarme todo el pelo por la cara y asomar la lengua como un gusano, y luego aparezco mi cara y hago: «Buuuu».

Como es miércoles nos lavamos el pelo, hacemos turbantes con la espuma del Lavavajillas. Miro todo el cuerpo de Mamá, menos la parte del cuello.

Me pone un bigote de burbujas, pero me hace demasiadas cosquillas y me froto para quitármelo.

—¿Qué tal una barba, entonces?

Me pone todas las burbujas en la barbilla.

—Jo, jo, jo. ¿Papá Noel es un gigante?

—Eh... Bueno, supongo que es bastante grandullón —dice Mamá.

Creo que Papá Noel tiene que ser de verdad, porque nos trajo el millón de chocolatinas en la caja de la cinta lila.

—Yo era Jack el Gigante Matagigantes, que era un gigante bueno y encontraba a todos los que eran malos y les arrancaba la cabeza de un puñetazo, ¡zas!

Hacemos tambores distintos llenando más los tarros de cristal o vaciándolos un poco en cascadas. Yo convierto uno en un transformermarino jumbo megatrón con disparador antigravedad, que en realidad es la Cuchara de Madera.

Giro todo el cuello para ver *Impresión: sol naciente*. Se ve una barca negra con dos personas diminutas y más arriba la cara amarilla de Dios, y encima del agua una luz naranja borrosa, y cosas azules, que creo que son los otros botes; es difícil saberlo seguro porque es arte.

Para Gimnasia, Mamá quiere que hagamos Islas, que es cuando yo me pongo de pie en la Cama y Mamá coloca las almohadas, la Mecedora, las sillas plegadas y la Alfombra dobladita, la Mesa y el Cubo de la Basura en lugares sorpresa. Tengo que visitar cada isla sin pasar dos veces por la misma. La Mecedora es la más difícil, siempre intenta catapultarme hacia abajo. Mamá nada a mi alrededor porque es el Monstruo del Lago Ness que me quiere comer los pies.

Cuando me toca a mí elijo Lucha de Almohadas, pero Mamá dice que se está empezando a salir la espuma de una de las almohadas, así que mejor hacemos Karate. Siempre nos saludamos en señal de respeto por nuestro rival. Hacemos «hu», y «hi-ya» con mucha furia. Una vez golpeo con la mano demasiado fuerte y le hago daño a Mamá en la muñeca que le duele, pero sin querer.

Como está cansada, elige que juguemos a Ojos Elásticos, que consiste en tumbarnos uno al lado del otro en la Alfombra, con los brazos a los lados para caber los dos. Miramos cosas que están lejos, como la Claraboya, y luego cosas que están cerca, como las narices, tenemos que mirar entre las dos rápido, rapidísimo.

Mientras Mamá calienta la comida, conduzco el Jeep por todas partes, porque ahora ya no puede ir solito. El Mando sirve ahora para parar las cosas: por ejemplo congela a Mamá como si fuera un robot.

—Ahora te enciendo —le digo.

Se pone de nuevo a remover la olla.

—El rancho está listo —dice.

Sopa de verdura, puaj. Le soplo burbujas para hacerla más divertida.

No tengo ganas de echar la siesta, así que me bajo algunos libros. Mamá pone la voz.

—«¡Aquí está Dylan!» —entonces deja de cantar—. No soporto a Dylan.

Me quedo mirándola.

—Dylan es mi amigo.

—Ay, Jack, es que no soporto este libro, ¿entiendes? No es que Dylan me caiga mal.

—¿Por qué no soportas el libro de Dylan?

—Lo he leído demasiadas veces.

A mí, en cambio, cuando algo me gusta, me gusta siempre; como me pasa con las chocolatinas, que nunca me canso de comerlas.

—Podrías leerlo solo —dice.

Qué tontería, podría leerlos todos yo solo, hasta *Alicia,* lleno de todas esas palabras antiguas.

—Prefiero que me los leas tú.

Me mira con ojos duros y brillantes. Entonces abre el libro otra vez.

—«¡Aquí está Dylan!»

Como está de mal humor le dejo que lea *El conejito andarín,* y luego un poco de *Alicia.* La canción que más me gusta es «Sopa de tortuga», apuesto a que no lleva verdura. Alicia está en un salón lleno de puertas, hay una muy chiquitita y cuando la abre con la llave de oro ve un jardín con flores de todos los colores y fuentes de agua fresca, pero el tamaño de Alicia no acaba de ser el correcto. Cuando al final consigue entrar en el jardín, resulta que las rosas no son de verdad sino que están pintadas, y tiene que jugar al *croquet* con los flamencos y los puercoespines.

Nos tumbamos encima del Edredón. Tomo un montón. Creo que si nos quedamos bien calladitos a lo mejor el Ratón vuelve. Aunque no, seguro que Mamá ha tapado bien todos los agujeros. Ella no es mala, pero a veces hace maldades.

Cuando nos levantamos damos el Alarido, y entrechoco las tapas de las sartenes como si fueran platillos. El Alarido dura siglos, porque cada vez que voy a parar, Mamá aúlla otra vez, hasta que se queda casi sin voz. Las marcas del cuello se parecen a cuando pinto con jugo de remolacha. Creo que las marcas son las huellas de los dedos del Viejo Nick.

Después juego al Teléfono con rollos de papel higiénico, me gusta cómo resuenan las palabras cuando hablo por uno gordo. Mamá es la que normalmente hace todas las voces, pero esta tarde necesita tumbarse a leer. Es *El código Da Vinci,* los ojos de una mujer miran hacia fuera desde la tapa. Se parece a la Mamá del Niño Jesús.

Llamo a Botas, a Patricio y al Niño Jesús y les cuento que tengo nuevos poderes porque ya tengo cinco años.

—Puedo hacerme invisible —susurro por mi teléfono—. Puedo poner la lengua del revés y volar como un cohete por el Espacio Exterior.

Mamá tiene los ojos cerrados, ¿cómo puede leer así?

Juego al Teclado, que es cuando me pongo de pie en la silla al lado de la Puerta y Mamá me canta los números, aunque hoy me los invento yo. Los marco en el Teclado superrápido, sin equivocarme. Los números no hacen pitar la Puerta, pero me gusta el ruidito que se oye cuando los aprieto.

A los Disfraces se juega en silencio. Me pongo la corona de rey, que está hecha de algunos trocitos de papel dorado y otros trocitos de papel de plata que tapan el cartón de

la leche. Me invento una pulsera para Mamá con dos calcetines atados, uno blanco y uno verde.

Bajo la Caja de los Juegos de la Estantería. Mido con
la regla: cada ficha de dominó tiene un poco menos de tres
centímetros, y los cuadros del tablero casi dos. Hago Pedro y
Pablo con los dedos: se saludan con una reverencia antes de
echar a volar, primero uno y luego el otro.

Los ojos de Mamá se han abierto otra vez. Le llevo la
pulsera de calcetines que le he hecho. Dice que es muy bonita y se la pone.

—¿Jugamos a Fastidia a tu Vecino?

—Dame un minuto —dice. Va al Lavabo a lavarse la
cara; no sé por qué, porque no la tenía sucia. Ah, a lo mejor
es que había microbios.

Yo la fastidio dos veces y ella me fastidia una. Odio
perder. Luego jugamos a la Canasta y a Péscalo, le gano casi
todas las partidas. Luego jugamos con las cartas solamente,
bailando y haciendo peleas y otras cosas. La Jota de Diamantes es mi preferida, y también sus amigas, las otras Jotas, porque es la letra con la que empieza mi nombre.

—Mira —digo señalando el Reloj—, las 05.01. Ya
podemos cenar.

Hay un perrito caliente para cada uno, ñam.

Para ver la Tele me acurruco en la Mecedora; Mamá
se sienta en la Cama con el Costurero, tiene que coger el dobladillo de su vestido marrón con trocitos rosas. Vemos el
planeta hospital, donde los médicos y las enfermeras hacen
agujeros en las personas para sacarles los microbios. Las personas están dormidas, no muertas. Los médicos no muerden
el hilo para cortarlo como hace Mamá, sino que usan puña-
les superafilados y después cosen otra vez a las personas,
igual que le pasó a Frankenstein.

Cuando vienen los anuncios, Mamá me pide que quite la voz. Hay un hombre con un casco amarillo taladrando
un agujero en la calle, se aguanta la frente y pone una mueca.

—¿Le duele? —pregunto.

Mamá levanta la mirada de la costura.

—Le debé de doler la cabeza por el ruido del taladro.

El ruido no lo oímos, porque la Tele está sin voz. El hombre de la Tele está delante de un lavabo tomándose una pastilla de un frasco, y después sale sonriendo y lanzándole una pelota a un niño.

—Mamá, Mamá.

—¿Qué? —está haciendo un nudo.

—Es nuestro frasco. ¿Estabas mirando? ¿Estabas mirando al hombre al que le dolía la cabeza?

—Pues no, la verdad.

—El frasco de donde sacó la pastilla era igualito que el nuestro, el de los matadolores.

Mamá se queda mirando la pantalla, pero ahora sale un coche corriendo por una montaña.

—No, antes —digo—. De verdad, tenía nuestro frasco de matadolores.

—Bueno, a lo mejor era de la misma clase, pero no era el nuestro.

—¡Que sí!

—No, hay muchos iguales.

—¿Dónde?

Mamá me mira, luego mira otra vez el vestido y estira el dobladillo.

—Bueno, nuestro frasco está ahí, en la estantería, y los demás están... —no dice nada más.

—¿Dentro de la Tele? —pregunto.

Mamá está mirando los hilos y enrollándolos en los cartoncitos para que quepan bien en el Costurero.

—¿Sabes qué? —estoy dando botes—. ¿Sabes qué quiere decir eso? Pues que seguro que él se mete en la Tele —vuelve el planeta hospital, pero no le hago ni caso—. El Viejo Nick —le digo, para que no crea que hablo del hombre del casco amarillo—. Cuando no está aquí, por el día, ¿sabes qué? Pues se vá a la Tele. Ahí es donde consiguió nuestros matadolores, en una tienda, y luego nos los trajo aquí.

—Se llaman calmantes —dice Mamá mientras se pone de pie—. Bueno, venga, que ya es hora de dormir —empieza a cantar «Indicate the Way to My Abode», pero yo no la sigo.

Me parece que no se da cuenta de lo alucinante que es mi descubrimiento. No paro de darle vueltas mientras me pongo la camiseta de dormir y me lavo los dientes, y hasta tomo un poquito en la Cama. Aparto la boca.

—¿Cómo es que en la Tele nunca lo vemos? —digo.

Mamá bosteza y se incorpora.

—Siempre que la vemos, él nunca sale, ¿cómo puede ser?

—Porque no está ahí.

—Pero el frasco ¿de dónde lo ha sacado?

—No lo sé.

Por cómo lo dice me suena raro. Creo que está disimulando.

—Seguro que lo sabes. Tú lo sabes todo.

—Mira, da igual, la verdad es que importa poco.

—Pues sí que importa, y a mí no me da igual —le digo casi gritando.

—Jack...

¿Jack qué? ¿Qué quiere decir con «Jack»?

Mamá se recuesta en las almohadas.

—Es muy difícil de explicar.

Creo que sí puede explicármelo, lo que pasa es que no quiere.

—Puedes explicármelo, porque ya tengo cinco años.

Vuelve la cara hacia la Puerta.

—Antes, nuestras pastillas estaban en una tienda, ¿de acuerdo? Ahí fue donde las consiguió, y luego nos las trajo para el Gusto del Domingo.

—¿Una tienda que hay en la Tele? —miro la Estantería para comprobar que el frasco está ahí—. Pero las pastillas son de verdad...

—Es que la tienda también es de verdad —Mamá se frota un ojo.

—¿Cómo...?

—¡Bueno, vale, vale!

¿Por qué grita?

—Mira. Lo que vemos en la tele son..., son imágenes de cosas de verdad.

Eso es lo más increíble que he oído en toda mi vida.

Mamá se ha tapado la boca con la mano.

—Entonces, ¿Dora es de verdad verdadera?

Se quita la mano de la boca.

—No, perdón. Muchas cosas de la tele son imágenes de mentira. Dora, por ejemplo, sólo es un dibujo. Pero el resto de la gente, los que tienen caras como tú y como yo, es gente de verdad.

—¿Seres humanos reales?

Asiente con la cabeza.

—Y los lugares, como las granjas, los bosques, los aviones o las ciudades, también son de verdad...

—Bah —¿por qué quiere engañarme?—. ¿Dónde caberían?

—*Cabrían,* no *caberían.* Pues ahí fuera —dice Mamá—. En el exterior —y luego echa atrás la cabeza.

—¿Fuera de la Pared de la Cama? —digo, y me quedo mirándola.

—Fuera de esta habitación —señala ahora hacia el otro lado, hacia la Pared de la Cocina, y luego su dedo dibuja un círculo.

—¿Las tiendas y los bosques van dando vueltas por el Espacio Exterior?

—No. Olvídalo, Jack, no debía haber...

—Sí que debías —la agarro fuerte por la rodilla—. Cuéntamelo.

—Esta noche no, no doy con las palabras adecuadas para explicártelo.

Alicia dice que no sabe explicarse porque siente que no es ella misma; por la mañana sabía quién era, pero desde entonces ha cambiado varias veces.

De pronto Mamá se levanta y coge los matadolores de la Estantería, creo que está comprobando si son los mismos que los de la Tele, pero veo que abre el frasco y se toma uno y después otro. Nunca más de dos, ésa es la norma.

—¿Mañana encontrarás las palabras?

—Son las ocho y cuarenta y nueve, Jack, ¿puedes irte ya a dormir? —ata la bolsa de la basura y la pone al lado de la Puerta.

Me tumbo en el Armario, pero tengo cero sueño.

Hoy es uno de los días en que Mamá está ida.

No consigue despertarse de verdad. Está aquí, pero no del todo. Se queda en la Cama con las almohadas tapándole la cabeza.

Pene Bobo está levantado, lo aplasto para que baje.

Me como mis cien copos de cereales y me subo en mi silla para fregar el cuenco y la Cuchara Derretida. Cuando cierro el grifo todo se queda muy silencioso. No sé si el Viejo Nick ha venido esta noche. No creo, porque la bolsa de la basura está todavía al lado de la Puerta... ¿o a lo mejor ha venido y no se la ha llevado? A lo mejor es que Mamá no está ida, sino que le apretó el cuello aún más fuerte y ahora está...

Me acerco mucho y me quedo escuchando hasta que oigo su respiración. Estoy casi pegado a Mamá; mi pelo le roza la nariz, y ella se tapa la cara con una mano. Me aparto.

Yo solo no me baño, me visto y nada más.

Tengo por delante horas y horas, cientos.

Mamá se levanta a hacer pis con la cara como en blanco, no dice nada. Ya le he puesto un vaso de agua al lado de la Cama, pero ella se mete debajo del Edredón otra vez y ya está.

Odio que esté ida, lo único que me gusta es que me paso todo el día viendo la Tele. Al principio la pongo muy bajito, y cada vez subo un poco el volumen. Demasiada Tele podría convertirme en un zombi, pero Mamá está hoy como un zombi y ni la mira. Dan *Bob y sus amigos* y *Las mascotas maravilla* y *Barney*. Me levanto para saludarlos a todos y darles una caricia. Barney y sus amigos se dan muchos abrazos, y yo voy corriendo para meterme en medio, aunque a veces llego demasiado tarde. Hoy es de un ratoncito mágico que entra por las noches y convierte en dinero los dientes que se les caen a los niños. Quiero que venga Dora, pero nada.

El jueves es el día de lavar la ropa, pero yo solo no puedo hacerlo; además, Mamá sigue tumbada sobre las sábanas.

Cuando tengo hambre otra vez miro el Reloj, pero sólo son las 09.47. Los dibujos se han terminado, así que veo fútbol y el planeta donde la gente gana premios. La mujer del pelo inflado está en su sofá rojo hablando con un hombre que antes era una estrella del golf. Hay otro planeta donde las mujeres levantan unos collares y presumen de lo divinos que son. «Imbéciles», dice Mamá siempre que ve ese planeta. Hoy no dice nada, pero es que no se da cuenta de que estoy todo el rato delante de la Tele y que mi cerebro empieza a apestar.

¿Cómo van a ser de verdad las imágenes de la Tele?

Pienso en todas esas cosas flotando en círculos en el Espacio Exterior, fuera de las paredes: el sofá, los collares, el pan y los matadolores y los aviones, y todos esos señores y señoras, los boxeadores y el hombre con una sola pierna y la mujer del pelo hinchado, todos flotando por encima de la Claraboya. Los saludo con la mano, pero también hay rascacielos y vacas y barcos y camiones apiñados ahí fuera, y me pongo a contar todas las cosas que podrían caerse y chocar con la Habitación. Me cuesta respirar, así que me cuento los dientes: de izquierda a derecha los de arriba, luego de derecha a izquierda los de abajo, luego hacia atrás; todas las veces me salen veinte, pero sigo pensando que estoy contando mal.

Cuando son las 12.04 ya puede ser la hora de comer, así que con cuidado abro la tapa de una lata de judías blancas cocidas. Si me corto en la mano y grito pidiendo ayuda, ¿Mamá se levantaría? Nunca había comido judías blancas frías. Me como nueve, y luego ya no tengo más hambre. Pongo las demás en una tarrina para no desperdiciar nada. Algunas se quedan pegadas en el fondo de la lata y les pongo agua. A lo mejor Mamá se levanta luego y las despega. A lo mejor tiene hambre y dice: «Oh, Jack, estás en todo, qué bien que me hayas guardado una tarrina de judías».

Mido más cosas con la regla, pero a mí solo me cuesta sumar los números. La pongo a dar vueltas de campana y se convierte en una acróbata de circo. Juego con el Mando, apunto a Mamá y susurro: «Despiértate». Pero nada. El Globo está muy blando, y va a dar una vuelta montado en la Botella de Zumo de Ciruelas Pasas y pasa cerca de la Claraboya. La luz se llena de destellos marrones. El Mando les da miedo porque tiene una punta afilada, así que lo guardo en el Armario y cierro bien las puertas. A todas las cosas les digo que no pasa nada, que mañana Mamá ya habrá vuelto. Leo yo solito los cinco libros, de *Alicia* sólo algunos trozos. Me paso casi todo el rato sentado sin hacer nada más.

Hoy no doy el Alarido para no molestar a Mamá. Supongo que no pasa nada porque un día nos lo saltemos.

Luego pongo otra vez la Tele y muevo el Conejo Orejón, y hace que los planetas se vean menos borrosos, pero sólo un poco. Echan carreras de coches; me gusta porque corren superrápido, aunque cuando han dado cien veces la vuelta al óvalo ya no es muy interesante. Me entran ganas de despertar a Mamá y preguntarle por el Exterior, donde los humanos y las cosas de verdad giran sin parar, pero sé que se enfadaría. O a lo mejor si la zarandeo, no se despierta, así que mejor no lo hago. Me acerco mucho, le veo la mitad de la cara y el cuello. Las marcas ahora son moradas.

Voy a darle patadas al Viejo Nick hasta romperle el culo. Abriré la Puerta con mi Mando y me iré zumbando por el Espacio Exterior y compraré de todo en las tiendas de verdad para traérselo a Mamá.

Lloro un poco, pero sin ruido.

Veo un programa del tiempo y otro donde unos enemigos han rodeado un castillo y los buenos construyen una barricada para que la puerta no se abra. Me muerdo el dedo, Mamá no puede decirme que pare. Me pregunto qué trozo del cerebro se me habrá puesto ya pegajoso y cuál estará todavía bien. Creo que a lo mejor vomitaré, como cuando tenía tres años y tuve también diarrea. Y si vomitara encima de la Alfombra, ¿cómo la lavaría yo solo?

Miro la mancha que hice al nacer. Me agacho a acariciarla y noto una especie de calorcito. Es rasposa igual que el resto de la Alfombra, en nada distinta.

Mamá nunca ha estado ida más de un día. No sé qué voy a hacer si mañana me levanto y aún no ha vuelto.

Como tengo hambre, me como un plátano aunque esté un poco verde.

Dora es un dibujo de la Tele pero es mi amiga de verdad, y eso no lo entiendo bien. El Jeep sí es de verdad, porque puedo tocarlo con los dedos. Superman es sólo Tele. Los árboles son Tele, en cambio la Planta es de verdad. Ay, se me ha olvidado regarla. La llevo desde la Cajonera al Lavabo y lo hago enseguida. No sé si se habrá comido el trocito de pescado que le dio Mamá.

Los monopatines son Tele, y las niñas y los niños también, pero Mamá dice que son reales... ¿Cómo van a ser de verdad, tan planos? Mamá y yo podríamos hacer una barricada, podríamos empujar la Cama contra la Puerta para que no pueda abrirla, ¡anda que no se llevaría un buen susto el Viejo Nick, ja ja! «Dejadme entrar —gritaría— o soplaré y soplaré y vuestra casa derribaré». La hierba es Tele; el fuego también, pero podría entrar de verdad en la Habitación si caliento las judías blancas y el rojo vivo me salta a la manga y me quema. Creo que sería bonito verlo, pero sin que pasara en serio. El aire es de verdad, y el agua de la Bañera y el Lavabo también; la otra no, porque los ríos y los lagos están en la Tele. La del mar no sé, porque si estuviera dando vueltas en el Exterior creo que lo mojaría todo. La Habitación es de verdad verdadera; a lo mejor el Espacio Exterior también, sólo que lleva una capa invisible como el príncipe JackerJack del cuento, ¿no? El Niño Jesús es Tele, menos en el cuadro donde sale con su Mamá y su primo y su abuela. En cambio Dios es de verdad, porque mira por la Claraboya con su cara amarilla. Hoy no, hoy nada más hay gris.

Me gustaría meterme en la Cama con Mamá, pero me siento en la Alfombra y apoyo la mano en el bulto de su pie debajo del Edredón. Cuando el brazo se me cansa, lo dejo caer un rato y luego lo pongo otra vez. Enrollo el borde de la Alfombra y después dejo que se desenrolle de nuevo y caiga, plof. Hago lo mismo cientos de veces.

Cuando se hace oscuro intento comer algunas judías blancas más, pero son repugnantes. Mejor un poco de pan con mantequilla de cacahuete. Abro el Congelador y meto la cara; la dejo al lado de las bolsas de guisantes, espinacas y las horribles judías verdes hasta que se me duerme todo, incluso los párpados. Entonces bajo de un salto y cierro la puerta y me froto las mejillas para que se me calienten. Las toco con las manos, pero no siento que las mejillas sientan mis manos frotándolas, es raro.

La Claraboya ya está oscura, espero que hoy salga la cara plateada de Dios.

Me pongo la camiseta de dormir. Me olfateo, porque como no me he bañado no sé si estoy sucio. En el Armario me tapo con la Manta, pero tengo frío. Se me ha olvidado encender el Termostato, es por eso. Acabo de acordarme, pero ahora ya es de noche y no se puede.

No he tomado ni una gota en todo el día, me muero de ganas. Tomaría hasta de la derecha, aunque la izquierda es la que me gusta más. Podría dormir con Mamá y tomar un poco, pero a lo mejor me echaría y entonces sería peor.

¿Y qué pasa si estoy en la Cama con Mamá y viene el Viejo Nick? No sé si ya son las nueve, está demasiado oscuro para ver el Reloj.

Me meto debajo del Edredón sin hacer ruido, super-despacito para que Mamá no se dé cuenta. Solamente me quedaré tumbado cerca de ella, y si oigo el *piii, piii* puedo volver de un salto al Armario, rápido, rápido.

Y si viene y Mamá no se despierta, ¿se pondrá aún más enfadado? ¿Le dejará marcas aún más feas?

Me quedaré despierto y así lo oiré cuando venga.

No viene, pero me quedo despierto.

La bolsa de la basura está todavía al lado de la Puerta. Mamá se ha levantado antes que yo esta mañana y la ha desatado para echar las judías blancas que ha rascado de la lata. Supongo que significa que si la bolsa está todavía aquí, él no ha venido. Ya van dos noches, ¡yupi!

El viernes es el día del Colchón. Lo ponemos de pie, y luego también de lado, para que no le salgan bultos. Pesa tanto que tengo que usar todos mis músculos, y cuando se desploma en el Suelo me tira encima de la Alfombra. Veo en el Colchón la marca marrón de cuando salí de la barriga de Mamá. Después hacemos una carrera limpiando el polvo, que son trocitos diminutos invisibles de nuestra piel que ya no necesitamos porque nos crece piel nueva, como a las serpientes. Mamá se pone a estornudar y le sale un achís superagudo, igual que a una estrella de ópera que escuchamos una vez por la Tele.

Hacemos la lista de los alimentos, y nos cuesta decidirnos con el Gusto del Domingo.

—Pedimos chucherías, venga... —digo—. Chocolate no, ¿eh? Alguna chuchería que no hayamos probado nunca.

—Sí, claro, una bien pegajosa, para que acabes con los dientes igual que yo, ¿no?

No me gusta cuando Mamá hace sarcasmo.

A veces leemos frases sueltas de los libros sin dibujos; hoy cogemos *La cabaña*, donde hay una casa que da mucho miedo, toda rodeada de nieve blanca.

—«Desde entonces —leo—, él y yo hemos estado por ahí, como dicen los críos hoy en día, tomando un café juntos, o un té *chai* para mí, muy caliente y con leche de soga».

—De maravilla —dice Mamá—, salvo porque soja se pronunciaría como hoja, por ejemplo.

Las personas que salen en los libros y la Tele siempre tienen sed: toman cerveza y zumo y champán, y cafés con leche, y toda clase de líquidos. A veces hacen chinchín con los vasos cuando están contentos, pero no para romperlos. Leo la línea de nuevo y aún no me queda claro.

—¿Quién es él y yo, son los críos?

—Mmm —dice Mamá mientras lee por encima de mi hombro—, creo que con los críos se refiere a los niños en general.

—¿Qué quiere decir en general?

—A muchos, muchos niños.

Me concentro y los veo, a muchos, muchos niños, jugando todos juntos.

—¿Niños humanos de verdad?

Al principio no contesta.

—Sí —dice luego, muy bajito.

Así que todo lo que dijo era verdad.

Las marcas del cuello aún se ven, me pregunto si algún día se borrarán.

Por la noche me despierto en la Cama y veo a Mamá haciendo destellos. Lámpara encendida, cuento cinco. Lámpara apagada, cuento uno. Lámpara encendida, cuento dos. Lámpara apagada, cuento dos. Gimoteo.

—Sólo un poquito más. Sigue mirando hacia la claraboya, que está oscura.

No hay ninguna bolsa de la basura al lado de la Puerta, eso quiere decir que él ha estado aquí mientras yo dormía.

—Mamá, por favor...

—Un momento nada más.

—Me duelen los ojos.

Se inclina sobre la Cama y me da un beso al lado de la boca, y luego me tapa la cara con el Edredón. La luz sigue haciendo destellos, pero más oscuros.

Al cabo de un rato vuelve a la Cama y me da un poquito para que vuelva a dormirme.

El sábado Mamá me hace tres trenzas, para cambiar. Es una sensación rara. Sacudo la cabeza y me dan golpes en la cara.

Esta mañana no veo el planeta de los dibujos animados, sino un poco del de jardinería, uno de *fitness* y uno de noticias.

—Mamá, ¿eso es de verdad? —pregunto de todo lo que veo.

Y ella dice sí a todo, menos en un momento dè una película donde salen hombres lobo y una mujer explota como un globo, porque eso son efectos especiales, que es como decir dibujos por ordenador.

Para comer abrimos una lata de curry de garbanzos acompañados de arroz.

Me gustaría dar un alarido inmenso, pero los fines de semana no se puede.

Pasamos casi toda la tarde jugando a las Cunitas: sabemos hacer las Velas, los Diamantes, el Pesebre y las Agujas de Tejer, pero con el Escorpión seguimos practicando, porque a Mamá los dedos al final siempre se le quedan pegados.

Para cenar hay minipizzas, una entera para cada uno y otra para compartir. Luego vemos el planeta en el que la gente lleva la ropa llena de volantes y pelucas blancas inmensas. Mamá dice que son de verdad, pero que fingen ser personas que murieron hace cientos de años. Algo así como un juego, aunque no parece muy divertido.

Apaga la Tele y olfatea el aire.

—Aún huele al curry de mediodía.

—Sí, yo también lo huelo.

—Estaba rico, pero es horrible cómo se queda el olor.

—El mío también estaba rico —le digo.

Se ríe. Las marcas del cuello ya no se le ven tanto; ahora son verdosas y amarillentas.

—¿Me cuentas un cuento?

—¿Cuál?

—Uno que no me hayas contado nunca.

Mamá me sonríe.

—Creo que a estas alturas ya sabes todo lo que yo sé. *¿El conde de Montecristo?*

—Lo he escuchado millones de veces.

—*¿GulliJack en Lilliput?*

—Billones.

—*¿Nelson en Robben Island?*

—El de ese hombre que sale al cabo de veintisiete años y llega al gobierno.

—*¿Ricitos de oro?*

—Ése es de miedo.

—Bah, si los osos solamente le gruñen —dice Mamá.

—Me da igual.

—*¿La princesa Diana?*

—Tendría que haber llevado el cinturón de seguridad.

—Ves, te los sabes todos —Mamá da un bufido—. Espera, hay uno de una sirena...

—*La sirenita.*

—No, otro. Esta sirena está sentada una noche en las rocas, peinándose la melena, cuando de repente un pescador se acerca sigilosamente y la atrapa en su red.

—¿Quiere freírla para la cena?

—No, no, se la lleva a su casa, que está en el campo, y ella no tiene más remedio que casarse con él —dice Mamá—. El pescador le quita su peine mágico, para que no pueda volver nunca más al mar. Así que un tiempo después la sirena tiene un bebé...

—Que se llama JackerJack —le digo.

—Exactamente. Pero cuando el pescador se va de pesca, ella busca por los alrededores de la casita, y un día encuentra el lugar donde está escondido su peine.

—Ajá.

—Y se va corriendo hacia las rocas, y vuelve al mar.

—No...

Mamá me mira de cerca.

—Qué, ¿no te gusta el cuento?

—No debería haberse ido.

—No pasa nada —me seca la lágrima del ojo con el dedo—. Me he olvidado de decirte que se lleva al bebé, a JackerJack, enrollado en su melena. Y cuando el pescador regresa no hay nadie en la casa, y nunca más vuelve a verlos.

—¿Y se ahoga?

—¿Quién, el pescador?

—No, JackerJack, debajo del agua.

—Ah, no te preocupes —dice Mamá—, porque él es medio tritón, ¿no te acordabas? Puede respirar en el aire y en el agua, sin problemas —va a mirar qué dice el Reloj: las 08.27.

Estoy siglos tumbado en el Armario, pero no me entra el sueño. Cantamos y recitamos oraciones.

—Sólo una poesía y ya está, ¿vale? —escojo «La casa que Jack construyó», que es la más larga.

Mamá tiene voz de sueño.

—«Aquí está el hombre harapiento y sucio de lodo...»

—«Que besó a la damisela olvidada por todos...»

—«Que ordeñaba la vaca del cuerno roto...»

Le robo unos cuantos versos de carrerilla:

—«Que con el cencerro sacudió al perro que molestó un buen rato al gato que con la pata mató la rata...»

Piiii, piiii.

Cierro la boca y la aprieto con todas mis fuerzas.

No oigo lo que dice el Viejo Nick nada más entrar.

—Ah, perdona —dice Mamá—, hemos comido curry. De hecho me preguntaba si hay alguna posibilidad de... —habla con una voz muy aguda—. Si sería posible colocar alguna vez un extractor o algo así, no sé.

Él no dice nada. Creo que se han sentado en la Cama.

—Tal vez uno pequeñito —dice Mamá.

—Vaya, menuda idea —dice el Viejo Nick—. Así conseguiremos que todos los vecinos empiecen a preguntarse por qué demonios estoy preparando un buen plato picante en mi taller.

Creo que eso es sarcasmo otra vez.

—Ah, perdona —dice Mamá—, no pensé que...

—Claro, ¿y por qué no clavo una flecha de neón fosforescente en el techo, ya que estamos?

Me pregunto cómo es una flecha de neón.

—Lo siento, de verdad —dice Mamá—. No había pensado que el olor, que..., que un extractor sería...

—No creo que sepas valorar lo bien montado que lo tienes aquí —dice el Viejo Nick—, ¿a que no?

Mamá no dice nada.

—Por encima del nivel del suelo, con luz natural, bomba de calor... Estás mejor que en muchos sitios, créeme. Fruta fresca, artículos de perfumería... Necesitas algo, chasqueas los dedos y ahí lo tienes. Muchas chicas darían las gracias al cielo por un tinglado como éste, más seguro imposible. Sobre todo con el crío...

¿El crío soy yo?

—No hay que preocuparse por los conductores borrachos —dice el Viejo Nick—, camellos, pervertidos.

Mamá lo interrumpe muy rápido.

—No debería haber pedido un extractor, ha sido una estupidez por mi parte, todo está perfecto.

—Vale, no hay problema.

Durante un ratito nadie dice nada.

Me cuento los dientes, pero me equivoco todo el rato; primero diecinueve, luego veinte, luego otra vez diecinueve. Me muerdo la lengua hasta que me duele.

—Claro que hay rozaduras y rasgones, eso es normal —su voz se ha movido, creo que ahora está cerca de la Bañera—. Esta junta se está cayendo, tendré que lijarla y sellarla de nuevo. Y mira aquí, asoma el aislante del suelo.

—Procuramos ir con cuidado —dice Mamá muy bajito.

—Pues no con el cuidado suficiente. El corcho no aguanta muchos trajines, yo había pensado en un uso más sedentario.

—¿Vienes a la cama? —pregunta Mamá con esa voz rara, aguda.

—Deja que me quite los zapatos —hay una especie de gruñido, oigo que algo se cae al Suelo—. Eres tú la que empieza a liarme con reformas cuando no llevo aquí ni dos minutos...

La Lámpara se apaga.

El Viejo Nick hace chirriar la Cama. Cuando voy por noventa y siete, de repente creo que me he saltado uno, así que pierdo la cuenta.

Me quedo despierto, escuchando, incluso cuando ya no hay nada que oír.

El domingo pasa una cosa mientras nos comemos las roscas de la cena. Como parecen de goma las untamos con sirope y mantequilla de cacahuete; de pronto Mamá se saca la rosca de la boca y veo que hay algo clavado.

—Por fin —dice.

Recojo una cosa puntiaguda y amarillenta, con unas manchitas marrón oscuro.

—¿Es la Muela Mala?

Mamá dice que sí con la cabeza, tocándose el fondo de la boca.

Qué cosa tan rara.

—Podríamos pegarla de nuevo, a lo mejor con engrudo.

Ella sonríe y niega con la cabeza.

—Estoy contenta de que se me haya caído, a partir de ahora no me dolerá.

Hace un minuto formaba parte de su cuerpo, y de repente ya no. Es una cosa, nada más.

—Eh, ¿sabes qué? Si la ponemos debajo de una almohada, por la noche vendrá un ratón invisible y la convertirá en dinero.

—No, cariño. Aquí dentro no va así, lo siento —dice Mamá.

—¿Por qué no?

—El Ratoncito Pérez no sabe que esta habitación existe —sus ojos miran a través de las paredes.

En el Exterior está todo. Ahora, siempre que pienso en algo, por ejemplo en los esquís o los fuegos artificiales, o las islas, o los ascensores, o los yoyós, tengo que acordarme de que son de verdad, de que esas cosas realmente existen en el Exterior, todas juntas. Al final se me cansa la cabeza. Y las personas también son de verdad: bomberos, maestros, ladrones, bebés, santos, jugadores de fútbol y de todas clases están realmente en el Exterior. En cambio yo no estoy allí, ni yo ni Mamá, somos los únicos que no estamos allí. Pero nosotros también somos de verdad, ¿no?

Después de cenar, Mamá me cuenta *Hansel y Gretel*, *Cómo cayó el Muro de Berlín* y *Rumpelstiltskin*. Me gusta cuando la reina tiene que adivinar el nombre del hombrecillo, o si no, él le quitará el bebé.

—¿Los cuentos son de verdad?

—¿Cuáles?

—*La madre sirena*, *Hansel y Gretel*, y todos los demás.

—Bueno —dice Mamá—, no al pie de la letra.

—¿Qué...?

—Son cuentos de magia, no son historias de la gente de verdad que va por el mundo hoy en día.

—Entonces, ¿son de mentira?

—No, no... Los cuentos son una clase de verdad distinta.

Se me queda toda la cara arrugada por el esfuerzo de entender.

—¿El Muro de Berlín es de verdad?

—Bueno, había un muro, pero ahora ya no existe.

Estoy tan cansado que voy a romperme en dos, como al final le pasó a Rumpelstiltskin.

—Buenas noches —dice Mamá cerrando las puertas del Armario—, dulces sueños, que los bichos no piquen a mi pequeño.

Me parece que aún no me había apagado, pero de pronto el Viejo Nick empieza a chillar.

—Pero las vitaminas... —dice Mamá.

—Un robo a mano armada.

—¿Quieres que nos pongamos enfermos?

—Son una estafa monumental —dice el Viejo Nick—. Vi una vez un reportaje, acaban todas en el váter.

¿Quién acaba en el Váter?

—Es sólo eso, si tuviéramos una dieta más sana...

—Ya estamos otra vez, siempre lloriqueando... —puedo verlo a través de los listones, está sentado en el borde de la Bañera.

La voz de Mamá se vuelve furiosa.

—Si te salimos más baratos que un perro. Ni siquiera necesitamos zapatos.

—No tienes ni idea de cómo está el mundo hoy en día. Vaya, ¿de dónde crees que va a seguir viniendo el dinero?

Nadie dice nada. Entonces habla Mamá.

—¿Qué quieres decir? ¿El dinero en general o...?

—Seis meses —tiene los brazos cruzados, unos brazos enormes—. Hace seis meses que me despidieron, ¿y acaso ha tenido que preocuparse por algo tu preciosa cabecita?

También veo a Mamá por las rendijas de los listones, casi a su lado.

—¿Qué pasó?

—Bah, qué más da.

—¿Estás buscando otro trabajo?

Se miran.

—¿Tienes deudas? —pregunta Mamá—. ¿Cómo vas a...?

—Cierra la boca.

No quiero hacerlo, pero me da tanto miedo que le haga daño otra vez que el ruido se me escapa de la cabeza.

El Viejo Nick me está mirando; da un paso, y otro, y otro, y golpea en los listones. Veo la sombra de su mano.

—Eh, ¿quién hay ahí dentro?

Me lo dice a mí. El pecho me hace pum, pum, pum. Me abrazo las rodillas y aprieto mucho los dientes. Quiero arroparme con la Manta, pero no puedo, no puedo hacer nada de nada...

—Está dormido —eso lo ha dicho Mamá.

—¿Te tiene en el armario todo el día, además de toda la noche?

Me lo dice a mí. Espero a que Mamá diga que no, pero no dice nada.

—No me parece muy natural —le veo los ojos, son muy pálidos. ¿Me ve él a mí? ¿Me estaré convirtiendo en piedra? ¿Y si abre la puerta? Creo que me...—. Supongo que debe de tener algún defecto —le dice a Mamá—, porque desde que nació no me has dejado que lo vea como está mandado. ¿Qué pasa, que es un pobre monstruito de feria con dos cabezas o algo así?

¿Por qué ha dicho eso? Por poco me dan ganas de sacar la cabeza del Armario, sólo para enseñársela.

Mamá está ahí, enfrente de los listones, distingo el bulto de sus omoplatos a través de la camiseta.

—Es tímido, nada más.

—Pues no hay razón para que sea tímido conmigo —dice el Viejo Nick—. Jamás le he puesto la mano encima.

¿Por qué iba a ponerme la mano encima?

—Le compré un jeep de primera, ¿o no? Conozco a los niños, yo también fui niño una vez. Vamos, Jack.

Ha dicho mi nombre.

—Ven aquí fuera, que te doy un chupachús.

¡Un chupachús!

—Anda, vamos a la cama —Mamá habla con una voz extraña.

El Viejo Nick suelta una especie de carcajada.

—Ya sé yo lo que te hace falta, nena.

¿Qué le hace falta a Mamá? ¿Será alguna cosa de la lista?

—Venga, ven —le dice de nuevo.

—¿Es que tu madre no te enseñó nunca modales?

La Lámpara se apaga.

Pero Mamá no tiene madre.

La Cama chirría mucho cuando él se mete.

Me tapo la cabeza con la Manta y me aprieto las orejas para no oír. No quiero contar los chirridos, pero lo hago.

Cuando me despierto aún estoy en el Armario y está completamente oscuro.

No sé si el Viejo Nick estará todavía aquí. ¿Y el chupachús?

La norma es quedarme en el Armario hasta que Mamá venga a buscarme.

Me pregunto de qué color es el chupachús. ¿En la oscuridad se ven los colores?

Intento dormirme de nuevo, pero parece que ya me he despertado del todo.

Podría asomar la cabeza sólo para...

Empujo las puertas despacito de verdad, sin nada de ruido. Lo único que oigo es el zumbido de la Nevera. Me pongo de pie, avanzo un paso, dos pasos, tres. Me golpeo el dedo del pie con algo, auuuuuu. Me agacho a cogerlo, es un zapato, un zapato gigante. Miro hacia la Cama y ahí está el Viejo Nick; su cara parece hecha de roca. Estiro un dedo, no para tocarlo, sólo me acerco un poco.

Los ojos se abren de repente, blancos completamente. Doy un salto hacia atrás, dejo caer el zapato. Creo que a lo mejor se pone a gritar, pero sonríe enseñando unos dientes enormes y brillantes.

—Eh, hijito —dice.

No sé qué quiere...

De pronto Mamá grita como nunca la he oído gritar, ni siquiera cuando damos el Alarido.

—¡Vete, vete, aléjate de él!

Vuelvo corriendo al Armario, me doy un golpe en la cabeza, ¡huyyyyy! Ella no deja de aullar: «Aléjate de él».

—Cállate —dice el Viejo Nick—, cállate —le grita palabras que no consigo oír a través de los aullidos. Entonces la voz de Mamá se rompe—. No hagas ese ruido —le dice él—, sabes que odio ese ruido.

Mamá hace «mmmmmmm» en lugar de hablar con palabras. Me aguanto la cabeza donde me he dado el coscorrón, me la envuelvo con las dos manos.

—Eres un caso perdido, ¿lo sabes?

Se oye un golpe.

—Puedo estar callada —dice Mamá, ahora casi susurrando; oigo que la respiración se le ha puesto rasposa—. Ya sabes lo callada que puedo estar. Siempre que dejes al niño en paz. Es lo único que te pido.

El Viejo Nick resopla.

—Cada vez que abro la puerta me pides algo.

—Todo es para Jack.

—Sí, claro. Pues bueno, no olvides de dónde vino.

Escucho con todas mis fuerzas, pero Mamá no dice nada más.

Ruidos. ¿Está recogiendo su ropa? Los zapatos, creo que se está poniendo los zapatos.

Cuando se va ya no me vuelvo a dormir. Paso toda la noche despierto en el Armario. Espero cientos de horas, pero Mamá no viene a buscarme.

Estoy mirando el Techo cuando de repente se levanta y el cielo se precipita dentro, y los cohetes y las vacas y los árboles empiezan a estrellarse contra mi cabeza...

No, estoy en la Cama. Por la Claraboya empieza a gotear la claridad, debe de ser por la mañana.

—Sólo ha sido un mal sueño —dice Mamá acariciándome la mejilla.

Tomo un poco de la izquierda, que es la más rica, pero no mucho.

Entonces me acuerdo y me retuerzo en la Cama para ver si tiene marcas nuevas en el cuerpo; no veo ninguna.

—Siento haber salido del Armario en plena noche.

—Ya lo sé —dice.

¿Eso es lo mismo que perdonar? Me voy acordando de más cosas.

—¿Qué es un monstruito de feria?

—Ay, Jack.

—¿Por qué preguntó si tenía algún defecto?

Mamá gimotea.

—No tienes ningún defecto, estás estupendo de pies a cabeza.

Me da un beso en la nariz.

—Pero ¿por qué lo dijo?

—Sólo intenta volverme loca.

—¿Por qué?

—¿A que a ti te gusta jugar con coches y globos y to-do eso? Bueno, pues a él le gusta jugar con mi cabeza —se da unos golpecitos con la mano.

Yo no sé jugar con las cabezas.

—¿Despedido es cuando dices adiós a alguien?

—No, quiere decir que ha perdido su empleo. Y eso no es una buena noticia —dice Mamá bajito.

Pensaba que sólo podían perderse las cosas, como una de las seis chinchetas que teníamos. Todo debe de ser distinto en el Exterior.

—¿Por qué dijo que no olvides de dónde vine?

—Anda, olvídate de eso un minuto, ¿de acuerdo?

Cuento sin voz: un hipopótamo, dos hipopótamos, y durante los sesenta segundos las preguntas no paran de dar saltos en mi cabeza.

Mamá se está sirviendo un vaso de leche; no sirve uno para mí. Mira dentro de la Nevera, la luz no se enciende, qué raro. Cierra la puerta otra vez.

Ya ha pasado el minuto.

—¿Por qué dijo que no olvides de dónde vine? ¿Es que no vine del Cielo?

Mamá le da al interruptor de la Lámpara, pero la luz tampoco se enciende.

—Se refería a... a quién perteneces.

—A ti.

Me regala una sonrisa chiquitita.

—¿La bombilla de la Lámpara está fundida?

—No creo que sea eso —le da un escalofrío; se acerca al Termostato.

—¿Por qué dijo que no lo olvidaras?

—Bueno, porque lo que pasa es que entiende todo al revés, cree que tú eres suyo.

¡Ja!

—Es un tarugo.

Mamá mira el Termostato.

—La luz está cortada.

—¿Y eso qué es?

—Que ahora mismo nada tiene electricidad.

—Hoy parece un día un poco raro, ¿no?

Tomamos los cereales y nos cepillamos los dientes, nos vestimos y regamos la Planta. Intentamos llenar la Bañera, pero después del principio el agua sale heladísima, así que nada más nos frotamos un poco con los trapos. La luz que entra hoy por la Claraboya es un poco más brillante, aunque no mucho. La Tele tampoco funciona, echo de menos a mis amigos. Me invento que aparecen en la pantalla, los toco con los dedos. Mamá dice que nos pongamos otra camisa y otros pantalones para estar más calentitos, y hasta dos calcetines en cada pie. Corremos por la Pista durante kilómetros y kilómetros y kilómetros para entrar en calor, y luego Mamá deja que me quite los calcetines de fuera, porque tengo los dedos de los pies apretujados.

—Me duelen los oídos —le digo. Se le arquean las cejas—. Hay demasiado silencio dentro.

—Ah, eso es porque no oyes todos los ruiditos a los que estamos acostumbrados, como el del aire caliente de la bomba o el zumbido de la nevera.

Juego con la Muela Mala, la escondo en sitios diferentes, como debajo de la Cajonera, o en el arroz, o detrás del Lavavajillas. Intento olvidarme de dónde está, y así me da sorpresas. Mamá está cortando todas las judías verdes que hay en el Congelador, ¿por qué corta tantas?

Entonces me acuerdo de la parte buena de anoche.

—Eh, Mamá, ¿y el chupachús?

—Está en la basura —dice sin dejar de cortar.

¿Por qué lo puso ahí el Viejo Nick? Voy corriendo, piso el pedal y la tapa se levanta, poing, pero el chupachús no lo veo. Empiezo a buscar a tientas entre las cáscaras de naranja, el arroz, el estofado y el plástico.

Mamá me coge de los hombros.

—Déjalo.

—Es mi chuche del Gusto del Domingo —le digo.

—Es una porquería.

—No, no lo es.

—No le habrá costado más de cincuenta centavos. Se está riendo de ti.

—Nunca he comido un chupachús —me libero de sus manos.

No se puede calentar nada en la Cocina porque la luz está cortada, así que la comida son judías verdes medio congeladas y resbalosas, que saben aún más repugnantes que las judías verdes cocidas. Tenemos que comérnoslas, porque si no, se derretirán y se pudrirán. A mí no me importaría, pero no hay que desperdiciar la comida.

—¿Te apetece *El conejito andarín*? —me pregunta Mamá cuando acabamos de lavar los platos con todo el frío.

Digo que no con la cabeza.

—¿Cuándo va a volver la luz?

—No lo sé, lo siento.

Nos metemos en la Cama para calentarnos. Mamá se levanta toda la ropa y tomo un montón, de la izquierda y luego de la derecha.

—¿Y si la Habitación se va quedando cada vez más fría?

—Bah, eso no va a suceder. Dentro de tres días ya estaremos en abril —dice Mamá, y me abraza en cucharita—. Fuera no puede hacer tanto frío.

Dormitamos, aunque yo casi nada. Espero a que Mamá respire profundo y entonces me escabullo y voy a rebuscar otra vez en la basura.

Encuentro el chupachús casi en el fondo, es una bola roja. Me lavo las manos y también lavo el chupachús, porque está pegajoso de los restos asquerosos del estofado. Quito el plástico y chupo, chupo, chupo. Es lo más dulce que he probado en toda mi vida. Me pregunto si todo sabe así en el Exterior.

Si me fuera corriendo, me convertiría en una silla y Mamá no sabría en cuál. O me haría invisible y me pegaría a la Claraboya, y ella vería a través de mi cuerpo. O me convertiría en una mota diminuta de polvo que subiría por su nariz y saldría en un estornudo.

Mamá tiene los ojos abiertos.

Me saco el chupachús de la boca y lo escondo detrás de la espalda.

Mamá vuelve a cerrarlos.

Paso horas chupando, creo que me mareo un poco. Al final sólo queda el palo y lo tiro a la basura.

Cuando Mamá se levanta no dice nada del chupachús; a lo mejor no lo ha visto, a lo mejor estaba aún dormida con los ojos abiertos. Intenta otra vez encender la Lámpara, pero otra vez se queda apagada. Mamá dice que la dejará conectada, para que nos demos cuenta en cuanto vuelva la luz.

—¿Y si vuelve en mitad de la noche y nos despierta?

—No creo que vaya a ser en mitad de la noche.

Jugamos a los Bolos con la Pelota Saltarina y la Pelota Palabrera, derribando los frascos de vitaminas a los que les pusimos cabezas diferentes cuando tenía cuatro años: una de dragón, otra de extraterrestre, otra de princesa y otra de cocodrilo. Gano casi todas las veces. Practico mis sumas y restas, y también hago secuencias, multiplicaciones y divisiones, y además escribo los números más largos que existen. Mamá me cose dos nuevas marionetas con calcetines pequeños de cuando era bebé; las bocas las hace de puntadas y los ojos de botones todos distintos. Sé coser, pero no me parece muy divertido. Ojalá me acordara de cuando era bebé.

Le escribo una carta a Bob Esponja y por detrás le pongo un dibujo donde salimos Mamá y yo bailando para no tener frío. Jugamos a Burro, a Memoria y a Péscalo; Mamá quiere jugar al Ajedrez, pero a mí me ablanda el cerebro, así que me dice «Bueno, pues entonces a las Damas».

Los dedos se me quedan tan tiesos que me los meto en la boca para calentármelos. Mamá dice que así se propagan los microbios y me hace ir a lavármelos otra vez con agua congelada.

Hacemos un montón de bolitas de pasta de harina para un collar, pero no podemos pasarlas por el hilo hasta que todas estén secas y duras. Hacemos naves espaciales con cajas y tarrinas, aunque ya casi no queda celo.

—Ah, por qué no —dice Mamá, y gasta el último trozo.

La Claraboya se está quedando oscura.

Para cenar hay un queso cubierto de gotitas que parecen de sudor y un brócoli derretido. Mamá dice que tengo que comer o aún tendré más frío.

Se toma dos matadolores con un trago grande de agua, para que bajen.

—¿Por qué aún te duele, si la Muela Mala ya está fuera?

—Supongo que ahora siento más las otras.

Nos ponemos las camisetas de dormir, pero enseguida nos ponemos la ropa encima otra vez. Mamá empieza a cantar una canción.

—«El otro lado de la montaña...»

—«El otro lado de la montaña...» —canto yo también.

—«El otro lado de la montaña...»

—«Era todo lo que podía ver.»

Luego canto la de los noventa y nueve elefantes que se balanceaban, y llego hasta setenta sin parar.

Mamá se tapa las orejas con las manos y me pregunta si podemos acabarla mañana.

—Seguramente para entonces ya habrá vuelto la luz.

—¡Yupi! —digo.

—Y aunque no vuelva, él no puede impedir que salga el sol.

¿El Viejo Nick?

—¿Por qué iba a impedir que salga el sol?

—He dicho que no puede —Mamá me abraza fuerte y dice—: Lo siento.

—¿Por qué lo sientes?

Mamá resopla.

—Es culpa mía, le hice enfadar.

La miro a la cara, aunque apenas la veo.

—No soporta que me ponga a gritar, hacía años que no me pasaba. Ahora quiere castigarnos.

Siento que el pecho me martillea superfuerte.

—¿Y cómo va a castigarnos?

—No, quiero decir que ya lo está haciendo. Cortando la luz.

—Ah, pero eso no es malo.

Mamá se echa a reír.

—¿Cómo que no? Nos estamos helando, estamos comiendo verduras babosas...

—Sí, pero pensaba que nos iba a castigar también a nosotros —trato de imaginar cómo—. Si por ejemplo hubiera dos Habitaciones, y me pusiera a mí en una y a ti en la otra.

—Jack, eres maravilloso.

—¿Por qué soy maravilloso?

—No sé —dice Mamá—, porque se te ocurren cosas como ésa.

Nos abrazamos en cucharita más fuerte aún.

—No me gusta la oscuridad —le digo.

—Bueno, ahora es hora de dormir, así que iba a oscurecer de todos modos.

—Supongo.

—Nosotros nos conocemos sin vernos, ¿a que sí?

—Sí.

—Buenas noches, dulces sueños, que los bichos no piquen a mi pequeño.

—¿No tengo que irme al Armario?

—Esta noche no —dice Mamá.

Nos despertamos y el aire está aún más helador. El Reloj dice que son las 07.09; va con una pila, que es una electricidad pequeñita dentro de su barriga.

Mamá no para de bostezar, porque ha pasado la noche despierta.

Me duele la barriga, Mamá dice que a lo mejor es por las verduras crudas. Quiero un matadolores del bote, pero sólo me da medio. Aunque espero mucho rato, no noto nada diferente en la barriga.

La Claraboya brilla cada vez más.

—Qué bien que anoche no vino —le digo a Mamá—. Creo que ya no va a venir nunca más. Sería superguay.

—Jack —arruga un poco la frente—. Piénsalo bien.

—Ya lo he pensado.

—Quiero decir que pienses en lo que pasaría. ¿De dónde viene nuestra comida?

Ésta me la sé.

—Del Niño Jesús, que está en los campos, en el Exterior.

—Ya, pero ¿quién nos la trae?

Ah.

Mamá se levanta, dice que es buena señal que los grifos sigan funcionando.

—Podría haber cortado también el agua, y no lo ha hecho.

No sé de qué es una buena señal.

Para desayunar hay una rosca, pero fría, parece de goma.

—¿Qué pasa si no vuelve a darle a la luz?

—Seguro que lo hará. A lo mejor hoy mismo, más tarde.

A cada rato pruebo a encender la Tele. Sólo una caja gris y muda en la que veo el reflejo de mi cara, aunque no tan bien como en el Espejo.

Hacemos todos los ejercicios de Gimnasia que se nos ocurren para entrar en calor. Karate, Islas, Simón Dice y el Trampolín. Jugamos a la Rayuela, donde tenemos que saltar de una plancha de corcho a otra sin pisar nunca las rayas ni caernos. Mamá escoge luego la Gallinita Ciega, se venda los ojos con mis pantalones de camuflaje. Me escondo debajo de la Cama al lado de la Serpiente de Huevos y ni siquiera respiro, pegado al Suelo como la página de un libro, y tarda cientos de horas en encontrarme. Después me toca a mí y escojo Rappel: Mamá me agarra de las manos y yo le trepo por las piernas hasta que tengo más altos los pies que la cabeza, y entonces me quedo colgando boca abajo, las trenzas se me meten en la cara y me da risa. Doy una voltereta para ponerme otra vez de pie. Quiero hacerlo muchas, muchas veces, pero a Mamá le duele la muñeca.

Luego estamos cansados.

Hacemos un móvil con un espagueti largo atándole cosas con hilos: unos dibujos pequeñitos donde salgo yo todo de color naranja y Mamá toda verde, papel de plata retorcido, flecos de papel higiénico. Mamá cuelga el hilo del Techo con la última chincheta del Costurero, y cuando soplamos con fuerza desde abajo el espagueti se balancea con todos los colgantes.

Tengo hambre, así que Mamá dice que podemos comernos la última manzana.

¿Y si el Viejo Nick no trae más manzanas?

—¿Por qué sigue castigándonos? —pregunto.

Mamá tuerce la boca.

—Cree que porque la habitación le pertenece, nosotros también le pertenecemos.

—¿Y eso?

—Bueno, porque fue él quien la construyó.

Qué raro, yo pensaba que la Habitación existía y ya está.

—¿No fue Dios quien hizo todas las cosas?

Mamá no dice nada durante un momento, y luego me acaricia el cuello.

—Al menos él hizo todas las cosas buenas.

Jugamos al Arca de Noé encima de la Mesa. Hay que poner en fila todas las cosas: el Peine, el Platito, la Espátula, los libros, el Jeep, y luego tenemos que meterlo todo rápido en la Caja, antes de que llegue el diluvio gigante. Veo que Mamá ha dejado de jugar, ha puesto la cara entre las manos, como si le pesara.

Doy un mordisco a la manzana.

—¿Te duelen las otras muelas?

Me mira a través de los dedos, los ojos parecen más enormes.

—¿Cuáles?

Mamá se pone de pie tan de repente que por poco me doy un susto. Se sienta en la Mecedora y estira los brazos.

—Ven aquí. Tengo que contarte una historia.

—¿Una nueva?

—Sí.

—Súper.

Espera hasta que me tiene bien envuelto en sus brazos. Mordisqueo la segunda cara de la manzana, para que me dure.

—¿Te acuerdas de que Alicia no siempre había estado en el País de las Maravillas?

Jo, qué trampa, ésta ya me la sé.

—Sí, se mete en la casa del Conejo Blanco y se hace tan grande que tiene que sacar un brazo por la ventana y un pie por la chimenea, y hace caer al Lagarto Bill, ¡catapum! Ese trozo es divertido.

—Ya, pero antes, ¿te acuerdas de que estaba tumbada en la hierba?

—Y entonces se cayó por el agujero y resbaló cuatro mil millas, pero no se hizo daño.

—Bueno, pues yo soy como Alicia —dice Mamá.

Me da la risa.

—Qué va. Ella es una niña pequeña con una cabeza enorme, más grande incluso que la de Dora.

Mamá se muerde el labio hasta que se le pone morado.

—Sí, pero yo también soy de otro lugar, igual que ella. Hace mucho tiempo, yo estaba...

—Arriba, en el Cielo.

Me pone un dedo en la boca para hacerme callar.

—Bajé del cielo y era una niña como tú, que vivía con mi madre y con mi padre.

Meneo la cabeza.

—Tú eres la madre.

—Sí, pero yo también tenía una madre, y también la llamaba Mamá —dice—. Todavía la tengo.

¿Por qué dice estas cosas? ¿Será de broma, un juego que no conozco?

—Ella es... Supongo que podrías llamarla «abuela».

Como la *Grandma* de Dora. Santa Ana en el cuadro en el que la Virgen María está sentada en su regazo. Me estoy comiendo el corazón, ya casi no queda nada. Lo dejo encima de la Mesa.

—¿Tú creciste en su barriga?

—Bueno..., en realidad no, fui adoptada. Ella y mi papá, a quien tú llamarías «abuelo», y también tenía..., tengo un hermano mayor, que se llama Paul.

Sacudo la cabeza.

—¿Como el de los Beatles?

—No, ése es otro.

¿Cómo va a haber dos?

—Tendrías que llamarlo tío Paul.

Cuántos nombres, tengo la cabeza llena. En cambio la barriga sigue aún vacía, como si la manzana no estuviera ahí.

—¿Qué hay de comer?

Mamá no sonríe.

—Te estoy hablando de tu familia.

Digo que no con la cabeza.

—Sólo porque nunca los hayas visto no significa que no existan. En la Tierra hay muchas más cosas de las que puedas imaginar.

—¿Queda algo de queso que no esté sudado?

—Jack, esto es importante. Yo vivía en una casa con mi mamá, mi papá y Paul.

Tendré que seguirle el juego para que no se enfade.

—¿Una casa en la Tele?

—No, fuera.

Qué tontería, Mamá nunca ha estado fuera, en el Exterior.

—Pero sí, se parecía a esas casas que salen en la tele. Una casa en las afueras de una ciudad, con un patio trasero y una hamaca.

—¿Qué es una hamaca?

Mamá coge el Lápiz de la Estantería y dibuja dos árboles, y luego cuerdas anudadas entre uno y otro, y una persona tumbada en las cuerdas.

—¿Es un pirata?

—Soy yo, meciéndome en la hamaca —mueve el papel de un lado a otro, está muy emocionada—. Y yo iba al parque con Paul, nos montábamos en los columpios y tomábamos helados. Tu abuela y tu abuelo nos llevaban en coche de excursión, al zoo y a la playa. Yo era su chiquitina.

—Anda ya.

Mamá arruga el dibujo y lo hace una bola. La Mesa está mojada; el tablero blanco parece brillante.

—No llores —digo.

—No puedo evitarlo —se restriega las lágrimas por la cara.

—¿Por qué no puedes evitarlo?

—Ojalá pudiera describir mejor cómo era todo. Lo echo de menos.

—¿Echas de menos la hamaca?

—Todo. Estar fuera.

La cojo de la mano. Quiere que me lo crea y por eso lo intento, pero me duele la cabeza.

—¿De verdad viviste en la Tele?

—Ya te lo he dicho, no es la tele, es el mundo real. No te imaginas lo grande que es.

Despliega los brazos, señala todas las paredes.

—Esta habitación es sólo una parte apestosa y diminuta del mundo.

—La Habitación no es apestosa —le digo casi gritando—. Sólo apesta a veces, cuando te tiras un pedo.

Mamá se seca otra vez los ojos.

—Tus pedos son mucho más apestosos que los míos. Sólo intentas engañarme y quiero que pares ahora mismo.

—De acuerdo —dice, y todo el aire sale de ella como de un globo—. Vamos a prepararnos un sándwich.

—¿Por qué?

—Has dicho que tenías hambre.

—Pues no tengo.

Vuelve a poner cara de enfadada.

—Voy a preparar un sándwich —dice— y te lo vas a comer. ¿De acuerdo?

Sólo lleva mantequilla de cacahuete, porque el queso está pegajoso. Mientras me lo como, Mamá se queda sentada a mi lado, sin comer.

—Ya sé que todo esto es difícil de digerir —dice al cabo de un rato.

¿El sándwich?

De postre nos comemos una tarrina de mandarinas entre los dos; yo cojo los trozos grandes, porque ella prefiere los pequeños.

—No te mentiría con una cosa así —dice Mamá mientras chuperreteo el zumo—. No te lo he podido explicar antes porque eras demasiado pequeño para entenderlo, así que supongo que era una especie de mentira. Pero ahora tienes cinco años y creo que puedes entenderlo.

Niego con la cabeza.

—Lo que estoy haciendo ahora es lo contrario de mentir. Algo así como desmentir.

Echamos una siesta larga.

Mamá ya está despierta, me mira a menos de un palmo de distancia. Me escurro hacia abajo para tomar un poco de la izquierda.

—¿Por qué no te gusta estar aquí? —le pregunto.

Se sienta y se baja la camiseta.

—Todavía no había terminado.

—Sí habías terminado —dice—, estabas hablando.

Yo también me siento.

—¿Por qué no te gusta estar en la Habitación conmigo?

Mamá me abraza fuerte.

—Siempre me gusta estar contigo.

—Pero has dicho que era enana y apestosa.

—Ay, Jack.., —se queda callada un momento—. Sí, preferiría estar fuera. Pero contigo.

—A mí me gusta estar aquí, los dos juntos.

—Vale.

—¿Cómo la construyó?

Sabe a quién me refiero. Primero creo que no va a contármelo, pero luego dice:

—En realidad, al principio era una caseta de esas donde se guardan las herramientas del jardín. Sólo un esqueleto de acero de tres y medio por tres y medio revestido de vinilo, pero le añadió una claraboya insonorizada y mucha espuma aislante en el interior de las paredes, además de una chapa de plomo, porque el plomo mata cualquier sonido. Ah, y una puerta que se abre y se cierra con una contraseña. A veces presume del trabajo tan ingenioso que hizo.

La tarde pasa muy despacio.

Leemos todos los libros con dibujos que tenemos bajo el resplandor de la luz helada. Hoy hay algo distinto en la Claraboya. Tiene un puntito negro que parece un ojo.

—Mira, Mamá.

Ella levanta la cabeza y sonríe.

—Es una hoja.

—¿Por qué?

—El viento debe de haberla arrancado de un árbol y la ha traído hasta el cristal.

—¿Un árbol de verdad, del Exterior?

—Sí. ¿Lo ves, Jack? Es una prueba de que el mundo entero está ahí fuera.

—Vamos a jugar a la Mata de Habichuelas —le digo—. Ponemos mi silla aquí, encima de la Mesa... —Mamá me ayuda—. Luego el Cubo de la Basura encima de la silla —le digo—. Y luego trepo hasta arriba del todo...

—No me parece muy seguro.

—Es seguro si te subes a la Mesa y tú aguantas el Cubo para que no me tambalee.

—Mmm —dice Mamá, que quiere decir casi un no.

—¿Podemos probarlo, por favor, por favor?

Funciona perfectamente, no me caigo. Cuando estoy de pie en el Cubo de la Basura alcanzo los bordes de corcho del Techo, por donde empieza a inclinarse hacia la Claraboya. Hay algo encima del cristal que no había visto nunca antes.

—Parece una colmena —le digo a Mamá, acariciándolo.

—Es una malla de policarbonato —dice ella—, irrompible. Solía pasar muchas horas aquí de pie mirando antes de que tú nacieras.

—La hoja está toda negra y llena de agujeritos.

—Sí, creo que es una hoja muerta, del invierno pasado.

Veo el azul que la rodea, que es el cielo, con manchas de blanco que Mamá dice que son nubes. Miro a través de la colmena; miro y miro, pero todo lo que veo es cielo. No veo que floten barcos o trenes o nada parecido, ni caballos, ni chicas, ni rascacielos cruzándose de un lado a otro.

Cuando me bajo del Cubo de la Basura y de la silla, aparto el brazo de Mamá.

—Jack...

Salto al Suelo yo solo.

—Mentira, te crecerá la nariz. El Exterior no existe, fuera no hay nada.

Empieza a explicarme más cosas, pero me tapo los oídos con los dedos y grito: «Bla, bla, bla, bla, bla».

Jugamos solos el Jeep y yo. Estoy a punto de llorar, pero hago ver que no.

Mamá revisa la Alacena, las latas chocan unas con otras, creo que la oigo contar. Está viendo lo que nos queda.

Ahora tengo mucho frío, casi no siento las manos debajo de los calcetines, que me las tapan.

No paro de preguntarle si para cenar podemos acabarnos los cereales, hasta que al final Mamá dice que sí. Se me derrama un poco porque no siento los dedos.

La oscuridad vuelve de nuevo, pero Mamá tiene en la cabeza todos los poemas de *Mi gran libro de canciones infantiles.* Le pido «Naranjas y limones»,* la frase que más me gusta es «Lo desconozco, dice la gran campana de Bow», porque suena profunda como la voz del león. También lo de la tajadera que viene a cortarte la cabeza.

—¿Qué es una tajadera?

—Es una especie de cuchillo, supongo.

—Sí —le digo—. Un cuchillo enorme que te corta la cabeza a tajadas como si fuera un melón.

—Puaj.

Aún no tenemos sueño, pero cuando no se ve nada no se puede hacer gran cosa. Nos sentamos en la Cama y nos inventamos canciones.

—Nuestro amigo Pepinillo se peina con el cepillo.

—Los amiguitos del jardín siguen hasta el fin.

—Muy buena —le digo a Mamá—. Nuestra amiga Grace viste de beis.

—Ésa es mejor aún —dice Mamá—. A nuestra amiga Cristina le encantan las piscinas.

—Nuestro amigo Barney vive en un camp-ey.

—Trampas.

—Vale —digo—. Nuestro amigo el Tío Paul se cayó de un tropezón.

---

* «Oranges and Lemons» es una canción infantil inglesa en la que se nombran las campanas de varias iglesias de Londres, y que parece aludir a las ejecuciones públicas que antiguamente se llevaban a cabo en la ciudad. *(N. de la T.)*

—Una vez se cayó de la moto.

Se me olvidaba que era de verdad.

—¿Por qué se cayó de la moto?

—Por accidente. Pero la ambulancia lo llevó al hospital y los médicos lo curaron.

—¿Le hicieron un corte para operarlo?

—No, no, sólo le escayolaron en el brazo para que dejara de dolerle.

Así que los hospitales también son de verdad, y las motos. La cabeza me va a explotar por todas las cosas que tengo que creer.

Ahora todo se ve negro menos la Claraboya, por la que entra una especie de luz oscura. Mamá dice que en una ciudad siempre hay algo de luz, por las farolas y las lámparas y los edificios y cosas de ésas.

—¿Dónde está la ciudad?

—Ahí fuera —dice ella, y señala con el dedo la Pared de la Cama.

—Pues he mirado por la Claraboya y no la he visto.

—Ya lo sé, y por eso te has enfadado conmigo.

—No estoy enfadado contigo.

Me devuelve el beso que le he dado.

—La claraboya mira directamente al cielo. La mayoría de las cosas de las que te he hablado están en el suelo, así que para verlas necesitaríamos una ventana que dé a los lados.

—Podríamos pedir una ventana de lado para el Gusto del Domingo.

A Mamá se le escapa una especie de sonrisa.

Me olvidaba de que el Viejo Nick ya no va a venir más. A lo mejor mi chupachús fue el último Gusto del Domingo, para siempre.

Creo que voy a llorar, pero me sale un bostezo enorme.

—Buenas noches, Habitación —digo.

—¿Ya es esa hora? Muy bien, pues, buenas noches —dice Mamá.

—Buenas noches, Lámpara y Globo —espero a que Mamá diga el suyo, pero ya no dice nada—. Buenas noches, Jeep, y buenas noches, Mando. Buenas noches, Alfombra, y buenas noches, Manta, y buenas noches, Bichos, no nos piquéis.

Me despierta un ruido que se repite una y otra vez. Mamá no está en la Cama. Hay un poco de luz, el aire está todavía helado. Miro por el borde y veo que Mamá está en medio del Suelo dando golpes con la mano, pum, pum, pum.

—¿Es que el Suelo ha hecho algo malo?

Mamá para y suelta el aire despacio.

—Necesito golpear algo —dice—, pero no quiero romper nada.

—¿Por qué no?

—En realidad me encantaría romper algo. Me encantaría romperlo todo.

No me gusta cuando se pone así.

—¿Qué hay de desayunar?

Mamá se queda mirándome. Luego se levanta, va hasta la Alacena y saca una rosca; creo que es la última.

Ella sólo come un cuarto, no tiene mucha hambre.

Cuando echamos el aire por la boca sale niebla.

—Es porque hoy hace más frío —dice Mamá.

—Tú dijiste que ya no iba a hacer más frío.

—Pues lo siento, me equivoqué.

Me acabo la rosca.

—¿Todavía tengo una Abuela y un Abuelo y un Tío Paul?

—Sí —dice Mamá sonriendo un poco.

—¿Están en el Cielo?

—No, no —tuerce la boca—. Vaya, no lo creo. Paul sólo es tres años mayor que yo, tiene... Caramba, debe de tener veintinueve.

—En realidad están aquí —susurro—. Escondidos.

Mamá mira a su alrededor.

—¿Dónde?

—Debajo de la Cama.

—Ah, pues deben de estar apretaditos. Son tres, y bastante grandes.

—¿Como hipopótamos?

—No tanto.

—A lo mejor están en... en el Armario.

—¿Con mis vestidos?

—Sí. Cuando oímos un ruido que viene de dentro es porque se les caen las perchas.

La cara de Mamá se desinfla.

—Es broma —le digo.

Dice que sí con la cabeza.

—¿Alguna vez estarán aquí de verdad?

—Ojalá pudieran —dice—. Rezo por ello con toda mi alma, todas las noches.

—Pues yo no te oigo.

—Porque lo hago dentro de mi cabeza —dice Mamá.

No sabía que rezara dentro de su cabeza, donde no puedo oírla.

—Seguro que ellos también lo desean —dice—, pero no saben dónde estoy.

—Estás en la Habitación, conmigo.

—Pero no saben dónde está, y tampoco saben que tú existes.

Qué raro.

—Podrían buscarla en el Mapa de Dora, y cuando vengan yo saldría para darles una sorpresa.

Parece que Mamá va a reírse, pero no se ríe.

—Esta habitación no sale en ningún mapa.

—Pues podríamos decírselo por teléfono. Bob el albañil tiene uno.

—Ya, pero nosotros no.

—Podríamos pedir uno para el Gusto del Domingo —entonces me acuerdo—. Si el Viejo Nick deja de estar enfadado.

—Jack. Nunca nos daría un teléfono, ni una ventana. ¿No lo entiendes? —Mamá me coge los pulgares y me los aprieta—. Es como si para él fuéramos personajes de un libro, y no va a consentir que nadie más lo lea.

En Gimnasia corremos por la Pista. Cómo cuesta mover la Mesa y las sillas cuando no se sienten las manos. Corro diez idas y vueltas, pero no consigo entrar en calor, tengo los dedos de los pies tropezones. Hacemos el Trampolín y Karate, ¡hi-ya!, y después escojo otra vez la Mata de Habichuelas. Mamá dice que de acuerdo si prometo no ponerme hecho una furia si no veo nada. Trepo desde la Mesa hasta la silla y al Cubo de la Basura sin tambalearme. Me agarro a los bordes donde el Techo se inclina hasta la Claraboya y miro fijamente a través de la colmena el azul del cielo, hasta que me hace parpadear. Al cabo de un rato Mamá dice que quiere bajar y preparar la comida.

—Verduras no, por favor, que me dan dolor de barriga.

—Tenemos que consumirlas antes de que se pudran.

—Podríamos comer pasta.

—Casi no queda.

—Pues arroz. ¿Y si...? —de repente me olvido de hablar porque lo veo a través de la colmena, una cosa tan pequeña que primero creo que se me ha metido una mota en los ojos. Pero no. Es una línea pequeña que deja una raya gruesa y blanca en el cielo—. Mamá...

—¿Qué?

—¡Un avión!

—¿De verdad?

—De verdad verdadera. Oh...

Entonces me caigo encima de Mamá y luego en la Alfombra, el Cubo de la Basura se nos echa encima y mi silla también. Mamá dice «huy, huy, huy» frotándose la muñeca.

—Perdón, perdón —le digo, y le doy besitos para que se cure—. Lo he visto, era un avión de verdad, sólo que chiquitito.

—Eso es porque estaba muy lejos —dice sonriendo—. Seguro que si lo vieras de cerca en realidad sería enorme.

—Era increíble porque iba escribiendo, ha dejado la letra «i» en el cielo.

—Eso se llama... —se da una palmada en la cabeza—. No consigo acordarme. Es una especie de veta, creo que es el humo del avión o algo parecido.

Para comer nos acabamos las últimas siete galletas saladas con el queso pegajoso; aguantamos la respiración para no notar el sabor.

Mamá me da un poquito debajo del Edredón. Entra el resplandor de la cara amarilla de Dios, pero no calienta para ponernos a tomar el sol. No consigo dormirme. Miro la Claraboya con tanta fuerza que me pican los ojos, aunque ya no veo más aviones. Pero ése lo he visto de verdad cuando estaba en lo alto de la mata de habichuelas, no ha sido un sueño. Lo he visto volando en el Exterior, así que es verdad que fuera hay un mundo donde Mamá estaba cuando era pequeña.

Nos levantamos y jugamos a las Cunitas, al Dominó, al Submarino, a las Marionetas y a un montón de juegos más, un ratito a cada cosa. Tarareamos, son canciones superfáciles de adivinar. Nos metemos otra vez en la Cama para estar más calentitos.

—¿Por qué no salimos al Exterior mañana? —digo.

—Ay, Jack.

Estoy tumbado en el brazo de Mamá, que está muy gordo porque lleva dos jerseys.

—Me gusta cómo huele ahí fuera —digo. Mamá mueve la cabeza para mirarme—. Cuando la Puerta se abre y entra un aire distinto del nuestro.

—Así que te habías dado cuenta —dice.

—Me doy cuenta de todo.

—Sí, es más fresco. En verano huele a hierba recién cortada, porque estamos en el patio trasero de su casa. A veces alcanzo a ver los arbustos y los setos.

—¿El patio trasero de quién?

—Del Viejo Nick. Convirtió el cobertizo en esta habitación, ¿te acuerdas?

Me cuesta acordarme de todas las cosas, ninguna de ellas parece muy verdadera.

—Es el único que sabe los números de la contraseña que se marcan en el teclado que hay en la parte de fuera.

Me quedo mirando el Teclado; no sabía que hubiera otro.

—Yo también tecleo los números.

—Sí, pero no sabes la combinación secreta que abre la puerta... Es algo así como una llave invisible —dice Mamá—. Luego, cuando vuelve a la casa, teclea otra vez el código en éste —dice señalando el Teclado.

—¿La casa de la hamaca?

—No —Mamá habla en voz alta—. El Viejo Nick vive en otra casa.

—¿Podemos ir algún día?

Se aprieta la boca con una mano.

—Preferiría ir a la casa donde viven tu abuela y tu abuelo.

—Podríamos mecernos en la hamaca.

—Podríamos hacer lo que quisiéramos, seríamos libres.

—¿Cuando tenga seis años?

—Algún día, claro que sí.

Caen gotas de la cara de Mamá hasta la mía. Doy un brinco, son saladas.

—Estoy bien —dice restregándose la mejilla—, no pasa nada. Sólo estoy... un poco asustada.

—Tú no puedes estar asustada —le digo casi a gritos—. Mala idea.

—Un poquito nada más. Estamos bien, lo básico lo tenemos.

Ahora sí que tengo miedo.

—Pero ¿y si el Viejo Nick no devuelve la luz ni nos trae comida nunca, nunca jamás?

—Lo hará —dice ella respirando todavía como con hipidos—. Estoy casi cien por cien segura de que lo hará.

Casi cien, o sea, noventa y nueve. ¿Noventa y nueve por ciento es suficiente?

Mamá se incorpora, se restriega la cara con la manga del jersey.

Me hacen ruido las tripas, no sé cuánta comida nos queda. Otra vez empieza a oscurecer. No creo que hoy vaya a ganar la luz.

—Oye, Jack, tengo que contarte otra historia.

—¿Una de verdad?

—Totalmente cierta. ¿Te acuerdas de que antes estaba siempre triste?

Ah, ésta me gusta.

—Entonces yo bajé del Cielo y crecí dentro de tu barriga.

—Sí. Pero verás, yo estaba triste por estar en esta habitación —dice Mamá—. Al Viejo Nick ni siquiera lo conocía, yo tenía diecinueve años. Me llevó con él sin que yo quisiera, me robó.

Intento entender.

Sé que al zorro Swiper le encanta llevarse cosas, pero nunca había oído que las personas se pudieran robar. Mamá me da un abrazo tan fuerte que me aprieta.

—Yo iba a estudiar. Era por la mañana temprano, y yo estaba cruzando un aparcamiento para llegar a la biblioteca de la facultad, escuchando... Bueno, iba escuchando música en un pequeño aparato en el que caben mil canciones que te suenan en el oído... Yo fui la primera de mis amigas que tuvo uno.

Me encantaría tener ese aparato.

—Bueno, la cuestión es que se me acercó un hombre a pedirme ayuda, porque a su perro le había dado un ataque y pensaba que se le podía morir.

—¿Cómo se llamaba?

—¿El hombre?

Sacudo la cabeza.

—No, el perro.

—No, el perro nada más era una trampa para meterme en su camioneta. La camioneta del Viejo Nick.

—¿De qué color es?

—¿La camioneta? Marrón, todavía la tiene, siempre se queja de ella.

—¿Cuántas ruedas tiene?

—Necesito que te concentres en lo importante —me dice Mamá.

Digo que sí con la cabeza. Sus manos me aprietan, las aflojo.

—Me puso una venda en los ojos.

—¿Igual que en la Gallinita Ciega?

—Sí, pero no tuvo nada de divertido. Estuvo conduciendo mucho rato, yo estaba muerta de miedo.

—¿Yo dónde estaba?

—Tú aún no existías, ¿recuerdas?

Me había olvidado.

—¿El perro también estaba en la camioneta?

—No había ningún perro —refunfuña otra vez Mamá—. Mira, tienes que dejarme explicar esta historia.

—¿No puedo escoger otra?

—Es lo que pasó de verdad.

—¿Y por qué no me cuentas la de *Jack el Matagigantes*?

—Escucha —dice Mamá tapándome la boca con la mano—. Me obligó a tomar una medicina mala para que me durmiera. Cuando me desperté ya estaba aquí.

Está oscuro, casi negro, y ahora ya no veo la cara de Mamá; mira hacia otro lado, así que sólo la oigo.

—La primera vez que abrió la puerta grité pidiendo ayuda y me tiró al suelo de un puñetazo. Nunca más he intentado hacer eso.

Tengo la barriga llena de nudos.

—Antes me daba mucho miedo quedarme dormida, por si volvía —dice Mamá—. Cuando dormía era el único momento en que dejaba de llorar, así que dormía dieciséis horas al día.

—¿Hiciste un estanque?

—¿Qué?

—Alicia llora porque no puede recordar todos los poemas y los números, y se forma un estanque de lágrimas y de repente se está ahogando.

—No —dice Mamá—, pero me dolía siempre la cabeza, tenía los ojos irritados. El olor de las planchas de corcho me daba náuseas.

¿Qué olor?

—Me volvía loca mirando el reloj y contando los segundos que pasaban. Todos los muebles me daban pánico, cuando los miraba parecían hacerse más grandes o más pequeños, pero si dejaba de mirarlos empezaban a resbalar. Cuando al final me trajo la tele dejaba puesto el canal de la teletienda, veinticuatro horas siete días a la semana, donde siempre había cosas estúpidas, anuncios de la comida que yo recordaba, me dolía la boca de quererlo todo. A veces oía voces que salían de la tele y me decían cosas.

—¿Igual que hace Dora?

Dice que no con la cabeza.

—Cuando él estaba trabajando intentaba salir de aquí, lo probé todo. Me pasé días enteros de puntillas encima de la mesa rascando alrededor de la claraboya, me rompí todas las uñas. Le tiré todo lo que se me ocurría para romperla, pero la malla de seguridad es fortísima, ni siquiera conseguí agrietar el cristal.

La Claraboya es sólo un cuadrado, menos oscuro que el resto.

—¿Qué era todo?

—La sartén grande, sillas, el cubo de la basura.

Ostras, cómo me gustaría verla lanzando el Cubo de la Basura.

—Y una vez excavé un agujero.

No lo entiendo.

—¿Dónde?

—Si quieres puedes palparlo, ¿te gustaría? Tendremos que arrastrarnos por el suelo... —Mamá echa el Edredón a un lado y saca la Caja de debajo de la Cama; luego da un pequeño gruñido para meterse debajo. Me deslizo a su lado, estamos cerca de la Serpiente de Huevos, pero sin llegar a chafarla—. Saqué la idea de *La gran evasión* —noto que su voz retumba al lado de mi cabeza.

Me acuerdo de esa historia, la del campo de los nazis; no un campo lleno de flores silvestres en primavera, sino un campo donde en invierno había millones de personas tomando sopas llenas de gusanos. Al final los aliados derribaron las vallas y todo el mundo huyó corriendo; me parece que los aliados son una especie de ángeles, como San Pedro.

—Dame tus dedos... —Mamá me los coge y siento el corcho del Suelo—. Justo aquí —de repente hay un trocito más bajo con los bordes ásperos. El pecho empieza a hacerme pum, pum. No sabía que hubiera un agujero—. Cuidado, no vayas a cortarte. Lo hice con el cuchillo de sierra —dice—. El corcho logré levantarlo, la madera me costó más. Luego, con la plancha de plomo y la espuma fue bastante fácil, pero ¿sabes qué encontré después?

—¿El País de las Maravillas?

Mamá da un gruñido tan fuerte que me golpeo la cabeza con la Cama.

—Perdona.

—Lo que encontré fue una tela de alambre.

—¿Dónde?

—Aquí mismo, en el agujero.

¿Tela de alambre en un agujero? Meto mi mano abajo, y más abajo aún.

—Una cosa metálica, ¿has llegado?

—Sí —fría, suave, la agarro entre los dedos.

—Cuando transformó el cobertizo en esta habitación —dice Mamá—, puso escondida una tela de alambre debajo de las viguetas del suelo, en todas las paredes y hasta en el techo, para que nunca pudiera traspasarla y escaparme.

Salimos a rastras otra vez. Nos sentamos con la espalda apoyada en la Cama. Me he quedado sin respiración.

—Cuando descubrió el agujero —dice Mamá— se puso a aullar.

—¿Como un lobo?

—No, de risa. A mí me daba miedo que me hiciera daño, pero esa vez le pareció desternillante.

Tengo los dientes muy apretados.

—Entonces se reía más —dice Mamá.

El Viejo Nick es un zombi ladrón robón apestoso.

—Podríamos prepararle un motín —le digo a Mamá—. Con mi transformerbomba jumbo megatrón le haré pedazos.

Me pone un beso al lado del ojo.

—Hacerle daño no funciona. Una vez lo intenté, cuando llevaba cosa de un año y medio aquí.

Esto sí que es increíble.

—¿Tú le hiciste daño al Viejo Nick?

—Lo que hice fue quitar la tapa de la cisterna, y además tenía el cuchillo afilado, y justo antes de las nueve, una noche, me puse contra la pared, al lado de la puerta.

Huy, qué lío.

—La cisterna del Váter no tiene tapa —le digo.

—Antes había una que la tapaba. Era la cosa más contundente de la habitación.

—La Cama pesa un montón.

—Sí, pero no podría levantarla en alto, ¿verdad? —pregunta Mamá—. Así que cuando oí que entraba...

—El *piiii, piiii.*

—Exacto. Le estampé la tapa de la cisterna en la cabeza.

Tengo el dedo gordo en la boca y lo muerdo sin parar.

—Pero no lo golpeé lo bastante fuerte, y la tapa se cayó al suelo y se partió en dos. Y él..., el Viejo Nick, consiguió empujar la puerta y cerrarla.

Siento un sabor raro en la boca.

Mamá habla como si se bebiera el aire a tragos.

—Sabía que mi única opción era obligarlo a que me diera la contraseña, así que le puse el cuchillo en el cuello y apreté, así —me pone la uña debajo de la barbilla, no me gusta—. Le dije: «Dame la contraseña».

—¿Te la dio?

Resopla y saca todo el aire.

—Dijo algunos números, y fui corriendo a marcarlos.

—¿Qué números?

—No creo que fueran los de verdad. Se puso de pie de un salto y me retorció la muñeca y me quitó el cuchillo.

—¿Tu muñeca mala?

—Bueno, antes de eso no estaba mala. No llores —me susurra Mamá en el pelo—, eso fue hace mucho tiempo.

Intento hablar pero no me sale nada, por las lágrimas.

—Así que, Jack, no debemos intentar hacerle daño de nuevo. Cuando volvió a la noche siguiente me dijo: número uno, que jamás conseguiría que me dijera la contraseña. Y, número dos, que si alguna vez volvía a intentar un truco como aquél, se iría y no volvería más, y me dejaría aquí hasta que me muriera de hambre.

Ya ha acabado, creo.

—¿Y volvieras al Cielo? —pregunto.

—Sí. Y aunque estaba muy triste, aún no quería volver allí.

—No iremos hasta que tengamos cien años y estemos cansados de jugar —pero entonces me ruge la barriga fuerte de verdad y me doy cuenta, veo por qué Mamá me ha contado esta historia terrible. Me está diciendo que vamos a...

Entonces parpadeo y me tapo los ojos. La luz lo baña todo: se ha encendido la Lámpara.

Morir

Se está calentito. Mamá ya está delante de la Mesa, hay una caja de cereales nueva y cuatro plátanos, ¡yupi! Seguro que el Viejo Nick ha venido durante la noche. Salgo de la Cama de un salto. También hay macarrones, y salchichas, y mandarinas y...

Mamá no come nada. Está de pie al lado de la Cajonera mirando la Planta. Hay tres hojas caídas. Mamá toca el tallo y...

—¡No!

—Ya estaba muerta.

—La has roto.

Mamá dice que no con la cabeza.

—Las cosas vivas se doblan sin romperse, Jack. Supongo que por el frío la planta se ha endurecido por dentro.

Intento poner bien el tallo.

—Le hace falta un poco de celo.

Me acuerdo de que se nos ha terminado, Mamá pegó el último trocito en la Nave Espacial: la tonta de Mamá. Voy corriendo a sacar la Caja de debajo de la Cama, encuentro la Nave Espacial y le arranco los trozos de celo.

Mamá me observa sin hacer nada.

Enrollo el celo en la Planta apretándolo bien, pero se resbala. El tallo sigue roto.

—Lo siento.

—Haz que viva otra vez —le digo a Mamá.

—Si pudiera, lo haría.

Espera a que pare de llorar, me seca los ojos. Ahora tengo demasiado calor, me quito la ropa que llevaba de más.

—Bueno, supongo que ahora lo mejor será tirarla a la basura —dice Mamá.

—No —le digo—, mejor por el Váter.

—Podría atascar las tuberías.

Les doy un beso a unas cuantas hojitas de la Planta y tiro de la cadena; luego otras pocas y tiro de la cadena otra vez, y después le corto el tallo en trocitos.

—Adiós, Planta —susurro. A lo mejor en el mar se pegará toda de nuevo y crecerá hasta el Cielo.

El mar es de verdad, ahora que me acuerdo. Todo es de verdad en el Exterior, todo lo que existe, porque vi el avión y el azul entre las nubes. Mamá y yo no podemos ir afuera porque no sabemos la contraseña secreta, pero es real de todas formas.

Antes no sabía ni enfadarme por no poder abrir la Puerta, mi cabeza era demasiado pequeña para que le cabiera dentro el Exterior. Cuando era pequeño pensaba como un niño pequeño, pero ahora que tengo cinco años ya lo sé todo.

Nos damos un baño justo después de desayunar, el agua desprende vapor, mmm. Mamá se tumba en la Bañera y se queda casi dormida; la despierto para lavarle el pelo y ella me lo lava a mí. También lavamos la ropa, pero hay pelos largos en las sábanas y tenemos que quitarlos con los dedos, y hacemos una carrera para ver quién va más rápido.

Los dibujos ya se han terminado, aparecen niños pintando huevos de colores para el conejo andarín. Miro a cada uno de los niños y digo dentro de mi cabeza: «Eres de verdad».

—Es el conejo de Pascua, no el conejo andarín —dice Mamá—. Paul y yo... Cuando éramos pequeños, el conejo de Pascua traía huevos de chocolate por la noche y los escondía por el patio trasero de casa, bajo los arbustos y en los huecos de los árboles, incluso en la hamaca.

—¿Se llevaba tus dientes? —pregunto.

—No, era a cambio de nada —se le desinfla la cara.

No creo que el conejo de Pascua sepa dónde está la Habitación, y además, no tenemos arbustos ni árboles porque están al otro lado de la Puerta.

Hoy es un día feliz por el calor y la comida, pero Mamá no está contenta. Seguramente echa de menos a la Planta.

Toca Gimnasia y elijo Caminata, que consiste en caminar juntos de la mano por la Pista y decir lo que vemos durante el paseo.

—Mira, Mamá, una cascada —y al cabo de un momento digo—: Mira, un ñu.

—Caramba.

—Te toca.

—Oh, mira —dice Mamá—, un caracol.

Me agacho para mirarlo.

—Mira, un *bulldozer* gigante derribando un rascacielos.

—Mira —dice ella—, un flamenco volando.

—Mira, un zombi lleno de babas.

—¡Jack! —eso la hace sonreír medio segundo.

Luego caminamos más rápido mientras cantamos «This Land Is Your Land». Después bajamos de nuevo la Alfombra, que se convierte en nuestra alfombra voladora y nos lleva a toda pastilla hasta el Polo Norte.

Mamá elige Cadáver, y yo me tumbo superquieto, pero me olvido y me rasco la nariz, así que gana ella. Luego escojo el Trampolín, pero Mamá dice que ya no quiere hacer más Gimnasia.

—Tú haces los comentarios y yo hago de saltimbanqui.

—Cariño, lo siento, me vuelvo a la cama un rato.

Hoy no está muy divertida.

Saco a la Serpiente de Huevos de debajo de la Cama muy despacio y me parece que la oigo silbar con su lengua de aguja: «Buenasssss». La acaricio, sobre todo los huevos que están agrietados o rotos. Uno se me deshace entre los dedos, así que preparo engrudo con una pizca de harina y pego los trozos en un papel de rayas para hacer una montaña con picos. Quiero enseñársela a Mamá, pero tiene los ojos cerrados.

Me meto en el Armario y juego a que soy un minero. Encuentro una pepita de oro debajo de la almohada, que en realidad es la Muela Mala que se rompió; aunque no está viva, no se dobló como le pasó a la planta, y no tenemos que tirarla por el Váter. Pero a ella no tenemos que tirarla por el Váter. Está hecha de Mamá, como yo, sangre de su sangre.

Asomo la cabeza fuera y veo los ojos de Mamá abiertos.

—¿Qué haces? —le pregunto.

—Nada, estoy pensando.

Yo puedo pensar y hacer cosas interesantes a la vez, ¿ella no?

Se levanta a preparar la comida, una caja de macarrones de color naranja. Ñam.

Después juego a que soy Ícaro con las alas derretidas. Mamá lava los platos despacio a más no poder. Espero a que termine para que se venga a jugar, pero no quiere. Se sienta en la Mecedora y empieza a mecerse.

—¿Qué estás haciendo?

—Aún estoy pensando —al cabo de un momento pregunta—: ¿Qué llevas en la funda de la almohada?

—Es mi mochila —me he atado las dos puntas alrededor del cuello—. Es para ir por el Exterior cuando vengan a rescatarnos —he puesto dentro la Muela, el Jeep y el Mando, una muda de ropa interior para mí y otra para Mamá, y también calcetines, las Tijeras, y las cuatro manzanas, por si nos entra hambre—. ¿Hay agua? —le pregunto.

Mamá asiente.

—Ríos, lagos...

—No, digo para beber. ¿Hay un grifo?

—Montones de grifos.

Menos mal que no tengo que llevar una botella de agua, porque mi mochila pesa ya un montón. Tengo que aflojármela en el cuello para que no me estrangule las palabras.

Mamá no para de mecerse.

—Antes soñaba que me rescataban —dice Mamá—. Escribía notas y las escondía en las bolsas de la basura, pero nunca las encontró nadie.

—Es que tendrías que haberlas mandado por el Váter.

—Y cuando gritamos nadie nos oye —dice—. Anoche me pasé la mitad de la noche encendiendo y apagando la luz, y de pronto pensé: nadie nos ve.

—Pero...

—Nadie va a venir a salvarnos.

Al principio no digo nada.

—Tú no sabes todo lo que hay —le digo luego.

Pone la cara más rara que he visto en mi vida.

Preferiría que pasara el día ida a que esté así, como si no fuera Mamá.

Bajo todos mis libros de la Estantería y los leo: *El libro móvil del aeropuerto* y las *Canciones infantiles*, y *Dylan*, que es mi favorito, y *El conejito andarín*. Cuando ya voy por la mitad lo dejo y lo guardo para que me lo cuente Mamá. Leo un poco de *Alicia*, aunque me salto la parte de la Duquesa, que me da miedo.

Al final Mamá deja de mecerse.

—¿Puedo tomar un poco?

—Claro —dice—, ven aquí.

Me siento en su regazo y le levanto la camiseta; tomo sin parar durante mucho rato.

—¿Ya? —me dice al oído.

—Sí.

—Escucha, Jack. ¿Me estás escuchando?

—Yo siempre escucho.

—Tenemos que salir de aquí.

La miro.

—Y tenemos que hacerlo todo solos, por nuestra cuenta.

Pero dijo que era como en un libro... ¿Cómo escapan los personajes de los libros donde viven?

—Necesitamos idear un plan —habla con voz aguda.

—¿Como cuál?

—No lo sé, ¿qué te crees? Llevo siete años tratando de que se me ocurra algo.

—Podríamos destrozar las paredes —pero no tenemos un jeep para eso, ni siquiera un *bulldozer*—. Podríamos... volar la Puerta por los aires.

—¿Con qué?

—El gato de *Tom y Jerry* lo hizo...

—Es genial que te estrujes el cerebro —dice Mamá—, pero nos hace falta una idea que funcione.

—Una explosión grande de verdad —le digo.

—Si es grande de verdad, nos hará volar por los aires también a nosotros.

Eso no lo había pensado. Me estrujo el cerebro otra vez.

—¡Ya está, Mamá! Podríamos... esperar a que el Viejo Nick venga una noche y entonces le dices: «Ah, mira qué pastel tan rico que hemos hecho, cómete un buen pedazo de nuestro fantástico pastel de Pascua», pero que en realidad sea veneno.

Mamá niega con la cabeza.

—Aunque consiguiéramos envenenarlo, tampoco nos daría la contraseña.

Pienso con tanta fuerza que me duele.

—¿Alguna otra idea?

—Todas te parecen mal.

—Lo siento. Lo siento. Tan sólo procuro ser realista.

—¿Qué ideas son realistas?

—No sé... No sé —Mamá se pasa la lengua por los labios—. Sigo obsesionándome con el momento en que se abre la puerta... Si cronometráramos exactamente esa fracción de segundo, ¿podríamos escaparnos y huir corriendo?

—Sí, ésa es una idea guay.

—Si por lo menos tú pudieras escabullirte, mientras yo le busco la mirada... —Mamá sacude la cabeza—. Ni hablar.

—Sí hablar.

—Te cogería, Jack, te cogería antes de que hubieras llegado a la mitad del patio y... —se calla.

—¿Alguna otra idea? —digo al cabo de un momento.

—Sólo las mismas, dando vueltas y vueltas como ratas en una rueda —dice Mamá apretando los dientes.

¿Por qué las ratas dan vueltas en una rueda? ¿Igual que en una noria?

—Deberíamos preparar un truco ingenioso —le digo.

—¿Como cuál?

—Pues a lo mejor como cuando tú eras una estudiante y él te engañó para que te montaras en su furgoneta, con aquel perro que en realidad no era de verdad.

Mamá suelta el aire.

—Ya sé que intentas ayudar, pero ¿y si te quedas un ratito callado para que yo pueda pensar?

Pero si estábamos pensando, estábamos pensando superfuerte los dos juntos. Me levanto para ir a comerme el plátano con el trozo marrón más grande. Las partes marrones son las más dulces.

—¡Jack! —Mamá tiene los ojos enormes y se pone a hablar superrápido—. Eso que has dicho del perro es una idea brillante, ¡en serio! ¿Por qué no fingimos que estás enfermo?

Primero me hago un lío, pero poco a poco lo entiendo.

—¿Igual que el perro que al final no existía?

—Exacto. Cuando el Viejo Nick entre, podría decirle que te has puesto muy enfermo.

—¿Qué enfermedad podría tener?

—No sé, tal vez un resfriado muy, muy malo —dice Mamá—. A ver, prueba a toser mucho.

Toso y toso; ella escucha.

—Mmm —dice.

Creo que no me ha salido muy bien. Toso más fuerte, hasta que siento como si se me rasgara la garganta.

Mamá niega con la cabeza.

—Olvídate de la tos.

—Aún puedo hacerla más fea...

—Lo haces estupendamente, pero se nota que es de mentira.

Suelto la tos más grande y horrible del mundo.

—No sé —dice Mamá—, a lo mejor es porque es muy difícil fingir tos. De todos modos... —se da una palmada en la cabeza—. Soy tonta.

—No, no eres tonta —le froto donde se ha golpeado.

—Tiene que ser algo que te haya pegado el Viejo Nick, ¿entiendes? Es el único que trae aquí los microbios, y no ha estado resfriado. No, nos hace falta... ¿Una comida que te haya sentado mal? —mira con furia los plátanos—. ¿La E. coli? ¿Eso te puede dar fiebre?

Se supone que Mamá no es quien me pregunta las cosas, sino que ella las sabe.

—Una fiebre mala de verdad, como para que no puedas hablar ni tenerte en pie...

—¿Por qué sin hablar?

—Porque si no hablas, será más fácil fingir. Sí —dice Mamá, con los ojos brillantes—, le diré: «Tienes que llevar a Jack al hospital en la camioneta para que los médicos le den la medicina apropiada».

—Entonces, ¿iré montado en la camioneta marrón?

Mamá asiente.

—Hasta el hospital.

No me puedo creer que sea verdad. Pero entonces me acuerdo del planeta de la tele donde salen los médicos.

—No quiero que me hagan una raja.

—Cariño, los médicos no te harán nada, porque en realidad a ti no te pasará nada, ¿te acuerdas? —me acaricia el hombro—. Sólo es un truco para nuestra Gran Evasión. El Viejo Nick te llevará en brazos al hospital, y al primer médico que veas, o enfermera o lo que sea, le gritas «Ayuda».

—Eso puedes gritarlo tú.

Creo que no me ha oído. Luego dice:

—Yo no voy a estar en el hospital.

—¿Dónde estarás?

—Aquí mismo, en la Habitación. No creo que me deje acompañarlo.

Pues tengo una idea mejor.

—Podrías hacer ver que tú también estás enferma, como aquella vez que tuvimos diarrea al mismo tiempo, y entonces nos llevará a los dos en la furgoneta.

Mamá se muerde el labio.

—No se lo tragará. Sé que te resultará raro ir tú solo, pero yo te hablaré sin parar para que me oigas todo el rato dentro de tu cabeza, te lo prometo. ¿Te acuerdas de cuando Alicia va cayendo, cayendo, cayendo, mientras por dentro va hablándole a su gata *Dina*?

Mamá no estará en mi cabeza de verdad. Me duele la barriga sólo de pensarlo.

—Este plan no me gusta.

—Jack...

—Es una mala idea.

—Mira, en realidad...

—No voy a ir al Exterior sin ti.

—Jack...

—Nanay de la China, nanay de la China, nanay de la China.

—De acuerdo, tranquilízate. Olvídalo.

—¿En serio?

—Sí, no tiene sentido intentarlo si no estás preparado.

Todavía suena enfurruñada.

Hoy ya es abril, así que me pongo a inflar un globo. Quedan tres: rojo, amarillo y otro amarillo, así que elijo amarillo para que quede aún uno de cada color para el mes que viene. Lo inflo y lo suelto por la Habitación muchas veces, me gusta el ruido de pedorreta que hace. Es difícil decidirse a hacer el nudo, porque después el globo ya no sale disparado cuando lo suelto y solamente vuela lento. Pero para jugar a Tenis Globo hay que hacer el nudo, así que lo inflo tres veces más para que haga pedorretas voladoras y luego hago el nudo, aunque al principio se me queda el dedo en medio sin querer. Cuando está bien atado, Mamá y yo jugamos a Tenis Globo. De las siete partidas gano cinco.

—¿Quieres un poquito? —me dice Mamá.

—De la izquierda, por favor —le digo subiéndome a la Cama.

Hay poquita, pero riquísima.

Creo que me quedo dormido un ratito, aunque de pronto Mamá me está hablando al oído.

—¿Te acuerdas de que se escapan de los nazis arrastrándose por un túnel oscuro? Uno por uno.

—Sí.

—Así es como lo haremos cuando estés preparado.

—¿Por qué túnel? —miro por todas partes a mi alrededor.

—Como ellos por el túnel, pero en nuestro caso no será un túnel de verdad. Lo que quiero decir es que los prisioneros tenían que ser muy valientes y escapar uno por uno.

Digo que no con la cabeza.

—He estado dándole vueltas y estudiándolo desde todos los ángulos, y es el único plan que puede funcionar —a Mamá le brillan demasiado los ojos—. Tú eres mi príncipe JackerJack, mi niño valiente. Tú irás al hospital primero, y luego volverás aquí con la policía, ¿entiendes?

—¿Me van a arrestar?

—No, no, nos ayudarán. Tú los traerás aquí de nuevo para rescatarme y luego ya estaremos siempre juntos.

—Yo no puedo rescatarte —le digo—, sólo tengo cinco años.

—Pero tienes superpoderes —me dice Mamá—. Tú eres el único que puede hacer esto. ¿Lo harás?

No sé qué decir, pero ella sigue esperando.

—Vale.

—¿Eso es un sí?

—Sí.

Me da un beso enorme.

Salimos de la Cama y nos tomamos una tarrina de mandarinas cada uno.

Nuestro plan tiene algunas partes difíciles, Mamá no deja de pensar en ellas y de decir «oh, no». Pero luego siempre encuentra una manera de arreglarlo.

—La policía no sabe la contraseña secreta —le digo.

—Ya pensarán en algo.

—¿En qué?

Se restriega un ojo.

—No sé... ¿Un soplete?

—¿Qué es...?

—Es una herramienta de la que sale una llama, y con eso se podría quemar la puerta hasta abrirla.

—Podríamos fabricarnos uno —le digo, dando saltos—. Podríamos..., podríamos coger el frasco de vitaminas con la cabeza de dragón y ponerlo encima de la Cocina y encenderla hasta que se prenda fuego, y...

—Y quemarnos vivos —dice Mamá. Pero no de broma.

—Pero...

—Jack, esto no es un juego. Vamos a repasar otra vez el plan...

Me acuerdo de todas las partes, pero sigo entendiéndolas al revés.

—Mira, es lo mismo que pasa en *Dora* —dice Mamá—, cuando primero se va a un sitio, y luego a un segundo lugar para llegar a un tercero. En nuestro caso es: Camioneta. Hospital. Policía. ¿Lo repites?

—Camioneta. Hospital. Policía.

—O en realidad más bien son cinco pasos. Enfermo. Camioneta. Hospital. Policía. Salvar a Mamá.

—Camioneta...

—Enfermo.

—Enfermo —repito.

—Hospital... No, perdón, Camioneta. Enfermo, Camioneta...

—Enfermo, Camioneta, Hospital, Salvar a Mamá.

—Te has olvidado de Policía —me dice—. Cuenta con los dedos. Enfermo, Camioneta, Hospital, Policía, Salvar a Mamá.

Contamos una y otra vez. Hacemos un mapa en el papel de renglones y le ponemos dibujos. En el de enfermo salgo yo con los ojos cerrados y la lengua colgando de la boca; luego está una camioneta marrón; luego, una persona con una bata blanca larga que significa médicos; luego, un coche de policía con la sirena encendida; luego, Mamá saludando y sonriendo porque está libre, con el soplete que saca fuego como un dragón. Siento la cabeza cansada, pero Mamá dice que tenemos que ensayar un poco lo de estar enfermo, porque es lo más importante.

—¿Por qué?

—Porque si el Viejo Nick no se lo cree, todo lo demás no pasará. Tengo una idea: haremos que se te ponga la frente muy caliente y dejaremos que te toque.

—No.

—No pasa nada, no te quemaré...

No lo entiende.

—No quiero que él me toque.

—Ah —dice Mamá—. Sólo una vez, te lo prometo, y yo estaré a tu lado.

Sigo negando con la cabeza.

—Sí, eso podría funcionar —dice—. A lo mejor podrías tumbarte al lado del conducto de ventilación... —se arrodilla y pone la mano debajo de la Cama, cerca de la Pared de la Cama, pero luego arruga la frente y dice—: No está lo bastante caliente. Y... ¿ponerte una bolsa de agua bien caliente en la frente justo antes de que llegue? Estarás en la cama,

y cuando oigamos el *piii, piii* de la puerta, escondo la bolsa de
agua.

—¿Dónde?

—Eso no importa.

—Sí que importa.

Mamá me mira.

—Tienes razón, hemos de tener en cuenta todos los
detalles para que nada nos estropee el plan. Tiraré la bolsa de
agua debajo de la cama, ¿de acuerdo? Entonces, cuando el
Viejo Nick te toque la frente estará supercaliente. ¿Quieres
que lo probemos?

—¿Con la bolsa de agua?

—No, de momento sólo meterte en la cama y practi-
car estar muy tirado, como cuando jugamos a Cadáver.

En eso soy muy bueno, dejo que la boca me cuelgue
abierta. Mamá hace como que es él, con una voz ronquísi-
ma. Me pone una mano encima de las cejas.

—Ostras, está ardiendo —dice con brusquedad.

Se me escapa la risa.

—Jack.

—Perdón —me quedo tumbado superquieto.

Practicamos un montón, hasta que ya estoy harto de
estar enfermo de mentira y Mamá me deja descansar.

Hay perritos calientes para cenar. Mamá casi no come
del suyo.

—Entonces, ¿te acuerdas del plan? —me pregunta.

Digo que sí con la cabeza.

—A ver, cuéntamelo.

Me trago el final del bollo.

—Enfermo, Camioneta, Hospital, Policía, Salvar a
Mamá.

—Estupendo. Entonces, ¿estás listo?

—¿Para qué?

—Para nuestra Gran Evasión. Esta noche.

No sabía que iba a ser esta noche. Antes ha dicho
«cuando estés preparado», pero no lo estoy.

—¿Por qué es esta noche?

—Ya no quiero esperar más. Después de que cortara la luz...

—Pero anoche la hizo volver.

—Sí, al cabo de tres días. Y la planta se ha muerto de frío, ¿quién sabe lo que puede hacer mañana? —Mamá se pone de pie y recoge su plato, está casi chillando—. Parece humano, pero dentro no hay nada.

Huy, qué lío.

—¿Igual que un robot?

—Peor.

—Una vez salió un robot en *Bob y sus amigos*...

Mamá me corta.

—¿Sabes lo que es el corazón, Jack?

—Pum, pum —le señalo dónde está en mi pecho.

—No, el lugar de los sentimientos, donde uno está triste o asustado, o se ríe y todo eso.

Eso es más abajo, creo que yo lo tengo en la barriga.

—Bueno, pues él eso no lo tiene.

—¿Barriga?

—El lugar de los sentimientos —dice Mamá.

Me miro la barriga.

—Y entonces, ¿qué tiene?

Ella se encoge de hombros.

—Solamente un agujero.

¿Como un cráter? Un cráter es un agujero donde ha pasado algo. ¿Qué es lo que ha pasado en el suyo?

Aún no entiendo qué tiene que ver que el Viejo Nick sea un robot con que tengamos que hacer el plan ingenioso esta noche.

—Lo hacemos otra noche.

—Vale —dice Mamá, y se deja caer en la silla.

—¿Vale?

—Sí —se frota la frente—. Lo siento, Jack, ya sé que te estoy metiendo prisa. He tenido mucho tiempo para pensar en todo esto, y en cambio para ti todo es nuevo.

Digo que sí con la cabeza todo el rato.

—Supongo que un par de días más no cambian mucho las cosas. Siempre y cuando no le dé motivos para enfadarse —me sonríe—. ¿A lo mejor dentro de un par de días?

—A lo mejor cuando tenga seis años.

Mamá me mira fijamente.

—Sí, cuando tenga seis años seguro que podré engañarlo y salir al Exterior.

Mamá esconde la cara entre los brazos.

Tiro de ella.

—Déjame.

Cuando la levanta de nuevo, es una cara que da miedo.

—Dijiste que ibas a ser mi superhéroe.

No me acuerdo de haber dicho eso.

—¿No quieres escapar?

—Sí. Pero no tanto.

—¡Jack!

Miro el último trozo de perrito caliente que me queda, pero no lo quiero.

—Mejor nos quedamos aquí.

—Se nos está quedando pequeña.

—¿El qué?

—Esta habitación.

—La Habitación no es pequeña. Mira —me pongo de pie en mi silla y salto con los brazos extendidos y doy vueltas sin chocarme con nada.

—Ni siquiera te das cuenta de lo que te está haciendo —habla con voz temblorosa—. Necesitas ver cosas, tocarlas.

—Eso ya lo hago.

—Más cosas, cosas distintas. Necesitas más espacio. Hierba. Pensé que querías conocer a la abuela y al abuelo y al tío Paul, ir a los columpios del parque, tomar helados...

—No, gracias.

—Muy bien, olvídalo.

Mamá se quita la ropa y se pone la camiseta de dormir. Yo hago lo mismo. Está tan furiosa conmigo que no me dice nada. Le hace un nudo a la bolsa de la basura y la pone junto a la Puerta. Hoy no hay ninguna lista.

Nos cepillamos los dientes. Mamá escupe. Tiene restos blancos en la boca. Sus ojos miran a los míos en el Espejo.

—Te daría más tiempo si pudiera —dice—. Lo juro, esperaría todo lo que fuera preciso si creyera que estamos a salvo. Pero no lo estamos.

Me doy la vuelta rápido hacia mi Mamá de verdad, escondo la cara en su barriga. Le dejo un rastro de Pasta de Dientes en la camiseta, pero no le importa.

Nos tumbamos en la Cama y Mamá me da un poco, de la izquierda. No hablamos.

En el Armario no consigo dormirme. Canto en voz baja:

—«John Jacob Jingleheimer Schmidt» —espero. Lo canto otra vez.

Al final Mamá contesta.

—«Su nombre es también mi nombre.»

—«Cuando salgo por ahí...»

—«La gente dice siempre de mí...»

—«Ahí va John Jacob Jingleheimer Schmidt...»

Normalmente siempre canta lo del «na na na na na na na», es la parte más divertida, pero esta vez no.

Mamá me despierta, aunque todavía es de noche. Está asomada al Armario, me golpeo el hombro al incorporarme.

—Ven a ver —me susurra.

Nos quedamos de pie al lado de la Mesa y miramos hacia arriba, y de repente ahí está la cara plateada de Dios más redonda y más enorme que he visto. Brilla tanto que ilumina la Habitación entera: los grifos, y el Espejo y los cacharros, la Puerta, hasta las mejillas de Mamá.

—Mira —me susurra—, a veces la luna es un semicírculo, una medialuna, y a veces es sólo una curva fina, como una uña cortada.

—No —eso sólo pasa en la Tele.

Señala hacia arriba, la Claraboya.

—Tú sólo la ves cuando está llena y justo encima de nosotros. Pero cuando salgamos podremos verla más baja en el cielo, cuando va cambiando de forma. E incluso de día —dice Mamá.

—Nanay de la China.

—Te estoy diciendo la verdad. Vas a disfrutar tanto en el mundo... Espera a ver una puesta de sol llena de rosados y lilas.

Bostezo.

—Perdona —dice susurrando de nuevo—. Anda, vente a la cama.

Miro si la bolsa de la basura ha desaparecido ya, y veo que sí.

—¿Ha venido el Viejo Nick?

—Sí. Le he dicho que andabas medio pachucho. Con calambres, diarrea —la voz de Mamá casi parece risa.

—¿Por qué le has...?

—Así empezará a creerse nuestro truco. Mañana por la noche será cuando lo hagamos.

Arranco mi mano de la suya.

—No deberías haberle dicho eso.

—Jack...

—Mala idea.

—Es un buen plan.

—Es un plan estúpido de tarugo.

—Pues es el único que tenemos —dice Mamá muy fuerte.

—Pero te dije que no.

—Sí, y antes de eso dijiste que a lo mejor, y antes dijiste que sí.

—Eres una tramposa.

—Soy tu madre —Mamá está casi rugiendo—. Eso significa que a veces tengo que decidir por los dos.

Nos metemos en la Cama. Me acurruco como un caracol, y Mamá se pone detrás de mí.

Ojalá tuviéramos esos guantes especiales de boxeo para el Gusto del Domingo, así podría pegarle sin hacerle daño.

Me despierto asustado, y el susto no se me pasa.

Mamá no deja que tiremos de la cadena después de hacer caca: la rompe toda con el mango de la Cuchara de Palo hasta que parece sopa de caca, huele que apesta.

No jugamos a nada, solamente practicamos estar tirado como un muñeco de trapo sin decir ni una palabra. Me siento un poco enfermo de verdad, Mamá dice que es nada más el poder de sugestión.

—Eres tan bueno fingiendo que te estás engañando incluso a ti mismo.

Me preparo otra vez la mochila, que en realidad es la funda de mi almohada; meto el Mando y mi Globo Amarillo, pero Mamá dice que no.

—Si te llevas algo, el Viejo Nick se dará cuenta de que te estás escapando.

—A lo mejor podría esconderme el Mando en el bolsillo de los pantalones.

Mamá sacude la cabeza.

—Nada más llevarás la camiseta de dormir y la ropa interior, porque eso es lo que llevarías si realmente estuvieras ardiendo de fiebre.

Pienso en el Viejo Nick llevándome hasta la camioneta, y me mareo como si fuera a caerme.

—Lo que pasa es que estás asustado —dice Mamá—, pero lo que vas a hacer es de valientes.

—¿Eh?

—Asustado-valiente.

—Asustiente.

Los sándwiches de palabras siempre la hacen reír, pero hoy yo no quería ser gracioso.

De comer hay caldo de ternera, pero yo sólo mojo las galletas saladas.

—¿Qué parte es la que te preocupa ahora mismo? —me pregunta Mamá.

—La del hospital. ¿Y si no me salen las palabras correctas?

—Todo lo que tienes que hacer es contarles que tu madre está encerrada y que el hombre que te trajo es quien la tiene presa.

—Pero las palabras...

—¿Qué? —espera a que siga hablando.

—¿Y si no me sale nada de nada?

Mamá apoya la boca en los dedos.

—Siempre me olvido de que no has hablado nunca con nadie más que conmigo.

Espero a ver qué más dice. Mamá saca todo el aire, resoplando.

—Te diré qué es lo que haremos, tengo una idea. Escribiré una nota para que la guardes escondida, una nota que lo explique todo.

—Súper.

—Simplemente se la das a la primera persona... No a un paciente, claro, sino a la primera persona que veas con uniforme.

—¿Y qué hará esa persona con la nota?

—Pues leerla, claro.

—¿Las personas de la Tele saben leer?

Mamá me mira fijamente.

—Son gente de verdad, ¿recuerdas? Igual que nosotros.

Eso aún no me lo creo, pero no lo digo.

Mamá escribe la nota en un trozo de papel con renglones. Es un cuento donde salimos nosotros y la Habitación, y pone: «Por favor, manden ayuda urgentemente», que significa superrápido. Cerca del principio hay dos palabras que no había visto nunca antes, y Mamá me dice que son su nombre y su apellido, igual que las personas de la Tele, que es como todo el mundo la llamaba en el Exterior. Yo soy el único que la llama Mamá.

Me duele la barriga, no me gusta que tenga otros nombres que yo nunca he sabido.

—¿Y yo, tengo otros nombres?

—No, tú eres siempre Jack. Ah, pero... supongo que también tienes un apellido —señala la segunda palabra.

—¿Para qué?

—Bueno, para que se sepa que tú no eres el mismo que todos los demás Jack que hay en el mundo.

—¿Qué otros Jack? ¿Los que salen en los cuentos?

—No, niños de verdad —dice Mamá—. Ahí fuera hay millones de personas, y como no hay tantos nombres distintos, deben compartirlos.

No quiero compartir mi nombre con nadie. Me duele mucho la barriga. No tengo bolsillo, así que me guardo la nota debajo de la ropa interior, aunque rasca un poco.

La luz va desapareciendo poco a poco. Ojalá que el día durase más y no llegara la noche.

Son las 08:41 y estoy en la Cama practicando. Mamá ha llenado la bolsa con agua bien, bien caliente y la ha atado para que no se vierta; la mete en otra bolsa y a ésa también le hace un nudo.

—Ay —trato de apartarme.

—¿Te molesta en los ojos? —vuelve a ponérmela en la cara—. Tiene que estar caliente o no funcionará.

—Pero me duele.

—Venga, un minuto más.

Levanto los puños y me tapo con ellos.

—Tienes que ser tan valiente como el príncipe Jacker-Jack —dice Mamá—, porque si no, esto no saldrá bien. A lo mejor debería decirle al Viejo Nick que ya estás mejor, ¿es eso lo que quieres?

—No.

—Apuesto a que Jack el Matagigantes se pondría una bolsa caliente en la cara si no le quedara más remedio. Vamos, sólo un poco más.

—Déjame hacerlo a mí —pongo la bolsa encima de la almohada, arrugo la cara y la meto en lo caliente. La levanto de vez en cuando para descansar un poco, y Mamá me toca la frente o las mejillas y dice: «Hirviendo». Y luego me hace enterrar la cara otra vez. Lloro un poquito, no por el calor, sino por que venga el Viejo Nick, por si va a venir esta noche. No quiero, creo que me voy a poner malo de verdad verdadera. No dejo de escuchar por si oigo el *piii, piii*. Ojalá que no venga, porque no estoy asustiente, sino asustado nada más.

Voy corriendo al Váter y vuelvo a hacer caca. Mamá la remueve otra vez. Quiero tirar de la cadena pero me dice que no, que la Habitación tiene que oler mal, como si hubiera estado todo el día con diarrea.

Cuando vuelvo a meterme en la Cama me da unos besos en la nuca.

—Lo estás haciendo estupendamente, llorar va muy bien —me dice.

—¿Por qué?

—Porque hace que parezcas más enfermo. Vamos a hacerte algo en el pelo... Se me tendría que haber ocurrido antes —se unta un poco de lavavajillas en las manos y me lo frota con fuerza por la cabeza—. Así parece grasiento, perfecto. Ay, pero huele demasiado bien, tienes que oler peor —va corriendo a mirar otra vez el Reloj—. Se nos acaba el tiempo —dice, está temblorosa—. Soy una idiota, tienes que oler mal, de verdad que tienes... Espera un momento.

Se inclina encima de la Cama, hace una tos rara y se mete los dedos en la boca. No deja de hacer ese ruido raro. Entonces le sale algo por la boca, parece saliva, pero más espesa. Veo trozos de los palitos de pescado que hemos cenado.

Empieza a esparcirlo por la almohada y por mi pelo.

—¡Déjame! —chillo intentando escabullirme.

—Perdona, tengo que hacerlo —Mamá tiene una mirada extraña y brillante. Está untándome la camiseta con el vómito, y hasta la boca. Huele horrible, una peste venenosa que se me mete por la nariz—. Pon otra vez la cara encima de la bolsa caliente.

—Pero...

—Vamos, Jack, deprisa.

—Quiero que esto se termine ahora mismo.

—No es un juego, no podemos terminarlo. Vamos, hazlo.

Estoy llorando por la peste y por tener la cara hundida en la bolsa de agua caliente, creo que se me va a derretir.

—Eres mala.

—Tengo una buena razón —dice Mamá.

Piiii, piiii. Piiii, piiii.

Mamá saca la bolsa de un tirón, siento que me arranca la piel de la cara.

—Chsss —me cierra los ojos con la mano, me aplasta la cara contra la almohada asquerosa, tira del Edredón para taparme la espalda.

El aire frío entra con él.

—Menos mal que has llegado —dice Mamá enseguida.

—No grites —dice el Viejo Nick en voz baja, como con un gruñido.

—Es que...

—Chsss —otro *piii, piii,* y luego el pum—. Ya sabes lo que tienes que hacer —dice—, no quiero que píes hasta que esté la puerta cerrada.

—Perdona, perdona. Es que Jack está muy mal —la voz de Mamá tiembla, y por un momento casi me lo creo. Haciendo cuento es aún mejor que yo.

—Aquí apesta.

—Es porque ha estado vomitando y con unas diarreas terribles.

—Seguramente será uno de esos virus de un día.

—Lleva así más de treinta horas. Tiene escalofríos, está ardiendo...

—Dale una de esas pastillas para el dolor de cabeza.

—¿Qué crees que he estado intentando todo el día? Las vomita al momento. No retiene ni el agua.

El Viejo Nick resopla.

—Deja que le eche un vistazo.

—No —dice Mamá.

—Venga, quita de en medio...

—No, he dicho que no...

No muevo la cabeza de la almohada, está pegajosa. Tengo los ojos cerrados. El Viejo Nick está ahí, justo al lado de la Cama, puede verme. Siento su mano en la mejilla y se me escapa un ruido, porque estoy asustadísimo, Mamá dijo que me tocaría la frente, pero no, me toca la mejilla, y su mano no es como la de Mamá, sino fría y pesada.

Luego la quita.

—Le traeré algo más fuerte de la farmacia de guardia.

—¿Algo más fuerte? Si sólo tiene cinco años, está totalmente deshidratado, con una fiebre de Dios sabe qué —Mamá está gritando; no debería gritar, el Viejo Nick se va a poner furioso.

—Anda, cállate un segundo y déjame pensar.

—Hay que llevarle a urgencias ahora mismo, eso es lo que necesita, y lo sabes.

El Viejo Nick deja escapar un ruido, no sé lo que significa.

Mamá pone voz como de llanto.

—Si no lo llevas ahora, se... podría...

—Basta de histerismos —dice él.

—Por favor. Te lo suplico.

—Nanay.

Por poco digo «de la China». Lo pienso, pero no lo digo; no digo nada, sólo me quedo como muerto, ido.

—Sólo tienes que decirles que es un extranjero sin papeles —dice Mamá—. No está en condiciones de decir una sola palabra, puedes traerlo directamente en cuanto lo rehidraten un poco... —su voz se mueve tras él—. Por favor, haré cualquier cosa que me pidas.

—Contigo no valen las palabras —suena como si estuviera lejos, cerca de la Puerta.

—No te vayas. Por favor, por favor...

Algo cae al Suelo. Estoy tan asustado que no voy a abrir los ojos nunca más.

Oigo los gemidos de Mamá. El *piii, piii*. Pum, la Puerta se cierra. Estamos solos.

Todo se queda en silencio. Me cuento los dientes cinco veces; todas las veces me salen veinte, menos una vez que salen diecinueve, pero cuento de nuevo hasta que vuelven a ser veinte. Miro de reojo. Luego levanto la cabeza de la almohada apestosa.

Mamá está sentada en la Alfombra, con la espalda apoyada en la Pared de la Puerta. Tiene la mirada perdida.

—¿Mamá? —digo en un susurro. Pone una cara rarísima, una especie de sonrisa—. ¿He estropeado el truco?

—No, de ninguna manera. Has estado sensacional.

—Pero no me ha llevado al hospital.

—No pasa nada —Mamá se levanta y moja un trapo en el Lavabo, y luego viene a limpiarme la cara.

—Pero tú dijiste... —después de tener la cara ardiendo, del vómito, de que él me tocara—. Enfermo, Camioneta, Hospital, Policía, Salvar a Mamá.

Mamá asiente con la cabeza, me levanta la camiseta y me limpia el pecho.

—Ése era el plan A, merecía la pena intentarlo. Pero, como me imaginaba, el Viejo Nick estaba demasiado asustado.

Lo ha entendido al revés.

—¿Que él estaba asustado?

—Por si les contabas a los médicos que estamos encerrados en esta habitación y la policía entonces lo metiera en prisión. Tenía la esperanza de que asumiera ese riesgo si creía que tu vida corría peligro, pero la verdad es que nunca pensé que fuera a hacerlo.

Ajá, ya lo entiendo.

—Me has engañado —le chillo—, no he podido ni subirme a la camioneta marrón.

—Jack —me dice. Me aprieta contra su cuerpo, sus huesos se me clavan en la cara.

La empujo y me aparto.

—Dijiste que ya no habría más mentiras y que ahora estabas desmintiéndolo todo, pero luego vas y mientes otra vez.

—Lo hago lo mejor que puedo —dice Mamá.

Me chupo el labio.

—Escucha. ¿Me escuchas un momento?

—Estoy harto de escucharte.

Dice que sí con la cabeza.

—Ya lo sé, pero escúchame de todos modos. Hay un plan B. El plan A en realidad era la primera parte del plan B.

—No me lo habías dicho.

—Es bastante complicado. Llevo varios días dándole vueltas.

—Bueno, pues si me lo hubieras dicho, yo habría podido darle vueltas contigo. Que no soy tonto.

—Claro que no.

—Soy mucho más listo que tú.

—Eso es verdad. Pero no quería que tuvieras los dos planes en la cabeza al mismo tiempo, para que no te hicieras un lío.

—Ya estoy hecho un lío. Cien por cien hecho un lío.

Me besa a través del pelo, que está todo pegajoso.

—Deja que te cuente el plan B.

—Vale.

Estoy temblando porque voy sin camiseta. Encuentro una limpia en la Cajonera, una azul.

Nos metemos en la Cama, hay una peste horrible. Mamá me enseña a respirar por la boca, porque las bocas no huelen.

—¿Nos tumbamos con la cabeza en los pies?

—Una idea brillante —dice Mamá.

Quiere ser cariñosa, pero que no se crea que voy a perdonarla.

Ponemos los pies del lado de la pared apestosa, y del otro la cara.

Creo que no voy a dormirme nunca.

Ya son las 08.21, he dormido mucho y ahora estoy tomando un poco, la izquierda es supercremosa. El Viejo Nick no ha vuelto, o eso creo.

—¿Hoy es sábado? —pregunto.

—Pues sí.

—Qué guay, toca lavarnos el pelo.

Mamá sacude la cabeza.

—No puedes oler a limpio.

Por un momento me había olvidado.

—¿Qué es?

—¿El qué?

—El plan B.

—¿Estás listo para escucharlo ahora? —no digo nada—. Bueno, allá va —Mamá se aclara la garganta—. Le he dado vueltas y vueltas desde todos los ángulos, y creo que podría funcionar. No lo sé, no puedo estar segura, parece una locura y sé que es increíblemente peligroso, pero...

—Dímelo y ya está —le pido.

—Vale, vale —coge aire hondo—. ¿Te acuerdas del conde de Montecristo?

—Al que encerraron en una mazmorra en una isla.

—Sí, pero ¿te acuerdas de cómo salió de allí? Se hizo pasar por su amigo muerto, se escondió en la mortaja y los guardias lo tiraron al mar. Pero el conde no se ahogó, sino que se liberó y se escapó nadando.

—Cuenta el resto del cuento.

Mamá sacude la mano.

—Eso no importa. La cuestión es, Jack, que eso es lo que vamos a hacer.

—¿Tirarme al mar?

—No, escapar igual que el conde de Montecristo.

Otra vez estoy hecho un lío.

—Yo no tengo un amigo muerto.

—Me refiero a que irás disfrazado de muerto —la miro sin pestañear—. En realidad se parece más a una obra que vi en el instituto. Una chica llamada Julieta, para escaparse con el chico al que quería, fingió estar muerta tomando una medicina, y luego, unos días después, se despertó. Tachán.

—No, eso lo hizo el Niño Jesús.

—Eh..., no exactamente —Mamá se frota la frente—. Él pasó tres días muerto de verdad, y después volvió a la vida. Tú no vas a estar muerto en ningún momento, sólo vas a fingirlo, lo mismo que la chica de la obra de teatro.

—No sé cómo fingir que soy una chica.

—No, tienes que fingir que estás muerto —la voz de Mamá suena un poco refunfuñona.

—No tenemos ninguna mortaja.

—Ajá, pero vamos a usar la alfombra.

Miro al Suelo, donde está la Alfombra, toda llena de dibujos en zigzag rojos, negros y marrones.

—Cuando el Viejo Nick vuelva, esta noche, o mañana por la noche, o cuando sea... voy a decirle que estás muerto, voy a enseñarle la alfombra enrollada contigo dentro.

Es el disparate más grande que he oído nunca.

—¿Por qué?

—Porque a tu cuerpo no le quedaba el agua necesaria, y supongo que la fiebre te ha parado el corazón.

—No, ¿por qué en la Alfombra?

—Ah —dice Mamá—, inteligente pregunta. Será tu disfraz, para que no se dé cuenta de que en realidad estás vivo. Mira, ayer lo hiciste de maravilla fingiendo estar malito, pero hacerte pasar por muerto es mucho más difícil. Si se da cuenta de que respiras, aunque sea una sola vez, sabrá que estás vivo. Además, la gente cuando se muere se queda fría.

—Podríamos usar una bolsa de agua fría...

Sacude la cabeza.

—Fríos por todo el cuerpo, no sólo la cara. Ah, y además se quedan rígidos, así que tendrás que tumbarte igual que si fueras un robot.

—¿No como un muñeco de trapo?

—Todo lo contrario a un muñeco de trapo.

Pero quien se parece a un robot es él, el Viejo Nick, porque yo tengo corazón.

—Así que creo que envolverte en la alfombra es la única manera de evitar que se dé cuenta de que en realidad estás vivo. Entonces le diré que tiene que llevarte a algún sitio y enterrarte.

Me empieza a temblar la boca.

—¿Por qué va a enterrarme?

—Porque los cuerpos muertos empiezan a oler mal enseguida.

La Habitación huele bastante mal hoy por no haber tirado de la cadena y por la almohada vomitada y todo eso.

—«Los gusanos rastreros reptan por el suelo...»

—Exacto.

—No quiero que me entierren y quedarme todo pegajoso con los gusanos caminándome a rastras por encima.

Mamá me acaricia la cabeza.

—Sólo es un truco, ¿te acuerdas?

—Como un juego.

—Pero no divertido. Un juego serio.

Hago que sí con la cabeza. Me parece que estoy a punto de echarme a llorar.

—Créeme —dice Mamá—, si pensara que hay alguna otra cosa que pudiera tener una maldita posibilidad...

—no sé lo que es una maldita posibilidad. Espero, pero Mamá no acaba la frase. Luego sale de la Cama y dice—: Bueno, deja que te explique cómo va a ir, y verás como así no estarás tan asustado. El Viejo Nick marcará los números para que la puerta se abra, y luego te sacará de la habitación enrollado en la alfombra.

—¿Tú también estarás en la Alfombra? —ya sé la respuesta, pero pregunto por si acaso.

—Estaré aquí mismo, esperando —dice Mamá—. Te llevará hasta su camioneta, te pondrá en la parte de atrás, en la parte abierta...

—Yo también me quiero quedar aquí esperando.

Me pone el dedo en la boca para hacerme callar.

—Y ésa es tu oportunidad.

—¿Cuál?

—¡La camioneta! La primera vez que se pare en una señal de Stop, te escabullirás de la alfombra, saltarás a la calle, echarás a correr y traerás a la policía para que me rescate —la miro fijamente—. Así que esta vez el plan es: Muerto, Camioneta, Correr, Policía, Salvar a Mamá. ¿Lo repites?

—Muerto, Camioneta, Correr, Policía, Salvar a Mamá.

Tomamos el desayuno, ciento veinticinco cereales cada uno porque necesitamos fuerzas extras. No tengo hambre, pero Mamá dice que tengo que comérmelos todos.

Luego nos vestimos y practicamos el muerto. Me parece que es la Gimnasia más rara a la que hemos jugado nunca. Me tumbo en el borde de la Alfombra y Mamá me envuelve y me dice que me ponga boca abajo, luego boca arriba, luego boca abajo y al final boca arriba otra vez, hasta que estoy embutido como un salchichón. Dentro de la Alfombra huele raro, a polvo y a algo más, distinto del olor que tiene cuando solamente me tumbo encima.

Mamá me levanta, estoy aplastado. Dice que soy como un paquete alargado y pesadísimo, pero que el Viejo Nick me levantará sin problemas porque tiene más músculos.

—Te llevará en brazos por el patio trasero hasta el garaje, lo más seguro, así... —siento que damos vueltas por la Habitación. Tengo el cuello agarrotado, pero no me muevo ni un pelo—. O a lo mejor te cargará al hombro, así...

—me levanta más, gruñe, siento que me aprieta por la cintura.

—¿Es un camino muy largo?

—¿Cómo?

Mis palabras se pierden dentro de la Alfombra.

—Un momento —dice Mamá—. Se me ocurre que tal vez te deje en el suelo un par de veces, para abrir las puertas —me apoya en el Suelo, con la cabeza por delante.

—Ay.

—Pero tú no harás ningún ruido, ¿vale?

—Perdona.

La Alfombra se me pega a la cara, me da picor en la nariz, pero no llego a rascármela.

—Te echará en la plataforma de la camioneta, así.

Me deja caer, pumba. Me muerdo el labio para no gritar.

—Quédate rígido, rígido, rígido como un robot, pase lo que pase, ¿de acuerdo?

—De acuerdo.

—Porque si te quedas flojo, o te mueves o haces un solo sonido, Jack, si haces cualquiera de esas cosas por equivocación, sabrá que en realidad estás vivo, y se enfadará tanto que...

—¿Qué? —espero—. Mamá, ¿qué hará?

—No te preocupes, va a creer que estás muerto.

¿Cómo lo sabe seguro?

—Entonces se montará en la cabina de la camioneta y empezará a conducir.

—¿Hacia dónde?

—Ah, fuera de la ciudad, lo más probable. A algún lugar donde nadie pueda verlo cavando un agujero. Un bosque o algo por el estilo. Pero la cuestión es que en cuanto ponga en marcha el motor sentirás un zumbido fuerte y una sacudida constante, así... —me hace una pedorreta a través de la Alfombra; las pedorretas me dan risa, pero ahora no—. Ésa es la señal para que empieces a soltarte. ¿Quieres intentarlo?

Me retuerzo, pero no puedo; me aprieta demasiado.

—Estoy encallado. Estoy encallado, Mamá.

Me desenrolla enseguida. Respiro aire a montones.

—¿Mejor?

—Mejor.

Me sonríe, pero con una sonrisa rara que no parece de verdad. Luego me enrolla de nuevo, no tan apretado.

—Aún me aplasta.

—Perdona, no creí que la alfombra fuera tan rígida. Espera un momento —Mamá me desenrolla de nuevo—. A ver, intenta doblar los brazos sacando un poco los codos para hacerte sitio.

Esta vez, cuando Mamá me enrolla con los brazos doblados, puedo sacarlos por encima de la cabeza, y asomo los dedos por el borde de la Alfombra.

—Estupendo. Trata ahora de reptar hacia arriba, como si estuvieras en un túnel.

—Me aprieta demasiado —no sé cómo se las ingenió el conde mientras se estaba ahogando—. Déjame salir.

—Espera un minuto.

—¡Déjame salir ahora mismo!

—Si sigues desesperándote así —dice Mamá—, nuestro plan no va a funcionar.

Me echo a llorar otra vez. La Alfombra se humedece al rozarme la cara.

—¡Quiero salir!

La Alfombra se desenrolla, vuelvo a respirar.

Mamá me pone la mano en la cara, pero yo la aparto.

—Jack.

—No.

—Escúchame.

—El plan B es de tarugos.

—Ya sé que da miedo. ¿Crees que no lo sé? Pero tenemos que intentarlo.

—No, no tenemos que hacerlo. Al menos hasta que cumpla seis años.

—Mira, existe una cosa que se llama ejecución hipotecaria.

—¿Qué? —me quedo mirando a Mamá fijamente.

—Es difícil de explicar —suelta el aire de golpe—. En realidad el Viejo Nick no es propietario de su casa, porque la casa es del banco. Y si ha perdido su empleo y no tiene dinero y deja de pagarles, el banco... Los del banco se enfadarán y harán lo posible para quitarle la casa.

Me pregunto cómo un banco puede hacer esas cosas. ¿Con una excavadora gigante, a lo mejor?

—¿Con el Viejo Nick dentro? —pregunto—, ¿igual que Dorothy cuando el tornado arranca su casa y la hace volar por los aires?

—Escucha —Mamá me agarra de los codos con fuerza, casi me duele—. Lo que intento decirte es que nunca consentirá que entre nadie en su casa o en su patio trasero, porque entonces descubrirían esta Habitación, ¿verdad?

—¡Y nos rescatarían!

—No, jamás dejaría que eso ocurriera.

—¿Qué haría?

Mamá se muerde los labios tan dentro que parece que no tiene.

—La cuestión es que tenemos que escapar antes de que eso ocurra. Ahora vas a volver a enrollarte en la alfombra y practicarás un poco más hasta que le cojas el truco a soltarte solo.

—No.

—Jack, por favor...

—¡Tengo mucho miedo! —grito—. ¡No voy a hacerlo nunca jamás y te odio!

Mamá respira raro, se sienta en el Suelo.

—Muy bien.

¿Cómo que muy bien que la odie?

Apoya las manos en la barriga.

—Yo te traje a esta habitación. No quería, pero lo hice, y no lo he lamentado ni una sola vez.

La miro, y ella me mira también.

—Yo te traje aquí, y esta noche voy a hacer que salgas.

—Vale —lo digo muy bajito, pero me oye. Asiente con la cabeza—. Y a ti te sacaremos, con el soplete. Uno por uno, pero los dos juntos.

Mamá sigue asintiendo.

—Pero el que importa eres tú. Solamente tú.

Sacudo la cabeza hasta que se me bambolea, porque no sólo importo yo.

Nos miramos sin sonreír.

—¿Listo para volver a la alfombra?

Digo que sí. Me tumbo, Mamá me enrolla superapretado.

—No puedo...

—Claro que puedes —siento que me da palmaditas a través de la Alfombra.

—No puedo, no puedo.

—¿Me haces el favor de contar hasta cien?

Lo hago, chupado, rapidísimo.

—¿Ves? Ya pareces más tranquilo. Vamos a resolver esto en un santiamén —dice Mamá—. Mmm. Estoy pensando que... si lo de reptar no funciona, tal vez en lugar de eso podrías, no sé, ¿desenrollarte?

—Pero estoy aquí metido.

—Ya lo sé, pero puedes alcanzar el borde con las manos y encontrar la esquina de la alfombra. Probémoslo.

Palpo el borde hasta que llego a algo que acaba en punta.

—Eso es —dice Mamá—. Estupendo, ahora estira. No, así no, hacia el otro lado, ya verás como sientes que se suelta. Igual que si pelaras un plátano.

Lo hago, un poquitín nada más.

—Estás tumbado encima del borde, y por eso lo aplastas con tu peso.

—Perdona —vuelven las lágrimas.

—No tienes que pedir perdón, lo estás haciendo de maravilla. ¿Y si tratas de rodar?

—¿Hacia dónde?

—Hacia donde sientas que se queda más suelto. Poniéndote boca abajo, a lo mejor, y buscando luego otra vez el extremo de la alfombra para tirar de él.

—No puedo.

Lo hago. Consigo sacar un codo fuera.

—Genial —dice Mamá—. Por arriba ya la has aflojado. Eh, ¿y si te sientas? ¿Crees que podrías incorporarte?

Me duele y es imposible.

Consigo enderezarme un poco y tengo ya los codos fuera, y la Alfombra se está aflojando alrededor de mi cara. Puedo sacarla del todo.

—¡Lo he conseguido! —grito—, ¡soy el plátano!

—Eres el plátano —dice Mamá. Me besa la cara, que está toda húmeda—. Ahora vamos a volver a intentarlo.

Cuando estoy tan cansado que tengo que parar, Mamá me cuenta cómo será todo en el Exterior.

—El Viejo Nick irá conduciendo por la calle. Tú estás en la parte de atrás, en la parte abierta de la camioneta, así que no puede verte, ¿de acuerdo? Te agarras bien del borde para no caerte, porque se moverá rápido, así —me coge y me zarandea de un lado a otro—. Entonces, cuando pise el freno, sentirás una especie de... tirón en sentido contrario, a medida que la camioneta aminore la marcha. Eso significa que hay una señal de Stop, donde los conductores deben pararse un momento.

—¿Y él también?

—Claro. Así que en cuanto sientas que la camioneta ya casi no se mueve, es el momento más seguro para saltar hacia un lado.

Al Espacio Exterior. No lo digo, sé que está mal.

—Aterrizarás en el asfalto, estará duro como... —mira alrededor—. Como la cerámica, pero más rugoso. Y entonces corres, corres, corres como GingerJack.

—A GingerJack se la comió la zorra.

—Caramba, mal ejemplo —dice Mamá—. Pero esta vez somos nosotros los pillos que hacemos el truco. «Jack, ten ahínco, Jack, corre raudo...»

—«Jack, salta de un brinco el candelabro.»

—Tendrás que correr siguiendo la calle, alejándote de la camioneta superrápido, igual que..., ¿te acuerdas de aquellos dibujos que vimos una vez, el *Correcaminos*?

—*Tom y Jerry*, ellos también corren.

Mamá asiente.

—Lo único importante es no dejar que el Viejo Nick te atrape. Ay, pero si puedes, primero tendrías que llegar a la acera, para que no te atropelle un coche. Y también tendrás que gritar, para que alguien te ayude.

—¿Quién?

—No sé, cualquiera.

—¿Quién es Cualquiera?

—Nada más tienes que ir corriendo hasta la primera persona que veas. Aunque será un poco tarde... A lo mejor no hay nadie caminando por la calle —se está mordiendo el pulgar, la uña, pero no le digo que pare—. Si no ves a nadie, tendrás que hacerle señas a un coche para que pare, y decirle a la gente que vaya dentro que a ti y a tu mamá os han secuestrado. O si no hubiera coches... Ay, Dios... Supongo que tendrás que ir corriendo hasta una casa... Cualquier casa que tenga las luces encendidas... y golpear la puerta con los puños tan fuerte como puedas. Pero sólo en una casa que tenga las luces encendidas, que no esté vacía. Y debe ser la puerta principal, ¿sabrás reconocerla?

—La de delante.

—¿Lo probamos ahora? —Mamá espera—. Háblales igual que hablas conmigo. Imagínate que yo soy ellos, ¿qué les dices?

—Yo y tú hemos...

—No, haz como si yo fuera la gente de la casa, o quien vaya en el coche o caminando por la acera, diles que tú y tu Mamá...

Lo intento de nuevo.

—Tú y tu Mamá...

—No, tú dices: «Mi Mamá y yo...».

—Tú y yo...

Da un soplido.

—Bueno, da igual, simplemente dales la nota... ¿La nota sigue aún en lugar seguro?

Miro dentro de mi ropa interior.

—¡Ha desaparecido! —así que me palpo y veo que ha resbalado y se me ha metido en medio del culo. La saco y se la enseño a Mamá.

—Guárdatela delante. Si por casualidad se te cayera, simplemente puedes decirles: «Me han secuestrado». ¿A ver cómo te sale?

—Me han secuestrado.

—Dilo fuerte y claro para que te oigan bien.

—Me han secuestrado —grito.

—Fantástico. Y entonces ellos llamarán a la policía —dice Mamá—, y... supongo que la policía buscará en todos los patios traseros de los alrededores hasta que me encuentren.

No pone cara de estar segura del todo.

—Y te salven con el soplete —le recuerdo.

Practicamos una y otra vez. Muerto, Camioneta, Soltarse, Saltar, Correr, Alguien, Nota, Policía, Soplete. Son nueve cosas. No creo que pueda guardarlas todas a la vez en mi cabeza. Mamá dice que claro que puedo, soy su superhéroe, el señor Cinco.

Ojalá que aún tuviera cuatro años.

Hoy elijo yo la comida porque es un día especial, el último día que estamos en la Habitación. Eso es lo que Mamá dice, pero la verdad es que yo no me lo creo. De repente estoy muerto de hambre: escojo macarrones, perritos calientes y galletas saladas, que son como tres comidas juntas.

Nos pasamos todo el rato jugando a las Damas, pero me está entrando miedo por nuestra Gran Evasión y pierdo dos veces. Ya no quiero jugar más.

Intentamos echar la siesta, pero no podemos dormirnos. Tomo un poco, primero la izquierda, luego la derecha y de nuevo la izquierda, hasta que casi no queda nada.

Ninguno de los dos queremos cenar nada. Tengo que volver a ponerme la camiseta vomitada. Mamá dice que puedo dejarme los calcetines puestos.

—Si no, el asfalto de la calle te hará llagas en los pies —se seca un ojo; después el otro—. Ponte el par más grueso que tengas.

No sé por qué los calcetines la hacen llorar. Voy al Armario y busco la Muela Mala debajo de mi almohada.

—Me la voy a meter en el calcetín.

Mamá dice que no con la cabeza.

—¿Y si se te clava en el pie y te hace una herida?

—No, de verdad, se quedará quietecita ahí en un lado.

Son las 06.13, y eso quiere decir que falta poco para que sea de noche. Mamá dice que ya tendría que estar envuelto en la Alfombra, porque como estoy enfermo posiblemente hoy el Viejo Nick venga antes.

—Todavía no.

—Bueno...

—Por favor, no.

—Mira, quédate aquí sentado, ¿de acuerdo? Para que pueda enrollarte rápido si hace falta.

Repetimos el plan una y otra vez para que practique los nueve pasos. Muerto, Camioneta, Soltarse, Saltar, Correr, Alguien, Nota, Policía, Soplete.

No dejo de darme sustos cada vez que oigo el *piii, piii,* pero no es de verdad, sólo imaginaciones mías. No dejo de mirar la Puerta, que brilla como un puñal.

—¿Mamá?

—¿Sí?

—Mejor lo hacemos mañana por la noche.

Se agacha y me abraza fuerte. Eso significa que no.

Otra vez la odio un poquito.

—Ojalá pudiera ir yo en tu lugar.

—¿Y por qué no puedes?

Niega con la cabeza.

—Lamento mucho que tengas que ser tú y que tenga que ser ahora. Pero no te olvides de que yo estaré dentro de tu cabeza, ¿vale? No dejaré de hablarte en ningún momento.

Repasamos el plan B un montón de veces más. De repente se me ocurre otra cosa que me da miedo.

—¿Y si abre la Alfombra? —pregunto—. Sólo para ver si estoy muerto, ¿y si la abre?

Mamá se queda un momento callada.

—Sabes que pegar está mal, ¿verdad?

—Sí.

—Bueno, pues esta noche es un caso especial. De verdad que no creo que lo haga, porque tendrá prisa por... por liquidar el asunto rápido. Pero si por casualidad pasara eso, lo que tienes que hacer es golpearle con todas tus fuerzas.

Ostras.

—Le das patadas, lo muerdes, le metes los dedos en los ojos... —sus dedos se clavan en el aire—. Cualquier cosa con tal de que puedas escapar.

Casi no puedo creer lo que me está diciendo.

—¿Incluso puedo matarlo?

Mamá va corriendo hasta donde dejamos secar los cacharros después de lavar. Coge el Cuchillo Afilado.

Miro cómo brilla y me acuerdo de cuando Mamá se lo puso en el cuello al Viejo Nick.

—¿Crees que podrías agarrarlo fuerte dentro de la alfombra, y si...? —se queda mirando el Cuchillo Afilado y vuelve a dejarlo con los tenedores en el Escurreplatos.

—¿Qué?

—¿En qué estaría yo pensando? —¿cómo voy yo a saberlo si ella no lo sabe?—. Te lo clavarás —dice Mamá.

—No, no me lo clavaré.

—Sí, Jack, ¿cómo no vas a clavártelo y hacerte trizas si empuñas una hoja desnuda envuelto en una alfombra? Creo que estoy perdiendo la cabeza. ¿Crees que estoy perdiendo la cabeza?

—No, la tienes ahí —le digo dándole unas palmaditas en el pelo.

Mamá se acerca y me acaricia la espalda.

Compruebo que la Muela Mala sigue aún en el calcetín, que la nota está debajo de mi ropa interior, en la parte de delante. Cantamos para que el tiempo pase, pero bajito. «Lose Yourself» y «Tubthumping» y la de un hogar en la pradera.

—«Donde retozan los antílopes y los ciervos...» —canto.

—«Donde rara vez se oye una palabra de desaliento...»

—«Y las nubes dejan siempre ver el cielo.»

—Bueno, ya es la hora —dice Mamá sujetando la Alfombra extendida.

No quiero. Me tumbo y pongo las manos encima de los hombros con los codos hacia afuera. Espero a que Mamá me enrolle.

Mamá me mira y no hace nada. Me mira los pies, las piernas, los brazos, la cabeza, sus ojos resbalan por todo mi cuerpo, como si estuviera contando todas las partes.

—¿Qué pasa? —digo.

No dice ni una palabra. Se agacha, no me da ni un beso, solamente toca mi cara con la suya hasta que ya no sé cuál es suya y cuál es mía. El pecho empieza a martillearme pum, pum, pum. No quiero soltarme de ella.

—Bueno —dice Mamá, con la voz toda rasposa—. Qué asustientes estamos, ¿a que sí? Estamos totalmente asustientes. Venga, nos vemos fuera.

Me coloca los brazos de esa manera especial con los codos salidos. Me envuelve en la Alfombra y la luz desaparece.

Estoy enrollado en medio de la oscuridad picorosa.

—¿No está demasiado prieta?

Pruebo a sacar los brazos por encima de la cabeza y volverlos a bajar, raspándome un poco.

—¿Está bien?

—Sí —le digo.

Entonces esperamos, nada más. Noto que algo entra por la parte de arriba de la Alfombra y me frota el pelo; es su mano, lo sé aunque no lo vea. Oigo mi respiración, hace mucho ruido. Pienso en el conde metido en la bolsa donde se cuelan los gusanos. En la caída hacia abajo, hacia abajo, hasta que choca contra el mar. ¿Los gusanos saben nadar?

Muerto, Camioneta, Correr, Alguien... No, Soltarme, luego Saltar, Correr, Alguien, Nota, Soplete. Me he olvidado de Policía antes de Soplete. Es demasiado complicado, voy a estropearlo todo y el Viejo Nick me va a enterrar de verdad y Mamá me estará esperando aquí siempre.

Después de un buen rato susurro:

—¿Va a venir o no?

—No lo sé —dice Mamá—. ¿Cómo no va a venir? Si le queda todavía algo de humanidad...

Pensaba que los humanos eran o no eran, no sabía que alguien pudiera ser poco humano o mucho. Entonces, ¿de qué son sus otras partes?

Espero. Espero. Ya no siento los brazos. La Alfombra me toca la nariz, quiero rascarme. Lo intento una y otra vez hasta que llego.

—¿Mamá?

—Aquí estoy.

—Yo también.

Piii, piii.

Doy un bote, se supone que estoy muerto, pero no puedo evitarlo, quiero salir de la Alfombra ahora mismo, pero estoy encallado y no puedo ni intentarlo porque entonces él vería...

Noto una presión en el cuerpo, debe de ser la mano de Mamá. Necesita que sea su superpríncipe JackerJack, así que me quedo quieto como una estatua. Nada de volver a moverme, soy el cadáver. Soy el conde; no, soy su amigo aún más muerto. Me pongo rígido como un robot que se ha quedado sin electricidad.

—Toma —es la voz del Viejo Nick. Suena igual que siempre. Ni siquiera sabe lo que me ha pasado de que me he muerto—. Antibióticos. Están caducados, pero por muy poco. Para un crío los partes por la mitad, me dijo el tipo.

Mamá no responde.

—¿Dónde está, en el armario?

Habla de mí.

—¿Está en la alfombra? Pero ¿estás loca, envolver así a un crío enfermo?

—No volviste —dice Mamá, con una voz rara de verdad—. Por la noche empeoró, y esta mañana ya no se ha despertado.

Nada. Luego el Viejo Nick hace un ruido extraño.

—¿Estás segura?

—¿Si estoy segura? —aúlla Mamá; pero yo no me muevo, no me muevo, estoy todo rígido y no oigo, no veo, no nada.

—Oh, no —oigo que suelta el aire despacio—. Es terrible. Pobre chiquilla, es...

Nadie dice nada durante unos momentos.

—Supongo que ha debido de ser algo realmente grave —dice el Viejo Nick—, las pastillas no habrían servido de nada.

—Lo has matado —Mamá está dando alaridos.

—Venga, vamos, cálmate.

—Cómo voy a calmarme. Jack está... —respira raro, las palabras le salen como si las tragara. Lo hace tan bien de verdad que casi me lo creo.

—Déjame ver —la voz del Viejo Nick está muy cerca, me pongo tirante y rígido, rígido, rígido.

—No lo toques.

—Vale, vale —luego el Viejo Nick dice—: No puedes tenerlo aquí.

—Mi niño.

—Lo sé, es algo terrible. Pero ahora debemos sacarlo de aquí.

—No.

—¿Cuándo ha sido? —le pregunta—. ¿Esta mañana, has dicho? ¿Habrá sido tal vez durante la noche? Debe de estar empezando a... No es saludable tenerlo aquí por más tiempo. Vale más que me lo lleve y busque un lugar.

—Aquí en el jardín trasero no —Mamá habla casi como si gruñera.

—De acuerdo.

—Si lo pones en el jardín... Jamás deberías haberlo hecho, está demasiado cerca. Si lo entierras ahí, lo oiré llorar.

—He dicho que de acuerdo.

—Llévatelo bien lejos con el coche, ¿lo harás?

—Sí. Deja que...

—Otra cosa —Mamá llora sin parar—. Quiero que lo dejes tal como está.

—No te preocupes, lo dejaré envuelto.

—Ni se te ocurra ponerle una mano...

—Vale.

—Jura que ni vas a mirarlo con tus asquerosos ojos.

—De acuerdo.

—Júralo.

—Lo juro, ¿satisfecha?

Estoy muerto, muertísimo.

—Lo sabré —dice Mamá—. Si lo pones en el patio, lo sabré, y me liaré a gritos cada vez que se abra la puerta, y lo destrozaré todo, te juro que nunca más estaré callada. Tendrás que matarme para que me calle, porque ya no me importa.

¿Por qué le está diciendo que la mate a ella también?

—Tranquilízate —dice el Viejo Nick como si le hablara a un perro—. Ahora voy a levantarlo para llevármelo a la camioneta, ¿de acuerdo?

—Despacio. Encuentra un sitio bonito —dice Mamá. Está llorando tanto que casi no entiendo lo que dice—. Algún lugar con árboles o algo así.

—No te preocupes. Ahora es hora de irse.

Me agarran a través de la Alfombra, me estrujan. Es Mamá, que no para de repetir: «Jack, Jack, Jack».

Entonces me levantan del Suelo. Primero creo que es ella, y luego sé que es él. No te muevas, no te muevas, Jacker-Jack, quédate tieso, tieso, tieso. Voy envuelto en la Alfombra y noto que me aprieta, no puedo respirar, pero luego me acuerdo de que los muertos no respiran. «Que no me destape, por favor.» Ojalá llevara el Cuchillo Afilado.

El *piii, piii* otra vez, luego el clic, que significa que la Puerta está abierta. El ogro me tiene en su poder, ¡diantre! Siento calor en las piernas, oh, no, se me ha escapado un poco de pis. Y también se me ha salido un poco de caca, Mamá no me avisó de que pasaría esto. Qué peste. «Perdona, Alfombra.» Un gruñido cerca de mi oreja, el Viejo Nick me agarra con fuerza. Estoy tan asustado que no puedo ser valiente... Basta, basta, basta... No puedo hacer ningún ruido, porque entonces descubrirá el truco y se comerá primero mi cabeza, luego me arrancará las piernas de cuajo...

Me cuento los dientes, pero pierdo la cuenta todo el rato, diecinueve, veintiuno, veintidós. Soy el príncipe robot superJack el Valiente, el señor Cinco, no me muevo ni un pelo. «¿Estás ahí, Muela? No te siento, pero debes de estar dentro de mi calcetín, a un lado. Eres un trocito de Mamá, un trocito de sangre de su sangre que me acompaña.»

No me siento los brazos.

El aire ha cambiado. Aún respiro el polvo de la Alfombra, pero cuando levanto la nariz un poquitín de nada, me llega ese aire que es...

El Exterior.

¿De verdad estoy fuera?

No hay movimiento. El Viejo Nick está de pie, quieto. ¿Por qué se queda de pie quieto en el jardín? ¿Qué va a...? Nos ponemos en movimiento de nuevo. Me quedo tieso, tieso, tieso.

Ayyy, he caído en algo duro. Creo que no he hecho ningún ruido, por lo menos yo no he oído nada. Creo que me he golpeado la boca, siento ese sabor que es el de la sangre.

Hay otro pitido, pero distinto. Un tintineo, como de cosas metálicas. Arriba otra vez, y luego ¡zas!, otra vez aterrizo de cara, ay, ay, ay. Pum. De pronto todo empieza a temblar y a vibrar y a rugir debajo de mi frente, es un terremoto...

No, es la camioneta, eso tiene que ser. No se parece en nada a una pedorreta, es un millón de veces más fuerte. «¡Mamá!», grito dentro de mi cabeza. Muerto, Camioneta. Son dos de los nueve pasos. Estoy en la parte de atrás de la camioneta, igual que en la historia.

No estoy en la Habitación, pero ¿yo sigo siendo yo?

Ahora nos movemos. Voy en la camioneta a toda pastilla, de verdad verdadera.

Huy, tengo que Soltarme, se me olvidaba. Empiezo a hacer como una serpiente, pero la Alfombra me aprieta tanto que no sé cómo. Estoy encallado, no hay manera. «Mamá, Mamá, Mamá...» No puedo soltarme como hemos ensayado, aunque practicamos y practicamos. Todo ha salido mal, lo siento. El Viejo Nick va a llevarme a un sitio donde «los gusanos rastreros reptan por el suelo» y me va a enterrar... Estoy llorando otra vez, me gotea la nariz, tengo los brazos hechos un nudo debajo del pecho, estoy peleando porque la Alfombra ya no es mi amiga, doy patadas como de Karate pero me tiene atrapado, es la mortaja de los cadáveres que caen al mar...

El ruido se hace más silencioso. No nos movemos. La camioneta se ha parado.

Es un Stop, es una señal de Stop, eso significa que tendría que estar dando el Salto, que es el cuarto punto de la lista, pero aún no he hecho el tercero. Si no puedo soltarme, ¿cómo voy a saltar? Si no puedo llegar al cuarto, al quinto, al sexto, al séptimo, al octavo o al noveno, si me quedo atascado en el tercero, va a enterrarme con los gusanos...

Nos movemos de nuevo, brum, brum.

Consigo sacar una mano por encima de mi cara, que está toda llena de mocos; la mano escarba hasta arriba del todo y estiro con fuerza el otro brazo. Agarro el aire nuevo con todos los dedos; hay algo frío, algo metálico, otra cosa que no es de metal y que tiene bultos. Me agarro y tiro, tiro, tiro, y doy patadas, me golpeo la rodilla, au, au, au. Nada, no hay manera. «Encuentra la esquina.» ¿Es Mamá quien habla dentro de mi cabeza, como me dijo, o será sólo que me acuerdo? Tanteo todo el borde de la Alfombra sin encontrar ninguna esquina. Al final la encuentro y tiro de ella. Se suelta, creo que sólo un poco. Ruedo sobre la espalda, pero aún me aprieto más, y ahora ya no puedo ni encontrar la esquina.

Se ha parado, la camioneta se ha parado otra vez y aún no estoy fuera, y resulta que tenía que saltar en el primero. Tiro de la Alfombra hacia abajo hasta que está a punto de romperme el codo, y de repente veo un resplandor enorme, pero enseguida desaparece porque la camioneta se mueve de nuevo, brrrrum.

Creo que lo que he visto es el Exterior. Existe de verdad y brilla un montón, pero no puedo...

Mamá no está, no hay tiempo para llorar, soy el valiente príncipe JackerJack, tengo que ser superJack o los gusanos rastreros se me meterán dentro. Me pongo otra vez boca abajo, doblo las rodillas y levanto el culo, estoy a punto de reventar la Alfombra, y ahora la siento más floja, se abre y cae y se desprende de mi cara...

Ya puedo respirar todo el aire negro, qué alivio. Me siento y desenrollo la Alfombra. Me siento como una especie de plátano magullado. La coleta se me ha soltado, me cae todo el pelo encima de los ojos. Me busco las piernas, una y dos, saco todo mi cuerpo del envoltorio, lo he conseguido, lo he hecho, ojalá que Dora pudiera verme, cantaría la canción de «Lo hicimos».

Otra luz pasa como una bala. Hay cosas que resbalan por el cielo, creo que son árboles. Y casas y luces encima de postes gigantescos, y algunos coches, todo a toda velocidad. Me siento igual que en un cómic, pero más sucio. Me agarro al borde del camión, está duro y frío. El Cielo es de lo más inmenso y enorme, a lo lejos hay un trocito naranja, pero el resto es gris. Cuando me asomo a mirar la calle veo que es negra y larga, larguísima. Sé cómo dar un buen salto, pero no mientras sigan los rugidos y los brincos y las luces sean manchones borrosos y el aire huela tan raro, como a manzana. Los ojos no me funcionan bien, estoy demasiado asustado para estar asustiente.

La camioneta se ha parado otra vez. No puedo saltar, porque no puedo ni moverme. Consigo ponerme de pie y mirar abajo, pero...

Me resbalo y me caigo en la camioneta, me golpeo la cabeza y noto que me arde, y sin querer grito.

—Aayyyyy.

Se para otra vez.

Un sonido metálico. La cara del Viejo Nick. Ha salido de la camioneta con la cara más enfadada que he visto y...

Salto.

El suelo me rompe los pies, me rasguña la rodilla, me pega en la cara, pero yo corro, corro, corro en busca de Alguien, Mamá dijo que le gritara a cualquiera, o a un coche, o a una casa iluminada, veo un coche pero está oscuro por dentro y de todos modos no sale nada de mi boca, que está llena de pelo, pero sigo corriendo. Jack, ten ahínco. Jack, corre raudo. Mamá no está aquí pero me prometió que estaría dentro de mi cabeza animándome: «Corre, corre, corre». Un rugido me persigue, es él, es el Viejo Nick, que viene a partirme en dos. ¡Diantre! Tengo que encontrar a Alguien para gritar «ayuda, ayuda», pero no hay nadie, no hay ningún Alguien, voy a tener que correr toda la vida, pero se me acaba la respiración y no veo nada y...

Un oso.

¿Un lobo?

Un perro... ¿Un perro es Alguien?

Alguien viene detrás del perro, aunque es una persona muy pequeña, un bebé caminando, va empujando algo que lleva ruedas con un bebé más chiquitín dentro. No me acuerdo de lo que tengo que gritar, me he quedado sin voz, como la Tele, sólo sigo corriendo hacia ellos. El bebé se ríe, casi no tiene pelo. El chiquitín que va dentro de la cosa de empujar no es de verdad, creo, es una muñeca. El perro es pequeño, pero sí es de verdad, está haciendo una caca en el suelo, nunca había visto a los perros de la Tele hacer eso. Una persona viene detrás del bebé y recoge la caca en una bolsa como si fuera un tesoro, creo que es un hombre, es Alguien con pelo corto, como el Viejo Nick sólo que más rizado, y es más marrón que el bebé. Digo «ayuda», aunque muy flojito. Voy corriendo casi hasta ellos y el perro ladra, da un salto y me come...

Abro la boca para dar el grito más grande del mundo, pero no sale ningún sonido.

—¡Rajá!

Veo un montón de puntitos rojos en mi dedo.

—Rajá, al suelo —la persona hombre coge al perro por el cogote.

La sangre me chorrea por la mano.

Entonces, ¡zas!, me agarran por detrás. Es el Viejo Nick cogiéndome con sus manos gigantes por las costillas. Lo he echado todo a perder, me ha atrapado. «Perdón, perdón, Mamá, perdón.» Me levanta del suelo. Entonces grito, grito sin que me salgan palabras. Me lleva bajo el brazo, de vuelta hacia la camioneta. Mamá dijo que podía pegarle, que podía matarlo, y yo doy miles de golpes pero sin alcanzarlo, solamente consigo pegarme a mí mismo...

—Disculpe —dice la persona que aguanta la bolsa con la caca—. ¡Eh, señor! —no tiene una voz ronca, es más suave.

El Viejo Nick se da la vuelta. Me olvido de gritar.

—Perdone, ¿está bien la nenita?

¿Qué nenita?

El Viejo Nick se aclara la garganta; sigue llevándome hacia la camioneta, pero ahora camina de espaldas.

—Todo bien.

—Normalmente Rajá es muy bueno, pero como la nena salió corriendo de la nada...

—Es sólo una pataleta —dice el Viejo Nick.

—Eh. Espere, creo que le sangra la mano.

Me miro el dedo comido, la sangre cae a gotas.

Entonces el hombre levanta del suelo a la persona bebé, la lleva con un solo brazo. En la otra mano lleva la caca y pone cara de no entender nada.

El Viejo Nick me deja en el suelo, de pie, y me sujeta por los hombros con los dedos, que me queman en la piel.

—Todo controlado.

—Y la rodilla también, parece un buen raspón, pero eso no se lo ha hecho Rajá. ¿Se ha caído la nena? —pregunta el hombre.

«No soy una nena», digo, pero sólo para dentro de mi garganta.

—¿Por qué no te ocupas de tus asuntos y dejas que yo me ocupe de los míos? —dice el Viejo Nick, casi rugiendo.

«Mamá, Mamá, te necesito para poder hablar.» Ya no está dentro de mi cabeza, ya no está en ninguna parte. Ella escribió la nota, ya se me olvidaba. Busco dentro de los calzoncillos con la mano que no está comida; primero no la encuentro, pero luego sí, y la saco toda manchada de pis. No me salen las palabras, pero la agito delante del Alguien hombre.

El Viejo Nick me la arranca de la mano y la desaparece.

—Vale, esto no... Esto no me gusta —dice el hombre. Sujeta un teléfono pequeño en una mano, ¿de dónde habrá salido?, y está diciendo—: Sí, con la policía, por favor.

Todo pasa exactamente como dijo Mamá; ya estamos en el ocho, que era Policía, y todavía ni he enseñado la nota ni he dicho nada de la Habitación. Creo que me está saliendo al revés. Tendría que hablar con Alguien porque son humanos igual que yo. Empiezo a decir: «Me han secuestrado», pero me sale nada más un susurro, porque el Viejo Nick me ha levantado otra vez del suelo, corre hacia la camioneta, me sacudo tanto que me voy a romper en trocitos, no encuentro dónde golpear, va a...

—¡Eh, señor, tengo su número de matrícula! —eso lo dice la persona hombre a gritos, ¿me estará gritando a mí? ¿Qué matrícula?—. K93... —va diciendo en voz alta, ¿por qué grita esos números?

De pronto, aaaaay, la calle me golpea la barriga, las manos, la cara. El Viejo Nick sigue corriendo, me ha soltado. Se aleja por segundos. Esos números deben de ser mágicos para que me haya dejado caer.

Intento levantarme pero no me acuerdo de cómo se hace.

Oigo un ruido como de un monstruo, la camioneta hace brrrrrrum, brrrrrrrum, y viene hacia mí. Rrrrrrrrrrr, va a aplastarme y voy a quedar hecho picadillo en el asfalto, no sé cómo, dónde, qué... El bebé se echa a llorar, no había oído nunca llorar a un bebé de verdad...

La camioneta se ha ido. Ha pasado de largo muy rápido y ha girado la esquina sin pararse. La oigo todavía un momento, y luego ya no la oigo.

La parte más alta, la acera, Mamá dijo que me subiera a la acera. Tengo que arrastrarme, pero sin apoyar la rodilla que me escuece. La acera está dibujada de cuadrados grandes, rugosos.

Un olor horrible. La nariz del perro está justo a mi lado, ha vuelto para morderme, grito.

—Rajá.

El hombre tira del perro y lo aparta. El hombre se agacha, en una de sus rodillas tiene al bebé, que no para de retorcerse. Ya no lleva en la mano la bolsa de la caca. Se parece a una persona de la Tele pero vista de cerca, más ancho y con olores: un poco a lavavajillas, menta y curry, todos mezclados. Con la mano que no sujeta al perro intenta agarrarme, pero me aparto justo a tiempo.

—Tranquila, cielo. No pasa nada.

¿Qué cielo? Sus ojos miran los míos, lo de «cielo» me lo dice a mí. No puedo mirarlo, me parece demasiado raro tenerlo ahí mirándome y hablando conmigo.

—¿Cómo te llamas?

La gente en la Tele nunca pregunta nada. Bueno, menos Dora, que ya sabe cómo me llamo.

—¿Puedes decirme tu nombre?

Mamá dijo que hablara con el Alguien, eso es lo que tengo que hacer. Pruebo, pero no sale nada. Me mojo los labios con la lengua.

—Jack.

—¿Cómo? —se agacha y se acerca más a mí; me acurruco y escondo la cabeza entre los brazos—. Tranquila, nadie va a hacerte daño. Dime tu nombre un poco más fuerte.

Es más fácil decirlo sin mirarlo.

—Jack.

—¿Jackie?

—Jack.

—Ah. De acuerdo, perdona. Tu papá ya no está, Jack, se ha ido.

¿De qué está hablando?

El bebé empieza a tirarle de eso que lleva encima de la camisa. Creo que es una chaqueta.

—Por cierto, yo me llamo Ajeet —dice la persona hombre—, y ésta es mi hija... Espera, Naisha. Jack necesita una tirita para esa pupa de la rodilla, voy a ver si... —rebusca en todos los rincones de la bolsa que lleva—. Rajá siente mucho haberte mordido.

El perro no parece nada triste, tiene un montón de dientes sucios y puntiagudos. ¿Se habrá bebido mi sangre como un vampiro?

—No tienes muy buen aspecto, Jack, ¿has estado enfermo hace poco?

Digo que no con la cabeza.

—Mamá.

—¿Cómo?

—Mamá vomitó en mi camiseta.

El bebé habla, aunque creo que no en un idioma. Agarra al perro Rajá de las orejas, ¿cómo es que no le tiene miedo?

—Perdona, no te entiendo —dice el hombre Ajeet. Ya no digo nada más—. La policía va a llegar de un momento a otro, ¿de acuerdo? —se ha dado la vuelta para ver la calle. El bebé Naisha está llorando un poco, así que la pone a dar saltos encima de la rodilla—. Iremos con Ammi dentro de un minuto, a casa y a la cama.

Pienso en la Cama. En el calor.

El hombre aprieta los botoncitos del teléfono y se pone a hablar otra vez, pero no escucho lo que dice.

Quiero irme de aquí, aunque si me muevo, el perro Rajá me morderá y me chupará más sangre. Estoy sentado encima de una línea, así que una parte de mí está en un cuadrado y una parte en otro. El dedo comido me duele mucho, y la rodilla también. Es la derecha, sale sangre por donde se ha roto la piel; al principio era roja, pero se está volviendo negra. Hay un óvalo puntiagudo al lado de mi pie, y al intentar cogerlo veo que está pegado. Luego se me queda entre los dedos: es una hoja. Es la hoja de un árbol de verdad, como la que había aquel día en la Claraboya. Miro hacia arriba, hay un árbol encima de mí, seguro que es el que ha dejado caer la hoja. La farola gigante me deslumbra. Más arriba veo que el cielo inmenso se ha quedado ya completamente negro, han desaparecido los restos rosas y anaranjados, ¿adónde han ido a parar? El aire se mueve y me acaricia la cara; tiemblo sin querer, no puedo evitarlo.

—Debes de tener frío. ¿Tienes frío?

Al principio creo que el hombre Ajeet le está preguntando al bebé Naisha, pero luego veo que es a mí; lo sé porque se quita la chaqueta y me la da.

—Toma.

Sacudo la cabeza, porque es la chaqueta de una persona; yo nunca me he puesto una chaqueta.

—¿Cómo has perdido los zapatos?

¿Qué zapatos?

Después el hombre Ajeet ya no habla más.

Se para un coche. Sé qué clase de coche, es de los que la policía lleva en la Tele. Salen personas, dos, con el pelo corto, una lo tiene negro y la otra, amarillo; se mueven rápido. Ajeet habla con ellos. El bebé Naisha intenta soltarse; Ajeet lo tiene agarrado, aunque creo que no le hace daño. Rajá está tumbado en una especie de alfombra amarillenta, es hierba. Yo pensaba que la hierba era verde. Está dentro de unos cuadrados, al lado de la acera. Ojalá tuviera aún la nota, pero el Viejo Nick la desapareció. No sé las palabras que tengo que decir, con los golpes se me han ido de la cabeza.

Mamá todavía está en la Habitación, quiero tanto, tanto, tanto que esté aquí conmigo... El Viejo Nick se ha ido a toda pastilla en la camioneta, aunque no sé adónde. Al lago y a los árboles ya no, porque ha visto que no estoy muerto. Tenía permiso para matarlo, pero no lo he conseguido.

De repente se me ocurre una idea horrible. A lo mejor ha vuelto a la Habitación, a lo mejor está ahí ahora mismo abriendo la Puerta con el *piii, piii,* y está hecho una furia, es culpa mía por no estar muerto...

—¿Jack?

Miro la boca que se mueve. Es la policía, la que es una mujer, creo, aunque es difícil saberlo. La de pelo negro, no amarillo. Dice «Jack» otra vez. ¿Cómo sabe mi nombre?

—Soy la agente Oh. ¿Puedes decirme cuántos años tienes?

Tengo que decir Salvar a Mamá, tengo que hablar con los policías para que cojan el soplete, pero la boca no me funciona. Lleva una cosa en el cinturón, una pistola, igual que los policías de la Tele. A ver si va a ser un policía malo como el que encerró a San Pedro, eso no se me había ocurrido. Miro el cinturón, no la cara; un cinturón muy chulo, con hebilla.

—¿Sabes la edad que tienes?

Fácil, chupado. Levanto cinco dedos.

—Cinco años, estupendo —la agente Oh dice algo, pero no oigo bien. Luego pregunta no sé qué de una casa. Y lo repite dos veces.

Hablo todo lo fuerte que puedo, pero sin mirar.

—No tengo casa.

—¿No tienes casa? ¿Dónde duermes por la noche?

—En el Armario.

—¿En un armario?

«Inténtalo», me dice Mamá dentro de la cabeza; pero el Viejo Nick está a su lado, más furioso que nunca y...

—¿En un armario, has dicho?

—Sí, tenemos tres vestidos —digo—. Mamá, quiero decir. Hay uno rosa, otro es verde con rayas y otro marrón. Pero ella prefiere los vaqueros.

—¿Tu mamá, has dicho? —pregunta la agente Oh—. ¿Esos vestidos de los que hablas son de mamá?

Decir que sí con la cabeza es más fácil.

—¿Y dónde está tu mamá esta noche?

—En la Habitación.

—En una habitación, de acuerdo —dice—. ¿En qué habitación?

—La Habitación.

—¿Puedes decirnos dónde está?

Me acuerdo de una cosa.

—No está en ningún mapa.

Suelta un bufido, creo que mis respuestas no sirven.

Creo que el otro policía es un hombre, aunque nunca había visto de verdad un pelo como el suyo, casi transparente.

—Estamos en Navaho esquina Alcott. Tenemos a un menor trastornado, probablemente razones familiares —creo que está hablando por teléfono. Es como jugar a Loro, conozco las palabras pero no sé lo que significan. Luego se acerca a la agente Oh—. ¿Ha habido suerte?

—La cosa va despacio.

—Lo mismo con el testigo. El sospechoso es un varón blanco de uno ochenta aprox., entre cuarenta y cincuenta años, que huyó del lugar de los hechos en una camioneta *pick-up* granate o marrón oscuro, posiblemente una F150 o una Ram, la matrícula empieza K93, podría seguir una B o una P, el estado no figura...

—El hombre con quien estabas ¿era tu padre? —la agente Oh me habla otra vez.

—No tengo.

—¿El novio de tu madre?

—No tengo.

Eso ya lo he dicho, ¿puedo decirlo dos veces?

—¿Sabes cómo se llama?

Pienso hasta que me acuerdo.

—Ajeet.

—No. El otro hombre, el que se fue en la camioneta.

—Viejo Nick —lo digo en un susurro, porque sé que no le gustaría que lo llamara así.

—¿Cómo?

—Viejo Nick.

—Negativo —dice el hombre policía a su teléfono—. El sospechoso huyó antes de que llegáramos. Nombre de pila Nick, Nicholas, sin apellidos por el momento.

—Y tu mamá ¿cómo se llama? —pregunta la agente Oh.

—Mamá.

—¿Y tiene otro nombre?

Levanto dos dedos.

—¿Dos nombres? Genial. ¿Te acuerdas de cuáles son?

Estaban en la nota que el Viejo Nick desapareció. De pronto me acuerdo de un poquito.

—Él nos robó.

La agente Oh se sienta a mi lado en el suelo. No es como el Suelo, aquí está duro y da escalofríos.

—Jack, ¿quieres una manta?

No lo sé. Mi Manta no está aquí.

—Veo que tienes unos cortes muy feos. ¿Ese hombre, el tal Nick, te ha hecho daño?

El hombre policía vuelve. Me da una cosa azul, pero no la toco.

—Adelante —le dice luego a su teléfono.

La agente Oh me envuelve con la cosa azul. No es de felpa gris como mi Manta, es más áspera.

—¿Cómo te has hecho esos cortes?

—El perro es un vampiro —busco a Rajá y a sus humanos, pero han desaparecido—. Este dedo lo mordió él, y lo de la rodilla fue el suelo.

—Perdona, ¿cómo dices?

—La calle, que me golpeó.

—Adelante —eso lo dice el hombre policía, habla otra vez con su teléfono. Luego mira a la agente Oh y dice—: ¿Llamo a protección de menores?

—Dame un par de minutos más —dice ella—. Jack, apuesto a que eres bueno contando historias.

¿Cómo lo sabe? El hombre policía mira su reloj, lo lleva pegado en la muñeca. Me acuerdo de que la muñeca de Mamá no funciona bien. ¿Estará el Viejo Nick ahí ahora, retorciéndole la muñeca o el cuello, rompiéndola en pedazos?

—¿Crees que serías capaz de contarme lo que ha pasado esta noche? —la agente Oh me sonríe—. Y podrías hablar despacito y claro, porque no tengo los oídos muy finos.

A lo mejor es sorda, aunque no veo que hable con los dedos, como los sordos de la Tele.

—Recibido —dice el hombre policía.

—¿Estás listo? —dice la agente Oh.

Me mira fijamente. Cierro los ojos y hago como si hablara con Mamá, eso me vuelve valiente.

—Hicimos un truco —digo muy, muy despacito—, Mamá y yo. Hicimos ver que yo estaba enfermo y que luego estaba muerto, pero en realidad yo me desenvolvía y saltaba de la camioneta, lo que pasa es que debía saltar la primera vez que fuéramos lentos, pero no pude.

—Muy bien, ¿y qué pasó después? —la voz de la agente Oh está justo al lado de mi cabeza.

Todavía no miro, porque entonces me olvidaré de la historia.

—Llevaba una nota en mis calzoncillos pero él la desapareció. Aún tengo la Muela Mala —meto los dedos en el calcetín para tocarla. Abro los ojos.

—¿Puedo verla?

Intenta coger la Muela Mala, pero no se la dejo.

—Es de Mamá.

—¿Es de tu Mamá de quien estabas hablando?

Creo que el cerebro no le anda bien, igual que los oídos, ¿cómo iba a ser Mamá una muela? Sacudo la cabeza.

—Sólo de un trocito de sangre de su sangre que se le cayó.

La agente Oh mira la Muela Mala de cerca y la cara se le queda rígida. El hombre policía menea la cabeza y dice algo que no oigo bien.

—Jack —me dice ella—, me has dicho que tenías que saltar de la camioneta la primera vez que frenara, ¿verdad?

—Sí, pero todavía estaba en la Alfombra. Luego pelé el plátano, pero no fui lo bastante asustiente —miro a la agente Oh mientras hablo—. Pero después de que parara la tercera vez, la camioneta hizo uuuuuuuh...

—A ver, a ver, ¿qué fue lo que hizo?

—Como si... —se lo enseño— de repente todo fuera hacia otra parte.

—Giró.

—Sí, y yo me di un golpe, y él, el Viejo Nick, bajó de un salto hecho una furia y entonces fue cuando salté.

—Bingo —la agente Oh da una palmada.

—¿Qué? —dice el hombre policía.

—Tres señales de Stop y un giro. ¿A la derecha o a la izquierda? —espera—. No importa, has estado magnífico, Jack —mira hacia el otro lado de la calle, y de pronto tiene en la mano una cosa que parece un teléfono, ¿de dónde ha salido? Está mirando la pantallita, y dice—: Dales la parte de la matrícula que tenemos y que lo solapen con..., prueba con Carlingford Avenue, o tal vez Washington Drive...

Ya no veo ni rastro de Rajá ni de Ajeet ni de Naisha.

—¿El perro ha ido a la cárcel?

—No, no —dice la agente Oh—. Ha sido un error, pero sin mala fe.

—Adelante —le dice el hombre policía a su teléfono. Le dice que no con la cabeza a la agente Oh.

Ella se pone de pie.

—Eh, a lo mejor Jack puede ayudarnos a encontrar la casa. ¿Te gustaría dar una vuelta en el coche patrulla?

No me puedo levantar. Ella me tiende la mano, pero hago como si no la viera. Pongo un pie abajo, después el otro y me levanto, aunque me mareo un poco. En el coche me subo por donde está la puerta abierta. La agente Oh también se sienta en la parte de atrás y me pone un cinturón por encima, me hago pequeño para que su mano no toque nada que no sea la manta azul.

Ahora el coche se está moviendo. No tiembla tanto como la camioneta, es suave y susurrante. Me recuerda un poco al sofá del planeta de la Tele donde vive la mujer del pelo hinchado que hace preguntas, sólo que aquí las hace la agente Oh.

—Esa habitación —me dice— ¿está en una casa de una planta, o hay escaleras?

—No es una casa —voy mirando un rectángulo reluciente en el medio, se parece al Espejo, pero en chiquitito. Dentro se ve la cara del hombre policía, que es el conductor. Sus ojos me miran hacia atrás en el espejito, así que prefiero mirar por la ventana. A los lados todo resbala, me da vértigo. Una luz que sale del coche ilumina la carretera, lo pinta todo al pasar. Ahí viene otro coche, uno blanco que va superrápido, se va a chocar...

—Tranquilo, no pasa nada —dice la agente Oh.

Cuando me quito las manos de la cara el otro coche ya no está, no sé si porque el nuestro lo ha desaparecido.

—¿Te suena algo?

No me suena nada, no se oyen ruidos. Todo son árboles y casas y coches en la oscuridad. «Mamá, Mamá, Mamá.» Tampoco la oigo a ella dentro de mi cabeza, no me habla. Las manos del Viejo Nick la aprietan tanto, cada vez más fuerte, que no puede respirar, no puede hacer nada. Las cosas vivas se doblan sin romperse; pero a ella la dobla, la dobla, la dobla y...

—¿Crees que ésta podría ser tu calle? —pregunta la agente Oh.

—Yo no tengo ninguna calle.

—Me refiero a la calle de donde ese tal Nick te ha sacado esta noche.

—Nunca la he visto.

—¿Qué quieres decir?

Estoy cansado de decirlo.

La agente Oh hace un chasquido con la lengua.

—No parece haber más camionetas que aquella negra de allí al fondo —dice el hombre policía.

—Podríamos aparcar un momento, de todos modos.

El coche se para, qué pena.

—¿Estás pensando en alguna especie de secta? —dice él—. El pelo largo, sin apellidos, el estado de esa muela...

La agente Oh tuerce la boca.

—Jack, en esa habitación donde vives, ¿entra la luz del sol?

—Es de noche —le digo. ¿Es que no se ha dado cuenta?

—Quiero decir durante el día. ¿Entra la luz del sol?

—Por la Claraboya.

—Así que hay una claraboya, estupendo.

—Adelante —le dice el hombre policía a su teléfono.

La agente Oh está otra vez mirando la pantalla iluminada.

—El satélite muestra un par de casas con claraboyas en el techo en Carlingford...

—La Habitación no está en una casa —digo otra vez.

—Me cuesta entenderte, Jack. ¿Dónde está, entonces?

—En nada. La Habitación está dentro.

Mamá está ahí, y el Viejo Nick también, quiere que alguien se muera y yo no estoy muerto.

—Entonces, ¿qué hay fuera?

—El Exterior.

—Dime más cosas que haya en el exterior.

—Me quito el sombrero —dice el hombre policía—, no te rindes.

¿Me lo dice a mí?

—Vamos, Jack —dice la agente Oh—, cuéntame lo que hay fuera de esa habitación.

—El Exterior —grito. Tengo que explicárselo rápido por Mamá. «Mamá, espérame»—. Fuera hay cosas de verdad como helados y árboles y tiendas y aviones, y granjas y la hamaca...

La agente Oh está asintiendo.

Tengo que intentarlo con más fuerza, aunque no sé qué.

—Pero está cerrado y no sabemos la contraseña.

—¿Queríais abrir la puerta y salir de allí?

—Igual que Alicia.

—¿Alicia es otra amiga tuya?

Digo que sí con la cabeza.

—Vive en el libro.

—*Alicia en el País de las Maravillas*. ¡Por el amor de Dios! —dice el hombre policía.

Eso sí que me lo sé, aunque no entiendo cómo ha leído el libro, si nunca ha estado en la Habitación.

—¿Sabes cuando hace un estanque de lágrimas? —le digo.

—¿Cómo dices? —me mira a través del espejito.

—Sus lágrimas forman un estanque, ¿te acuerdas?

—¿Tu mamá estaba llorando? —pregunta la agente Oh.

Los de fuera no entienden nada, no sé si porque ven demasiada Tele.

—No, Alicia. Siempre quiere salir al jardín, lo mismo que nosotros.

—¿Queríais salir al jardín también?

—Es un jardín trasero, pero no sabemos la contraseña secreta.

—¿Esa habitación da justo al jardín trasero? —me pregunta.

Niego con la cabeza. La agente Oh se frota la cara.

—Ayúdame con esto, Jack, trabajemos juntos. ¿Esa habitación está cerca de un jardín trasero?

—Cerca no.

—De acuerdo.

«Mamá, Mamá, Mamá.»

—Está por alrededor.

—Esa habitación ¿está en un jardín trasero?

—Sí.

He puesto contenta a la agente Oh, aunque no sé cómo.

—Vamos allá, vamos allá —está mirando la pantalla y apretando botones—. Estructuras independientes en jardines traseros, tanto en Carlingford como en Washington...

—Con claraboya —dice el hombre policía.

—Exacto, con una claraboya.

—¿Eso es una Tele? —pregunto.

—¿Mmm? No, es una foto de todas estas calles. La cámara está muy arriba, en el espacio.

—¿El Espacio Exterior?

—Exacto.

—Qué chulo.

La agente Oh habla muy rápido.

—Washington, número tres cuatro nueve. Caseta de proporciones considerables en la parte trasera, claraboya iluminada... Ahí tiene que ser.

—Localízame Washington, tres cuatro nueve —dice el policía a su teléfono—. Adelante —mira de nuevo por el espejo—. El nombre del propietario no coincide, pero se trata de un varón de raza blanca, fecha de nacimiento 5 del 10 del 61...

—¿Vehículo?

—Adelante —dice el hombre de nuevo. Espera—. Un Silverado marrón de 2001, K93 P742...

—Bingo —dice la agente Oh.

—Vamos para allá —dice él—. Solicitamos refuerzos en Washington, tres cuatro nueve.

El coche da media vuelta y va hacia el otro lado. Entonces nos movemos más rápido, siento como un remolino por dentro.

Nos hemos parado. La agente Oh está mirando una casa por la ventana.

—Luces apagadas —dice.

—Seguro que él está en la Habitación —digo—, seguro que la está muriendo —pero llorar me derrite las palabras y no me deja oírlas.

Detrás de nosotros hay ahora otro coche igual que éste. Salen más personas policías.

—Quédate aquí sentadito, Jack —dice la agente Oh abriendo la puerta—. Vamos a buscar a tu mamá.

Doy un salto, pero su mano me empuja para que me quede en el coche.

—Yo también —intento decirle, pero lo único que salen son las lágrimas.

Lleva una linterna grande y la enciende.

—Este agente se quedará aquí contigo...

Una cara que no había visto nunca se asoma.

—¡No!

—Dale un poco de espacio —le dice la agente Oh al nuevo policía.

—¡El soplete! —me acuerdo cuando es demasiado tarde, ya se ha ido.

Hay un crujido y la parte de atrás del coche se levanta; *maletero*, se llama.

Me tapo la cabeza con las manos para que no pueda entrar nada, ni caras ni luces ni ruidos ni olores. «Mamá, Mamá, no estés muerta, no estés muerta, no estés muerta...»

Cuento cien como ella me dijo, pero no estoy más tranquilo. Llego hasta quinientos, pero parece que los números no funcionan. La espalda me da brincos y me tiembla, debe de ser por el frío, ¿dónde se me ha caído la manta?

Oigo un ruido terrible. El policía del asiento de delante se está sonando la nariz. Pone una sonrisita y se escarba la nariz con el pañuelo; miro hacia otra parte.

Por la ventana observo la casa de las luces apagadas. Ahora hay una parte abierta que creo que antes no estaba: el garaje, ésa es la palabra, un enorme cuadrado oscuro. Miro sin parar durante cientos de horas, hasta que los ojos empiezan a escocerme. Alguien sale de lo oscuro, pero es otro policía al que no había visto nunca. Entonces aparece una persona que es la agente Oh, y a su lado...

Empiezo a dar golpes y aporrear la puerta del coche. No sé cómo, tengo que romper el cristal y no puedo: «Mamá Mamá Mamá Mamá Mamá Mamá Mamá Mamá...».

Mamá hace que la puerta se abra y me caigo con medio cuerpo fuera. Ella me agarra al vuelo, me coge en brazos. Es ella de verdad, está cien por cien viva.

—Lo hemos conseguido —dice cuando estamos los dos juntos en la parte de atrás del coche—. Bueno, en realidad tú lo has conseguido.

Hago que no con la cabeza.

—No paraba de estropear el plan.

—Me has salvado —dice Mamá dándome besos en el ojo y abrazándome fuerte.

—¿Estaba el Viejo Nick?

—No, he estado sola sin nada que hacer más que esperar, ha sido la hora más larga de mi vida. Y de pronto ha habido una explosión y se ha abierto la puerta, creía que me daba un ataque al corazón.

—¡El soplete!

—No, han usado un rifle.

—Yo quería ver la explosión.

—Ha durado apenas un segundo. En otro momento podrás ver una, te lo prometo —Mamá sonríe—. Ahora podemos hacer lo que queramos.

—¿Por qué?

—Porque somos libres.

Me siento mareado, los ojos se me cierran sin que pueda evitarlo. Tengo tanto sueño que creo que la cabeza se me va a caer.

Mamá me habla al oído, dice que tenemos que hablar con algunos policías más. Me acurruco recostado en ella.

—Quiero ir a la Cama.

—Dentro de un rato nos buscarán algún lugar donde dormir.

—No. La Cama.

—¿La cama de la habitación? —Mamá se aparta un poco, me está mirando a los ojos.

—Sí. Ya he visto el mundo, y ahora estoy cansado.

—Jack —dice—, no vamos a volver ahí dentro nunca más.

El coche empieza a moverse, y lloro tanto que no puedo parar.

Después

La agente Oh va montada delante; desde atrás parece distinta. Se da la vuelta y me sonríe.

—Aquí está el centro —dice.

—¿Puedes bajar tú solo? —pregunta Mamá—. Ven, te llevaré en brazos —abre el coche y entra una corriente de aire frío. Me encojo. Mamá tira de mí, me pone de pie y me golpeo la oreja con el coche. Va caminando conmigo encajado en la cadera, agarrado a sus hombros. Está oscuro, pero de pronto se encienden unas luces rápidas, rápidas que parecen fuegos artificiales.

—Buitres —dice la agente Oh.

¿Dónde?

—Nada de fotos —grita el hombre policía.

¿Qué fotos? No veo ningún buitre, sólo veo caras de gente con máquinas que lanzan destellos y palos gordos negros. Están gritando, pero no entiendo lo que dicen. La agente Oh quiere taparme la cabeza con la manta, pero yo la aparto. Mamá está corriendo, se me sacude todo el cuerpo hasta que estamos dentro de un edificio mil por mil resplandeciente, y tengo que taparme los ojos con la mano.

El suelo se ve brillante y duro, no como el nuestro; las paredes son azules y hay muchas, los ruidos suenan demasiado fuertes. Por todas partes hay personas que no son mis amigas. Una cosa que parece una nave espacial toda iluminada por dentro está llena de cosas metidas en unos cuadraditos, como bolsas de patatas fritas y barras de chocolate. Me acerco a mirar e intento tocarlas, pero están encerradas detrás del cristal. Mamá me tira de la mano.

—Por aquí —dice la agente Oh—. No, pasad aquí dentro.

Nos lleva a una habitación sin tanto ruido. Un hombre inmenso dice:

—Les pido disculpas por la presencia de periodistas. Hemos implementado un sistema interurbano, pero tienen esos nuevos escáneres de localización... —tiene una mano estirada. Mamá me deja en el suelo, le da su mano y la mueve arriba y abajo como hacen en la Tele—. Y usted, hombrecito, tengo entendido que ha actuado con una valentía extraordinaria.

Me está mirando. Pero no me conoce, y ¿por qué dice que soy un hombre? Mamá se sienta en una silla que no es su silla y me pone en su regazo. Intento mecerme, pero no es la Mecedora. Todo está mal.

—Veamos —dice el hombre ancho—. Comprendo que es tarde, y que su hijo tiene algunas escoriaciones que requieren atención; además, ya hemos avisado para que los esperen en la clínica Cumberland, que es un centro muy acogedor.

—¿Qué clase de centro?

—Pues... psiquiátrico.

—Nosotros no...

El hombre interviene.

—Allí les podrán ofrecer los cuidados adecuados. Es un lugar muy agradable, con mucha privacidad. Sin embargo, ahora es prioritario tomarle declaración esta misma noche, con todo el grado de detalle de que sea capaz.

Mamá asiente.

—Veamos, algunas de las líneas del cuestionario tal vez puedan afligirla, ¿prefiere que la agente Oh esté presente durante la entrevista?

—Como quiera... No hace falta —dice Mamá, y luego bosteza.

—Su hijo ha vivido muchas cosas esta noche, quizá sería mejor que esperara fuera mientras tratamos, ejem...

Pero ya estamos fuera.

—No se preocupe —dice Mamá envolviéndome con la manta azul—. No la cierre —dice Mamá muy rápido.

—Descuide —dice la agente Oh al salir, y deja la puerta medio abierta.

Mamá está hablando con el hombre inmenso, que la llama por uno de sus otros nombres. Me pongo a mirar las paredes, que se han vuelto cremosas, como sin color. Hay marcos con montones de palabras dentro. Uno donde sale un águila dice: «El cielo no es el límite». Alguien pasa al lado de la puerta, doy un brinco sin querer. Ojalá estuviera cerrada, porque tengo muchas ganas de tomar un poquito.

Mamá se baja de nuevo la camiseta.

—Justamente ahora no —me susurra—, estoy hablando con el comisario.

—Y esto tuvo lugar..., ¿recuerda una fecha aproximada? —le pregunta.

Ella dice que no con la cabeza.

—Finales de enero. Hacía sólo un par de semanas que había empezado a estudiar...

Todavía tengo sed, le levanto la camiseta de nuevo y esta vez resopla y me deja, y me acurruca contra su pecho.

—Tal vez preferiría..., ejem... —dice el comisario.

—No, continuemos —dice Mamá. Es la derecha y no hay mucho, pero no quiero soltarme y cambiar de lado porque podría decirme que ya basta, y aún no basta.

Mamá habla de la Habitación y del Viejo Nick y de todo lo demás durante siglos, estoy demasiado cansado para escuchar. Una mujer entra y le dice algo al comisario.

—¿Hay algún problema? —dice Mamá.

—No, ninguno —dice el comisario.

—Entonces, ¿por qué nos mira así esta mujer? —me rodea con el brazo, con fuerza—. Estoy dándole el pecho a mi hijo, ¿pasa algo, señora?

A lo mejor es que en el Exterior no saben lo que es tomar, es un secreto.

Mamá y el comisario siguen aún mucho rato hablando. Me estoy durmiendo, pero hay tanta luz que no consigo estar a gustito.

—¿Qué pasa? —me pregunta.

—De verdad que tenemos que volver a la Habitación —le digo—, necesito ir al Váter.

—Tranquilo, aquí en el centro también hay cuartos de baño.

El comisario nos enseña el camino. Pasamos por delante de la máquina alucinante, pongo la mano en el cristal y casi toco las barritas de chocolate. Es verdad, los váteres en el Exterior tienen tapa encima de la cisterna, no veo cómo son por dentro. Mamá se pone de pie después de hacer pis y se oye un rugido tremendo, me echo a llorar.

—No pasa nada —me dice secándome la cara con la palma de las manos—, es una cadena automática. Mira, el váter ve con este ojito de aquí cuándo hemos terminado, y él solo echa el agua. ¿A que es inteligente?

No, no me gusta que un váter inteligente nos mire el culo.

Mamá me hace quitarme la ropa interior.

—Me hice un poco de caca sin querer cuando me llevaba el Viejo Nick.

—No te preocupes —dice, y entonces hace una cosa rara: tira mi calzoncillo a un cubo de basura.

—Pero...

—Ya no los necesitas, vamos a conseguirte otros nuevos.

—¿Para el Gusto del Domingo?

—No, el día que queramos.

Qué raro. Preferiría que fuera un domingo.

El grifo es como los que hay en la Habitación de verdad, aunque la forma está equivocada. Mamá lo abre, humedece papel y me limpia las piernas y el culo. Pone las manos debajo de una máquina que empieza a soltar aire, igual que nuestros conductos de ventilación pero más caliente. También hace mucho ruido.

—Es un secador de manos, mira, ¿quieres probarlo? —Mamá me sonríe, pero yo estoy demasiado cansado para sonreír—. Bueno, pues sécate las manos en la camiseta y ya está.

Entonces me envuelve en la manta azul y salimos. Quiero mirar la máquina en la que todas las latas, las bolsas y las barritas de chocolate parecen encerradas en una cárcel. Pero Mamá tira de mí hasta la habitación donde está el comisario, para seguir hablando.

Después de cientos de horas, Mamá me pone de pie, me tambaleo para todos lados. Dormir fuera de la Habitación me marea.

Vamos camino a una especie de hospital. ¿Eso no era el plan A? Enfermo, Camioneta, Hospital. Ahora Mamá también va tapada con una manta azul, creo que es la que yo tenía, pero todavía la tengo, así que la suya debe de ser otra. El coche patrulla parece el mismo coche aunque no lo sé seguro, en el Exterior las cosas engañan mucho. Tropiezo en la calle y por poco me caigo, pero Mamá me agarra.

Vamos conduciendo. Cada vez que veo que viene un coche aprieto los ojos.

—No te preocupes, van por el otro lado —dice Mamá.

—¿Qué otro lado?

—¿Ves esa línea que hay en el medio? Siempre tienen que quedarse de aquel lado de la línea, y nosotros de éste. Así no nos chocamos.

De repente estamos parados. El coche se abre y una persona que no tiene cara se asoma. Me pongo a gritar.

—Jack, Jack —dice Mamá.

—¡Es un zombi!

Escondo la cara en su barriga.

—Soy el doctor Clay, bienvenidos a Cumberland —dice la cara sin cara con la voz más profunda del mundo—. La mascarilla es sólo para protegeros. ¿Quieres ver lo que hay debajo? —estira un poco lo blanco hacia arriba y hay una persona hombre sonriendo, una cara supermarrón con un triángulo chiquitito de barbilla negra. Vuelve a ponerse la máscara, que en realidad se llama mascarilla, ¡chas! Las palabras traspasan lo blanco—. Aquí tengo una para cada uno de vosotros.

Mamá coge las mascarillas.

—¿Tenemos que ponérnoslas?

—Piense en todo lo que flota en el aire con lo que su hijo probablemente nunca ha estado en contacto.

—De acuerdo —se coloca una mascarilla y me pone a mí otra, con gomas alrededor de las orejas. No me gusta, me aprieta.

—Pues no veo nada flotando en el aire —le digo a Mamá en susurros.

—Microbios —dice ella.

Pensé que sólo estaban en la Habitación, no sabía que el mundo también estaba lleno de esos bichitos.

Caminamos por un edificio grande lleno de luces. Al principio creo que es el mismo centro, pero luego veo que no. Hay alguien llamado Coordinador de Admisiones que teclea en un... Lo sé, un ordenador, igual que los que salen en la Tele. Todos se parecen a las personas del planeta hospital, a cada momento tengo que recordarme que son de verdad.

Veo una cosa chulísima, un cristal inmenso con esquinas, pero en lugar de latas y chocolate dentro tiene peces vivos, que nadan y se esconden detrás de las rocas. Tiro de la mano de Mamá, pero ella no viene, sigue hablando con Coordinador de Admisiones, que también lleva un nombre escrito en una etiqueta, pone «Pilar».

—Escucha, Jack —dice el doctor Clay, y dobla las piernas hasta quedar como una rana gigante. ¿Por qué lo hará? Acerca la cabeza hasta casi tocar la mía; tiene el pelo lleno de rizos de menos de un centímetro de largo. Ya no tiene puesta la mascarilla, ahora sólo la llevamos Mamá y yo—. Tenemos que echarle un vistazo a tu Mamá en esa habitación al otro lado del vestíbulo, ¿de acuerdo?

Me está hablando a mí. ¿Y no ha visto ya a Mamá?

Mamá niega con la cabeza.

—Jack se queda conmigo.

—Me temo que la doctora Kendrick, nuestra generalista de guardia, va a tener que administrarle el protocolo inmediatamente. Sangre, orina, pelo, uñas, frotis orales, muestras vaginales y anales...

Mamá se queda mirando al doctor. Luego suelta el aire.

—Estaré ahí dentro —me dice señalando una puerta—, y podré oírte si me llamas, ¿vale?

—No vale.

—Vamos, por favor. Jack, mi príncipe, has sido supervaliente. Ahora te pido que lo seas sólo un poquito más, ¿de acuerdo?

Me agarro a ella.

—Bueno, tal vez podría entrar con usted y colocamos una pantalla, ¿qué le parece? —dice la doctora Kendrick. Su pelo es de color cremoso y lo lleva enredado en lo alto de la cabeza.

—¿Una Tele? —le susurro a Mamá—. Hay una ahí.

Es mucho más grande que la de la Habitación, salen bailes y los colores son mucho más brillantes.

—En realidad —dice Mamá—, tal vez lo mejor sea que se quede sentado aquí en la recepción, ¿es posible? Eso lo distraerá más que ninguna otra cosa.

La mujer Pilar está detrás de la mesa hablando por teléfono y me sonríe, aunque yo hago ver que no la veo. Hay un montón de sillas, Mamá escoge una para mí. La miro irse con los médicos. Tengo que agarrarme a la silla para no echar a correr detrás de ella.

El planeta ha cambiado a un partido de fútbol donde hay personas con hombros enormes y cascos. Me pregunto si está pasando de verdad o son imágenes nada más. Miro el cristal de los peces; está demasiado lejos y no los veo, pero seguro que están ahí, porque no saben caminar. La puerta por la que ha entrado Mamá está un poco apartada, me parece que oigo su voz. ¿Por qué le están sacando sangre y pis y uñas? Ella está ahí aunque no la vea, igual que estaba en la Habitación todo el rato mientras yo hacía nuestra Gran Evasión. El Viejo Nick se marchó a toda pastilla en su camioneta, ahora no está en la Habitación y no está en el Exterior; tampoco lo veo en la Tele. Tengo la cabeza agotada de tanto pensar.

Odio la mascarilla, me aprieta. Me la subo y me la pongo en la cabeza, tiene un trozo rígido, creo que lleva un alambre por dentro. Así me aparta el pelo de los ojos. Ahora hay tanques en una ciudad hecha pedazos, una persona vieja que llora. Mamá lleva mucho rato en la otra habitación, ¿le están haciendo daño? La mujer Pilar todavía sigue hablando por teléfono. Otro planeta con hombres en una habitación gigantorme hablando, todos con americanas, creo que están peleándose o algo así. Hablan durante horas.

De pronto cambia otra vez y aparece Mamá llevando a alguien en brazos... ¡Soy yo!

Doy un salto y me pongo delante de la pantalla. Me veo yo como en el Espejo, sólo que pequeñito. Por debajo resbalan palabras NOTICIAS LOCALES, MIENTRAS ESTÁN PASANDO. Una persona mujer está hablando, pero no la veo: «... un soltero huraño convirtió el cobertizo de su jardín en una inexpugnable mazmorra del siglo XXI. Las víctimas del déspota dan muestras de una palidez estremecedora y al parecer presentan un estado rayano en la catatonia tras la larga pesadilla de su encierro». Ahí es cuando la agente Oh intentó taparme la cabeza con la manta y no la dejé. La voz invisible dice: «Vean ahora cómo el niño, desnutrido e incapaz de andar por su propio pie, la emprende a golpes con uno de sus rescatadores».

—Mamá —grito.

No viene, pero me contesta.

—Dos minutos nada más.

—Somos nosotros. ¡Somos nosotros en la Tele!

Pero de pronto ya no se ve nada. Pilar está de pie apuntando a la Tele con un mando, mirándome. El doctor Clay sale y le dice cosas enfadado a Pilar.

—Enciéndela otra vez —digo—. Somos nosotros, quiero vernos.

—Lo lamento mucho, lo siento de verdad —dice Pilar.

—Jack, ¿quieres ir ya con tu Mamá? —el doctor Clay estira la mano, envuelta en un plástico blanco raro. No la toco—. Tienes que ponerte la mascarilla, ¿recuerdas? —me la pongo por encima de la nariz. Camino detrás de él, aunque no demasiado cerca.

Mamá está sentada en una cama alta con un vestido de papel abierto por la espalda. Las personas llevan cosas muy raras en el Exterior.

—Se han tenido que quedar con la ropa que llevaba —es su voz, aunque con la mascarilla no veo por dónde sale.

Me subo y me siento en su regazo, que está todo arrugado.

—Nos he visto en la Tele.

—Eso he oído. ¿Qué tal se nos veía?

—Pequeños.

Tiro de su vestido, pero no hay manera de entrar.

—Justo ahora no puede ser —me da un beso al lado del ojo, pero no es un beso lo que quiero—. Me decías...

No le decía nada.

—Sí, acerca de la muñeca —dice la doctora Kendrick—. Probablemente tendremos que volver a romperte el hueso en algún momento.

—¡No!

—Chss, tranquilo, no pasa nada —me dice Mamá.

—Cuando lo hagamos estará dormida —dice la doctora mirándome—. El cirujano le meterá un clavo metálico para que la articulación funcione mejor.

—¿Igual que un ciborg?

—¿Cómo?

—Sí, algo parecido a un ciborg —dice Mamá sonriéndome.

—Pero a corto plazo diría que la prioridad es odontológica —dice la doctora Kendrick—, así que voy a darte una tanda de antibióticos para que la empieces ya mismo, y también unos analgésicos más potentes.

Doy un bostezo enorme.

—Ya lo sé —dice Mamá—, hace horas que deberías estar durmiendo.

—¿Podría echarle una ojeada rápida a Jack? —dice la doctora Kendrick.

—Ya he dicho que no.

¿Qué es lo que quiere darme?

—¿Es un juguete? —le susurro a Mamá.

—Es innecesario —le dice ella a la doctora Kendrick—. Le doy mi palabra.

—Solamente aplicamos el protocolo que se sigue en casos como éste —dice el doctor Clay.

—Ah, supongo que aquí ven muchos casos como éste, ¿verdad? —Mamá está enfadada, lo oigo en su voz.

Él niega con la cabeza.

—Situaciones traumáticas sí, pero, para serte sincero, nada comparable a vuestro caso. Y precisamente por eso debemos ser meticulosos y daros el mejor tratamiento posible desde el principio.

—Jack no necesita tratamiento, necesita dormir —Mamá habla apretando los dientes—. No lo he perdido nunca de vista y no le ha ocurrido nada, por lo menos nada como lo que estáis insinuando.

Los médicos se miran.

—No pretendía... —dice la doctora Kendrick.

—Le he protegido todos estos años.

—Por lo que dices, lo has hecho —dice el doctor Clay.

—Sí, lo he hecho —a Mamá le resbalan lágrimas por la cara, y una gota oscura se le queda en el borde de la mascarilla. ¿Por qué la hacen llorar?—. Y esta noche Jack ha tenido que... Se está durmiendo de pie...

No me estoy durmiendo.

—Lo comprendo perfectamente —dice el doctor Clay—. Peso y altura, y ella le curará los cortes, ¿qué te parece eso?

Al cabo de un momento, Mamá asiente.

No quiero que la doctora Kendrick me toque, pero no me importa quedarme de pie en la máquina que indica lo que peso. Me apoyo sin querer en la pared, y Mamá me pone derecho. Entonces me estiro bien de espaldas a los números, igual que hacíamos al lado de la Puerta, aunque aquí hay más y las líneas son más rectas.

—Lo estás haciendo estupendamente —dice el doctor Clay.

La doctora Kendrick no para de escribir cosas. Con unas máquinas me apunta a los ojos, los oídos y la boca.

—Todo parece reluciente.

—Nos cepillamos cada vez que comemos.

—Ojalá todos mis pacientes se cuidaran tanto —dice la doctora Kendrick.

Mamá me ayuda a meter la cabeza por la camiseta. Se me cae la mascarilla y me la vuelvo a poner. La doctora Kendrick me pide que mueva todas las partes de mi cuerpo. Dice que tengo las caderas perfectas, pero en algún momento tal vez me mida la densidad ósea, que se hace con una especie de Rayos X. Hay marcas de arañazos en la parte de dentro de mis manos y mis piernas, son de cuando salté de la camioneta. La rodilla derecha está llena de sangre reseca. Doy un bote cuando la doctora Kendrick la toca.

—Perdona —dice.

Estoy acurrucado en la barriga de Mamá, el papel forma arrugas.

—Los microbios van a saltar dentro del agujero y me moriré.

—No te preocupes —dice la doctora Kendrick—, tengo una gasa especial que los elimina todos.

Pica. Me cura también el dedo mordido de la mano izquierda, de donde el perro se bebió mi sangre. Luego me pone algo en la rodilla, es como una cinta pegajosa con caras dibujadas. ¡Son Dora y Botas saludándome!

—Oh, oh...

—¿Te duele?

—Le has alegrado el día —le dice Mamá a la doctora Kendrick.

—¿Eres fan de Dora? —dice el doctor Clay—. Mi sobrina y mi sobrino también —sus dientes sonríen como la nieve.

La doctora Kendrick me pone a Dora y a Botas en el dedo, aunque me aprieta.

La Muela Mala sigue aún bien guardadita en el fondo de mi calcetín derecho. Cuando estoy otra vez con la camiseta puesta y envuelto en la manta, los médicos hablan bajito.

—¿Sabes lo que es una aguja, Jack? —me dice luego el doctor Clay.

Mamá suelta un gemido.

—Ay, no.

—De este modo el laboratorio podrá hacer una analítica completa a primera hora de la mañana. Indicadores de infección, deficiencias nutricionales... Todos esos datos constituyen pruebas y, lo que es más importante, nos ayudarán a saber desde ya las carencias que Jack pueda tener.

Mamá me mira.

—¿Puedes ser un superhéroe un minuto más y dejar que la doctora Kendrick te dé un pinchacito en el brazo?

—No —escondo los dos debajo de la manta.

—Por favor.

Que no. Ya se me ha gastado toda la valentía.

—Necesito nada más un poquito así —dice la doctora Kendrick, con un tubito en la mano.

Mucho más de lo que me chuparon el perro o el mosquito, no me va a quedar casi nada.

—Y después te daré..., ¿qué premio le gustaría? —le pregunta a Mamá.

—Me gustaría irme a la Cama.

—Se refiere a un capricho. Un premio —me dice Mamá—, como un pastel o algo así.

—Mmm, no creo que ahora mismo podamos conseguir pastel, las cocinas están cerradas —dice el doctor Clay—. ¿Qué tal una piruleta?

Pilar trae un tarro lleno de chupachús, eso es lo que son las piruletas.

—Vamos, elige una —dice Mamá.

Pero hay demasiadas, hay amarillas, verdes y rojas y azules y naranjas. Son planas, no como la que trajo el Viejo Nick, que era una bola y Mamá la tiró a la basura y yo me la comí igualmente. Mamá elige por mí, coge una roja, pero digo que no con la cabeza, porque la que él me dio era roja y creo que voy a echarme a llorar otra vez. Mamá elige una verde. Pilar le quita el plástico. El doctor Clay me clava la aguja dentro del codo y yo grito e intento soltarme, pero Mamá me aguanta, me pone la piruleta en la boca y yo la chupo, aunque el dolor no se va nada de nada.

—Casi estamos —me dice.

—No me gusta.

—Mira, la aguja ya está fuera.

—Buen trabajo —dice el doctor Clay.

—No, falta la piruleta.

—Ya tienes tu piruleta —dice Mamá.

—No me gusta, no quiero la verde.

—Pues no pasa nada, escúpela.

Pilar la recoge.

—Prueba una naranja, a ver. A mí las naranjas son las que más me gustan —dice.

No sabía que podía coger dos. Pilar me abre una de color naranja que está muy rica.

Primero el calorcito, luego el frío. El calor me gustaba, pero el frío es un frío húmedo. Mamá y yo estamos en la Cama, pero el Colchón se ha encogido y empieza a hacer fresquito en la sábana de debajo y en la de arriba también, y el Edredón ha perdido el blanco, ahora es todo azul.

Ésta no es la Habitación.

Pene Bobo está levantado.

—Estamos en el Exterior —le susurro. Y luego a Mamá—: Mamá.

Se levanta de un brinco, igual que si le pasara la corriente.

—Me he hecho pis.

—No pasa nada.

—No, es que está todo mojado. La camiseta también, por la parte de la barriga.

—Olvídalo.

Intento olvidarme. Miro por detrás de su cabeza. El suelo es como la Alfombra pero peludo, sin dibujos ni bordes, de una especie de gris, y cubre todo el suelo hasta las paredes; no sabía que las paredes eran verdes. Hay una fotografía de un monstruo, pero cuando miro bien veo que en realidad es una ola gigante del mar. En la pared hay una forma parecida a la Claraboya. Ya sé lo que es, es una ventana. La cruzan cientos de tiras de madera y por las rendijas entra la luz.

—Todavía me acuerdo —le digo a Mamá.

—Claro que te acuerdas —me busca la mejilla para darme un beso.

—No puedo olvidarme porque aún estoy mojado.

—Ah, eso... —dice con una voz distinta—. No quería decir que te olvidaras de que has mojado la cama, sólo que no te preocuparas —Mamá se levanta, lleva todavía el vestido de papel, arrugado como un acordeón—. Las enfermeras cambiarán las sábanas.

No veo a las enfermeras.

—Pero mis otras camisetas... —están en el último cajón de la Cajonera. Ahí estaban ayer, así que supongo que siguen en el mismo sitio. Supongo que la Habitación existe cuando yo no estoy dentro.

—Ya pensaremos algo —dice Mamá. Está al lado de la ventana, ha hecho que las tiras de madera se separen y entra mucha luz.

—¿Cómo lo has hecho? —voy corriendo hasta allí; la mesa me golpea la pierna, pum.

Mamá me hace un masaje para que se me cure.

—Con la cuerdecita, ¿ves? Es el cordón de la persiana.

—¿Por qué?

—Es una cuerda que sirve para abrir y cerrar la persiana —me explica—. La persiana es lo que no te deja ver.

—¿Por qué no me deja ver?

—Hablo en general, lo digo de ti como podría decirlo de cualquiera.

¿Por qué yo soy cualquiera?

—Impide que la gente desde fuera vea lo de dentro, o que desde dentro se vea lo que hay fuera —dice Mamá.

Ya. Pero estoy viendo el Exterior, es como la Tele. Hay césped, árboles, un trocito de un edificio blanco y tres coches, uno azul, uno marrón y uno plateado con unas partes a rayas.

—Mira ahí en el césped...

—¿Qué hay?

—¿Eso es un buitre?

—Creo que no es más que un cuervo.

—Otro más...

—Eso es... Ah, cómo se llama... Claro, paloma. ¡Alzheimer prematuro! Bueno, vamos a asearnos.

—No hemos desayunado —le digo.

—Podemos hacerlo después.

Digo que no con la cabeza.

—El desayuno va antes del baño.

—No tiene que ser así obligatoriamente, Jack.

—Pero...

—No tenemos que hacer las mismas cosas que hacíamos antes —dice Mamá—, podemos hacer lo que nos apetezca.

—Me apetece desayunar antes del baño.

Pero ha desaparecido detrás de una esquina y no la veo. Corro tras ella. La encuentro en otra habitación pequeña dentro de ésta, donde el suelo se ha convertido en una red de cuadrados blancos, fríos y brillantes. Las paredes también son blancas. Hay un váter que no es el Váter, y un lavabo que es el doble de grande que nuestro Lavabo, y una caja alta invisible que debe de ser una ducha como esas donde la gente chapotea en la Tele.

—¿Dónde se esconde la bañera?

—No hay bañera.

Mamá descorre la parte de delante de la caja y la abre. Se quita el vestido de papel y lo tira arrugado en un cesto que me parece que es un cubo de basura, aunque no tiene una tapa que se cierra con un clonc.

—Y vamos a deshacernos de esta indecencia —la camiseta me estira la cara hasta que por poco me la arranca. Mamá la hace una pelota y la tira a la basura.

—Pero...

—Es un harapo.

—No es verdad, es mi camiseta.

—Ya tendrás otra, un montón —apenas la oigo porque ha abierto el grifo de la ducha, y el agua cae con mucho ruido.

—Anda, entra.

—No sé cómo se hace.

—Es una maravilla, te lo prometo —Mamá espera—. Bueno, pues nada, no tardaré mucho —se mete y empieza a cerrar la puerta invisible.

—No.

—Hay que cerrarla, o el agua lo salpicará todo.

—No.

—Puedes verme a través del cristal, estoy aquí mismo —corre la puerta y ya no la veo; solamente hay una forma borrosa que no es como Mamá de verdad, sino que parece un fantasma que hace ruidos raros.

Doy un puñetazo, primero no sé cómo va pero luego sí, y la abro de golpe.

—Jack...

—No me gusta que tú estés dentro y yo fuera.

—Entonces ven aquí conmigo.

Estoy llorando.

Mamá me seca la cara con la mano y me esparce las lágrimas.

—Perdona —me dice—, perdona. Supongo que voy demasiado rápido —me da un abrazo y me moja todo—. Ahora ya no hay razón para llorar.

De bebé sólo lloraba cuando había motivo. Pero me parece un buen motivo que Mamá se meta en la ducha y me encierre del lado equivocado.

Esta vez sí que entro. Me aplasto contra el cristal, aunque el agua me salpica de todas formas. Mamá pone la cara debajo de la cascada ruidosa, y da un largo gemido.

—¿Te duele? —le grito.

—No, sólo intento disfrutar de la primera ducha que me doy en siete años.

Hay un paquete chiquitín en el que dice «Champú». Mamá lo abre con los dientes y lo gasta casi todo, hasta que apenas queda nada. Se riega el pelo durante siglos y se echa una cosa de otro paquetito en el que dice «Acondicionador», que sirve para dejarlo sedoso. Quiere que yo me ponga, pero es que yo no quiero estar sedoso y tampoco pienso poner la cara debajo de los chorritos. Mamá me frota con las manos, porque no hay ningún trapo. Me han salido unas manchas moradas en las piernas, de cuando salté de la camioneta marrón, hace siglos. Me duelen los cortes por todas partes, sobre todo el que tengo en la rodilla debajo de la tirita de Dora y Botas, que parece que se está ondulando. Mamá dice que eso significa que el corte va curándose. No entiendo por qué el dolor significa que te curas.

Hay una toalla blanca superesponjosa para cada uno, no tenemos que compartir la misma. A mí me gusta compartirla, pero mamá dice que es una tontería. Mamá se enrolla una tercera toalla a la cabeza, que le queda inmensa y terminada en punta igual que un cucurucho de helado, y nos echamos a reír.

Tengo sed.

—¿Ahora puedo tomar un poquito?

—Ah, dentro de un ratito —me da una cosa grande, con mangas y un cinturón, como si fuera un disfraz—. Ponte este albornoz de momento.

—Pero si es para un gigante.

—Servirá, ya verás —recoge las mangas hasta acortarlas, aunque quedan todas hinchadas. Mamá huele diferente, creo que es por el acondicionador. Me anuda el albornoz a la cintura. Tengo que levantarme los faldones para caminar, porque arrastran por el suelo—. Tachán —dice Mamá—, el rey Jack.

Saca otro albornoz igual del armario que no es nuestro Armario; a ella le llega por los tobillos.

—«Yo seré rey, dilly, dilly, reina has de ser» —canto.

Mamá está sonrosada y sonriente, tiene el pelo negro de mojado. El mío está recogido en una coleta, pero hecho una maraña porque no tenemos Peine, nos lo hemos dejado en la Habitación.

—Tendrías que haberlo traído —le digo.

—Sí, claro, pero iba con prisas por verte, ¿te acuerdas?

—Ya, pero lo necesitamos.

—¿Ese viejo peine de plástico medio desdentado? Maldita la falta que nos hace —dice Mamá.

Encuentro los calcetines al lado de la cama y empiezo a ponérmelos, pero Mamá me dice que los deje, porque están todos llenos de agujeros y de porquería de la calle, de cuando corrí como una liebre. Los tira también a la basura; lo está desperdiciando todo.

—Espera, que nos hemos olvidado de la Muela Mala —voy corriendo a sacar los calcetines del cubo y encuentro la Muela Mala en el segundo.

Mamá pone los ojos en blanco.

—Es mi amiga —le digo mientras me la guardo en el bolsillo del albornoz. Me paso la lengua por los dientes, porque los siento raros—. Ay, no, se me olvidó cepillarme después de la piruleta —para que no se me caigan los aprieto fuerte con todos los dedos, menos con el que está mordido.

Mamá sacude la cabeza.

—No era de verdad.

—Pues al chuparla parecía de verdad.

—No, quiero decir que era sin azúcar. Las hacen con una especie de azúcar de mentira que no es malo para los dientes.

Qué lío. Señalo la otra cama.

—¿Ahí quién duerme?

—Es para ti.

—Pero yo duermo contigo.

—Bueno, las enfermeras no lo sabían —Mamá mira por la ventana. Veo su sombra alargada cruzando el suelo gris; nunca la había visto así de larga—. ¿Es un gato eso del aparcamiento?

—A ver... —voy corriendo a mirar, pero mis ojos no lo encuentran.

—¿Iremos a explorar?

—¿Adónde?

—Afuera.

—Ya estamos fuera.

—Sí, pero si quieres salimos al aire libre a buscar al gato —dice Mamá.

—Qué guay.

Encuentra dos pares de zapatillas para nosotros, pero no me están bien y no paro de tropezarme, así que dice que de momento puedo andar descalzo. Al mirar otra vez por la ventana, veo que llega a toda velocidad otro vehículo y se para al lado de los demás coches; es una furgoneta donde pone «Clínica Cumberland».

—¿Y qué pasa si viene? —pregunto en un susurro.

—¿Quién?

—El Viejo Nick, ¿y si viene en su camioneta? —me estaba olvidando de él, ¿cómo he podido olvidarme?

—No podría, no sabe dónde estamos —dice Mamá.

—¿Somos otra vez un secreto?

—Algo parecido, pero ahora un secreto de los buenos.

Al lado de la cama hay un... Sé lo que es: un teléfono. Levanto la parte de arriba y digo «Hola», pero no habla nadie, sólo se oye una especie de zumbido.

—Mamá, aún no he tomado ni un poquito.

—Luego.

Hoy todo va al revés.

Mamá gira el picaporte y pone una mueca, debe de dolerle la muñeca averiada. Lo gira con la otra mano. Salimos a una habitación alargada que tiene las paredes amarillas. Hay ventanas en una pared y puertas en la otra. Cada pared es de un color diferente, ésa debe de ser la norma aquí. Nuestra puerta es donde pone «Siete» en letras doradas. Mamá dice que no podemos entrar en las otras puertas, porque son de otra gente.

—¿Qué otra gente?

—Gente a la que todavía no conocemos.

Entonces, ¿cómo lo sabe?

—¿Podemos mirar por las ventanas de los lados?

—Claro, todo el mundo puede mirar por ellas.

—¿Nosotros somos todo el mundo?

—Nosotros y todos los demás.

Todos los demás no están, así que estamos nosotros solos. Estas ventanas no tienen persianas que tapen la vista. Es un planeta diferente: salen otros coches, como por ejemplo uno verde, uno blanco y uno rojo, y se ve un sitio como de piedra por donde caminan cosas que son personas.

—Son pequeñas, parecen duendes.

—No, sólo es que están lejos —dice Mamá.

—¿Son de verdad?

—Tan reales como tú y como yo.

Intento creérmelo, pero no es tan fácil.

Hay una mujer que en realidad no es de verdad, lo sé porque es de color gris, es una estatua y va toda desnuda.

—Vamos —dice Mamá—, estoy hambrienta.

—Es que estaba...

Me tira de la mano. De repente no podemos continuar porque hay un montón de escaleras que bajan.

—Agárrate a la barandilla.

—¿La qué?

—Esto de aquí, el pasamanos.

Me agarro.

—Baja los escalones, de uno en uno.

Voy a caerme. Me siento.

—Bueno, así también se puede.

Bajo con el culo un escalón, luego otro, luego otro más, y el albornoz gigante se me afloja. Una persona grande sube corriendo los escalones, rápido, rápido, como si volara, pero no vuela, es una persona humana de verdad y va vestida toda de blanco. Escondo la cara en el albornoz de Mamá para que no me vea.

—Ay —dice la mujer—, deberíais haber picado... —¿como las abejas?—. Hay un timbre al lado mismo de la cama.

—Ya nos las hemos apañado —le dice Mamá.

—Soy Noreen, dejad que os dé un par de mascarillas nuevas.

—Sí, disculpa, se me había olvidado —dice Mamá.

—Descuida, ¿no quieres que os las suba a la habitación?

—Tranquila, ya bajamos.

—Estupendo. Jack, ¿quieres que le pida a un camillero que te baje por las escaleras?

No entiendo, aparto la cara otra vez para esconderme.

—Está bien —dice Mamá—, ya lo hace él a su manera.

Bajo con el culo los once escalones que quedan. Abajo, Mamá me ata de nuevo el albornoz y entonces somos todavía el rey y la reina como en la canción «Lavender's Blue». Noreen me da otra mascarilla que tengo que ponerme. Me explica que es enfermera, que es de otro lugar llamado Irlanda y que le gusta mi coleta. Entramos en un espacio grande todo lleno de mesas, nunca había visto tantas con platos y vasos y cuchillos. Una mesa se me clava en la barriga, por suerte no era un cuchillo. Los vasos son invisibles como los nuestros, pero los platos son azules y eso es asqueroso.

A nuestro alrededor todo es como en el planeta de la Tele, con personas que nos dicen «Buenos días» y «Bienvenidos a Cumberland» y «Enhorabuena», aunque eso no sé por qué. Algunos llevan albornoces iguales que los nuestros, otros van en pijama y otros en uniformes diferentes. La mayoría son enormes, pero no tienen el pelo largo como el nuestro; se mueven rápido y de repente están por todos lados, incluso detrás. Caminan muy cerca de nosotros y tienen muchos dientes, aunque huelen raro.

—Caramba, muchacho, eres todo un héroe, ¿eh? —dice un hombre con barba por toda la cara. Se refiere a mí, pero yo no miro—. ¿Te gusta lo que has visto del mundo por ahora? —no digo nada—. No está mal, ¿verdad?

Niego con la cabeza. Me agarro fuerte de la mano de Mamá, pero los dedos se me resbalan, están húmedos. Mamá se está tomando unas pastillas que le da Noreen.

Conozco una de las cabezas, tiene el pelo lleno de rizos cortos, es el doctor Clay, sin mascarilla. Le da la mano blanca de plástico a Mamá y pregunta si hemos dormido bien.

—Estaba demasiado tensa —dice Mamá.

Otras personas con uniforme se acercan, el doctor Clay dice nombres, pero yo no los entiendo. Una tiene el pelo todo gris y con ondas, se llama Directora de la Clínica, que quiere decir que es la jefa. Ella se ríe y dice que en realidad no; no sé dónde está el chiste.

Mamá me señala una silla para que me siente a su lado. En el plato hay una cosa de lo más increíble: es plateada y azul y roja, creo que es un huevo, no de verdad, sino de chocolate.

—Ah, sí, feliz Pascua —dice Mamá—. Se me había olvidado completamente.

Me pongo el huevo de mentira en la mano. No sabía que el Conejo entraba en los edificios.

Mamá se ha bajado la mascarilla hasta el cuello y está tomando un zumo de un color raro. Me coloca la mascarilla en lo alto de la cabeza para que pueda probar el zumo, pero tiene trocitos invisibles dentro que parecen microbios y me bajan por la garganta, así que toso y lo echo de nuevo en el vaso sin hacer nada de ruido. Todo el mundo está demasiado cerca comiendo cuadrados extraños con pequeños cuadraditos por encima y trozos rizados de beicon. ¿Cómo pueden dejar que la comida vaya en los platos azules y que se les pegue todo el color? Huele rico, pero demasiado, y otra vez las manos me resbalan; vuelvo a dejar el huevo de Pascua justo en el medio del plato. Me froto las manos en el albornoz, menos el dedo mordido. Los cuchillos y los tenedores también están mal, porque no tienen el mango blanco, son de metal, y creo que eso duele al cogerlos.

Los ojos de la gente son enormes, todos tienen caras de diferentes formas, algunas con bigotes, o joyas colgando, o algunas partes pintadas.

—No hay niños —le susurro a Mamá.

—¿Cómo?

—¿Dónde están los niños?

—No creo que haya ninguno.

—Dijiste que en el Exterior había millones.

—La clínica es sólo una pequeña parte del mundo —dice Mamá—. Tómate el zumo. Eh, mira, allí atrás hay un niño.

Miro hacia donde señala, pero el niño que dice es largo como un hombre y lleva clavos en la nariz, la barbilla y encima de los ojos. ¿Será un robot?

Mamá toma un líquido marrón que suelta humo, pero pone una mueca y lo deja.

—¿Qué quieres desayunar? —me pregunta.

La enfermera Noreen está justo a mi lado, doy un brinco.

—Hay un bufet —dice—, puedes tomar... Veamos: magdalenas, tortilla, tortitas...

—No —susurro.

—Se dice «no, gracias» —me explica Mamá—, hay que ser educado.

Hay personas que no son amigos míos observándome con rayos invisibles, y por eso me tapo la cara en Mamá.

—¿Qué te apetece, Jack? —pregunta Noreen—. ¿Salchichas, tostadas?

—No —y luego le digo a Mamá—: Están mirando.

—Todo el mundo quiere ser amable, nada más.

Quiero que paren.

El doctor Clay también está aquí, se inclina cerca de nosotros.

—Debe de ser algo abrumador para Jack, o para los dos, vaya. ¿No es un poco ambicioso para el día uno?

¿Qué es el Día Uno?

Mamá resopla.

—Queríamos ver el jardín.

No, eso era Alicia.

—No hay ninguna prisa —dice él.

—Come aunque sea unos bocaditos de algo —me dice Mamá—. Te sentirás mejor si por lo menos te bebes el zumo.

Sacudo la cabeza.

—¿Por qué no preparamos un par de platos y os los llevamos a la habitación? —dice Noreen.

Mamá se coloca con un chasquido la mascarilla encima de la nariz.

—Vamos, pues.

Está enfadada, creo. Me agarro a la silla.

—¿Y el huevo?

—¿Qué?

Lo señalo con el dedo.

El doctor Clay me quita el huevo de un manotazo y por poco grito.

—Ahí lo tienes —dice, y lo deja caer en el bolsillo de mi albornoz.

Las escaleras cuestan más de subir, así que Mamá me lleva en brazos.

—Ya lo hago yo, ¿me permites? —dice Noreen.

—Estamos bien —dice Mamá, casi gritando.

Cuando Noreen se va, Mamá cierra la puerta de la Habitación Número Siete. Podemos quitarnos las mascarillas cuando estamos nosotros solos, porque ella y yo tenemos los mismos microbios. Intenta abrir la ventana, le da un golpe, pero no hay manera.

—¿Ya puedo tomar un poquito?

—¿No quieres desayunar?

—Luego.

Así que nos tumbamos y tomo un poco de la izquierda, está riquísima.

Mamá dice que los platos no son un problema, que el azul no se pega a la comida; me deja que lo restriegue con el dedo para comprobarlo. También los tenedores y los cuchillos, el metal tiene un tacto raro sin mangos, pero en realidad no duele. Hay un sirope que se puede poner en las tortitas, aunque no me apetece que la mía se moje. Como un poco de todas las comidas y todas están buenas, menos la salsa de los huevos revueltos. El huevo de chocolate está derretido por dentro. Sabe el doble a chocolate que las chocolatinas que hubo para el Gusto del Domingo, es la cosa más rica que he comido en mi vida.

—¡Ay! Nos hemos olvidado de dar las gracias al Niño Jesús —le digo a Mamá.

—Pues se las damos ahora, a él no le importa que lo hagamos más tarde.

Me sale un eructo enorme.

Luego volvemos a dormirnos.

Suenan unos golpes en la puerta y Mamá deja pasar al doctor Clay. Luego se pone otra vez la mascarilla y me la pone también a mí. El doctor ya no me da tanto miedo.

—¿Qué tal, Jack?

—Bien.

—¿Me das esos cinco?

Su mano de plástico está levantada y mueve los dedos. Hago como que no lo veo. No voy a darle mis cinco dedos, los necesito para mí.

El doctor habla con Mamá de cosas como que ella no consigue dormir, de «taquicardia» y «reexperimentación».

—Prueba con éstas, una nada más antes de ir a la cama —le dice mientras escribe algo en su cuaderno—. Y así tal vez los antiinflamatorios te calmen más el dolor de muelas...

—Por favor, ¿podría administrarme yo mis medicinas en lugar de que me las repartan las enfermeras como si fuera una persona enferma?

—Ah, no debería ser ningún problema, siempre y cuando no las dejes a la vista en tu habitación.

—Jack sabe que no hay que acercarse a las pastillas.

—En realidad pensaba más bien en unos cuantos pacientes con antecedentes de abuso de sustancias. Y mira, para ti tengo un parche mágico.

—Jack, el doctor Clay te está hablando —dice Mamá.

El parche es para ponérmelo en el brazo y que se me duerma un trocito. Nos ha traído también unas gafas de sol muy chulas que usaremos cuando las ventanas estén demasiado resplandecientes. Las mías son rojas y las de Mamá negras.

—Como las estrellas del rap —le digo a Mamá. Se vuelven más oscuras si estamos fuera del exterior, y más claras si estamos dentro del Exterior. El doctor Clay dice que veo muy bien, pero que mis ojos aún no se han acostumbrado a ver de lejos, y tengo que estirarlos mirando por la ventana. No sabía que tuviera músculos dentro de los ojos; meto los dedos y aprieto, pero no los siento.

—¿Qué tal el parche, notas algo aún? —me lo quita de un tirón y me toca debajo; veo su dedo en mi brazo, pero no lo siento. Entonces llega lo malo: tiene agujas y dice que lo siente pero que necesito seis pinchazos para no coger enfermedades horribles, y que el parche sirve para eso, para que las agujas no duelan. Seis no puede ser, corro hasta la parte de la habitación donde está el baño.

—Podrían hacer que te murieras —dice Mamá tirando de mí hasta el doctor Clay.

—¡No!

—Los microbios, quiero decir, no las inyecciones.

Sigo diciendo que no.

El doctor Clay dice que soy un valiente, pero no es verdad, porque gasté toda mi valentía con el plan B. Me pongo a gritar. Mamá me sujeta encima de sus piernas mientras el doctor me clava las agujas una detrás de otra. Me duelen porque ya no llevo el parche, y lo pido a gritos y al final Mamá me lo pone otra vez.

—Por el momento hemos terminado, te lo prometo —el doctor Clay guarda las agujas en una caja colgada de la pared donde pone: OBJETOS PUNZANTES. Saca de un bolsillo una piruleta para mí, una naranja, pero estoy demasiado lleno. Dice que puedo guardármela para otro momento—. Parece un recién nacido en muchos sentidos, a pesar de su alfabetización y sus nociones de cálculo, extraordinariamente precoces —le dice el doctor a Mamá, y escucho con todas mis fuerzas porque sé que habla de mí—. Así como con las cuestiones de inmunidad, probablemente se planteen retos en las áreas de... Veamos... Adaptación social, obviamente; modulación sensorial, es decir, filtrar y descifrar todo el aluvión de estímulos; además de las dificultades de percepción espacial...

—¿Ésa es la razón de que se golpee constantemente con todo? —pregunta Mamá.

—Exacto. Es tal la familiaridad a la que llegó con el espacio de confinamiento donde se ha criado que hasta ahora no le ha hecho falta aprender a calibrar las distancias.

Mamá se aguanta la cabeza con las manos.

—Pensaba que estaba bien. Más o menos.

¿Y es que no estoy bien?

—Otra manera de enfocarlo...

Para de hablar porque hay un golpe en la puerta; cuando la abre, aparece Noreen con otra bandeja.

Echo un eructo. Todavía tengo la barriga atiborrada del desayuno.

—Lo ideal sería un terapeuta ocupacional en salud mental y cualificado en terapia lúdica y artística —sigue diciendo el doctor Clay—, pero en la reunión que hemos tenido esta mañana hemos acordado que la prioridad inmediata es contribuir a que se sienta seguro. A que los dos os sintáis seguros, mejor dicho. Es cuestión de ir ampliando, muy poco a poco, el círculo de confianza —veo que sus manos se mueven en el aire en arcos cada vez más grandes—. Tuve la suerte de ser el psiquiatra de guardia que os autorizó el ingreso anoche...

—¿Suerte? —dice Mamá.

—Bueno, no es la palabra más acertada —pone una especie de sonrisa—. Por el momento voy a trabajar con vosotros dos...

¿Qué trabajo? No sabía que los niños tuvieran que trabajar.

—Por supuesto, con la colaboración de mis colegas especialistas en psiquiatría infantil y adolescente, nuestro neurólogo, nuestros psicoterapeutas, y además vamos a contar con un nutricionista, un fisio...

Llaman a la puerta. Otra vez es Noreen, con un hombre policía, aunque no el del pelo amarillo de ayer por la noche.

Ahora hay tres personas además de nosotros dos en la habitación, o sea cinco, y todo está tan lleno de brazos, piernas y pechos que casi no cabe nada. Todos están hablando hasta que me hace daño seguir escuchando.

«Dejad de decir cosas todos a la vez», digo, pero sin voz. Me tapo los oídos con los dedos.

—¿Quieres una sorpresa?

Mamá me está hablando, no me había dado cuenta. Noreen se ha ido y el policía también. Sacudo la cabeza.

—No estoy seguro de que sea lo más aconsejable... —dice el doctor Clay.

—Jack, es la mejor noticia que nos podían dar.

Levanta unas fotos. Veo quién es sin tener ni que acercarme, es el Viejo Nick. La misma cara que cuando lo miré a escondidas en la Cama aquella noche, aunque ahora le cuelga un cartel del cuello y está apoyado contra unos números como las marcas que hacemos cuando es mi cumpleaños; llega casi al seis, pero no del todo. Hay una foto donde mira de lado y otra en la que me está mirando.

—La policía lo ha detenido esta madrugada y lo han metido en la cárcel, y ahí es donde se quedará —dice Mamá.

Me pregunto si la camioneta marrón también está en la cárcel.

—Al mirarlas ¿sientes alguno de los síntomas que hemos comentado antes? —le pregunta el doctor Clay.

Mamá pone los ojos en blanco.

—Después de siete años de auténtico calvario, ¿crees que me voy a venir abajo por una foto?

—¿Y tú qué dices, Jack? ¿Qué es lo que sientes?

No sé la respuesta.

—Voy a hacerte una pregunta —dice el doctor Clay—, pero no tienes que contestarme a menos que quieras. ¿De acuerdo?

Lo miro y luego miro otra vez las fotos. El Viejo Nick está pegado a los números y no puede salir de ahí.

—¿Este hombre te hizo alguna vez algo que no te gustara?

Asiento con la cabeza.

—¿Puedes decirme qué fue lo que hizo?

—Cortó la luz y las verduras se pusieron babosas.

—Bien. ¿Te hizo daño alguna vez?

—No... —dice Mamá.

El doctor Clay levanta la mano.

—Nadie pone en duda tu palabra —le dice—. Sin embargo, piensa en todas las noches en que estabas dormida. No estaría cumpliendo con mi obligación si no se lo preguntara al propio Jack, ¿no crees?

Mamá deja escapar todo el aire de su cuerpo, muy despacio.

—No pasa nada —me dice—. Puedes contestar. ¿El Viejo Nick te hizo daño alguna vez?

—Sí —digo—, dos veces.

Los dos me están mirando fijamente.

—Cuando estaba haciendo la Gran Evasión me tiró en la camioneta, y luego también en la calle, la segunda vez fue la que más daño me hizo.

—Muy bien —dice el doctor Clay. Sonríe, no entiendo por qué—. Voy directamente al laboratorio para ver si necesitan otra muestra de los dos para el ADN —le dice a Mamá.

—¿El ADN? —pone otra vez su voz enfadada—. ¿Acaso creen que tuve otras visitas?

—No, no. Pero creo que es así como funcionan los juzgados, y hay que cumplimentar todas las casillas.

Mamá aprieta tanto los labios que no se le ven.

—Cada día hay monstruos que quedan absueltos por tecnicismos parecidos —el doctor habla, parece furioso—. ¿De acuerdo?

—De acuerdo.

Cuando se marcha me arranco la mascarilla.

—¿Está enfadado con nosotros? —le pregunto a Mamá.

Ella dice que no con la cabeza.

—Está enfadado con el Viejo Nick.

Ni siquiera sabía que el doctor Clay lo conociera, pensaba que nosotros éramos los únicos.

Miro la bandeja que ha traído Noreen. No tengo hambre, pero le pregunto a Mamá y me dice que es más de la una. Es demasiado tarde hasta para comer, la comida tiene que ser a las doce y pico, aunque todavía no me queda sitio libre en la barriga.

—Tranquilo —me dice Mamá—. Aquí todo es diferente, ¿a que sí?

—Pero ¿cuál es la norma?

—No hay una norma. Podemos comer a las diez o a la una o a las tres o en mitad de la noche.

—Yo no quiero comer en mitad de la noche.

Mamá resopla.

—Vamos a hacer una norma. Comeremos... a cualquier hora entre las doce y las dos de la tarde. Y si no tenemos hambre, nos saltaremos el almuerzo.

—¿Cómo vamos a saltarlo?

—Sin comer nada. Cero.

—Vale —no me importa comer cero—. Pero ¿qué va a hacer Noreen con toda la comida?

—Tirarla.

—Qué desperdicio.

—Sí, pero va a parar a la basura porque es... Es como si estuviera sucia.

Miro la comida multicolor de los platos azules.

—Pues a mí no me parece sucia.

—Porque en realidad no lo está, pero aquí nadie más la querrá si ya ha estado en nuestros platos —me explica Mamá—. No te preocupes por eso.

No para de decírmelo, pero no sé cómo dejar de preocuparme.

Doy un bostezo tan grande que casi me caigo al suelo. Aún me duele el brazo de cuando no lo tenía dormido. Le pregunto si podemos ir a la cama otra vez y Mamá dice que claro que sí, pero que ella va a leer el periódico. No sé por qué quiere leer el periódico en vez de venirse a dormir conmigo.

Cuando me despierto, la luz viene del sitio equivocado.

—No pasa nada —dice Mamá, y acerca su cara hasta tocar la mía—. Chsss, no pasa nada.

Me pongo mis gafas chulas para mirar la cara amarilla de Dios en nuestra ventana y la luz que resbala por la moqueta gris peluda.

Noreen entra con unas bolsas.

—Podrías llamar a la puerta —le dice Mamá casi a gritos; me pone la mascarilla y luego se pone la suya.

—Perdón —dice Noreen—. He llamado, pero me aseguraré de hacerlo más fuerte la próxima vez.

—No, lo siento, no quería... Estaba hablando con Jack. A lo mejor lo he oído, pero no sabía que era la puerta.

—No te preocupes —dice Noreen.

—Hay ruidos de..., de las otras habitaciones, oigo cosas y no sé si..., no sé de dónde vienen o qué son.

—Todo debe de resultar un poco extraño.

Mamá se ríe, no sé por qué.

—Y en cuanto a este jovencito... —los ojos de Noreen brillan—. ¿Te gustaría ver tu ropa nueva?

No es nuestra ropa, es otra distinta metida en unas bolsas. Si no nos queda bien o no nos gusta, Noreen la volverá a llevar a la tienda y traerá otras cosas. Parece el disfraz de un niño de la Tele. Hay zapatos que se abrochan con una tela que rasca que se llama Velcro. Me gusta pegar y despegar las tiras haciendo rrrrrras, rrrrrras, pero me cuesta caminar, me pesan y me parece que me van a hacer andar mal. Prefiero llevarlos cuando estoy tumbado en la cama, porque así levanto las piernas y los zapatos se pelean y luego vuelven a hacerse amigos.

Mamá se pone unos vaqueros que le aprietan.

—Es así como se llevan hoy en día —dice Noreen—, y Dios sabe que tienes una figura ideal.

—¿Quiénes los llevan?

—Las jovencitas.

Mamá sonríe, no sé por qué. Se pone una camiseta que también le queda demasiado estrecha.

—Ésta no es tu ropa de verdad —le susurro.

—Ahora sí.

La puerta hace toc, toc, y entra otra enfermera con el mismo uniforme pero distinta cara. Dice que debemos ponernos otra vez las mascarillas porque tenemos visita. No he tenido nunca una visita, no sé cómo es.

Una persona entra y corre hasta Mamá; me levanto de un salto con los puños en alto pero Mamá ríe y llora al mismo tiempo. Creo que está contentriste.

—Ay, mamá —es Mamá quien lo dice—, mamá...

—Mi pequeña...

—He vuelto.

—Sí, por fin —dice la persona—. Cuando me llamaron estaba convencida de que era otra patraña...

—¿Me has echado de menos? —Mamá se echa a reír, con una risa rara.

La mujer también está llorando, debajo de los ojos tiene churretes negros, no sé por qué las lágrimas le salen de ese color. La boca es toda del color de la sangre, igual que las mujeres de la Tele. Tiene el pelo amarillo y corto, pero no corto del todo, y unos pomos dorados clavados en las orejas por debajo del agujero. Todavía apretuja a Mamá con los brazos, es tres veces más redonda que ella. Nunca había visto a Mamá abrazada a nadie más.

—Deja que te vea sin este absurdo chisme un momento.

Mamá se baja la mascarilla, sonríe sin parar.

Ahora la mujer me está mirando.

—No puedo creerlo, todavía no puedo creer nada de todo esto.

—Jack —dice Mamá—, ésta es tu abuela.

—Qué tesoro —la mujer abre los brazos como si fuera a levantarlos y saludar, pero luego no lo hace. Se acerca a mí. Me pongo detrás de la silla.

—Es muy cariñoso —dice Mamá—, lo que pasa es que no está acostumbrado a nadie más que a mí.

—Claro, claro —la Abuela se acerca un poco más—. Ah, Jack, has sido el chavalito más valiente del mundo, y me has traído a mi niña.

¿Qué niña?

—Anda, levántate la mascarilla un momento —me pide Mamá.

La levanto y me la bajo enseguida.

—Tiene tu mismo corte de cara —dice la Abuela.

—¿Tú crees?

—Desde luego, siempre te chiflaron los críos, si hacías de canguro gratis...

Hablan y hablan. Miro debajo de mi tirita para ver si aún se me va a caer el dedo. Hay puntitos que ahora parecen escamas.

Entra aire. Una cara se asoma por la puerta, una cara con barba por todas partes, las mejillas y la barbilla y debajo de la nariz, pero nada de pelo en la cabeza.

—Le he pedido a la enfermera que no nos molestaran —dice Mamá.

—Mira, éste es Leo —dice la Abuela.

—Qué tal —dice el hombre moviendo los dedos.

—¿Y quién es Leo? —pregunta Mamá, sin sonreír.

—Se supone que iba a quedarse en el pasillo.

—*No problem* —dice Leo, y de pronto ya no está.

—¿Dónde está papá? —pregunta Mamá.

—Ahora mismo en Canberra, pero viene de camino —dice la Abuela—. Han cambiado muchas cosas, cariño.

—¿Canberra?

—Ay, cielo, creo que es demasiado para asimilarlo así de pronto...

Resulta que Leo, el peludo, no es mi abuelo de verdad; el de verdad se volvió a vivir a Australia después de creer que Mamá estaba muerta y hacer un funeral por ella; la Abuela se enfadó, porque ella nunca perdió la esperanza. Siempre se dijo que su preciosa hijita debió de tener sus razones para desaparecer y que un buen día volvería a ponerse en contacto con ellos.

Mamá se queda mirándola.

—¿Un buen día?

—Bueno, ¿acaso hoy no lo es? —la Abuela hace señas hacia la ventana.

—¿Qué clase de razones iba a tener...?

—Ay, nos estrujamos el cerebro, nos atormentamos dándole vueltas. Una trabajadora social nos dijo que a veces hay chicos de tu edad que desaparecen de repente sin más. Drogas, a lo mejor... Puse tu habitación patas arriba, buscando...

—Sacaba unas notas increíbles en la escuela.

—Sí, así es, y eras nuestro orgullo y nuestra alegría.

—Me raptaron en plena calle.

—Bueno, eso lo sé ahora. Pegamos carteles por toda la ciudad, Paul montó una página web. La policía habló con todos tus conocidos de la universidad y también del instituto, para averiguar con quién podías andar que no conociéramos. Siempre creía verte en cualquier parte, era una tortura —dice la Abuela—. Frenaba con el coche junto a una acera y pitaba a una chica, nunca eras tú. Para tu cumpleaños siempre preparaba tu pastel favorito, sólo por si aparecías. ¿Te acuerdas de mi tarta de chocolate y plátano?

Mamá asiente. Le caen lágrimas por la cara.

—No era capaz de dormir sin pastillas. No saber me estaba corroyendo, y desde luego no era justo para tu hermano. ¿Sabes que...? Cómo vas a saberlo. Paul tiene una hijita de casi tres años, ya no usa pañales. Su pareja es un encanto, es radióloga.

Hablan mucho más, se me cansan las orejas de escuchar. Entonces entra Noreen con pastillas para nosotros y un vaso de zumo que no es de naranja, sino de manzana, el mejor que he probado en mi vida.

La Abuela se va a su casa. Me pregunto si duerme en la hamaca.

—¿Qué te parece si...? Leo podría entrar un momento, a saludar nada más —dice cuando está en la puerta.

Al principio Mamá no dice nada.

—A lo mejor la próxima vez —contesta luego.

—Como quieras. Los médicos dicen que todo con calma.

—Con calma, ¿el qué?

—Todo —la Abuela se vuelve hacia mí—. Bueno, Jack. ¿Sabes la palabra adiós?

—Me sé todas las palabras —le digo.

Eso la hace reír sin parar.

Se da un beso en la mano y me lo sopla.

—A ver si lo atrapas.

Creo que quiere que haga como que atrapo el beso, así que lo hago y se pone contenta, y le salen más lágrimas.

—¿Por qué se ha reído de que sepa todas las palabras, si yo no lo decía en broma? —le pregunto luego a Mamá.

—Ah, qué más da, siempre es bueno hacer reír a la gente.

A las 06.12 Noreen trae otra bandeja con la cena, no hay nada repetido. Podemos cenar a las cinco y pico, o a las seis y pico, o hasta a las siete y pico, dice Mamá. Hay una cosa verde crujiente que se llama rúcula y tiene un gusto demasiado amargo; me gustan las patatas con los bordes quemaditos y la carne toda veteada. El pan tiene trocitos dentro que me rascan la garganta, intento quitarlos pero entonces quedan agujeros, así que Mamá me da permiso para que lo deje. Hay fresas, Mamá dice que le saben al séptimo cielo. ¿Ha probado alguna vez a qué sabe el Cielo? No nos lo podemos acabar todo. Mamá dice que aunque la mayoría de la gente come a reventar, hay que comer lo que a uno le apetece y dejar el resto.

Mi parte preferida del Exterior es la ventana. Siempre veo algo distinto. Un pájaro pasa justo por delante, zas, no sé qué era. Las sombras se han puesto otra vez alargadas, la mía saluda con la mano en la pared verde después de cruzar toda la habitación. Miro la cara de Dios caer despacio, muy despacio, cada vez más anaranjada y rodeada de nubes de todos los colores. Cuando al final se esconde, quedan unas rayas y la oscuridad va subiendo tan poquito a poco que no la veo hasta que ya está aquí, envolviéndolo todo.

Mamá y yo nos pasamos la noche dándonos golpes. La tercera vez que me despierto me dan ganas de ver el Jeep y el Mando, pero no están.

Ahora en la Habitación no hay nadie, solamente las cosas. Todo se ha quedado quieto, nada más se mueve el polvo que cae, porque Mamá y yo estamos en la clínica y el Viejo Nick está en la cárcel. Se tiene que quedar ahí encerrado para siempre.

Me acuerdo de que llevo el pijama de los astronautas. Me toco la pierna a través de la ropa, la siento como si no fuera mía. Todas nuestras cosas de antes están encerradas en la Habitación, menos mi camiseta, que Mamá tiró aquí a la basura y que ahora ya no está. Lo miré antes de irme a la cama, seguro que una limpiadora se la ha llevado. Pensaba que quería decir que esa persona era más limpia que el resto de las personas, pero Mamá dice que es alguien que limpia lo de los demás. Creo que son invisibles, como los elfos. Ojalá que la limpiadora me devolviera mi camiseta vieja, pero entonces Mamá se pondría otra vez de mal humor.

Tenemos que estar en el mundo, no vamos a volver a la Habitación nunca más; Mamá dice que eso no tiene vuelta de hoja y que debería estar contento. No sé por qué no podemos volver, a dormir aunque sea. Tampoco sé si tendremos que quedarnos siempre en el trozo de la clínica o podremos ir a otros sitios, como la casa de la hamaca, aunque el Abuelo de verdad está en Australia, y eso está demasiado lejos.

—¿Mamá?

Ella da un gruñido.

—Jack, ahora que por fin me estaba quedando dormida...

—¿Cuánto tiempo llevamos aquí?

—Sólo llevamos veinticuatro horas, lo que pasa es que parece más.

—No, pero... ¿cuánto tiempo vamos a estar aquí después de ahora? ¿Cuántos días y cuántas noches?

—En realidad no lo sé.

Pero si Mamá siempre sabe las cosas.

—Dímelo.

—Chssss.

—Pero ¿cuánto?

—Sólo por un tiempo —dice—. Ahora silencio, recuerda que tenemos gente al lado, y los estás molestando.

No veo a la gente, pero está ahí. Son las personas del comedor. En la Habitación nunca molestaba a nadie, solamente a Mamá a veces si la Muela era mala de verdad. Mamá dice que las personas vienen a Cumberland porque están un poco enfermas de la cabeza, aunque no mucho. A lo mejor están preocupados y no pueden dormir, o no comen, o se lavan las manos demasiado, aunque yo no sabía que lavarse tanto fuera malo. Algunos se han dado un golpe en la cabeza y no saben quiénes son, y algunos están tristes todo el rato o se arañan los brazos hasta con cuchillos, no sé por qué. Los médicos, las enfermeras, Pilar y los limpiadores invisibles no están enfermos, vienen aquí a ayudar. Mamá y yo tampoco estamos enfermos, nos han traído aquí sólo para descansar, y además porque no queremos que nos den la lata los *paparazzi*, que son los buitres que llevan cámaras y micrófonos, porque ahora somos famosos, como las estrellas de rap, aunque nosotros no lo hicimos aposta. Mamá dice que básicamente necesitamos un poco de ayuda mientras aclaramos las cosas. No sé a qué cosas se refiere.

Meto la mano debajo de la almohada para ver si la Muela Mala se ha convertido en dinero, pero no. Creo que el Ratoncito no sabe dónde está la clínica.

—¿Mamá?

—¿Qué?

—¿Nos tienen aquí encerrados?

—No —dice casi ladrando—. Claro que no. ¿Por qué, es que no te gusta estar aquí?

—Es que quiero saber si tenemos que quedarnos.

—No, no. Somos libres como los pájaros.

Creía que todas las cosas raras habían pasado ayer, pero hoy hay muchas más.

Al hacer caca tengo que hacer fuerza, porque mi barriga no está acostumbrada a tanta comida.

No tenemos que lavar las sábanas en la ducha, porque los limpiadores invisibles se encargan también de eso.

Mamá escribe en un cuaderno que el doctor Clay le dio para que hiciera los deberes. Pensaba que sólo los niños que van a la escuela hacen deberes, que son tareas para hacer en casa, pero Mamá dice que la clínica en realidad no es la casa de nadie, al final todo el mundo se va.

Odio la mascarilla, no puedo respirar cuando la llevo puesta, aunque Mamá dice que claro que puedo.

Desayunamos en el comedor, que es el lugar donde se come. En el mundo a las personas les gusta ir a habitaciones diferentes para hacer cada cosa. Me acuerdo de ser educado, que es cuando la gente tiene miedo de que los otros se enfaden.

—Por favor, ¿puedes hacerme más tortitas? —digo.

—Es un amor —dice la mujer del delantal.

No soy un amor, pero Mamá me susurra que eso quiere decir que le he gustado mucho a la señora, así que no debe importarme que me llame así.

Pruebo el sirope, es superultradulce, y me bebo toda una tarrina pequeña antes de que Mamá me diga basta ya. Dice que es sólo para ponerlo en las tortitas, pero así me parece asqueroso.

No deja de acercarse gente con jarras de café, y Mamá dice que no quiere. Como tanto beicon que pierdo la cuenta. Cuando digo «Gracias, Niño Jesús» todo el mundo se queda mirando, supongo que porque aquí en el Exterior no saben quién es.

Mamá dice que cuando alguien se comporta raro como aquel chico larguirucho con la cara llena de trozos de metal que se llama Hugo y siempre va tarareando, o la señora Garber, que se rasca el cuello sin parar, no nos reímos, solamente por dentro, por detrás de la cara si no nos podemos aguantar.

No sé nunca cuándo van a pasar los ruidos y me van a hacer dar un salto. Montones de veces no veo de dónde salen; algunos son chiquitines, como el zumbido de los bichitos, pero otros me duelen dentro de la cabeza. Aunque todo es siempre tan fuerte, Mamá no para de decirme que no grite para no molestar a los demás. Y cuando hablo casi nunca me oyen.

—¿Dónde has dejado los zapatos?

Volvemos y los encontramos en el comedor, debajo de la mesa; hay un trozo de beicon encima de uno de ellos y me lo como.

—Microbios —dice Mamá.

Llevo los zapatos cogidos de las tiras de Velcro. Mamá me dice que me los ponga.

—Me hacen daño en los pies.

—¿No te quedan bien?

—Pesan demasiado.

—Ya sé que no estás acostumbrado a usarlos, pero no puedes ir por ahí en calcetines, porque podrías pincharte.

—No, no, te lo prometo.

Espera hasta que me los pongo. Estamos en un pasillo, pero no en el que hay al subir las escaleras. La clínica tiene muchas partes diferentes. Me parece que no hemos estado aquí antes, ¿nos hemos perdido?

Mamá se pone a mirar por una ventana nueva.

—A lo mejor hoy podríamos salir afuera a ver los árboles y las flores.

—No.

—Jack...

—Quiero decir no, gracias.

—¡Aire fresco!

Me gusta el aire de la Habitación Número Siete; Noreen nos acompaña hasta allí. Por nuestra ventana vemos coches que aparcan y desaparcan y palomas, y a veces el gato aquel.

Después vamos a jugar con el doctor Clay en otra habitación nueva que tiene una alfombra de pelo largo, no como nuestra Alfombra, que es plana con el dibujo de zigzag. Me pregunto si la Alfombra nos echa de menos, ¿estará todavía en la cárcel en la parte descubierta de la camioneta?

Mamá le enseña al doctor Clay los deberes que ha hecho, y hablan de cosas no muy interesantes, como «despersonalización» o *«jamais vu»*. Luego ayudo al doctor Clay a sacar las cosas de su baúl de juguetes, es lo más guay de todo. Habla por un teléfono móvil de mentira.

—Me alegro de tener noticias tuyas, Jack. Ahora mismo estoy en la clínica. Y tú ¿dónde estás?

Hay un plátano de plástico.

—Yo también —digo hablando por el plátano.

—Qué coincidencia. ¿Estás disfrutando de tu estancia aquí?

—Estoy disfrutando con el beicon.

Se ríe, no me he dado cuenta de que otra vez he hecho una broma sin querer.

—Yo también disfruto con el beicon. Demasiado.

¿Cómo se puede disfrutar demasiado?

En el fondo del baúl encuentro títeres pequeñitos: un perro con manchas, un pirata, una luna y un niño que saca la lengua. Mi favorito es el perro.

—Jack, te está haciendo una pregunta.

Miro a Mamá, pestañeando.

—Entonces, ¿qué es lo que no te gusta tanto de aquí? —dice el doctor Clay.

—Que la gente mira.

—¿Mmm?

Muchas veces el doctor dice eso en vez de palabras.

—Y tampoco las cosas que pasan de repente.

—Ah, ¿sí? ¿Qué cosas?

—Las que pasan de repente —le digo—, las que llegan rápido sin avisar.

—Ah, sí. «El mundo es más súbito de lo que lo imaginamos.»

—¿Eh?

—Perdona, es sólo un verso de un poema —el doctor Clay le sonríe a Mamá—. Jack, ¿serías capaz de describir el lugar donde estabais antes de llegar a la clínica?

Como nunca ha estado en la Habitación le cuento todo lo que hay allí, lo que hacíamos todos los días y un montón de cosas más, aunque si se me olvida algo Mamá lo explica. El doctor ha traído una pasta de muchos colores que sale por la Tele, y mientras hablamos hace con ella bolitas y gusanos. Hundo el dedo en un trozo amarillo, pero se me queda un poco metido en la uña y no me gusta que sea amarilla.

—¿Nunca jugaste con plastilina en alguno de los Gustos del Domingo? —pregunta.

—Se seca —dice Mamá antes de que yo pueda contestar—. ¿A que nunca se te había ocurrido? Aunque la guardes de nuevo en el bote religiosamente, al cabo de un tiempo empieza a endurecerse.

—Supongo que sí —dice el doctor Clay.

—Por eso pedía lápices y colores en lugar de rotuladores, y pañales de tela... Todo lo que durara, para no tener que pedirlo de nuevo a la semana siguiente.

El doctor asiente todo el rato.

—Hacíamos pasta de harina, pero claro, siempre era blanca —Mamá habla con voz de enfadada—. ¿Crees que no le habría dado a Jack plastilinas de colores distintos todos los días, si hubiera podido?

El doctor Clay dice el otro nombre de Mamá.

—Nadie está poniendo en tela de juicio tus decisiones ni tus estrategias.

—Noreen dice que funciona mejor si añades la misma cantidad de sal que de harina, ¿lo sabías? Yo no, ¿cómo iba a saberlo? Ni siquiera se me ocurrió nunca pedir colorante alimenticio. Si hubiera tenido la más remota idea...

Mamá no deja de repetir que está bien, pero no parece que esté tan bien. Sigue hablando con el doctor Clay de «distorsiones cognitivas», hacen un ejercicio de respiración, mientras yo juego con los títeres. Entonces se nos acaba el tiempo porque el doctor tiene que ir a jugar con Hugo.

—¿Él también estaba encerrado en un cobertizo? —le pregunto.

El doctor Clay niega con la cabeza.

—¿Qué le ha pasado?

—Cada cual tiene su historia.

Cuando volvemos a nuestra habitación nos metemos en la cama y tomo un montón. Todavía no me gusta cómo huele Mamá. Es por el acondicionador, demasiado sedoso.

Aunque he dormido una siesta, todavía estoy cansado. La nariz no deja de gotearme y me lloran los ojos, como si se me derritieran por dentro. Mamá dice que he cogido mi primer resfriado, eso es todo.

—Pero si llevaba la mascarilla.

—Aun así los microbios se cuelan. Verás como mañana lo he pillado yo, porque me lo vas a pegar tú.

Me echo a llorar.

—No hemos jugado...

—¿Qué? —Mamá me abraza.

—Aún no quiero irme al Cielo.

—Cariño... —Mamá nunca me había llamado así—. No pasa nada. Si nos ponemos enfermos, los médicos nos curarán.

—Quiero.

—¿Quieres qué?

—Quiero que el doctor Clay me cure ahora.

—Bueno, la verdad es que no puede curar un resfriado —Mamá se muerde los labios—. Pero en unos días se te pasará, te lo prometo. Oye, ¿quieres aprender a sonarte la nariz?

Sólo me hacen falta cuatro intentos, y cuando saco todo el moco de golpe en el pañuelo, Mamá aplaude.

Noreen trae la comida, que son sopas y kebabs y un arroz que no es de verdad y que se llama quinoa. De postre hay macedonia de frutas, las adivino todas: manzana y naranja, y las que no conozco, que son piña, mango, arándano, kiwi y sandía. He acertado dos y cinco no, o sea que me da menos tres. No lleva plátano.

Quiero ver los peces otra vez, así que bajamos a la parte que se llama Recepción. Son a rayas.

—¿Están malitos?

—A mí me parecen tan campantes —dice Mamá—. Sobre todo ese con pinta de mandón que está en el alga.

—No, de la cabeza, quiero decir. ¿Son peces locos?

Se echa a reír.

—No lo creo.

—¿Solamente están descansando aquí un tiempo porque son famosos?

—En realidad nacieron aquí, en esta misma pecera —es la mujer Pilar.

Doy un salto, no la había visto salir de su escritorio.

—¿Por qué?

Me mira, sonriendo todavía.

—Mmm...

—¿Por qué están aquí?

—Para que nosotros los miremos, supongo. ¿Verdad que son preciosos?

—Vamos, Jack —dice Mamá—. Seguro que esta señora tiene trabajo que hacer.

En el Mundo Exterior el tiempo es un lío. Mamá no deja de decir «Más despacio, Jack» y «Espera» y «Acaba de una vez» y «Date prisa, Jack», dice «Jack» un montón de veces para que sepa que me habla a mí y no a otras personas. Me cuesta mucho adivinar qué hora es, porque aquí los relojes tienen manitas acabadas en punta y no sé el secreto, y como no está el Reloj con sus números tengo que preguntarle a Mamá todo el rato y ella se cansa.

—¿Sabes qué hora es? Hora de salir ahí afuera.

Yo no quiero, pero ella no deja de decirme «Vamos a intentarlo, lo probamos nada más». Ahora mismo, ¿por qué no?

Primero tengo que ponerme otra vez los zapatos. También tenemos que llevar chaquetas y gorros y untarnos la cara por debajo de la mascarilla y las manos con una crema pegajosa, porque como hemos vivido siempre en la Habitación, el sol podría achicharrarnos la piel. El doctor Clay y Noreen nos acompañan, aunque ellos no llevan gafas chulas ni nada.

El camino para ir afuera no es una puerta, sino una especie de burbuja de aire encima de una nave espacial.

Mamá dice que no le sale la palabra, y el doctor Clay dice que es una puerta giratoria.

—Ah, sí —digo—, las he visto por la Tele.

Me gusta el momento de girar, pero de pronto estamos fuera y la luz me hace doler las gafas, que se ponen completamente oscuras. El viento me da una bofetada en la cara y tengo que volver adentro.

—No pasa nada —repite Mamá todo el rato.

—No me gusta —la puerta que gira está encallada, no gira, me está estrujando para echarme afuera.

—Dame la mano.

—El viento nos va a arrancar de cuajo.

—Nada más es brisa —dice Mamá.

La luz no se parece nada a la que entra por una ventana, me cae de todas partes y se me mete por los lados de las gafas chulas, no es como cuando hicimos la Gran Evasión. El resplandor es horrible y el aire está demasiado frío.

—Se me está quemando la piel.

—Lo haces estupendamente —dice Noreen—. Respira bien hondo, despacio. Así me gusta, muchacho.

¿Por qué dice que le gusta? Si aquí no se puede respirar... Veo manchas en las gafas, el pecho me hace pum, pum, pum y el viento suena tan fuerte que no oigo nada.

Noreen hace una cosa rara: me quita la máscara y me pone un papel distinto en la cara. Lo aparto con las manos pegajosas.

—No estoy seguro de que sea una buena... —dice el doctor Clay.

—Respira en la bolsa —me dice Noreen.

Al respirar en la bolsa siento el aire caliente; lo único que hago es aspirarlo y aspirarlo.

Mamá me sujeta por los hombros.

—Volvamos adentro —dice.

De vuelta a la Habitación Número Siete, Mamá me da un poco en la cama, con los zapatos aún puestos y todo pegajoso.

Luego viene la Abuela, esta vez ya conozco su cara. Ha traído libros de la casa de la hamaca, tres para Mamá sin dibujos, que la ponen muy contenta, y cinco con dibujos para mí, aunque la Abuela no sabía que el cinco es mi número favorito. Dice que eran de Mamá y de mi Tío Paul cuando eran pequeños. Supongo que no miente, pero me cuesta creer que Mamá haya sido una niña alguna vez.

—¿Quieres sentarte en mi regazo para que te lea uno?

—No, gracias.

Está *La oruguita glotona, El árbol generoso, ¡Corre, perro, corre!, El Lórax* y *El cuento de Perico, el conejo travieso*. Miro todos los dibujos.

—De verdad, hasta el último detalle —le está diciendo la Abuela a Mamá en voz muy bajita—, podré encajarlo.

—Lo dudo.

—Estoy preparada.

Mamá no deja de sacudir la cabeza.

—¿De qué serviría, Mamá? Ahora ya ha pasado, estoy fuera, en el otro lado.

—Pero, cariño...

—Creo que prefiero no saber qué estás pensando sobre toda esa historia cada vez que me miras, ¿de acuerdo?

A la Abuela le caen más lágrimas por la cara.

—Cielo —dice—, lo único que pienso cuando te miro es «Aleluya».

Cuando se va, Mamá me lee el del conejo: se llama Perico, que es lo mismo que Pedro, pero no es el santo. Lleva ropa pasada de moda y lo atrapa un jardinero; no sé por qué, pero Perico roba verduras. Robar es malo, pero si yo fuera un ladrón, robaría cosas buenas, no sé, coches o chocolatinas, por ejemplo. El libro no me parece alucinante, pero es alucinante tener tantos nuevos de golpe. En la Habitación tenía cinco, más los cinco de ahora ya son diez. En realidad ahora no tengo los cinco libros viejos, así que imagino que nada más tengo que contar los cinco nuevos. Los de la Habitación a lo mejor ya no son de nadie.

La Abuela sólo se queda un ratito porque ahora tenemos otra visita, que es nuestro abogado Morris. No sabía que tuviéramos abogado, como en el planeta de los juicios, donde la gente grita y el juez da golpes con el martillo. Nos encontramos con él en una habitación de la planta baja, que no es una planta de verdad, sólo quiere decir que no hay que subir las escaleras. Hay una mesa y un olor un poco dulce. Tiene el pelo superrizado. Mientras Mamá y él hablan yo practico sonándome la nariz.

—En el caso de este periódico que ha publicado esa fotografía tuya de cuando ibas a quinto curso, por ejemplo —le dice—, tenemos un caso claro de violación de la ley de protección de datos personales.

Cuando dice «tuya» se refiere a que es de Mamá; cada vez soy mejor en distinguir esas cosas.

—¿Te refieres a que podría demandarlos? Eso es lo último que se me pasaría por la cabeza —le dice ella. Le enseño el pañuelo con los mocos pegados, y ella levanta el pulgar.

Morris asiente mucho con la cabeza.

—Tan sólo digo que debes pensar en el futuro, tanto en el tuyo como en el del niño —el niño sí que soy yo—. Claro, por el momento Cumberland corre con los gastos a corto plazo, y he creado un fondo para recaudar las donaciones de vuestros fans, pero debo decirte que tarde o temprano habrá que hacer frente a facturas que ahora ni te imaginas. Rehabilitación, terapias con toda clase de pijadas, alojamiento, costes educativos para los dos... —Mamá se frota los ojos—. No quiero que tomes decisiones precipitadas.

—¿Has dicho «fans»?

—Claro —dice Morris—. La gente se ha volcado, llega un saco cada día.

—¿Un saco de qué?

—De todo lo que se te ocurra. He cogido unas cuantas cosas al azar... —levanta una bolsa grande de plástico de detrás de la silla y saca los paquetes.

—Están abiertos —dice Mamá mirando lo que hay en los sobres.

—Créeme, estas cosas tienen que pasar un filtro previo antes de llegar a ti. Había H-E-C-E-S, y eso sólo para empezar.

—¿Por qué alguien mandó caca? —le pregunto a Mamá.

Morris se queda mirando con los ojos muy abiertos.

—Es muy bueno deletreando —le dice Mamá.

—Caramba. ¿Y has preguntado por qué, Jack? Pues porque ahí fuera hay mucho loco suelto —pensaba que los locos estaban aquí, en la clínica, para que los ayudasen—. Pero la mayoría de las cosas que se reciben son de gente que os desea que os recuperéis pronto —dice Morris—. Bombones, juguetes, cosas por el estilo.

¡Bombones!

—Creí que lo mejor era traerte las flores primero, porque a mi asistente personal le provocan migraña —levanta montones de flores envueltas en plástico invisible. De ahí venía el olor.

—¿Qué juguetes son los juguetes?

—Mira, aquí hay uno —dice Mamá sacándolo de un sobre. Es un trenecito de madera—. No hace falta arrancármelo de la mano, Jack.

—Perdona.

Paseo el tren por toda la mesa, chu-chu, baja por la pata hasta el suelo, y luego sube por la pared, que en esta habitación es azul.

—Ciertas redes están dando muestra de un enorme interés —dice Morris—, podrías contemplar la posibilidad de escribir un libro, un poco más adelante...

La boca de Mamá no parece muy simpática.

—Me propones que nosotros mismos nos vendamos antes de que lo hagan otros.

—Yo no lo plantearía en esos términos. Imagino que tienes mucho que enseñarle al mundo. Toda la cuestión de vivir con menos no podría ir más acorde con el espíritu de los tiempos.

Mamá se echa a reír. Morris pone las manos arriba.

—Aunque eso es cosa vuestra, por supuesto. Ya lo irás viendo con el día a día.

Mamá lee algunas de las cartas.

—«Pequeño Jack, eres un niño maravilloso. Disfruta de cada momento porque lo mereces, porque has conocido el infierno mismo ¡y has vuelto!»

—¿Eso quién lo ha dicho? —pregunto.

Mamá da la vuelta a la página.

—No la conocemos.

—¿Por qué ha dicho que soy maravilloso?

—Ha oído hablar de ti en la tele.

Miro en los sobres más gordos por si hay más trenes.

—Mira, qué buena pinta tienen —dice Mamá con una cajita de bombones en la mano.

—Hay más —he encontrado una caja grande de verdad.

—No, ahí hay demasiados, te pondrás malito.

Como ya estoy malito con el resfriado, no me importa.

—Ésos se los daremos a alguien —dice Mamá.

—¿A quién?

—No sé, a las enfermeras, quizá.

—Puedo encargarme de que los juguetes y esas cosas lleguen a algún hospital infantil —dice Morris.

—Una idea estupenda. Elige algunos que quieras quedarte —me dice Mamá.

—¿Cuántos?

—Todos los que quieras —se pone a leer otra carta—: «Que Dios os bendiga a ti y a tu dulce angelito, rezo para que descubráis todas las cosas bellas que este mundo puede ofreceros, para que se cumplan vuestros sueños y que vuestro camino en la vida sea próspero y lleno de felicidad» —la deja encima de la mesa—. ¿De dónde voy a sacar el tiempo para contestar a todas?

Morris sacude la cabeza.

—Ese cab... Digamos mejor que el acusado ya te robó los siete mejores años de tu vida. Si yo fuera tú, no desperdiciaría ni un segundo más.

—¿Cómo sabes que ésos hubieran sido los mejores años de mi vida?

Levanta los hombros.

—Sólo digo que... Tenías diecinueve años, ¿verdad?

Hay cosas superchulas, un coche con ruedas que hace brrrrrrrrrrum, y también un silbato en forma de cerdo..., lo soplo.

—¡Uf! Qué ruido —dice Morris.

—Demasiado fuerte —dice Mamá.

Soplo una vez más.

—Jack...

Vuelvo a dejarlo donde estaba. Encuentro un cocodrilo de terciopelo largo como mi pierna, un sonajero con una campanita dentro, una cara de payaso que hace ja ja ja cuando le toco la nariz.

—Ése tampoco, me da escalofríos —dice Mamá.

Le susurro adiós al payaso y lo vuelvo a guardar en su sobre. Hay un cuadrado de plástico, no de papel, que sirve para dibujar, con una especie de bolígrafo atado, y una caja de monos con brazos y colas que se enroscan para construir cadenas de monos. Hay un camión de bomberos, y un oso de peluche con una gorra que no se le puede quitar, y eso que estiro fuerte. En la etiqueta hay un dibujo con la cara de un bebé tachada con una línea y debajo pone 0-3. ¿Será porque el oso mata a los bebés en tres segundos?

—Ah, vamos, Jack —dice Mamá—. No necesitas tantos.

—¿Cuántos necesito?

—No sé...

—Si eres tan amable de firmar aquí, ahí y ahí —le pide Morris.

Me estoy mordiendo el dedo por debajo de la mascarilla. Mamá ya no me dice que no lo haga.

—¿Cuántos me hacen falta?

Ella levanta la mirada de los papeles en los que está escribiendo.

—Elige... Mmm, elige cinco.

Cuento: el coche y los monos, el cuadrado para escribir, el tren de madera, el sonajero y el cocodrilo. Son seis, no cinco, pero Mamá y Morris no dejan de hablar. Encuentro un sobre grande vacío y guardo los seis dentro.

—Muy bien —dice Mamá metiendo el resto de los paquetes en la bolsa enorme.

—Espera —le digo—. En la bolsa puedo escribir y poner: «Regalos de parte de Jack para los niños malitos».

—Deja que Morris se encargue de eso.

—Pero...

Mamá resopla.

—Hay mucho por hacer, y debemos dejar que la gente haga parte por nosotros, porque si no, la cabeza me va a explotar —¿por qué le va a explotar la cabeza si escribo en la bolsa?

Saco el tren otra vez y lo hago trepar por mi camisa, es mi bebé y se asoma y le doy besos por todas partes.

—En enero, tal vez, aunque como muy pronto el juicio empezará en octubre —está diciendo Morris.

Igual que en el juicio por el robo de las tartas, cuando el Lagarto Bill tiene que escribir con el dedo y Alicia derriba la tribuna del jurado y pone al Lagarto boca abajo sin darse cuenta, ja, ja.

—Ya, pero ¿cuánto tiempo estará en prisión? —pregunta Mamá.

Se refiere a él, al Viejo Nick.

—Bueno, la fiscal del distrito me dice que espera que sea una pena de entre veinticinco años y cadena perpetua. Y para los delitos cometidos en suelo nacional no hay libertad condicional —dice Morris—. Tenemos secuestro con fines sexuales, privación ilegal de la libertad, violaciones múltiples, agresión con lesiones... —cuenta con los dedos, no con la cabeza.

Mamá asiente.

—¿Y lo del bebé?

—¿Jack?

—El primero. ¿No puede interpretarse como una especie de asesinato?

Esta historia no la he oído nunca. Morris tuerce la boca.

—No, si el feto no nació vivo, no.

—La niña.

No sé quién es la niña.

—La niña, disculpa —dice él—. Como mucho podríamos conseguir que se considerara negligencia criminal, puede que incluso temeraria...

Quieren prohibirle la entrada a Alicia en el tribunal de justicia por medir más de una milla de alto. Hay un poema que no entiendo bien.

Si ella o yo tal vez nos vemos
mezclados en este lío,
él espera que tú los libres
y sean como al principio.

De repente Noreen está ahí, ni la he visto llegar. Pregunta si queremos cenar solos o en el comedor.

Me llevo todos los juguetes nuevos en el sobre grande. Mamá no sabe que hay seis, no cinco. Algunas personas saludan con la mano cuando entramos, así que los saludo también, como la chica que lleva todo el cuello tatuado y no tiene pelo. Las personas no me molestan mucho si no me tocan.

La mujer del delantal dice que ha oído que he salido afuera, aunque no sé cómo me habrá oído.

—¿Te ha gustado?

—No —le digo—. Quiero decir no, gracias.

Estoy aprendiendo mucho a ser educado. Cuando algo tiene un sabor asqueroso se dice que es interesante, como el arroz salvaje, que sabe como si no estuviera cocinado. Cuando me sueno la nariz doblo el pañuelo para que nadie vea los mocos, son un secreto. Si quiero que Mamá me escuche a mí y no a otra persona, digo «perdón», aunque a veces tengo que decir «perdón, perdón» durante siglos y cuando me pregunta qué quiero ya no me acuerdo.

En la cama, mientras tomo un poco ya en pijama y sin la mascarilla, de pronto me acuerdo.

—¿Quién es el primer bebé? —pregunto.

Mamá me mira fijamente.

—Le dijiste a Morris que había una niña que hizo un asesinato.

Ella niega con la cabeza.

—Quería decir que la mataron..., por decirlo de alguna manera —aparta la cara de mí.

—¿Fui yo?

—¡No! Tú no hiciste nada malo. Eso pasó un año antes de que nacieras —dice Mamá—. ¿Te acuerdas de que a veces te decía que cuando llegaste la primera vez, encima de la cama, eras una niña?

—Sí.

—Bueno, pues estaba hablando de ella.

Aún entiendo menos, qué lío.

—Creo que ella intentaba ser tú. El cordón... —Mamá esconde la cara entre las manos.

—¿El cordón de la persiana? —lo miro; por las rendijas sólo entra la oscuridad.

—No, no. ¿Te acuerdas del cordón que iba hasta el ombligo?

—Lo cortaste con las tijeras y entonces quedé libre.

Mamá asiente.

—Pero a la bebé se le enredó cuando estaba naciendo, y no la dejaba respirar.

—Esta historia no me gusta.

Se aprieta las cejas.

—Deja que la termine.

—Es que no...

—Él estaba ahí quieto, mirando —Mamá habla, pero casi a gritos—. No tenía ni la más remota idea de cómo nacen los bebés, ni se había molestado en mirarlo en Google. Toqué la coronilla del bebé, estaba toda resbaladiza, empujé y empujé, y gritaba: «Ayuda, no puedo, ayúdame...». Y él simplemente se quedó de pie, sin hacer nada.

Espero, pero no dice nada más.

—¿Y la bebé se quedó dentro de tu barriga?

Mamá sigue callada un momento.

—Salió morada —¿morada?—. No llegó ni a abrir los ojos.

—Deberías haberle pedido al Viejo Nick una medicina para ella, para el Gusto del Domingo.

Mamá sacude la cabeza.

—Tenía todo el cordón enrollado en el cuello.

—¿Aún estaba atada a ti?

—Hasta que él lo cortó.

—Y entonces, ¿quedó libre?

Caen las lágrimas en la manta. Mamá asiente y llora, pero sin voz.

—¿Ya está? ¿Se ha terminado la historia?

—Casi —tiene los ojos cerrados, pero el agua sigue corriéndole por la cara—. El Viejo Nick se la llevó y la enterró debajo de un arbusto, en el patio trasero. Es decir, enterró sólo su cuerpo.

Era morada.

—La parte de niña que había en ella subió de nuevo directamente al Cielo.

—¿Para reciclarse?

Mamá casi sonríe.

—Me gusta pensar que eso fue lo que pasó.

—¿Por qué te gusta pensar eso?

—A lo mejor en realidad eras tú, y un año después volviste a intentarlo y bajaste en el cuerpo de un niño.

—Esa vez sí era yo de verdad. No me di la vuelta.

—Nanay de la China —las lágrimas caen de nuevo, y Mamá se las restriega con la mano—. Esa vez no le dejé entrar en la habitación.

—¿Por qué no?

—Oí la puerta, el pitido, y rugí: «Fuera».

Seguro que lo hizo enfadar muchísimo.

—Me sentía preparada, esta vez quería que estuviéramos solos tú y yo.

—¿De qué color salí?

—Rosa intenso.

—¿Y abrí los ojos?

—Naciste con los ojos abiertos.

Doy el bostezo más enorme del mundo.

—Ahora ¿ya podemos ir a dormir?

—Claro que sí —dice Mamá.

Por la noche, pumba, me caigo al suelo. La nariz me gotea, pero no sé sonarme a oscuras.

—Esta cama es demasiado pequeña para dos —dice Mamá por la mañana—. Estarás más cómodo en la otra.

—No.

—¿Y si quitamos el colchón y lo colocamos justo aquí, al lado de mi cama, para que podamos cogernos de la mano?

Sacudo la cabeza.

—Ayúdame a encontrar una solución, Jack.

—Nos quedamos los dos en una, pero dormimos sin despegar los codos del cuerpo.

Mamá se suena la nariz con mucho ruido; creo que el resfriado ha saltado de mí a ella, pero yo todavía lo tengo.

Hacemos un trato: me meto en la ducha con ella, pero dejo la cabeza fuera. La tirita del dedo se me ha caído y no la encuentro. Mamá me cepilla el pelo, los enredos me hacen daño. Tenemos un peine y dos cepillos de dientes, y toda nuestra ropa nueva, el trenecito de madera y los otros juguetes; Mamá aún no los ha contado, así que no sabe que cogí seis en vez de cinco. No sé dónde van las cosas, porque algunas se guardan en los cajones, otras en la mesa de al lado de la cama, otras en el armario. Tengo que estar todo el rato preguntándole a Mamá dónde las ha puesto.

Está leyendo uno de sus libros sin dibujos, pero yo cojo los otros y se los llevo. *La oruguita glotona* desperdicia un montón de comida, porque sólo se come un agujerito de las fresas, los salamis y de todo lo demás, y el resto lo deja. Puedo meter mi dedo de verdad por los agujeritos; pensaba que alguien había roto el libro, pero Mamá dice que lo hicieron así a propósito para que fuera superdivertido. Me gusta *¡Corre, perro, corre!*, sobre todo cuando luchan con las raquetas de tenis.

Noreen llama a la puerta con unas cosas muy chulas. Lo primero son unos zapatos que son de cuero pero blanditos y elásticos. Lo segundo es un reloj sólo de números para que pueda leerlo como leía el Reloj.

—La hora es las 9.57 —digo.

Es demasiado pequeño para Mamá, por eso es sólo para mí, y Noreen me enseña a abrocharme la correa en la muñeca.

—Cada día regalos, va a acabar siendo un consentido —dice Mamá levantándose la mascarilla para sonarse otra vez la nariz.

—El doctor Clay dijo que todo lo que le dé al chico un poco de sensación de control es positivo —dice Noreen. Cuando sonríe se le fruncen los ojos—. Probablemente tenga un poco de nostalgia de su casita, ¿verdad?

—¿Nostalgia? —Mamá la mira fijamente.

—Perdona, no quería...

—Aquello no era un hogar, era una celda insonorizada.

—Lo siento, he sido poco oportuna —dice Noreen.

Se va enseguida. Mamá no dice nada, solamente escribe en su cuaderno.

Si la Habitación no era nuestra casa, no sé si tenemos otra en alguna parte.

Esta mañana le choco los cinco, al doctor Clay con el brazo en alto, y se pone contentísimo.

—Parece un poco ridículo seguir llevando estas mascarillas cuando hemos pillado ya un resfriado morrocotudo —dice Mamá.

—Bueno —le contesta él—, ahí fuera hay cosas peores.

—Ya, pero de todos modos tenemos que bajárnoslas todo el rato para sonarnos la nariz...

El doctor se encoge de hombros.

—En última instancia, la decisión es tuya.

—Fuera mascarillas, Jack —me dice Mamá.

—Yupi.

Las tiramos a la basura.

Los colores del doctor Clay viven en una caja especial que dice 120 en la tapa, y eso quiere decir cuántos hay. Todos son distintos. Llevan nombres alucinantes escritos en pequeñito por los lados, como «Mandarina Atómica» o «Fuzzy Wuzzy» o «Procesionaria» y «Espacio Exterior», aunque yo no sabía que fuera el nombre de un color. Hay otros como «Majestuosidad Púrpura de la Montaña», «Jaleo», «Amarillo Chillón» o «Más Allá Azul Salvaje». Algunos están mal escritos a propósito para hacer gracia, como el «Malvarilloso», aunque no me parece muy divertido. El doctor Clay dice que puedo usar cualquiera, pero elijo solamente los cinco con los que sé pintar, los mismos que había en la Habitación: un azul, un verde, un naranja, un rojo y un marrón. Me pregunta si puedo dibujar la Habitación, pero lo que pasa es que ya estoy haciendo un cohete espacial con el marrón. Hay hasta un lápiz blanco, pero... ¿no es invisible?

—¿Y si el papel fuera negro —dice el doctor Clay—, o rojo?

Me busca una página negra para que pruebe y tiene razón, veo el blanco pintado.

—¿Qué es este cuadrado alrededor del cohete?

—Las paredes —le explico. Está mi yo niña bebé diciendo adiós con la mano y el Niño Jesús y Juan el Bautista; no llevan nada de ropa porque todo está soleado con la cara amarilla de Dios.

—¿Tu mamá aparece en el dibujo?

—Está ahí abajo, echando una siestecita.

Mi Mamá de verdad se ríe un poco y se suena la nariz. Eso me recuerda que tengo que hacer lo mismo, porque me gotea.

—Y el hombre al que llamas Viejo Nick ¿está en alguna parte?

—Bueno, puedo ponerlo en esta esquina dentro de su jaula —lo pinto y hago los barrotes muy gordos; los está mordiendo. Hay diez barrotes, que es el número más fuerte, y ni un ángel con soplete podría abrirlos. Además, dice Mamá que de todos modos un ángel no encendería su soplete por un tipo malo. Le enseño al doctor Clay que puedo contar hasta un millón veintinueve, y aún más si quiero.

—Un niño que conozco cuenta siempre las mismas cosas, una y otra vez, cuando se pone nervioso, y no puede parar.

—¿Qué cosas? —le pregunto.

—Las líneas de la acera, botones, cosas por el estilo.

Creo que ese niño debería contarse los dientes. Más fácil, porque si no se te caen, siempre están en el mismo sitio.

—Siempre mencionas la ansiedad de la separación —le dice Mamá al doctor Clay—, pero Jack y yo no vamos a separarnos.

—Aun así, habéis dejado de ser sólo vosotros dos, ¿verdad?

Ella se muerde el labio. Hablan de «reinserción social» y «autoculparse».

—Lo mejor que has hecho fue sacarlo pronto de ahí —dice el doctor Clay—. A los cinco años todavía son de goma.

Yo no soy de goma, soy un niño de verdad.

—Probablemente sea una edad con la que acabe olvidándolo todo —sigue diciendo el doctor—, lo cual en este caso sería una bendición, a fortiori.

Me parece que así es como se dice *fortaleza* en español.

Quiero seguir jugando con el títere del niño que saca la lengua, pero el tiempo se ha acabado. El doctor Clay tiene que irse a jugar con la señora Garber. Dice que puedo quedarme con el títere hasta mañana, pero todavía es del doctor Clay.

—¿Por qué?

—Bueno, en este mundo todo tiene dueño.

Como mis seis juguetes nuevos, mis cinco libros nuevos y la Muela, que creo que también es mía, porque Mamá ya no la quería.

—Excepto las cosas que compartimos todos —dice el doctor Clay—, como los ríos y las montañas.

—¿Y la calle?

—Exacto, la calle es para el uso de todos.

—Yo corrí por la calle.

—Cuando escapabas, es cierto.

—Porque él no era nuestro dueño, no le pertenecíamos.

—Exactamente —el doctor Clay sonríe—. ¿Sabes quién es tu dueño, Jack?

—Sí.

—Tú mismo.

Se equivoca, porque en realidad soy de Mamá.

No paran de aparecer sitios nuevos en la clínica. Por ejemplo, hay una habitación con una tele gigantorme, y me pongo a dar saltos porque a lo mejor sale *Dora* o *Bob Esponja,* hace siglos que no los veo. Pero las tres personas mayores que no sé cómo se llaman sólo están viendo golf.

En el pasillo me acuerdo.

—¿Para qué sirve una bendición?

—¿Cómo?

—El doctor Clay ha dicho que yo era de goma y que me olvidaría.

—Ah —dice Mamá—. Cree que pronto ya ni te acordarás de la habitación.

—Sí que me acordaré —la miro sin pestañear—. ¿Es que debería olvidarme?

—No lo sé.

Ahora siempre dice eso. Ya va delante de mí, ha llegado a las escaleras, tengo que correr para alcanzarla.

Después de la comida, Mamá dice que es hora de ir al Exterior otra vez.

—Si nos quedamos encerrados aquí dentro todo el tiempo, es como si nunca hubiéramos hecho nuestra Gran Evasión —suena enfurruñada; se está atando los cordones de los zapatos.

Después de ponerme el gorro y las gafas de sol y los zapatos y la crema pegajosa, estoy cansado.

Noreen nos está esperando al lado de la pecera.

Mamá me deja dar cinco vueltas en la puerta giratoria. Luego empuja y de repente estamos fuera.

Hay tanta luz que creo que voy a gritar. Entonces las gafas se vuelven más oscuras y no veo. Tengo la nariz irritada y siento el olor raro del aire por dentro. Además, siento el cuello muy rígido.

—Haz como si vieras todo esto por la tele —me dice Noreen al oído.

—¿Eh?

—Vamos, inténtalo —entonces pone una voz especial—: Aquí va un niño que se llama Jack de paseo con su mamá y su amiga Noreen.

Lo estoy viendo.

—¿Qué es eso que lleva Jack en la cara? —pregunta.

—Unas gafas de sol rojas muy chulas.

—Ajá, eso parece. Mira, van todos caminando por el aparcamiento un día primaveral del mes de abril.

Hay cuatro coches, uno rojo, uno verde, uno negro y uno de un marrón dorado. Siena Quemado, así se llama el color en el estuche. Por dentro de las ventanas parecen un poco casitas con asientos. Un osito de peluche cuelga del espejo del rojo. Acaricio la nariz del coche, que es toda brillante y tan fría como un cubito de hielo.

—Cuidado —dice Mamá—, podría dispararse la alarma.

No lo sabía. Guardo otra vez las manos debajo de los codos.

—Vamos al césped —me empuja un poquito en esa dirección.

Aplasto las espigas verdes con las suelas de los zapatos. Me agacho y paso los dedos por la hierba, no me los corta. El que Rajá intentó comerse ya casi se me ha cerrado. Miro otra vez la hierba, hay una ramita y una hoja que es marrón y algo que es amarillo.

Oigo un zumbido y miro hacia arriba. El cielo es tan grande que por poco me aplasta.

—Mamá. ¡Otro avión!

—La estela de condensación —dice señalándolo—. Me acabo de acordar, así es como se llama la cola de vapor.

Sin querer piso una flor. Hay cientos, no en un ramo como los que los locos nos mandan por correo, sino que crecen ahí mismo, en el suelo, igual que a mí me crece el pelo en la cabeza.

—Narcisos —dice Mamá señalando—. Magnolia, tulipanes, lilas... ¿Eso es un manzano en flor? —todo lo huele, me pone la nariz en una flor, pero me parece demasiado dulce, me marea. Escoge una lila y me la da.

De cerca los árboles son gigantes gigantescos. Están cubiertos de una especie de piel, al acariciarla se nota llena de nudos. Encuentro una cosa triangular grande como mi nariz, y Noreen dice que es una piedra.

—Tiene millones de años —dice Mamá. ¿Cómo lo sabe? Miro por debajo, no tiene ninguna etiqueta—. Eh, mira... —Mamá se agacha.

Hay una cosa arrastrándose en el suelo. Una hormiga.

—¡No! —grito, y hago una armadura con las dos manos para protegerla.

—¿Qué pasa? —pregunta Noreen.

—Por favor, por favor, por favor —le digo a Mamá—. A ésta déjala.

—Tranquilo, claro que no voy a aplastarla.

—¿Lo prometes?

—Lo prometo.

Cuando aparto las manos, la hormiga se ha ido y lloro más aún, pero entonces Noreen encuentra otra, y otra más, y hay dos que llevan juntas algo diez veces más grande que ellas.

Otra cosa viene dando vueltas por el aire y aterriza delante de mí, y me hace saltar para atrás.

—Eh, mira, la hélice de un arce —dice Mamá.

—¿Por qué?

—Es la semilla de este árbol, que va dentro de... algo así como un par de alas, que la ayudan a llegar lejos.

Tan fina es, que puedo ver a través de las pequeñas líneas secas; por el medio el marrón se vuelve más fuerte. Hay un agujero chiquitín. Mamá la lanza al aire y vuelve a bajar dando vueltas.

Le enseño otra que tiene algo roto.

—Está sin pareja, ha perdido la otra alita.

Cuando la tiro hacia lo alto vuela igual de bien, así que me la guardo en el bolsillo.

Pero lo más guay de todo es que de repente se oye un ruido tremendo de motor, y al mirar al cielo veo que es un helicóptero, mucho más grande que el avión...

—Mejor que volváis adentro —dice Noreen.

Mamá me coge de la mano y tira de mí.

—Espera... —digo, pero me quedo sin respiración. Me estiran entre las dos, me gotea la nariz.

Cuando entramos de un salto por la puerta giratoria siento que la cabeza me da vueltas. Ese helicóptero estaba lleno de *paparazzi* que intentaban robar fotos de Mamá y mías.

Después de la siesta el resfriado aún no se me ha curado. Me pongo a jugar con mis tesoros: mi piedra, mi hélice de arce herida y mi lila, que se ha puesto toda mustia. La Abuela llama a la puerta y la acompañan más visitas, pero ella espera fuera para que no seamos demasiados. Las personas son dos, se llaman Tío Paul, que tiene el pelo caído hasta las orejas, y Deana, que es mi Tía y lleva gafas rectangulares y un millón de trencitas negras que parecen serpientes.

—Tenemos una niña que se llama Bronwyn y que se va a volver loca cuando te conozca —me dice la Tía—. Ni sabía que tuviera un primo... Bueno, ninguno de nosotros sabía de ti hasta hace dos días, cuando tu abuela nos llamó con la noticia.

—Nos habríamos montado de un salto en el coche ahí mismo, pero los médicos dijeron... —Paul deja de hablar, se lleva un puño a los ojos.

—No pasa nada, cariño —dice Deana, y le acaricia la pierna.

Paul se aclara la garganta, hace mucho ruido.

—Es que aún sigue golpeándome.

No veo que nada lo golpee.

Mamá le rodea los hombros con el brazo.

—Es que todos estos años pensaba que su hermana pequeña podía estar muerta —me explica.

—¿Quién, Bronwyn? —digo sin voz, pero ella lo oye.

—No, yo. Paul es mi hermano, ¿te acuerdas?

—Ah, sí.

—No puedo expresar lo que... —la voz de Paul se corta de nuevo, se suena la nariz. Hace un ruido mucho más fuerte que el mío, como el de los elefantes.

—Pero ¿dónde está Bronwyn? —pregunta Mamá.

—Bueno —dice Deana—, pensamos que... —mira a Paul.

—Jack y tú podéis conocerla otro día, pronto. Va a las Ranitas Saltarinas.

—¿Y eso qué es? —pregunto.

—Un edificio adonde los padres mandan a los niños cuando tienen otras cosas que hacer —dice Mamá.

—¿Y por qué los niños tienen otras cosas que hacer?

—No, los padres.

—La verdad es que a Bronwyn le encanta —dice Deana.

—Está aprendiendo a poner su nombre, y a bailar hip hop —dice Paul.

El Tío quiere hacer algunas fotos para mandárselas por correo electrónico a Australia al Abuelo, que mañana va a coger el avión.

—No te preocupes, en cuanto lo vea no habrá problema —le dice Paul a Mamá. No sé de quién hablan. Tampoco sé cómo salir en las fotos, pero Mamá me dice que solamente tengo que mirar a la cámara como si fuera una amiga y sonreír. Luego Paul me enseña cómo he quedado en la pantallita, y me pregunta cuál creo que es la mejor, la primera, la segunda o la tercera. Son todas iguales.

Tengo las orejas cansadas de tanto hablar.

Cuando se van pensaba que ya sólo estábamos nosotros dos, pero la Abuela entra y le da un abrazo largo a Mamá y a mí me sopla otro beso desde muy cerca, así que noto el aire.

—¿Cómo está mi nieto favorito?

—Ése eres tú —me dice Mamá—. ¿Qué se dice cuando alguien te pregunta cómo estás?

Otra vez la buena educación.

—Gracias.

Las dos se echan a reír, he dicho otra broma sin darme cuenta.

—«Muy bien» y luego «Gracias» —dice la Abuela.

—Muy bien y luego gracias.

—A menos que no estés bien, claro, y entonces puedes decir: «Pues hoy no me siento al cien por cien» —se vuelve a Mamá—. Ah, por cierto, Sharon, Michael Keelor, Joyce como se llame... han estado llamando.

Mamá asiente.

—Todos se mueren por darte la bienvenida.

—Estoy... Los médicos dicen que aún no me convienen visitas —dice Mamá.

—Claro, desde luego.

El hombre que se llama Leo está en la puerta.

—¿Puede entrar un minuto nada más? —pregunta la Abuela.

—Me da igual —dice Mamá.

Es mi Abuelastro, así que la Abuela dice que a lo mejor podría llamarlo Astro; no sabía que a ella también le gustaran las ensaladas de palabras. El Astro huele raro, como a humo, tiene los dientes todos torcidos y los pelos de las cejas van en todas direcciones.

—¿Por qué tiene todo el pelo en la cara y nada en la cabeza?

Se ríe, aunque yo estaba preguntándoselo bajito a Mamá.

—A mí que me registren —dice él.

—Nos conocimos durante un fin de semana de masaje capilar indio —dice la Abuela—, y lo elegí a él porque era la superficie de trabajo más lisa que había por ahí —los dos se ríen; Mamá no.

—¿Puedo tomar un poquito? —pregunto.

—Dentro de un minuto —dice Mamá—, cuando se hayan ido.

—¿Qué quiere? —pregunta la Abuela.

—Nada, nada.

—Puedo llamar a la enfermera.

Mamá niega con la cabeza.

—Quiere tomar el pecho.

La Abuela se queda mirándola.

—No querrás decir que todavía le das...

—No había ninguna razón para dejar de hacerlo.

—Bueno, supongo que encerrada en aquel sitio todo era... Pero aun así, cinco años...

—No tienes ni la menor idea.

La Abuela aprieta la boca y se le pone triste.

—No es por falta de ganas.

—Mamá...

El Astro se levanta.

—Deberíamos dejar descansar a los chicos.

—Sí, supongo que sí —dice la Abuela—. Adiós, entonces, hasta mañana...

Mamá me lee otra vez *El árbol generoso* y *El Lórax,* pero en voz baja, porque le duele la garganta y la cabeza también. Hoy en vez de cenar, sólo tomo su lechecita. Mamá se queda dormida a la mitad. Me gusta mirarle la cara cuando ella no se da cuenta de que lo hago.

Encuentro un periódico doblado, supongo que lo han traído las visitas. Por delante hay una foto de un puente partido por la mitad, no sé si es de verdad. En la página siguiente hay una foto mía y de Mamá y la policía cuando me metió en brazos al centro. ESPERANZA PARA EL NIÑO BONSÁI, dice. Tardo un rato en entender todas las palabras.

Para el personal de la exclusiva clínica Cumberland, que ya se ha rendido ante este héroe en miniatura, es «Jack, el pequeño milagro», el niño que el pasado sábado por la noche despertó a un mundo completamente nuevo. El encantador Principito de pelo largo es el fruto del abuso que su bella y joven madre padeció a manos del Monstruo del Cobertizo (capturado por los agentes estatales en un dramático callejón sin salida el domingo a las dos de la madrugada). Jack dice que todo es «bonito» y adora los huevos de Pascua, aunque todavía sube y baja las escaleras a gatas, como un mono. Tras pasar enclaustrado la totalidad de sus cinco años de vida en una mazmorra putrefacta con las paredes forradas de corcho, los expertos no son capaces de predecir aún qué clase o grado de retraso en el desarrollo padecerá a largo plazo...

Mamá se ha levantado y me arranca el periódico de las manos.

—¿Qué hay de tu libro de *El cuento de Perico, el conejo travieso*?

—Pero soy yo, el niño bonsái.

—¿El niño qué? —Mamá vuelve a mirar el periódico y se aparta el pelo de la cara; suelta una especie de gruñido.

—¿Qué quiere decir bonsái?

—Un árbol muy chiquitito. Se cultivan en macetas, en interior, y se los poda todos los días para que los troncos crezcan retorcidos.

Me acuerdo de la Planta. Nunca la podamos, la dejamos crecer todo lo que quiso, pero en cambio se murió.

—Yo no soy un árbol, soy un niño.

—Sólo lo dicen en sentido figurado —arruga el periódico y lo tira a la basura.

—Dice que soy encantador, pero ésos son los que hipnotizan a las serpientes.

—La gente de la prensa entiende muchas cosas del revés.

Eso de la gente de la prensa me recuerda a esos que salen en *Alicia* y que están superprensados porque en realidad son naipes.

—Dicen que eres bella.

Mamá se echa a reír, pero es la verdad. Ahora ya he visto las caras de muchas personas reales y la suya es la más bellísima.

Tengo que sonarme otra vez la nariz; la piel se me ha puesto roja y me escuece. Mamá se toma los matadolores, pero no creo que le borren el dolor de cabeza. Pensaba que en el Exterior ya no le dolería. Le acaricio el pelo a oscuras, aunque nunca está oscuro del todo en la Habitación Número Siete. Por la ventana se ve la cara plateada de Dios. Mamá tenía razón, no tiene forma de círculo, sino que acaba en punta por los dos extremos.

Por la noche hay microbios vampiros flotando en el aire. Llevan mascarillas para que no les podamos ver la cara, y hay un ataúd vacío que se convierte en un váter inmenso por el que desaparece el mundo entero al tirar de la cadena.

—Chsss, tranquilo, sólo ha sido un sueño —me está hablando Mamá.

Luego aparece Ajeet, está como loco poniendo la caca de Rajá en un paquete para enviárnoslo porque me quedé seis juguetes; alguien me está rompiendo los huesos y clavándoles chinchetas.

Me despierto llorando y Mamá me deja tomar hasta que me canso. Aunque es la derecha, sabe bastante cremosa.

—Me quedé con seis juguetes en vez de cinco —le cuento.

—¿Qué?

—De los que nos enviaron los fans locos. Me quedé con seis.

—No importa —me dice.

—Sí que importa, me quedé con el sexto y no se lo mandé a los niños malitos.

—Eran para ti, eran regalos tuyos.

—Entonces, ¿por qué sólo pude quedarme con cinco?

—Puedes quedarte con todos los que quieras. Anda, vuelve a dormirte.

No puedo.

—Alguien me ha cerrado la nariz.

—Es porque los mocos están más espesos, y eso significa que pronto vas a estar mejor.

—Pero cómo voy a estar mejor si no puedo respirar.

—Por eso Dios te dio una boca, para que respiraras por ella. Plan B —dice Mamá.

Cuando empieza a haber luz contamos los amigos que tenemos en el mundo. Noreen y el doctor Clay, la doctora Kendrick, Pilar y la mujer del delantal que no sé cómo se llama, y tambіén Ajeet y Naisha.

—¿Quiénes son?

—El hombre y la bebé y el perro que llamaron a la policía —le explico.

—Ah, claro.

—Aunque creo que Rajá es un enemigo, porque me mordió el dedo. Oh, y la agente Oh y el hombre policía que no sé cómo se llama y el comisario. Son diez, y un enemigo.

—Y la abuela, y Paul y Deana —dice Mamá.

—Y la prima Bronwyn, sólo que aún no la he visto. Y Leo, el Astro.

—Tiene casi setenta años y apesta a hachís —dice Mamá—. Tuvo que liarse con él por despecho.

—¿Qué es el despecho?

—¿Cuántos llevamos? —me pregunta en lugar de contestar.

—Quince, y un enemigo.

—El perro estaba asustado, ¿sabes? Tuvo una buena razón para hacer lo que hizo.

Los bichos muerden sin que haya una razón. «Buenas noches, dulces sueños, que los bichos no piquen a mi pequeño», Mamá ya no se acuerda de decirlo.

—Vale —digo—, pues dieciséis. Y además, están la señora Garber y la chica de los tatuajes y Hugo, aunque casi no hablamos con ellos, ¿eso también cuenta?

—Por supuesto.

—Pues entonces son diecinueve —tengo que coger otro pañuelo; aunque son más suaves que el papel higiénico, a veces se rompen cuando están mojados. Luego ya estoy levantado y nos vestimos echando una carrera. Gano yo, sólo que se me olvidan los zapatos.

Ahora ya bajo las escaleras a toda pastilla con el culo, pum, pum, pum, y los dientes me chocan. No creo que las baje como un mono como dice la gente de la prensa, pero no lo sé, porque los que salen en el planeta salvaje no tienen escaleras.

Para desayunar me como cuatro torrijas.

—¿Estoy creciendo?

Mamá me mira de arriba abajo.

—Con cada minuto que pasa.

Cuando voy a ver al doctor Clay, Mamá me pide que le cuente mis sueños.

El doctor cree que probablemente mi cerebro está haciendo borrón y cuenta nueva. Me quedo mirándolo fijamente.

—Ahora que estás sano y salvo, tu cerebro está reuniendo todas las cosas que te asustan y que ya no necesitas, y las expulsa en forma de pesadillas —sus manos hacen el gesto de expulsar.

No lo digo por ser educado, pero en realidad lo ha entendido todo al revés. En la Habitación estaba a salvo, y es el Exterior lo que me asusta.

El doctor Clay habla con Mamá de por qué ella quiere ahora darle una bofetada a la Abuela.

—Eso no se puede hacer —le digo.

Me mira, pestañeando.

—No es que quiera hacerlo de verdad. Sólo en algunos momentos.

—¿Quisiste abofetearla alguna vez antes del secuestro? —pregunta el doctor Clay.

—Claro que sí —Mamá lo mira, y luego se ríe con una especie de gruñido—. Estupendo, he recuperado mi vida.

Encontramos otra habitación con dos aparatos; sé lo que son, son ordenadores.

—Genial, voy a mandar un correo electrónico a un par de amigos.

—¿A cuáles de los diecinueve?

—Ah, son viejos amigos míos. Todavía no los conoces.

Se sienta y se pone a teclear encima de las letras un rato, yo la miro. Arruga el ceño mirando la pantalla.

—No recuerdo mi contraseña.

—¿Qué?

—Seré... —se tapa la boca. Respira y el aire suena como si le raspara la nariz—. Bueno, da igual. Eh, Jack, vamos a buscar algo entretenido para ti, ¿te apetece?

—¿Dónde?

Mueve el ratón un poquito y de repente ahí está una imagen de Dora. Me acerco a mirar, y Mamá me enseña dónde tengo que hacer clic con la flechita para poder jugar solo. Junto todas las piezas del platito mágico y Dora y Botas aplauden y cantan una canción de gracias. Creo que es casi más chulo que en la Tele.

Mamá está en el otro ordenador mirando un libro de caras, dice que es un invento nuevo. Ella escribe los nombres y las caras salen en la pantalla sonriendo.

—¿Son viejos de verdad? —le pregunto.

—La mayoría tienen veintiséis años, igual que yo.

—Pero dijiste que eran viejos amigos.

—Eso sólo significa que los conocí hace mucho tiempo. Están tan cambiados... —acerca los ojos a las fotografías, y murmura cosas como «Corea del Sur» o «Ya divorciado, no puede ser...».

Hay otra página web nueva en la que encuentra vídeos de canciones y cosas así, y me enseña a dos gatos bailando con zapatillas de bailarina que hacen mucha gracia. Luego va a otras páginas donde hay sólo palabras como «reclusión» y «tráfico», y me pide si puedo dejarla leer un rato, así que vuelvo al juego de Dora y esta vez me toca una estrella.

Hay alguien de pie en la puerta, doy un brinco. Es Hugo, no sonríe.

—A las dos me conecto a Skype.

—¿Cómo? —dice Mamá.

—Que a las dos me conecto a Skype.

—Perdona, no tengo ni idea de...

—Hablo con mi madre por Skype todos los días a las dos, así que me debe de estar esperando desde hace dos minutos. Está apuntado en esta lista de la puerta.

Al volver a nuestra habitación, encima de la cama encontramos una maquinita con una nota de Paul. Mamá dice que es igual que la que iba escuchando cuando el Viejo Nick la raptó, sólo que ésta tiene imágenes que puedes mover con los dedos y no mil canciones, sino millones. Se ha metido una especie de judías en las orejas, y asiente con la cabeza mientras escucha una música que no oigo y canta un poco en voz bajita algo de ser un millón de personas distintas de un día a otro.

—¿Me dejas?

—Se llama «Bitter Sweet Symphony», cuando tenía trece años me pasaba el día entero escuchándola —me pone una judía en la oreja.

—Demasiado alto —digo arrancándomela de un tirón.

—Ten cuidado, Jack, es el regalo que me ha hecho el tío Paul.

No sabía que fuera suyo y mío no. En la Habitación todo era nuestro.

—Espera, están los Beatles, hay un clásico que a lo mejor te gusta, una canción que debe de tener ya cincuenta años —me dice—, se llama «All You Need Is Love».

No entiendo.

—Pero ¿las personas no necesitan comida y cosas de ésas, además de amor?

—Sí, pero todo eso no sirve de nada si no tienes también alguien a quien quieres —dice Mamá; habla demasiado alto, todavía va pasando los nombres con el dedo—. Como aquel experimento que se hizo con crías de mono. Un científico las apartó de sus madres y las mantuvo encerradas en una jaula, solas. Y ¿sabes qué ocurrió?, pues que no crecían como es debido.

—¿Por qué no crecían?

—Bueno, crecieron en tamaño, pero eran raras, por no haber recibido abrazos.

—Raras ¿en qué?

Mamá aprieta una tecla y apaga el aparatito.

—Perdona, Jack. En realidad no sé por qué he sacado ese tema.

—Raras ¿en qué?

Mamá se muerde el labio.

—Enfermas de la cabeza.

—¿Locas, o algo así?

Asiente.

—Los monitos se mordían a sí mismos y cosas por el estilo.

Hugo se hace cortes en los brazos, pero no creo que se muerda.

—¿Por qué?

Mamá echa el aire con un soplido.

—Mira, si sus madres hubieran estado, ellas habrían abrazado a sus crías, pero como la leche salía de unos tubitos... se demostró que necesitaban el cariño tanto como la leche.

—Es una historia fea.

—Perdona. Lo siento mucho, no debería habértela contado.

—No, sí que debías... —le digo.

—Pero...

—No quiero que existan historias feas y no saberlas.

Mamá me abraza con fuerza.

—Jack —me dice—, estoy un poco rara esta semana, ¿verdad?

No lo sé, porque todo es raro.

—No dejo de meter la pata. Sé que me necesitas como mamá, pero al mismo tiempo estoy recordando cómo ser yo misma, y es...

Yo pensaba que ella y Mamá eran la misma persona.

Quiero salir al Exterior otra vez, pero Mamá está demasiado cansada.

—¿Qué día es esta mañana?

—Jueves —dice Mamá.

—¿Cuándo es domingo?

—Viernes, sábado, domingo.

—¿Faltan tres, igual que en la Habitación?

—Claro, una semana tiene siete días en todas partes.

—¿Qué pediremos para el Gusto del Domingo?

Mamá niega con la cabeza.

Por la tarde vamos en la furgoneta donde pone «Clínica Cumberland», y salimos de verdad por las grandes rejas al resto del mundo. No tengo ganas, pero debemos ir a enseñarle al dentista los dientes de Mamá que todavía le duelen.

—¿Habrá gente que no sean amigos nuestros?

—Sólo estarán el dentista y una ayudante —dice Mamá—. Han hecho salir a todas las demás personas, es una visita especial sólo para nosotros.

Llevamos puestos los gorros y las gafas chulas, pero el protector para el sol no porque los rayos malos rebotan en el cristal. Me estoy acostumbrando a dejarme los zapatos blanditos puestos. En la furgoneta hay un conductor con gorra, creo que no tiene voz. Hay un elevador especial encima del asiento para hacerme más alto y que así el cinturón no me machaque la garganta si frenamos de golpe. No me gusta cómo me aprieta el cinturón. Miro por la ventana y me sueno la nariz; hoy sale más verde.

Montones de hombres y mujeres caminan por las aceras, no había visto nunca tanta gente, me pregunto si todos son de verdad verdadera, o nada más algunos.

—Hay mujeres que se dejan también el pelo largo como nosotros —le digo a Mamá—, pero los hombres no.

—Algunos sí lo llevan largo, las estrellas del rock, por ejemplo. No es una regla, sino una convención.

—¿Y qué es eso?

—Un hábito tonto que todo el mundo sigue. ¿Te gustaría cortarte el pelo? —pregunta Mamá.

—No.

—Tranquilo, no duele. Yo antes llevaba el pelo corto... cuando tenía diecinueve años.

Sacudo la cabeza.

—No quiero perder mi forzudez.

—¿Tu qué?

—Mis músculos, como le pasa a Sansón en aquel cuento.

Eso la hace reír.

—Mira, Mamá, ¡un hombre se prende fuego!

—Sólo está encendiéndose un cigarrillo —dice—. Antes yo también fumaba.

Me quedo mirándola.

—¿Por qué?

—Pues no me acuerdo.

—Mira, mira.

—No grites.

Señalo a una fila de pequeñines que caminan por la calle.

—Niños atados a una cuerda.

—No van atados. Vaya, no lo creo —Mamá acerca la cara a la ventana—. No, solamente se agarran de la cuerda, para no perderse. Y mira, los pequeños de verdad van en esos vagoncitos con ruedas, seis en cada uno. Deben de ser de una guardería, como a la que va Bronwyn.

—Quiero ver a Bronwyn. ¿Podemos ir al sitio donde van los niños, por favor, adonde van mi prima Bronwyn y los demás? —le pido al conductor.

No me oye.

—El dentista ya nos está esperando —me dice Mamá.

La dentista se llama doctora López, y cuando se levanta un momentito la mascarilla veo que lleva pintalabios morado. Va a mirarme a mí primero porque yo también tengo dientes. Me estiro en un sillón grande que se mueve. Miro para arriba abriendo mucho la boca, y ella me pide que cuente lo que veo en el techo. Hay tres gatos y un perro y dos loros y...

Escupo la cosa metálica.

—Es sólo un espejito, Jack, ¿lo ves? Voy a contarte los dientes.

—Tengo veinte —le digo.

—Muy bien —la doctora López sonríe—. No había conocido nunca a un niño de cinco años que supiera contarse los dientes —mete el espejito otra vez—. Mmm, están muy bien espaciados, eso es lo que me gusta ver.

—¿Por qué te gusta ver eso?

—Porque quiere decir que... hay mucho lugar para maniobrar.

Mamá va a estar mucho rato en la silla mientras la fresa, que no es una fruta sino un taladro pequeñito, le quita la capa asquerosa que tiene pegada en los dientes. No quiero esperarla en la sala.

—Ven, vas a ver qué juguetes tan chulos tenemos —me dice Yang, el ayudante.

Me enseña un tiburón pegado a un palo que hace clonc, clonc, y hay un taburete para sentarse encima que también tiene forma de diente, no de diente humano, sino gigantesco, todo blanco y sin nada de caries. Miro un libro de Transformers y otro sin tapas que es de tortugas mutantes que dicen no a las drogas. Entonces oigo un ruido extraño.

Yang está de pie en la puerta y no me deja pasar.

—Creo que tal vez tu madre preferiría...

Me escabullo por debajo de su brazo y veo a la doctora López metiendo en la boca de Mamá una máquina que chirría.

—¡Déjala!

—No pasa nada —dice Mamá, pero habla como si tuviera la boca rota. ¿Qué le ha hecho la dentista?

—Si va a estar más tranquilo, deja que entre —dice la doctora López.

Yang trae el taburete-muela y lo pone en el rincón para que yo mire; es horrible, pero es mejor que no ver. Una vez Mamá se remueve en la silla y suelta un gemido y me levanto de un salto.

—¿La dormimos un poco más? —le dice la doctora López, y saca una aguja y Mamá se queda callada de nuevo. Dura cientos de horas. Tengo que sonarme la nariz, pero como la piel se me está pelando solamente me aprieto el pañuelo en la cara.

Cuando Mamá y yo volvemos al aparcamiento la luz me golpea en la cabeza. El conductor está ahí otra vez leyendo un periódico, pero sale y nos abre la puerta.

—*Asias* —dice Mamá. No sé si ahora va a hablar así de mal siempre. Yo preferiría que me dolieran los dientes a hablar así.

Volviendo a la clínica no dejo de mirar la calle que pasa por mi lado a toda velocidad, y canto la canción de la cinta de carretera y la ruta de vuelo interminable.

La Muela Mala todavía está debajo de nuestra almohada, le doy un beso. Tendría que habérmela llevado para que la doctora López la arreglara también.

Cenamos en una bandeja una comida que se llama buey Stroganoff, hecha con trocitos de carne y otros trocitos que parecen carne pero son setas, todos esparcidos en un arroz esponjoso. Mamá aún no puede comer carne, sólo sorbe montañitas del arroz, pero ya habla casi bien otra vez. Noreen llama a la puerta para decirnos que tiene una sorpresa para nosotros, el papá de Australia de Mamá.

Mamá da un grito, se levanta de un salto.

—¿Puedo comerme el Stroganoff?

—Mira, ¿por qué no bajo a Jack dentro de unos minutos, cuando haya terminado? —pregunta Noreen.

Mamá ni contesta, se va corriendo.

—Hizo un funeral por nosotros —le explico a Noreen—, pero no estábamos en el ataúd.

—Ah, cómo me alegro.

Cazo los arrocitos.

—Supongo que ésta es la semana más agotadora de tu vida —dice sentándose a mi lado.

La miro, pestañeando.

—¿Por qué?

—Bueno, todo es nuevo... Eres como un visitante de otro planeta, ¿no te parece?

Digo que no con la cabeza.

—No somos visitantes, Mamá dice que tenemos que quedarnos para siempre, hasta que nos muramos.

—Ya... Quiero decir que acabas de llegar y todo es nuevo para ti.

Cuando me lo he acabado todo, Noreen encuentra la habitación donde Mamá está sentada y cogida de las manos de una persona con una gorra. El hombre se levanta de un salto.

—Le dije a tu madre que no quería... —le dice a Mamá.

—Papá, éste es Jack —ella lo interrumpe.

El hombre dice que no con la cabeza, pero sí soy Jack, de verdad, ¿es que esperaba a otro?

Se queda mirando la mesa, tiene toda la cara sudada.

—No te lo tomes a mal.

—¿Qué quieres decir con que no me lo tome a mal? —Mamá habla casi a gritos.

—No puedo estar en la misma habitación, me dan escalofríos.

—Es un niño. Tiene cinco años —grita Mamá.

—No, no me he expresado bien, estoy... Es por el *jet lag*. Ya te llamaré más tarde, desde el hotel, ¿de acuerdo? —el abuelo de Australia pasa por mi lado sin mirar, ya casi está en la puerta.

Se oye un golpe, Mamá ha aporreado la mesa con la mano.

—Pues no, no estoy de acuerdo.

—Vale, vale.

—Siéntate, papá.

El hombre no se mueve.

—Para mí, él es lo más importante del mundo —dice Mamá.

¿Su papá? No, creo que lo dice por mí.

—Por supuesto, es natural —el hombre Abuelo se seca la piel de debajo de los ojos—. Pero no puedo quitarme de la cabeza a esa bestia y lo que te...

—Ah, ¿preferirías creer que estoy muerta y enterrada? Él niega otra vez con la cabeza.

—Pues entonces tienes que vivir con ello —dice Mamá—. He vuelto...

—Es un milagro —dice él.

—He vuelto, y con Jack. Son dos milagros.

El hombre pone la mano en el pomo de la puerta.

—Es que en este momento no puedo...

—Última oportunidad —dice Mamá—. Siéntate.

Nadie hace nada.

Entonces el Abuelo vuelve a la mesa y se sienta. Mamá señala la silla que hay a su lado, así que me siento aunque no tengo ganas de estar aquí. Me miro los zapatos, que están todos llenos de arrugas por los bordes.

El Abuelo se quita la gorra, me mira.

—Encantado de conocerte, Jack.

—De nada —digo, porque sé que es de buena educación.

Más tarde estoy con Mamá en la cama, tomando a oscuras.

—¿Por qué no quería verme? ¿Ha sido otra equivocación, como lo del ataúd?

—Algo así —Mamá suelta el aire—. Cree..., creía que yo estaría mejor sin ti.

—¿En otra parte?

—No, si tú no hubieras nacido. Imagínate.

Lo intento, pero no puedo.

—Entonces, ¿tú seguirías siendo la misma Mamá?

—Bueno, no, no sería mamá. Así que figúrate qué idea tan tonta.

—¿El Abuelo de verdad es él?

—Eso me temo.

—¿Por qué lo temes?

—Quiero decir que sí, que lo es.

—¿Tu papá de cuando eras una niña pequeña en la hamaca?

—Desde que yo era un bebé de seis semanas —dice—. Fue entonces cuando me llevaron a casa del hospital.

—¿Y por qué la mamá que te llevaba en la barriga te dejó allí? ¿Por equivocación?

—Creo que estaba cansada —dice Mamá—. Era joven —se incorpora para sonarse la nariz, con mucho ruido—. Dentro de un tiempo mi papá se comportará como Dios manda, seguro —dice.

—¿Y cómo manda Dios?

Se ríe, más o menos.

—Quiero decir que se portará mejor. Más como un verdadero abuelo.

Como el Astro, aunque él no es de verdad.

Me quedo dormido enseguida, pero me despierto llorando.

—No pasa nada, no pasa nada —es Mamá, dándome besos en la cabeza.

—¿Por qué no abrazan a los monitos?

—¿Quiénes?

—Los científicos, ¿por qué no abrazan a los monitos bebés?

—Ah —al cabo de un segundo dice—: A lo mejor sí lo hacen. A lo mejor a los monos bebés acaban por gustarles los abrazos de los humanos.

—No, pero dijiste que eran raros y que se mordían.

Mamá no dice nada.

—¿Por qué los científicos no traen de nuevo a las mamás mono y piden perdón?

—No sé por qué te conté esa historia, pasó hace siglos, antes de que yo naciera.

Me pongo a toser y no hay nada para sonarme la nariz.

—No pienses más en los monitos bebés, ¿de acuerdo? Ahora están bien.

—Pues yo no creo que estén bien.

Mamá me abraza tan fuerte que me duele el cuello.

—Ay.

Se mueve.

—Jack, en el mundo hay muchísimas cosas.

—¿Trillones?

—Trillones y trillones. Si intentas metértelas todas en la cabeza, simplemente te explotará.

—Pero ¿y los monitos bebés?

Oigo que respira raro.

—Algunas de esas cosas son malas.

—Como lo de los monos.

—Y mucho peores —dice Mamá.

—¿Qué hay peor? —intento imaginar qué puede ser.

—No, esta noche no.

—¿Cuando tenga seis años, a lo mejor?

—A lo mejor.

Me abraza en cucharita.

Oigo sus respiraciones, las cuento hasta diez, y luego diez mías.

—¿Mamá?

—Sí.

—¿Tú piensas en las cosas peores?

—A veces —dice—. A veces tengo que hacerlo.

—Yo también.

—Pero luego las saco de mi cabeza y me voy a dormir.

Cuento de nuevo sus respiraciones. Pruebo a morderme; me muerdo el hombro, y duele. En vez de pensar en los monos pienso en todos los niños del mundo, en que son de verdad, no sólo salen en la Tele: comen y duermen, y hacen pis y caca igual que yo. Si tuviera algo afilado y los pinchara, sangrarían; si les hiciera cosquillas, se reirían. Me gustaría verlos, pero me mareo de pensar que ellos son tantos y yo soy sólo uno.

—Entonces, ¿lo tienes? —pregunta Mamá.

Estoy tumbado en nuestra cama de la Habitación Número Siete. Ella sólo está sentada en el borde.

—Yo echando la siesta, tú en la tele.

—En realidad estaré abajo, en el despacho del doctor Clay, hablando con la gente de la televisión —dice—. Sólo mi imagen se quedará grabada en la cámara de vídeo, y luego esta noche saldrá por la tele.

—¿Por qué quieres hablar con los buitres?

—Créeme, no quiero —me dice—. Sólo que tengo que responder a sus preguntas de una vez por todas, para que dejen de preguntar. Habré vuelto antes de que te des cuenta, ¿de acuerdo? Para cuando te despiertes, casi seguro que ya estaré aquí.

—Vale.

—Y acuérdate de que mañana nos espera una aventura. ¿Te acuerdas de adónde van a llevarnos Paul, Deana y Bronwyn?

—Al Museo de Historia Natural a ver a los dinosaurios.

—Exacto —se pone de pie.

—Una canción.

Mamá se sienta y canta «Swing Low, Sweet Chariot», pero va demasiado rápido y aún está ronca por el resfriado que cogimos. Me tira de la muñeca para ver el reloj de números que llevo.

—Otra más.

—Me estarán esperando...

—Yo también quiero ir —me incorporo y me enrosco en Mamá.

—No, no quiero que te vean —dice dejándome de nuevo encima de la almohada—. Venga, ahora a dormir.

—Si me quedo solo, no tengo sueño.

—Si no duermes un poco, luego estarás agotado. Suéltame, por favor —Mamá se quita las manos. La agarro más fuerte para que no pueda—. ¡Jack!

—Quédate.

La rodeo también con las piernas.

—Suéltame. Ya llego tarde —me empuja los hombros con las manos, pero me agarro aún más—. No eres un bebé. He dicho que me sueltes...

Mamá me empuja tan fuerte que de repente me suelto, y el empujón me golpea la cabeza con la mesita... ¡pumba!

Mamá se tapa la boca con la mano.

Me pongo a gritar.

—Ay —dice—, ay, Jack, Jack, perdo...

—¿Cómo va? —la cabeza del doctor Clay, en la puerta—. Todo el equipo está ya listo para cuando llegues.

Grito y lloro más fuerte que nunca, me aguanto la cabeza rota.

—No creo que vaya a salir bien —dice Mamá acariciándome la cara mojada.

—Aún puedes echarte atrás —dice el doctor Clay acercándose.

—No, no puedo, el dinero será para cuando Jack vaya a la universidad.

El doctor hace una mueca.

—Ya hemos hablado de si eso es razón suficiente...

—Yo no quiero ir a la universidad —digo—, quiero ir a la tele contigo.

Mamá suelta todo el aire de un soplido.

—Cambio de planes. Puedes bajar a mirar nada más si te quedas completamente callado, ¿de acuerdo?

—De acuerdo.

—Ni una palabra.

—¿De verdad crees que es una buena idea? —le dice el doctor Clay a Mamá.

Aunque yo ya me estoy poniendo los zapatos blanditos rápido, rápido, la cabeza todavía se me bambolea.

El despacho del doctor parece un lugar distinto: está lleno de personas y luces y máquinas por todas partes. Mamá me pone en una silla en el rincón, me da un beso en el coscorrón de la cabeza y me dice muy bajito algo que no puedo oír. Ella va a una silla más grande, donde un hombre le engancha un bichito negro en la chaqueta. Una mujer se acerca con una caja de colores y empieza a pintarle la cara a Mamá.

Reconozco a nuestro abogado Morris, que está leyendo unos folios.

—Queremos ver tanto el montaje final como las primeras tomas en bruto —está diciéndole a alguien. De pronto me mira y mueve los dedos—. Eh, gente —lo dice más fuerte—. ¿Me disculpáis? El chico está en la sala, pero no debe salir por cámara: ni planos estáticos ni fotos para uso personal, nada de nada, ¿queda claro?

Entonces todo el mundo me mira y cierro los ojos.

Cuando los abro hay otra persona que le da a Mamá la mano. ¡Ostras, es la mujer del sofá rojo con el pelo hinchado! Aunque el sofá no lo veo por ninguna parte. No había visto nunca a una persona de verdad de la Tele. Ojalá fuera Dora.

—La introducción será la primicia de las secuencias aéreas del cobertizo, sí —está diciéndole un hombre—, entonces fundimos hasta un primer plano de ella, y después pasamos al plano-contraplano —la mujer del pelo hinchado me enseña una sonrisa grandiosa. Todo el mundo está hablando y yendo de un lado a otro, así que cierro de nuevo los ojos y me aprieto fuerte los agujeros de los oídos, como me ha dicho el doctor Clay que haga cuando vea que es demasiado. Alguien está contando.

—Cinco, cuatro, tres, dos, uno...

¿Va a despegar un cohete?

La mujer del pelo hinchado pone una voz especial y junta las manos para rezar.

—Permítame antes de nada expresar mi gratitud, y la gratitud de todos nuestros telespectadores, por acceder a hablar con nosotros apenas seis días después de su liberación. Por negarse a guardar silencio por más tiempo.

Mamá pone una sonrisa chiquitita.

—¿Podría empezar contándonos qué ha sido lo que más ha echado de menos en estos siete largos años de cautiverio? Aparte de a su familia, por supuesto.

—Las visitas al dentista, en realidad —la voz de Mamá sale aguda y rápida—. Lo cual no deja de ser irónico, porque antes detestaba incluso lavarme los dientes.

—Ha salido usted a un mundo nuevo. En medio de una crisis económica y medioambiental, con nuevo presidente...

—Vimos la investidura por la tele —dice Mamá.

—¡Magnífico! Pero debe de parecerle que muchas cosas han cambiado.

Mamá se encoge de hombros.

—Nada parece drásticamente distinto, aunque lo cierto es que aún no he salido a la calle, salvo para ir al dentista —la mujer sonríe como si fuera una broma—. No, quiero decir que todo lo percibo diferente, pero se debe a que soy yo la que ha cambiado.

—¿Siente que este durísimo golpe la ha hecho más fuerte ante la adversidad?

Me froto la cabeza, que todavía sigue rota por el golpe que me he dado con la mesa. Mamá hace una mueca.

—Antes... yo era una persona muy corriente. Ni siquiera fui vegetariana, jamás pasé por una fase gótica...

—Y ahora es usted una joven extraordinaria con una extraordinaria historia que contar, y nos sentimos muy honrados por ser nosotros... —la mujer aparta la mirada para hablarle a una de las personas que llevan las máquinas—. Vamos a probar otra vez —vuelve a mirar a Mamá y pone de nuevo la voz especial—. Y nos honra enormemente que haya elegido este espacio para contarla. Ahora, y sin necesidad de expresarlo en términos de síndrome de Estocolmo, por así decir, muchos de nuestros telespectadores tendrán curiosidad, o más bien les interesará saber si llegó usted en algún sentido a... depender emocionalmente de su captor.

Mamá niega con la cabeza.

—Lo odiaba.

La mujer asiente.

—Le daba patadas y gritaba. Una vez lo golpeé en la cabeza con la tapa de la cisterna del inodoro. No me lavé durante mucho tiempo; no le hablaba.

—¿Eso fue antes o después del trágico parto en que la criatura nació muerta?

Mamá se tapa la boca con la mano.

—Cláusula..., no desea hablar de esa cuestión —dice Morris rápidamente, pasando las páginas que tiene en la mano.

—Oh, no vamos a entrar en detalles —dice la mujer del pelo hinchado—, pero parece fundamental establecer la secuencia...

—No, en realidad lo fundamental es atenerse al contrato —le dice él.

A Mamá le tiemblan mucho las manos y se las guarda debajo de las piernas. No mira hacia mi rincón, ¿se habrá olvidado de que estoy aquí? Le hablo dentro de mi cabeza, pero no me está oyendo.

—Créame —le dice la mujer a Mamá—, únicamente procuramos ayudarla a que cuente su historia al mundo —baja la mirada al papel que tiene en el regazo—. Así pues, de pronto estaba embarazada por segunda vez, en el infernal agujero donde llevaba ya malviviendo dos años de su preciosa juventud. ¿Había días en que sentía que estaba... mmm, obligada a gestar el fruto de ese hombre...?

Mamá la interrumpe.

—En realidad fue mi salvación.

—Su salvación. Eso es hermoso.

Mamá tuerce la boca.

—No puedo hablar por nadie más. Al igual que me sometí a un aborto cuando tenía dieciocho años y jamás lo he lamentado.

A la mujer del pelo hinchado se le queda la boca un poco abierta. Entonces vuelve a mirar el papel y después otra vez a Mamá.

—Aquel frío día de marzo, hace cinco años, dio a luz sola, en condiciones medievales, a un bebé sano. ¿Fue la cosa más dura que ha hecho en su vida?

Mamá niega con la cabeza.

—La mejor.

—Bueno, también la mejor, por supuesto. Toda madre dice...

—Sí, pero entienda que en mi caso, para mí, Jack lo fue todo. Volví a la vida, de repente yo importaba. Así que después de dar a luz empecé a ser correcta.

—¿Correcta? Se refiere a su relación con...

—Se trataba únicamente de mantener a Jack a salvo.

—Imagino que ser correcta se convirtió para usted en una agonía, algo sumamente difícil.

Mamá dice que no con la cabeza.

—Ponía el piloto automático, como una de las mujeres perfectas de Stepford, ¿me entiende?

La mujer del pelo hinchado asiente todo el rato.

—Sin embargo, ingeniárselas para poder criar al niño usted sola, sin libros, ni expertos, ni siquiera parientes, tuvo que ser terriblemente difícil.

Mamá se encoge de hombros.

—Creo que lo que los bebés necesitan básicamente es estar cerca de sus madres. No, lo único que temía era que Jack se pusiera enfermo... O enfermar yo, porque él necesitaba que yo estuviera bien. Así que sólo precisé las nociones que recordaba de educación sanitaria, como lavar a mano, cocinar muy bien los alimentos...

La mujer asiente.

—Le daba el pecho. De hecho, puede que a algunos de nuestros telespectadores les asombre saberlo, por lo que sé, todavía se lo da, ¿verdad?

Mamá se echa a reír. La mujer la mira fijamente.

—De toda esta historia, ¿ése es el detalle asombroso?

La mujer baja la mirada otra vez al papel.

—Allí estaban los dos, usted y su bebé, condenados a la soledad de su confinamiento...

Mamá niega con la cabeza.

—Ninguno de los dos estuvo ni un minuto solo.

—Bueno, sí, pero para criar a un niño hace falta todo un pueblo, como dicen en África...

—Si tienes un pueblo. Pero si no lo tienes, puede que sólo hagan falta dos personas.

—¿Dos? ¿Se refiere a usted y a su...?

A Mamá se le congela la cara.

—Me refiero a Jack y a mí.

—Ah.

—Lo hicimos juntos.

—Es estupendo. Permítame preguntarle... Sé que enseñó a su hijo a rezarle a Jesús. ¿La fe fue muy importante para usted?

—Fue... parte de lo que yo podía transmitirle.

—Además, imagino que la televisión ayudaba a sobrellevar el aburrimiento y a que los días transcurrieran un poquito más rápido.

—Con Jack no me aburría nunca —dice Mamá—. Ni él conmigo, o por lo menos no lo creo.

—Maravilloso. Veamos, usted llegó luego a una decisión que algunos expertos están calificando de extraña: le enseñó a Jack que el mundo medía tres metros y medio por tres metros y medio, y que todo lo demás, todo lo que veía por la tele, o las historias que le contaba de los pocos libros de que disponían, no era más que fantasía. ¿Le pesaba engañarle?

Mamá la mira con cara de pocos amigos.

—¿Qué se supone que debía decirle?: «Eh, ahí fuera hay todo un mundo lleno de diversión y tú no puedes disfrutar de nada de todo eso»...

La mujer se humedece los labios.

—Bueno, no me cabe duda de que nuestros telespectadores conocen ya los apasionantes detalles de su rescate...

—Evasión —dice Mamá. Y me mira y me sonríe.

Me pilla por sorpresa. Le devuelvo la sonrisa, pero ya no me mira.

—Evasión, exacto, y la detención del..., del presunto secuestrador. Veamos, ¿tuvo usted en algún momento la impresión, con el paso de los años, de que a este hombre le preocupaba... a un nivel humano básico, aunque fuera de un modo retorcido..., el hijo que él había engendrado?

Los ojos de Mamá se han convertido en rendijas.

—Jack no es de nadie más que mío.

—Eso es indiscutible, y además en un sentido muy verdadero —dice la mujer—. Simplemente me preguntaba si, desde su punto de vista, la relación genética, biológica...

—No existió ninguna relación —las palabras de Mamá le salen de entre los dientes.

—Y al mirar a Jack, ¿nunca le ha ocurrido que le recordara dolorosamente sus orígenes?

Mamá aprieta aún más los ojos.

—No me recuerda a nada salvo a sí mismo.

—Ajá —dice la mujer de la tele—. Cuando ahora piensa en su captor, ¿el odio la carcome? —espera—. Una vez que se enfrente cara a cara con él en el juicio, ¿cree que alguna vez podrá perdonarle?

La boca de Mamá se tuerce.

—Digamos que eso no es una prioridad para mí —contesta—. Procuro pensar en él lo menos posible.

—¿Se da cuenta del modelo en el que usted se ha convertido?

—Un mo... Perdone, ¿a qué se refiere?

—En un modelo de esperanza —dice la mujer sonriendo—. En cuanto anunciamos que íbamos a hacer esta entrevista, nuestros telespectadores empezaron a llamar por teléfono, a enviar correos electrónicos, SMS, donde insisten en que usted es un ángel, un talismán de bondad...

Mamá pone mala cara.

—Mi único mérito fue sobrevivir. Y claro, admito que no lo hice nada mal criando a Jack. De eso estoy bastante satisfecha.

—Veo que es usted muy modesta.

—No, pero admito que todo esto me resulta irritante —la mujer del pelo hinchado pestañea dos veces—. Tanta reverencia..., no soy una santa —la voz de Mamá vuelve a subir de volumen—. Me gustaría que la gente dejara de tratarnos como si fuéramos los únicos que han pasado por una experiencia terrible. Estoy encontrando cosas en Internet que le parecerían increíbles.

—¿Otros casos como el suyo?

—Sí, pero no sólo eso... Claro que cuando me despertaba en aquel cobertizo pensaba que nadie lo había pasado nunca tan mal como yo. Pero la cuestión es que la esclavitud no es nada nuevo. Y en cuanto a vivir incomunicada..., ¿sabe que en Estados Unidos hay a más de veinticinco mil prisioneros en celdas de aislamiento? Algunos llevan más de veinte años ahí metidos —señala con la mano a la mujer del pelo hinchado—. Y si hablamos de los niños... Hay lugares donde los bebés viven en orfanatos, cinco por cuna, con el chupete pegado a la boca con esparadrapo, hay críos a los que su padre viola todas las noches; hay niños en cárceles, o como quiera llamársele, tejiendo alfombras hasta quedarse ciegos...

Todo queda en silencio durante unos momentos.

—Las vivencias por las que ha pasado han hecho que... —dice la mujer—, que empatice enormemente con los niños que sufren en el mundo.

—No sólo niños —dice Mamá—. Hay gente encerrada contra su voluntad de mil maneras distintas.

La mujer carraspea y vuelve a mirar el papel del regazo.

—Antes ha dicho que «no lo hizo nada mal» criando a Jack, aunque por supuesto es una tarea que dista mucho de haber concluido. Sin embargo, ahora cuenta usted con la gran ayuda de su familia, así como la de muchos profesionales que se dedican a ello.

—En realidad, ahora es más difícil —Mamá baja la vista—. Cuando nuestro pequeño mundo medía tres metros y medio cuadrados todo era más fácil de controlar. Ahora mismo hay muchas cosas que trastocan a Jack. Sin embargo, odio que los medios hablen de él como un «curioso fenómeno» o un «sabio idiota» o, esa expresión, «pequeño salvaje»...

—Bueno, es un niño muy especial.

Mamá se encoge de hombros.

—Simplemente ha pasado sus primeros cinco años de vida en un lugar raro, eso es todo.

—Así pues, ¿usted no cree que el suplicio por el que ha pasado vaya a marcarlo, a dejar secuelas?

—Para Jack no fue un suplicio, las cosas eran como eran, punto. Y sí, tal vez, pero a todos nos marca algo.

—Desde luego, al parecer está dando pasos de gigante hacia su recuperación —dice la mujer del pelo hinchado—. Veamos, acaba de decir que Jack era «más fácil de controlar» cuando ambos estaban en cautiverio...

—No, las cosas eran más fáciles de controlar.

—Debe de sentir una necesidad casi patológica, y por otra parte comprensible, de custodiar la relación de su hijo con el mundo.

—Sí, a eso se le llama ser madre —dice Mamá, casi con un gruñido.

—¿Existe algún sentido en el que eche de menos estar al otro lado de una puerta cerrada?

Mamá se vuelve hacia Morris.

—¿Se le permite hacerme preguntas tan estúpidas?

La mujer del pelo hinchado tiende la mano y otra persona le da una botella de agua; toma un sorbo.

El doctor Clay levanta la mano.

—Si me permiten... Creo que todos percibimos que mi paciente está al límite... o para ser exactos, que ya lo ha pasado.

—Si necesita una pausa, podemos seguir grabando después.

Mamá niega con la cabeza.

—Terminemos de una vez.

—Muy bien, de acuerdo —dice la mujer, con otra de sus sonrisas enormes de mentira, como la de un robot—. Hay algo a lo que desearía volver, si me lo permite. Cuando Jack nació... Algunos de nuestros telespectadores se han preguntado si en algún momento se le ocurrió...

—¿Qué, ponerle una almohada encima de la cabeza?

¿Mamá habla de mí? Pero las almohadas se ponen debajo de la cabeza.

La mujer agita la mano de un lado a otro.

—Dios no lo quiera, no. En cambio, ¿se planteó alguna vez pedirle a su captor que se llevara a Jack?

—Que se lo llevara ¿adónde?

—Que lo dejara a las puertas de un hospital, por ejemplo, y pudieran adoptarlo. Igual que la adoptaron a usted, muy felizmente por lo que sé.

Veo que Mamá traga saliva.

—¿Por qué habría tenido que hacer eso?

—Bueno, para que él fuera libre.

—Libre, ¿lejos de mí?

—Habría sido un sacrificio, por supuesto, el sacrificio supremo, pero ¿y si así Jack hubiera tenido una infancia normal, feliz, junto a una familia que lo quisiera?

—Me tenía a mí —dice Mamá, palabra por palabra—. Conmigo tuvo una infancia, la considere usted normal o no.

—Pero usted sabía lo que se estaba perdiendo —dice la mujer—. Cada día necesitaba conocer un mundo más vasto, y lo único que usted podía ofrecerle cada vez se reducía más. Sin duda debía de torturarla el recuerdo de todo aquello que Jack ni siquiera sabía que necesitaba. Amigos, escuela, naturaleza, nadar, parques de atracciones...

—¿Por qué todo el mundo acaba hablando de los parques de atracciones? —la voz de Mamá suena áspera—. De niña, yo los odiaba.

La mujer suelta una risita.

A Mamá le caen lágrimas por la cara, levanta las manos para cogerlas. Me levanto de la silla y corro hacia ella; algo se cae, pumba, llego a Mamá y la abrazo con todas mis fuerzas.

—No pueden aparecer imágenes del niño... —grita Morris.

Cuando me despierto por la mañana, Mamá está ida.

No sabía que en el mundo también pudiera tener días así. Le muevo el brazo, pero ella sólo deja escapar un pequeño gemido y mete la cara debajo de la almohada. Tengo mucha sed, me retuerzo a su lado e intento tomar un poco, pero no se da la vuelta, no me deja. Me quedo acurrucado a su lado cientos de horas.

No sé lo que hacer. Cuando Mamá estaba ida en la Habitación, yo podía levantarme solo y preparar el desayuno y ver la Tele.

Respiro por la nariz y noto que ya no la tengo tapada, creo que el resfriado se me ha perdido.

Me levanto y tiro de la cuerda para abrir un poco la persiana. Todo resplandece, la luz rebota en la ventana de un coche. Pasa un cuervo, me da un susto. No creo que a Mamá le guste la luz, así que vuelvo a tirar de la cuerda. La barriga me ruge, grrrrrrrrrrr.

Entonces me acuerdo del timbre que hay al lado de la cama. Lo aprieto y primero no pasa nada, pero al cabo de un minuto llaman a la puerta, toc, toc.

La abro solamente un poquito, es Noreen.

—Hola, encanto, ¿qué tal estás hoy?

—Tengo hambre. Mamá está ida —digo muy bajito.

—Bueno, pues vamos a buscarla, ¿de acuerdo? Seguro que ha salido un momento.

—No, está aquí, pero en realidad no está.

Noreen parece hecha un lío.

—Mira —señalo a la cama—. Es uno de esos días en que no se levanta.

Noreen llama a Mamá por su otro nombre y le pregunta si se encuentra bien.

—No, no le hables —le susurro.

Vuelve a decírselo a Mamá, más fuerte aún:

—¿Quieres que te traiga alguna cosa?

—Déjame dormir —nunca antes había oído a Mamá decir nada cuando estaba ida. Parece la voz de un monstruo.

Noreen se acerca a los cajones y saca ropa para mí. Vestirse casi a oscuras no es fácil, y al principio meto las dos piernas en una pata del pantalón y tengo que apoyarme en ella. No es tan malo tocar a la gente queriendo, es peor cuando ellos me tocan a mí, siento algo así como descargas eléctricas.

—Zapatos —susurra Noreen. Los encuentro y meto los pies a presión y cierro el Velcro; no son los blanditos que me gustan—. Buen chico.

Noreen está en la puerta, me hace señas con la mano para que vaya con ella. Me aprieto la coleta, que se estaba soltando. Encuentro la Muela Mala y mi piedra y mi hélice de arce y me las guardo en el bolsillo.

—Tu mamá debió de quedarse agotada después de la entrevista —dice Noreen en el pasillo—. Hace ya media hora que tu tío está en la recepción esperando a que os levantéis.

¡Claro, la aventura! Pero no puede ser, porque Mamá está ida.

El doctor Clay está en las escaleras, habla con Noreen. Me agarro con todas mis fuerzas a la barandilla con las dos manos, bajo un pie, luego el otro, dejo resbalar las manos y no me caigo; sólo hay un momento en que parece que me voy a caer, pero enseguida apoyo el pie otra vez.

—Noreen.

—Un segundito.

—Es que estoy bajando las escaleras.

Me mira sonriente.

—Pero ¡caramba!

—Anda, choca esos cinco —dice el doctor Clay.

Me suelto de una mano para chocársela.

—¿Aún quieres ir a ver los dinosaurios?

—¿Sin Mamá?

El doctor Clay asiente.

—Pero estarás con tu tío y tu tía en todo momento, no has de temer nada. ¿O prefieres dejarlo para otro día?

Sí pero no, porque otro día a lo mejor los dinosaurios no están.

—Hoy, por favor.

—Buen chico —dice Noreen—, así tu Mamá puede echarse una buena siesta y cuando vuelvas podrás explicarle todo lo de los dinosaurios.

—Qué tal, amiguete —es Paul, mi Tío, no sabía que lo dejaran entrar en el comedor. Creo que «amiguete» es como los hombres dicen «cielo».

Desayuno con Paul sentado a mi lado, qué raro. Habla por un teléfono pequeño, dice que al otro lado está Deana. El otro lado es el que no se ve. Hoy hay zumo sin trocitos. Está riquísimo, Noreen dice que lo han pedido especialmente para mí.

—¿Listo para tu primera excursión al exterior? —me pregunta Paul.

—Ya llevo seis días en el Exterior —le explico—. Al aire libre he estado tres veces, y he visto hormigas, helicópteros y dentistas.

—Jo.

Después de la magdalena me pongo la chaqueta, el gorro y el protector y las gafas de sol chulas. Noreen me da una bolsa de papel marrón por si me cuesta respirar.

—De todos modos —dice Paul cuando salimos por la puerta giratoria—, seguramente lo mejor es que tu mamá no venga hoy con nosotros, porque después de salir en ese programa de televisión anoche, todo el mundo la reconocería.

—¿Todas las personas del mundo entero?

—O casi —dice Paul.

En el aparcamiento levanta un poco el brazo, como si quisiera que le diera la mano. Luego se le cae otra vez.

Algo me roza la cara y doy un grito.

—Una gotita de lluvia, nada más —dice Paul.

Miro el cielo, está gris.

—¿Va a caernos toda encima?

—No pasa nada, Jack.

Quiero volver a la Habitación Número Siete con Mamá, aunque esté ida.

—Bueno, ya estamos...

Hay una furgoneta verde, y Deana está en el asiento del volante. Mueve los dedos para saludarme desde el otro lado de la ventana. En el medio veo una cara más pequeña. La furgoneta no se abre hacia fuera, sino que tiene una parte que se desliza y subo escalando.

—Por fin —dice Deana—. Bronwyn, cielo, ¿vas a decirle hola a tu primo Jack?

Es una niña casi tan grande como yo. Tiene la cabeza llena de trencitas igual que Deana, pero con bolitas relucientes en las puntas y un elefante de peluche y cereales en una tarrina con una tapa en forma de rana.

—Hola, Jack —me dice con voz chillona.

Hay un elevador para mí al lado de Bronwyn. Paul me enseña a encajar la hebilla, quiero probarlo. A la tercera lo hago todo yo solo, Deana aplaude y Bronwyn también. Luego Paul empuja la puerta corredera y la cierra de golpe, ¡zas! Doy un brinco, quiero ir con Mamá, creo que voy a echarme a llorar, pero no lo hago.

Bronwyn no deja de decir «Hola, Jack. Hola, Jack». Aún no sabe hablar bien, dice cosas como «Papi canta» y «Guau bonito», y «Mami, quiero más pesesitos», que son galletitas saladas con forma de pez. Papi quiere decir Paul y Mami quiere decir Deana, pero así sólo los llama Bronwyn, igual que a Mamá nadie la llama Mamá más que yo.

Estoy asustiente, aunque un poco más valiente que asustado, porque esto no es una cosa fea como hacerme pasar por muerto dentro de la Alfombra. Cada vez que se nos acerca un coche de frente digo sin voz que tiene que quedarse en su lado, porque si no la agente Oh lo meterá en la cárcel con la camioneta marrón. Por la ventana se ve parecido a la Tele pero más borroso. Veo coches aparcados, una hormigonera, una moto y un remolque con uno, dos, tres, cuatro, cinco coches montados encima, justo el número que más me gusta. En un jardín delante de una casa veo a un niño que empuja una carretilla con un niño más chiquitín dentro, parece divertido. Un perro cruza una calle arrastrando a un humano de una cuerda; creo que éste sí que va atado, no como aquellos niños de la guardería que solamente se agarraban. Los semáforos se ponen en verde y hay una mujer con muletas dando saltitos y un pájaro enorme en un cubo de basura; Deana dice que es una gaviota, se comen cualquier cosa de lo que sea.

—Son omnívoras —le digo.

—Ostras, sabes palabras importantes.

Giramos en un sitio donde hay árboles.

—¿Ya hemos vuelto a la clínica? —pregunto.

—No, no, sólo vamos a hacer una parada estratégica en el centro comercial para comprar un regalo, porque Bronwyn tiene una fiesta de cumpleaños esta tarde.

El centro comercial son las tiendas, como en las que el Viejo Nick nos compra la comida; bueno, nos compraba, supongo que ya no.

Paul va a ir solo al centro comercial, aunque como dice que no sabe qué escoger, al final va Deana. Pero entonces Bronwyn se pone a chillar.

—Yo con mami, yo con mami —así que va a ir Deana empujando a Bronwyn en el carrito rojo, y Paul y yo esperaremos en la furgoneta.

Me quedo mirando el carrito rojo.

—¿Puedo probar?

—Luego, en el museo —me dice Deana.

—Oye, como de todos modos tengo que ir al baño
—dice Paul—, será más rápido si entramos todos en una
carrera.

—No sé...

—Entre semana no tendría por qué haber una locura
de gente.

Deana me mira, sin sonreír.

—Jack, ¿te gustaría entrar al centro comercial en el
carrito, un par de minutos nada más?

—Sí, claro.

Me monto detrás y vigilo que Bronwyn no se caiga,
porque soy el primo mayor.

—Como Juan el Bautista —le digo a Bronwyn, aunque no me está escuchando.

Cuando llegamos, las puertas hacen un ruidito y se
abren solas por la mitad; por poco me caigo del carro, pero
Paul me dice que son sólo ordenadores diminutos que se
mandan señales unos a otros, que no me preocupe por eso.

Todo es superresplandeciente y gigantorme, no sabía
que por dentro las cosas pudieran ser tan grandes como por
fuera, ¡si hasta hay árboles! Oigo música, pero no veo a los
que tocan los instrumentos. Y, ¡alucinante!, ¡una mochila de
Dora! Me agacho a tocarle la cara, me sonríe y baila delante
de mí.

—Dora —le susurro.

—Ah, sí —dice Paul—, Bronwyn también estaba en-
loquecida con ella. Ahora le ha dado por Hannah Montana.

—Hannah Montana —canta Bronwyn—. Hannah
Montana.

La mochila de Dora tiene tiras, es como su Mochi-
la, pero en ésta se ve a Dora en lugar de la cara de su Mochila.
También tiene un asa, y al cogerla se sale. Creo que la he
roto, pero resulta que es una maleta de ruedecitas y mochila
al mismo tiempo, magia potagia.

—¿Te gusta? —Deana me lo está preguntando a mí—. ¿Quieres guardar tus cosas aquí?

—Quizá mejor una que no sea rosa —le dice Paul—. ¿Qué te parece ésta, Jack, a que es guay? —sostiene en alto una bolsa de Spiderman.

Le doy a Dora un abrazo enorme. Me parece oír que susurra: «*Hola,* Jack».

Deana intenta coger la bolsa de Dora, pero no pienso dejar que se la lleve.

—Tranquilo, sólo tengo que pagársela a la señora, y en dos segundos te la devuelvo...

No son dos segundos, son treinta y siete.

—Ahí hay un baño —dice Paul, y se va corriendo.

La señora está envolviendo la bolsa en papel y por eso ya no puedo ver a Dora; la mete en un cartón grande, y entonces Deana me la da, balanceándola de unos cordeles. Saco a Dora y meto los brazos por las tiras, y de pronto la llevo puesta, llevo a Dora colgada a la espalda, de verdad verdadera.

—¿Qué se dice? —pregunta Deana.

Pues no sé.

—Mira, bolsito bonito para Bronwyn —dice Bronwyn, y me enseña una bolsa de lentejuelas con corazones colgando de unos cordones.

—Sí, cielo, pero tienes montones de bolsitos bonitos en casa —le quita la bolsa brillante, y Bronwyn chilla y uno de los corazones se cae al suelo.

—A ver si alguna vez podemos avanzar más de cinco metros antes del primer berrinche, ¿no? —dice Paul, que ya ha vuelto.

—Si hubieras estado aquí, podrías haberla distraído —le contesta Deana.

—¡Bolsito bonito para Bronwyn!

Deana la levanta y la sienta de nuevo en el carrito.

—Anda, vamos.

Recojo el corazón y me lo guardo en el bolsillo con los demás tesoros, y echo a caminar al lado del carrito.

Luego cambio de idea y meto todos los tesoros en mi mochila de Dora, donde está la cremallera de delante. Me duelen los zapatos, así que me los quito.

—¡Jack! —es Paul, me está llamando.

—Deja de gritar su nombre a los cuatro vientos, ¿hace falta que te lo recuerde? —dice Deana.

—Ah, sí, vale.

Veo una manzana gigantesca hecha de madera.

—Eso me gusta.

—Qué locura, ¿eh? —dice Paul—. ¿Qué te parece este tambor para Shirelle? —le pregunta a Deana.

Ella pone los ojos en blanco.

—Riesgo de conmoción cerebral. Ni lo intentes.

—¿Puedo quedarme con la manzana, gracias? —pregunto.

—No creo que cupiera en tu mochila —dice Paul sonriendo.

Luego encuentro una cosa plateada y azul que parece un cohete.

—Quiero esto, gracias.

—Es una cafetera —dice Deana colocándola de nuevo en la estantería—. Ya te hemos comprado una mochila, por hoy está bien, ¿de acuerdo? Ahora sólo estamos buscando un regalo para la amiga de Bronwyn, y así nos podremos ir.

—Perdone, ¿son de su hija mayor? —quien habla es una mujer vieja que lleva mis zapatos en la mano.

Deana se queda mirándola.

—Jack, amiguete, me parece que algo no cuadra —dice Paul señalando mis calcetines.

—Ay, muchas gracias —dice Deana cogiendo los zapatos que le da la mujer y arrodillándose a mi lado. Me aprieta el pie para que entre en el derecho, y luego en el izquierdo—. No paras de pregonar su nombre —le dice a Paul apretando los dientes.

No sé qué tiene de malo mi nombre.

—Perdón, perdón —dice Paul.

—¿Por qué ha dicho que era tu hija mayor? —pregunto.

—Ah, es porque llevas el pelo largo y la mochila de Dora —dice Deana.

La mujer vieja ha desaparecido.

—¿Era una señora mala?

—No, no.

—Pero si se diera cuenta de que tú eres el Jack que eres —dice Paul—, podría hacerte una foto con el móvil o algo así, y tu madre nos mataría.

Empiezo a sentir golpes dentro del pecho.

—¿Por qué Mamá os...?

—Perdona, quiero decir...

—Se enfadaría mucho, eso es lo que quiere decir —me explica Deana.

Me pongo a pensar en Mamá, tumbada en la oscuridad, ida.

—No quiero que se enfade.

—No, claro que no.

—¿Podéis volverme ya a la clínica, por favor?

—Muy pronto.

—Ahora.

—¿No quieres visitar el museo? Vamos para allá en un minuto. Webkinz —le dice Deana a Paul—, una de esas mascotas de peluche siempre es un éxito. Creo que hay una juguetería pasando la zona de los restaurantes...

Voy tirando todo el rato de mi mochila rodante; el Velcro de los zapatos me aprieta demasiado. Bronwyn tiene hambre, así que comemos palomitas, que es la cosa más crujiente que he comido en mi vida, aunque se me quedan pegadas en la garganta y me pongo a toser. Paul coge unos cafés con leche de la cafetería para Deana y para él. Cuando se me caen trocitos de palomitas de la bolsa, Deana dice que los deje, porque tenemos muchas y nunca se sabe lo que puede haber en el suelo. Qué sucio lo he puesto todo, Mamá se enfadará. Deana me da una toallita húmeda para quitarme el pegajoso de los dedos, y luego me la guardo en mi mochila de Dora. Aquí dentro hay demasiada luz y creo que nos hemos perdido. Ojalá estuviera en la Habitación Número Siete.

Tengo pis, Paul me lleva a un cuarto de baño donde hay unos lavabos torcidos muy raros colgados de la pared. Paul los señala.

—Adelante.

—¿Dónde está el váter?

—Éstos son unos especiales, sólo para chicos.

Sacudo la cabeza y vuelvo a salir.

Deana dice que vaya con ella y con Bronwyn, y me deja escoger el cubículo.

—Magnífico, Jack, sin salpicar ni una gota.

¿Por qué iba a salpicar?

Cuando le baja a Bronwyn la ropa interior no es como el Pene o la vagina de Mamá, sino una parte carnosa del cuerpo con una rajita en medio y sin pelos. Pongo el dedo encima y aprieto, es blandito.

Deana me aparta la mano con un golpe.

No puedo dejar de gritar.

—Cálmate, Jack. ¿Te he..., te duele la mano?

Me sale un montón de sangre de la muñeca.

—Lo siento —dice Deana—, lo siento de verdad, debe de haber sido con el anillo —se mira el anillo, lleno de trocitos dorados—. Pero escucha, es que no nos tocamos las partes íntimas unos a otros, eso no está bien. ¿De acuerdo?

No sé cuáles son las partes íntimas.

—¿Estás, Bronwyn? Deja que mamá te limpie.

Se pone a frotarle a Bronwyn lo mismo que yo le he tocado, pero luego no se da ningún cachete.

Cuando me lavo las manos, la sangre me duele más. Deana no deja de hurgar en el bolso buscando una tirita. Al final dobla una toallita de papel marrón y me dice que me apriete en la herida.

—¿Todo guay del Paraguay? —dice Paul al salir.

—No preguntes —dice Deana—. ¿Podemos salir de aquí?

—¿Y qué pasa con el regalo para Shirelle?

—Podemos envolver alguna cosa de Bronwyn que parezca nueva.

—Una cosa mía no —grita Bronwyn.

Se ponen a discutir. Quiero estar en la cama a oscuras con Mamá, que es tan blandita, sin nada de música invisible y personas anchas con la cara colorada que pasan por mi lado y chicas riéndose con los brazos hechos un nudo y trocitos del cuerpo que se ven a través de la ropa. Aprieto el corte para que deje de salir sangre, cierro los ojos al andar, me choco con una maceta. No es una planta de verdad, como la Planta hasta que se murió, es de plástico.

De pronto veo que alguien me sonríe..., ¡es Dylan! Voy corriendo y le doy un abrazo enorme.

—Un libro —dice Deana—, perfecto, dadme dos segundos.

—Es *Dylan la Excavadora*, es mi amigo de la Habitación —le explico a Paul—. «¡Aaaaaquí está Dylan, la robusta excavadora! Remueve la tierra con su pala mordedora. Mira cómo hunde su largo brazo en la tierra...»

—Genial, amiguete. Ahora, ¿puedes dejarlo donde estaba?

Acaricio la frente de Dylan, que de repente se ha vuelto suave y reluciente..., ¿cómo habrá llegado hasta el centro comercial?

—Cuidado, no vayas a mancharlo de sangre —Paul me enrolla un pañuelo en la mano. Creo que el papel marrón se me ha caído—. ¿Por qué no escoges un libro distinto que no hayas leído nunca?

—Mami, mami —Bronwyn intenta arrancar una joya de la tapa de un libro.

—Ve a pagar —dice Deana poniéndole a Paul un libro en la mano, y luego va corriendo hasta Bronwyn.

Abro mi mochila de Dora, meto a Dylan y cierro la cremallera para que esté en lugar seguro.

Cuando Deana y Bronwyn vuelven, nos acercamos a la fuente para oír el ruido del agua, pero sin que nos salpique.

—Ninero, ninero —está diciendo Bronwyn, y entonces Deana le da una moneda y Bronwyn la tira al agua.

—¿Quieres una? —Deana me lo dice a mí.

Debe de ser un cubo de basura especial para el dinero que esté demasiado sucio. Cojo la moneda y la tiro adentro, y saco la toallita húmeda para limpiarme los dedos.

—¿Has pedido un deseo?

Nunca antes había pedido un deseo con basura.

—¿Para qué?

—Para que se cumpla la cosa que más te gustaría del mundo —dice Deana.

Estar en la Habitación es lo que más me gustaría, pero creo que no está en el mundo.

Hay un hombre hablando con Paul y señalando a mi Dora.

Paul viene y abre la cremallera y saca a Dylan.

—¡Hala..., amiguete!

—Lo siento —dice Deana.

—En casa tiene un ejemplar, ¿sabe? —dice Paul—, y ha pensado que éste era el suyo —le entrega *Dylan* al hombre.

Voy corriendo y se lo quito de un tirón.

—«¡Aaaaaquí está Dylan, la robusta excavadora! Remueve la tierra con su pala mordedora...»

—No se da cuenta de lo que hace —dice Paul.

—«Mira cómo hunde su largo brazo en la tierra...»

—Jack, cariño, éste es de la tienda —Deana quiere arrancarme el libro de la mano. Yo lo agarro aún más fuerte otra vez y me lo escondo debajo de la camiseta.

—Soy de un planeta de otro planeta —le digo al hombre—. El Viejo Nick nos tuvo a mí y a Mamá encerrados, ahora está en la cárcel con su camioneta, pero el ángel no lo va a liberar porque es malo. Somos famosos y si nos haces una foto, te mataremos.

El hombre me mira y pestañea.

—Ejem..., ¿cuánto vale el libro? —dice Paul.

—Pues tendría que pasarlo por el lector... —dice el hombre.

Paul alarga la mano, y yo me acurruco en el suelo tapando a Dylan.

—Traeré otro ejemplar para que lo pase por el lector, ¿le parece bien? —dice Paul, y vuelve corriendo adentro de la tienda.

Deana mira por todas partes gritando:

—¿Bronwyn? ¿Cielo? —corre hasta la fuente y mira dentro y por todo alrededor—. ¿Bronwyn?

En realidad, Bronwyn está detrás de una ventana llena de vestidos, sacando la lengua delante del cristal.

—¿Bronwyn? —Deana está gritando.

Yo también saco la lengua, y Bronwyn se ríe al otro lado del cristal.

Por poco me quedo dormido en la furgoneta verde, pero no.

Noreen dice que mi mochila de Dora es chulísima y el corazón brillante también, y que *Dylan la Excavadora* tiene toda la pinta de ser una lectura fantástica.

—¿Qué te han parecido los dinosaurios?

—No nos ha dado tiempo a verlos.

—Ay, qué pena —Noreen me trae una tirita para la muñeca, pero sin dibujos—. Tu mamá ha estado descansando todo el día, se pondrá muy contenta de verte —llama y abre la Puerta Número Siete.

Me quito los zapatos, la ropa no, y por fin me meto en la cama con Mamá. Está calentita y blandita, me acurruco a su lado, pero con cuidado. La almohada huele mal.

—Bueno, chicos, os veo a la hora de la cena —susurra Noreen, y cierra la puerta.

Huele a vómito, me acuerdo de cuando hicimos la Gran Evasión.

—Despierta —le digo a Mamá—, has devuelto en la almohada —no se despierta, ni se queja ni se da la vuelta, no se mueve cuando tiro de ella. Nunca había visto a Mamá tan ida—. Mamá, Mamá, Mamá.

Se ha convertido en una zombi, me parece.

—¿Noreen? —grito, corro hacia la puerta. No se debe molestar a las personas, pero...—. ¡Noreen! —está al final del pasillo, da media vuelta—. Mamá ha echado un vómito.

—No te preocupes, lo limpiamos en dos segundos. Deja que vaya a por el carro...

—No, ven ahora mismo.

—Vale, vale.

Cuando enciende la luz y mira a Mamá, no dice vale.

—Código azul, habitación siete, código azul... —grita después de descolgar el teléfono.

No sé qué es... Entonces veo los frascos de las pastillas de Mamá abiertos en la mesa, parecen casi vacíos. Nunca más de dos es la norma, ¿cómo van a estar casi vacíos? ¿Adónde se han ido las pastillas? Noreen está apretando un lado del cuello de Mamá y llamándola por su otro nombre.

—¿Me oyes? ¿Me oyes?

No creo que Mamá la oiga, no creo que pueda verla. Me pongo a gritar.

—Mala idea, mala idea, mala idea.

Entra gente corriendo, una persona me arrastra hasta el pasillo. Estoy gritando «Mamá» con todas mis fuerzas, pero no basta para despertarla.

Vivir

Estoy en la casa de la hamaca. Miro por la ventana a ver si la veo, pero la Abuela dice que no debería buscar en el jardín de delante sino en el patio trasero, aunque de todos modos no está colgada todavía porque sólo estamos a 10 de abril. Veo arbustos y flores, la acera, la calle y los otros patios delanteros y las otras casas. Cuento once, aunque no las veo todas enteras, y ahí es donde viven los vecinos, que son la gente que vive al lado, como en el juego de Fastidia a tu Vecino. Sorbo el aire para sentir la Muela Mala, la tengo justo en el medio de la lengua. El coche blanco de fuera no se mueve; he venido montado desde la clínica aunque no había elevador, porque el doctor Clay quería que me quedara para hacerme «seguimiento» y «aislamiento terapéutico», pero la Abuela le ha gritado que no tenía derecho a encerrarme como a un preso cuando tengo una familia. Mi familia son la Abuela, el Astro, Bronwyn, Paul, Deana y el Abuelo, aunque se ponga a temblar cuando me ve. Y Mamá también, claro. Muevo la Muela Mala hasta colocármela en la mejilla.

—¿Está muerta?

—No, ya te lo he dicho. Para nada —la Abuela apoya la cabeza en la madera que rodea el cristal.

A veces, cuando las personas dicen «para nada» en realidad suena menos verdadero.

—¿Quieres hacerme creer que está viva? —le pregunto a la Abuela—. Porque si no está viva, yo tampoco quiero.

Empiezan a caerle lágrimas por la cara otra vez.

—Es que yo... No puedo decirte más de lo que sé, cariño. Han dicho que nos llamarían en cuanto actualizaran el parte médico.

—¿Qué es actualizar?

—Saber cómo está justo en el momento.

—¿Y cómo está?

—Bueno, no está bien, porque tomó demasiada medicina y le hizo daño, como ya te he explicado. Pero seguramente ya le habrán hecho un lavado de estómago y se lo habrán sacado todo, o casi todo...

—Pero ¿por qué la tomó?

—Porque no está bien. De la cabeza. Pero está en buenas manos —dice la Abuela—, así que no debes preocuparte.

—¿Por qué?

—Bueno, porque no hace ningún bien.

La cara de Dios es una bola roja pegada a lo alto de una chimenea. Está oscureciendo. La Muela Mala empieza a hincarse en mi encía, es una muela mala y me duele.

—La lasaña ni la has probado —dice la Abuela—, ¿quieres un vaso de zumo o algo? —digo que no con la cabeza—. ¿Estás cansado? Debes de estarlo, Jack. Dios sabe que yo no puedo con mi alma. Ven abajo a ver la habitación libre.

—¿Por qué es libre?

—Significa que no la usamos.

—¿Y por qué tenéis una habitación que no usáis?

La Abuela se encoge de hombros.

—Nunca se sabe cuándo puede hacer falta —espera mientras bajo las escaleras con el culo, porque no hay barandilla donde agarrarme. Voy arrastrando mi mochila de Dora detrás, pum, pum. Cruzamos la habitación que se llama sala de estar, aunque no sé por qué, porque la Abuela y el Astro están en todas las habitaciones, menos en la que está libre.

Empieza a sonar un ua-ua horrible y me tapo los oídos.

—Más vale que lo coja —dice la Abuela.

Al cabo de un momento vuelve y me acompaña a una habitación.

—¿Qué, listo?

—¿Para qué?

—Para ir a la cama, cielo.

—Aquí no.

Aprieta la boca, se le juntan las pequeñas grietas de alrededor.

—Ya sé que echas de menos a tu mamá, pero por ahora tendrás que dormir solo. Tranquilo, que aquí estarás bien, y el abuelastro y yo estaremos arriba. No te dan miedo los monstruos, ¿verdad?

Depende del monstruo, si es de verdad o no, y si está en el mismo sitio donde estoy yo.

—Mmm. La habitación de tu mamá está al lado de la nuestra —dice la Abuela—, pero la hemos convertido en gimnasio, no sé si habrá espacio para un colchón inflable...

Subo la escalera, ahora con los pies, apoyándome en las paredes nada más, y la Abuela lleva mi mochila de Dora. Hay colchonetas azules blandas, pesas y una máquina de abdominales como las que he visto por la Tele.

—Su cama estaba aquí, justo donde estaba la cuna cuando era bebé —dice la Abuela señalando una bicicleta que parece pegada al suelo—. Las paredes estaban forradas de pósters de los grupos de música que le gustaban, un abanico gigante y un atrapasueños...

—¿Por qué, atrapaba sus sueños?

—¿Cómo?

—El abanico.

—Ah, no, no eran más que objetos decorativos. La verdad es que siento mucho haberlo donado todo a la beneficencia. Fue un consejero quien me lo aconsejó en la terapia de grupo...

Doy un bostezo enorme. Por poco se me cae la Muela Mala, pero la cazo al vuelo con la mano.

—¿Qué es eso? —dice la Abuela—. ¿Un abalorio o algo así? No te metas nunca en la boca objetos pequeños, ¿es que tu...?

Intenta desdoblarme los dedos para sacarla. Mi mano la golpea con fuerza en la barriga.

La Abuela me mira fijamente.

Me meto la Muela Mala otra vez debajo de la lengua y cierro los dientes.

—Te propongo algo, ¿por qué no coloco un colchón inflable al lado de nuestra cama, sólo por esta noche, hasta que te instales como es debido?

Arrastro mi mochila de Dora. En la puerta de al lado es donde duermen la Abuela y el Astro. El colchón inflable es una cosa como una bolsa grande. El pitorro de la bomba no para de salirse del agujero y la Abuela tiene que gritar para pedirle ayuda al Astro. Luego está hinchado como un globo pero en forma rectangular, y le pone unas sábanas encima. Pienso en quiénes le habrán lavado a Mamá el estómago, la Abuela me ha dicho que le meten un tubo como el de la bomba. ¿Por dónde se lo ponen? ¿No la harán estallar?

—He dicho que dónde está tu cepillo de dientes, Jack.

Pues en mi mochila de Dora, donde están todas mis cosas. La Abuela me dice que me ponga el traje de noche, que es el pijama de broma. Señala el colchón inflable.

—Venga, campeón, adentro —me dice. La gente siempre dice cosas como «campeón» o «amiguete» cuando quieren que lo que dicen suene divertido.

La Abuela se agacha y pone los labios para fuera como para dar un beso, pero yo meto la cabeza debajo del edredón.

—Perdona —dice—. ¿Qué, un cuento?

—No.

—Estás cansado hasta para un cuento. De acuerdo, pues, buenas noches.

Todo se queda a oscuras. Me incorporo.

—¿Y los Bichos?

—Las sábanas están recién lavadas.

No veo a la Abuela, pero la conozco por la voz.

—No, los Bichos...

—Jack, estoy que me caigo...

—La canción de los Bichos, para que no muerdan...

—Ah —dice la Abuela—. Buenas noches, dulces sueños... Es verdad, solía cantarlo cuando tu mamá tenía...

—Venga, hazla entera.

—Buenas noches, dulces sueños, no dejes que los bichos piquen a mi pequeño.

Entra un poco de luz, la puerta se está abriendo.

—¿Adónde vas?

Veo la silueta negra de la Abuela recortándose en el agujero.

—Abajo nada más.

Salgo rodando del hinchable, y se queda temblando como un flan.

—Yo también.

—No, voy a ver mis programas. No son para niños.

—Habías dicho que tú y el Astro en la cama y yo al lado, en el hinchable.

—Eso más tarde, todavía no estamos cansados.

—Has dicho que estabas agotada.

—Estoy agotada por... —la Abuela habla casi a gritos—. No tengo sueño, sólo quiero ver un poco la tele y no pensar durante un rato.

—Puedes no pensar aquí.

—Anda, prueba a tumbarte y cerrar los ojos.

—Si estoy solo, no puedo.

—Oh —dice la Abuela—, pobre criatura.

¿Por qué cree que soy una pobre criatura?

Se agacha al lado del hinchable y me toca la cara. Me aparto.

—Solamente quería cerrarte los ojitos.

—Tú en la cama. Yo en el hinchable.

Oigo que resopla.

—Vale. Me tumbaré, pero un momentito nada más...

Veo su silueta encima del edredón. Algo se cae, clonc. Es su zapato.

—¿Quieres una nana? —me susurra.

—¿Eh?

—¿Una canción?

Mamá me canta canciones, pero ya no hay. Me golpeó la cabeza con la mesa de la Habitación Número Siete. Se tomó la medicina mala. Creo que estaba demasiado cansada para seguir jugando, tenía mucha prisa por llegar al Cielo y no quiso esperar más. ¿Por qué no me esperó?

—¿Estás llorando?

No digo nada.

—Ay, cariño. Bueno, esas cosas mejor sacarlas.

Quiero tomar un poco, quiero de verdad, no sé dormir sin. Me pongo a chupar la Muela Mala, que es Mamá, o por lo menos un trocito de ella donde todas las células se habían puesto marrones y duras, llenas de caries. La Muela Mala le dolía o estaba dolorida, pero ya no. ¿Por qué esas cosas es mejor sacarlas? Mamá dijo que cuando saliéramos seríamos libres, pero yo no me siento libre.

La Abuela canta muy bajito; me sé la canción, pero suena mal.

—«Las ruedas del autobús hacen...»

—No, gracias —le digo, y deja de cantar.

Mamá y yo en el mar, estoy enredado en su pelo, completamente atado, me ahogo...

Un mal sueño nada más, diría Mamá si estuviera aquí. Pero no está.

Me quedo tumbado contando: cinco dedos en una mano, cinco dedos en la otra, cinco dedos en un pie, cinco dedos en el otro. Los muevo uno por uno. Intento hablar dentro de mi cabeza. «¿Mamá? ¿Mamá? ¿Mamá?» No oigo su respuesta.

Cuando empieza a haber más luz me tapo la cara con el edredón para oscurecerla. Creo que así es como te sientes cuando estás ido.

Hay personas caminando y susurrando a mi alrededor.

—¿Jack? —la Abuela me habla cerca del oído, así que me aparto y me acurruco—. ¿Cómo estás?

Me acuerdo de ser educado.

—Hoy no estoy al cien por cien, gracias —hablo casi sin abrir la boca, porque tengo la Muela Mala pegada en la lengua.

Cuando la Abuela se va me siento y cuento las cosas que hay en mi mochila de Dora: mi ropa y mis zapatos, mi hélice de arce, el tren, el cuadrado para dibujar y el corazón brillante, y el cocodrilo, la piedra, los monos, el coche y seis libros. El sexto es *Dylan la Excavadora,* el de la tienda.

Horas después suena el ua-ua, que es el teléfono. La Abuela sube.

—Era el doctor Clay. Tu mamá está estable. Suena bien, ¿no te parece?

A mí me suena a caballos.

—Ah, además hay tortitas de arándanos para desayunar.

Me quedo muy quieto, como si fuera un esqueleto. El edredón huele a polvo.

Ding-dong, ding-dong, y la Abuela baja otra vez las escaleras.

Hay voces abajo. Me cuento los dedos de los pies, luego los de las manos y luego los dientes, una y otra vez. Siempre me salen los números correctos, pero no estoy seguro.

La Abuela sube de nuevo jadeando para decirme que el Abuelo ha venido a despedirse.

—¿De mí?

—De todos nosotros, porque se vuelve a Australia. Vamos, Jack, levántate, no creo que regodearte entre las sábanas te haga ningún bien.

No sé lo que es eso.

—A él le gustaría que yo no hubiera nacido.

—¿Que le gustaría qué?

—Que yo no existiera, y así Mamá no tendría que ser mamá.

La Abuela no dice nada, así que pienso que se ha ido por las escaleras. Asomo la cara para ver. Aún está ahí, con los brazos enlazados a la cintura.

—No le hagas ni caso a ese mentecato.

—¿Qué es eso?

—Anda, ven para abajo y cómete una tortita.

—No puedo.

—Ay, mírate.

¿Cómo voy a hacerlo?

—Respiras, caminas, hablas y duermes sin mamá, ¿verdad? Así que seguro que también vas a poder comer sin ella.

Me guardo la Muela Mala dentro de la mejilla, que es un lugar seguro. Me entretengo un buen rato en las escaleras.

En la cocina, el Abuelo de verdad tiene la boca manchada de morado. Su tortita flota en un charco de sirope con más bolitas moradas, que son los arándanos.

Los platos son blancos normales, pero los vasos están mal hechos porque tienen esquinas. Hay un cuenco grande de salchichas. No me había dado cuenta de que tenía hambre. Me como una salchicha, luego dos más.

La Abuela dice que no tiene zumo sin pulpa, pero tengo que beber algo o me ahogaré con las salchichas. Me bebo el que tiene la pulpa y los gérmenes me corren por la garganta. La nevera es inmensa y está toda llena de cajas y botellas. Los armarios guardan tanta comida dentro que la Abuela tiene que subirse a unos escalones para mirar en el interior de todos ellos.

Me dice que debería darme una ducha, pero hago como que no la oigo.

—¿Qué quiere decir estable? —le pregunto al Abuelo.

—¿Estable? —se seca una lágrima que le cae de un ojo—. Ni mejor ni peor, supongo —deja el cuchillo y el tenedor juntos en su plato.

¿Ni mejor ni peor que qué?

La Muela Mala sabe ácida, por el zumo. Vuelvo arriba a dormir.

—Cariño —dice la Abuela—. No vas a pasar otro día entero delante de la caja tonta.

—¿Eh?

Apaga la tele.

—Justo acabo de hablar con el doctor Clay por teléfono de las necesidades de tu desarrollo, y he tenido que decirle que estábamos jugando a las damas.

Pestañeo y me froto los ojos. ¿Por qué le ha dicho una mentira?

—¿Mamá está...?

—Sigue estable, dice. ¿Te gustaría jugar a las damas de verdad?

—Las tuyas son para gigantes, y se caen.

La Abuela suspira.

—Ya te he dicho que son normales, lo mismo que el ajedrez y las cartas. Tu mamá y tú teníais el tablero magnético en miniatura, que es para llevar de viaje.

Si nosotros nunca viajábamos...

—Vamos al parque, anda.

Niego con la cabeza. Mamá dijo que cuando fuéramos libres iríamos los dos juntos.

—Pero si ya has salido afuera un montón de veces...

—En la clínica.

—El aire es el mismo, ¿o no? Venga, vamos. Tu mamá me dijo que te gusta escalar.

—Sí, he escalado la Mesa, las sillas y la Cama miles de veces.

—Ni se te ocurra escalar mi mesa, señorito.

Me refería a la Habitación.

La Abuela me hace la coleta muy apretada y me la esconde por dentro de la chaqueta; la saco otra vez. No dice nada de la crema pegajosa y el gorro, ¿será que la piel no se quema en esta parte del mundo?

—Ponte las gafas de sol. Ah, y unos zapatos como es debido, ese calzado no tiene ninguna sujeción.

Cuando camino tengo los pies apretujados aunque me afloje el Velcro. Mientras vayamos por la acera no hay peligro, pero si caminamos por la carretera sin querer, nos moriremos. Mamá no está muerta, la Abuela dice que con esas cosas no se dicen mentiras. Con lo de las Damas le ha dicho una mentira al doctor Clay. La acera se corta todo el rato y hay que cruzar la calle. Si nos damos la mano, no hay problema. A mí no me gusta dársela, pero la Abuela dice que peor para mí. El aire sopla y se me mete en los ojos, y el sol que se cuela por el borde de las gafas me deslumbra. En el suelo veo una cosa de color rosa que es una goma del pelo, un tapón de botella, una rueda que no es de un coche de verdad sino de juguete, una bolsa de frutos secos sin frutos secos, un cartón de zumo donde se oye que todavía queda un poco, y una caca amarilla. La Abuela dice que no es de persona, sino de algún perro asqueroso. Me estira la chaqueta.

—Apártate de eso —me dice.

La basura no debería estar ahí, sólo las hojas que se le caen al árbol porque no puede evitarlo. En Francia dejan que los perros hagan sus cosas en cualquier parte. Algún día puedo ir allí.

—¿A ver la caca?

—No, no —dice la Abuela—, a ver la Torre Eiffel. Cuando ya seas muy bueno subiendo escaleras.

—¿Francia está en el Exterior? —me mira raro—. ¿Está en el mundo?

—Todo está en el mundo. ¡Ya hemos llegado!

No puedo entrar en el parque, porque hay niños que no son mis amigos. La Abuela pone los ojos en blanco.

—Sólo tienes que jugar a la vez que ellos, eso es lo que hacen los niños.

Puedo mirar por la valla, dentro de los rombos de alambre. Se parece a la valla secreta de las paredes y el Suelo por la que Mamá no pudo seguir cavando. Al final la salvé y salimos, pero entonces ya no quiso vivir más. Hay una niña grande colgada boca abajo de un columpio. Dos niños montados en una cosa que no recuerdo cómo se llama que sube y baja se caen de golpe y se echan a reír: creo que lo hacen a propósito. Me cuento los dientes hasta veinte, y luego otra vez. Miro a una mujer que lleva a un bebé al tobogán y lo pone a gatear por el túnel. Ella le hace una mueca a través de los agujeros de los lados y hace como que no sabe dónde está. Miro a la niña grande, pero sólo se columpia, a veces con el pelo casi rozando el barro, a veces erguida. Los niños se persiguen y hacen bang, bang con las manos como si fuesen pistolas; uno se cae y se pone a llorar. Sale corriendo por la puerta y se mete en una casa. La Abuela dice que debe de vivir ahí, ¿cómo lo sabe?

—¿Por qué no vas a jugar ahora con el otro niño? —me susurra, y luego grita—: Hola.

El niño mira hacia donde estamos, y yo me meto en un arbusto y me pincho la cabeza.

Al cabo de un rato la Abuela dice que hace más fresco de lo que parece y que tal vez deberíamos ir yendo a casa a comer.

Tardamos cien horas, y me parece que las piernas se me van a romper.

—A lo mejor la próxima vez te lo pasas mejor —dice la Abuela.

—Ha sido interesante.

—¿Eso es lo que mamá te ha dicho que se dice cuando algo no te gusta? —sonríe un poco—. Yo se lo enseñé.

—¿Ahora sí se está muriendo?

—¡No! —me dice casi con un grito—. Leo habría llamado si hubiera cualquier novedad.

Leo es el Astro; me confundo con tantos nombres. Yo quiero tener mi nombre y ya está: Jack.

En casa, la Abuela me enseña Francia en el globo terráqueo, que es como una estatua del mundo que siempre da vueltas. Esta ciudad chiquitita en la que estamos es sólo un punto, y la clínica cabe también dentro de ese punto. Y la Habitación, aunque la Abuela dice que no debo pensar más en ese lugar, que me lo quite de la cabeza.

Como un montón de pan con mantequilla con el almuerzo. Es pan francés, pero creo que no lleva nada de caca. Se me ha puesto la nariz roja y caliente, y también las mejillas y la parte de arriba del pecho, y los brazos, y la vuelta de las manos y los tobillos por encima de los calcetines.

El Astro le dice a la Abuela que no se disguste.

—Si ni siquiera hacía sol —no deja de repetir ella, secándose los ojos.

—¿Se me va a caer la piel? —pregunto.

—Sólo se te pelarán algunas zonas —dice el Astro.

—No asustes al crío —dice la Abuela—. No va a pasarte nada, Jack, no te preocupes. Ponte más crema para después del sol, verás como te refresca...

Me cuesta ponerme en la espalda, pero no quiero que me toquen los dedos de otras personas, así que me las apaño.

La Abuela dice que debería llamar otra vez a la clínica, pero que ahora mismo anda en otras cosas.

Como me he quemado, me tumbo en el sofá y veo los dibujos. Mientras, el Astro se sienta en la butaca reclinable a leer su revista *World Traveler*.

Por la noche la Muela Mala viene a por mí dando brincos por la calle: pum, pum, pum. Mide tres metros de alto, está llena de moho, se cae en pedazos y va destrozando las paredes a golpes. Luego voy flotando en un barco cerrado con clavos, *los gusanos rastreros reptan por el suelo...*

Está oscuro, oigo un susurro. Primero no sé qué es, luego resulta que es la Abuela.

—Jack. Tranquilo, ya pasó.

—No.

—Vuelve a dormirte.

Creo que ya no duermo más.

A la hora del desayuno la Abuela se toma una pastilla. Le pregunto si son vitaminas. El Astro se echa a reír.

—Deberías hablar con él —le riñe la Abuela. Y luego a mí me dice—: A nadie le viene mal una ayudita.

Me cuesta aprenderme esta casa. Las puertas por las que me dejan entrar a cualquier hora son la cocina, la sala de estar, el gimnasio, la habitación libre y el sótano, y también ese trozo fuera del dormitorio que se llama descansillo, como si sirviera para descansar, aunque aún no he visto a nadie ahí parado. Al dormitorio puedo entrar si la puerta no está cerrada, porque si está cerrada, tengo que llamar y esperar. Puedo entrar al cuarto de baño si la puerta se abre, porque si no, quiere decir que dentro hay alguien y he de esperar. La bañera, el lavabo y el váter son de color verde aguacate, menos el asiento, que es de madera y sirve para sentarme encima. Hay que levantar el asiento y volver a bajarlo después, por cortesía con las señoras, o sea, con la Abuela. El váter tiene una tapa encima de la cisterna igual que con la que Mamá atizó al Viejo Nick. El jabón es una bola dura, y tengo que frotar mucho para que funcione. La gente del Exterior no es como nosotros, tienen un millón de cosas, y diferentes clases de cada. Existe un montón de tipos de barritas de chocolate, de máquinas o de zapatos, por ejemplo. Las cosas sirven para usos distintos, como el cepillo de las uñas, el de los dientes, el de la ropa y el del pelo, y otras cosas que también son cepillos y se llaman escobas, como la de barrer dentro o la del patio, o la del váter, que es más pequeña y se llama escobilla. Cuando se me cae al suelo un poco del polvo que se llama talco lo barro, pero la Abuela viene y dice que ésa es la escobilla del váter y se enfada porque estoy esparciendo los microbios.

También es la casa del Astro, pero las normas no las pone él. Pasa mucho tiempo en su estudio, que es una habitación especial para él solo.

—Las personas no siempre quieren estar con otra gente —me explica—. Acaba siendo agotador.

—¿Por qué?

—Créeme, he estado casado dos veces.

No puedo salir por la puerta de delante sin decírselo a la Abuela, aunque de todos modos no lo haría. Me siento en las escaleras y me pongo a chupar la Muela Mala.

—¿Por qué no vas a jugar a algo? —me dice la Abuela apretujándome al pasar.

Hay un montón de juguetes, no sé con cuál. Mis juguetes de nuestros simpatizantes locos, que Mamá pensaba que eran sólo cinco pero me quedé con seis. Hay tizas de muchos colores diferentes que trajo Deana aunque yo no la vi y que me ensucian demasiado los dedos. Hay un rollo de papel gigante y cuarenta y ocho rotuladores en un plástico largo invisible. Una caja llena de cajas con animales dibujados que Bronwyn ya no usa, no sé por qué, y que se apilan en una torre más alta que mi cabeza.

En vez de jugar me quedo mirándome los zapatos, los blanditos. Si muevo los dedos casi los veo debajo del cuero. «¡Mamá!», grito muy fuerte dentro de mi cabeza. No creo que esté ahí. Ni mejor ni peor. A menos que todo el mundo mienta.

Hay una cosa chiquitita debajo de la alfombra, justo donde se convierte en la madera de las escaleras. Consigo sacarla con las uñas, es de metal. Una moneda. Tiene la cara de un hombre y palabras: EN DIOS CONFIAMOS LIBERTAD 2004. Al darle la vuelta hay un hombre, no sé si el mismo, pero ahora saluda con la mano hacia una casita y dice: ESTADOS UNIDOS DE AMÉRICA E PLURIBUS UNUM UN CENTAVO.

La Abuela me mira desde el escalón de abajo.

Doy un brinco. Empujo la Muela Mala hacia el fondo de las encías.

—Hay un trocito en español —le digo.

—¿No me digas? —frunce el ceño.

Se lo señalo con el dedo.

—Es latín. E PLURIBUS UNUM. Mmm, creo que significa *permanezcamos unidos,* o algo así. ¿Quieres más?

—¿De qué?

—Déjame mirar en el monedero...

Vuelve con un objeto redondo y plano que al estrujarlo se abre de repente igual que una boca, y dentro tiene dineros diferentes. En otra moneda plateada se ve a un hombre con una coleta como la mía y las palabras CINCO CENTAVOS, aunque dice que a esta moneda todo el mundo la llama *níquel.* La chiquitita plateada es de diez centavos.

—¿Por qué la de cinco es más grande que la de diez, si tiene menos centavos?

—Pues porque es así, sin más.

Hasta la de un centavo es más grande que la de diez, y pienso que vaya cosa más tonta.

En la plateada más grande de todas se ve a otro hombre que no parece nada contento, y por detrás pone: NEW HAMPSHIRE 1788 VIVE LIBRE O MUERE. La Abuela dice que New Hampshire es otra región de Estados Unidos distinta de ésta.

—Eso de *vive libre* ¿significa fuera de la Habitación?

—Ah, no, no... Significa que hay que vivir sin someterse a nadie.

Hay otra que es igual por delante, pero cuando le doy la vuelta veo dibujos de un velero con una persona chiquitita dentro, una copa y más palabras en español: GUAM E PLURIBUS UNUM 2009 y GUAHAN ITANO' MANCHAMORRO. La Abuela levanta la moneda y mira entrecerrando los ojos. Al final va a ponerse las gafas.

—¿Eso también es otra región de Estados Unidos?

—¿Guam? No, creo que está en otra parte.

A lo mejor así es como los del Exterior escriben «Habitación».

El teléfono se pone a chillar en el recibidor, corro arriba para escaparme del ruido.

La Abuela sube, llorando otra vez.

—Empieza a ir para arriba —me quedo mirándola sin decir nada—. Tu mamá.

—Para arriba..., ¿al Cielo?

—Quiero decir que está mejorando, seguramente se pondrá bien.

Cierro los ojos.

La Abuela me zarandea para despertarme porque dice que llevo tres horas durmiendo y le da miedo que por la noche no tenga sueño.

Me cuesta hablar con la Muela Mala en la boca, así que me la guardo en el bolsillo. Aún tengo jabón metido en las uñas, y necesito algo afilado para sacármelo. Ojalá tuviera el Mando.

—¿Echas de menos a mamá?

Digo que no con la cabeza.

—Al Mando.

—Echas de menos... ¿tu manto?

—Al Mando.

—¿El mando de la tele?

—No, el Mando que servía para que el Jeep saliera disparado a toda pastilla, pero que se rompió en el Armario.

—Ah —dice la Abuela—. Bueno, seguro que podremos recuperarlos.

—Están en la Habitación.

—Hagamos una pequeña lista.

—¿Para echarla por el váter y luego tirar de la cadena?

La Abuela parece hecha un lío.

—No, llamaré a la policía.

—¿Es una emergencia?

Niega con la cabeza.

—Para que te traigan aquí tus juguetes, cuando hayan terminado con ellos.

La miro.

—¿La policía puede entrar en la Habitación?

—Probablemente estén ahí en este mismo momento —me explica—, recabando pruebas.

—¿Qué son pruebas?

—Restos de lo que ha pasado, para enseñárselos al juez. Fotos, huellas dactilares...

Mientras hago la lista pienso en la línea negra de la Pista y el agujero de debajo de la Mesa, todos los rastros que Mamá y yo dejamos. Me imagino al juez mirando mi dibujo del pulpo azul.

La Abuela dice que es una lástima desperdiciar un día de primavera tan bonito, así que me pongo una camisa de manga larga, los zapatos de verdad, el gorro, las gafas de sol y litros de protector solar para poder salir al patio.

La Abuela se echa chorros de protector en las manos.

—Tú dime «sigue» y «para» cuando quieras. Como si fuera un robot a control remoto.

Me parece gracioso. Empieza a untarme el dorso de las manos.

—¡Para! —al cabo de un momento digo—: Sigue —y entonces ella empieza otra vez—. Sigue.

Se para.

—¿Quieres decir que no pare?

—Sí.

Me pone en la cara. Cerca de los ojos no me gusta, pero va con cuidado.

—Sigue.

—Bueno, es que ya hemos terminado, Jack. ¿Listo?

La Abuela sale primero. Cruza las dos puertas, la de cristal y la de mosquitera. Me hace señas para que vaya y la luz dibuja un zigzag. Nos quedamos de pie en la tarima, que es toda de madera como la cubierta de un barco. Está llena de pelusas que forman pequeñas bolas. La Abuela dice que es una especie de polen que suelta un árbol.

—¿Cuál? —miro hacia todos los que veo alrededor.

—A eso me temo que no puedo contestarte.

En la Habitación sabíamos el nombre de todas las cosas, pero en el mundo hay tantas que las personas no saben ni cómo se llaman.

La Abuela se sienta en una de las sillas moviendo un poco el culo para que le entre en el asiento. Hay palitos que se rompen cuando los piso, y unas hojitas amarillas diminutas, y otras marrones y blanditas de las que la Abuela le pidió a Leo que se encargara en noviembre.

—¿El Astro trabaja?

—No, los dos nos jubilamos pronto. Aunque claro, nuestros recursos quedaron diezmados...

—¿Eso qué quiere decir?

Echa la cabeza hacia atrás en la silla, con los ojos cerrados.

—Nada, no te preocupes.

—¿El Astro se va a morir pronto?

La Abuela abre los ojos y me mira.

—¿O te morirás tú primero?

—Permíteme informarte de que sólo tengo cincuenta y nueve años, jovencito.

Mamá sólo tiene veintiséis. Va para arriba, ¿eso significa que ya está volviendo?

—Aquí nadie va a morirse —dice la Abuela—, tranquilo.

—Mamá dice que todo el mundo se muere tarde o temprano.

La Abuela frunce la boca y le salen líneas alrededor que parecen rayos de sol.

—A la mayoría apenas acabas de conocernos, así que no tengas prisa por decirnos adiós.

Observo la zona verde del patio.

—¿Dónde está la hamaca?

—Supongo que podríamos desenterrarla del sótano, puesto que tanto te interesa —y se levanta con un gruñido.

—Voy contigo.

—Quédate ahí sentado, disfruta del sol, estaré aquí antes de que te des cuenta.

Pero estoy de pie, no sentado.

Cuando se va, todo queda en silencio, menos por unos ruiditos agudos que salen de los árboles y que creo que son pájaros, aunque no los veo. El viento mueve las hojas y las susurra. Oigo el grito de un niño; a lo mejor viene de otro patio que hay detrás del gran seto, o a lo mejor es que es invisible. A la cara amarilla de Dios se le ha puesto una nube encima. De repente hace más frío. La luz y el calor y los sonidos del mundo cambian a cada momento, nunca sé lo que va a pasar un segundo después. La nube es de un color gris azulado, no sé si porque va cargada de lluvia. Si empieza a caerme lluvia, correré adentro de la casa antes de que se me ahogue la piel.

Hay algo que no para de hacer zzzzzzzz. Miro entre las flores y veo algo increíble, un bicho vivo, una abeja viva enorme, con rayas amarillas y negras, que baila justo dentro de la flor.

—Hola —le digo.

Meto el dedo para acariciarla y... aaaaaaay.

La mano me va a explotar, es el dolor más fuerte de toda mi vida.

—¡Mamá! —grito. Grito «Mamá» dentro de mi cabeza, pero ella no está en el jardín y no está dentro de mi cabeza y no está en ninguna parte, estoy solito y me duele, qué daño, qué daño, qué...

—¿Se puede saber qué te has hecho? —la Abuela viene corriendo por la tarima de madera.

—Yo no he sido, ha sido la abeja.

Cuando me pone el ungüento especial no me duele tanto, pero todavía mucho.

Tengo que usar la otra mano para ayudarla. La hamaca se cuelga con unos ganchos de dos árboles al fondo del jardín; uno es un árbol torcido y bajito, mide sólo el doble que yo; el otro es un millón de veces más alto, con hojas plateadas. Las trenzas de cuerda parecen tiesas porque llevan mucho tiempo en el sótano, y tenemos que estirarlas hasta que los agujeros sean otra vez del tamaño correcto. Además, dos de las cuerdas están rotas, así que hay agujeros de más en los que no debemos sentarnos.

—Habrán sido las polillas —dice la Abuela.

No sabía que las polillas se hacen tan grandes como para romper cuerdas.

—Si te soy sincera, no la hemos colgado desde hace años.

Me dice que ella no se arriesga a subirse; además, prefiere sentarse con un buen respaldo.

Me estiro y ocupo la hamaca yo solo. Muevo los pies dentro de los zapatos, los saco por los agujeros, y las manos también, aunque la derecha mejor no porque aún me duele la picadura. Pienso en Mamá de pequeña y en Paul de pequeño meciéndose en la hamaca. Es raro, ¿dónde estarán ahora? Supongo que el Paul grande está con Deana y Bronwyn. Dijeron que iríamos a ver los dinosaurios otro día, pero creo que era de mentira. Mi Mamá grande está en la clínica, remontando.

Empujo las cuerdas, soy una mosca en una telaraña. O un ladrón atrapado por Spiderman. La Abuela me columpia y me mareo un poco, pero es un mareo que me gusta.

—Teléfono —grita el Astro desde la tarima.

La Abuela corre por el césped, me deja solo otra vez en el aire libre del Exterior. Bajo de la hamaca de un salto y por poco me caigo, porque un zapato se me queda enganchado. Saco el pie de un tirón, el zapato cae al suelo. Corro tras ella, y casi igual de rápido.

En la cocina la Abuela está al teléfono.

—Por supuesto, lo primero es lo primero, está aquí a mi lado. Alguien quiere hablar contigo —eso me lo dice a mí. Me da el teléfono, pero no lo cojo—. ¿Adivinas quién?

La miro, pestañeando.

—Es mamá.

Es verdad, la voz de Mamá sale del teléfono.

—¿Jack?

—Hola.

Como no oigo nada más, se lo paso de nuevo a la Abuela.

—Soy yo otra vez. Dime, ¿cómo estás de verdad? —pregunta la Abuela. Asiente todo el rato y dice—: Pues mira, está manteniendo el tipo.

Me da de nuevo el teléfono, oigo a Mamá decir «perdona» un montón de veces.

—¿Ya no estás envenenada con la medicina mala? —le pregunto.

—No, no, estoy mejor.

—¿No te has ido al Cielo?

La Abuela se tapa la boca con la mano. Mamá hace un ruido, no sé si es que llora o que se ríe.

—Ojalá.

—¿Por qué dices que ojalá estuvieras en el Cielo?

—No hablaba en serio, sólo era una broma.

—Pues esa broma no hace gracia.

—No.

—No digas que ojalá.

—Vale. Estoy aquí, en la clínica.

—¿Estabas cansada de tanto jugar?

No oigo nada, creo que se ha ido.

—¿Mamá?

—Estaba cansada —dice—. Cometí un error.

—¿Y ya no estás cansada?

Al principio no dice nada.

—Lo estoy. Pero no pasa nada —dice luego.

—¿Puedes venir aquí a mecerte en la hamaca?

—Muy pronto —dice.

—¿Cuándo?

—No lo sé, depende. ¿Qué tal va todo con la abuela?

—Y el Astro.

—Eso. ¿Qué hay de nuevo?

—Todo —digo.

Eso la hace reír, no sé por qué.

—¿Te lo estás pasando bien?

—El sol me quemó la piel y me ha picado una abeja.

La Abuela pone los ojos en blanco. Mamá dice algo, pero no la oigo.

—Ahora tengo que irme, Jack, necesito dormir un poco más.

—¿Y luego te despertarás?

—Te lo prometo. Estoy tan... —parece como si se le cortara la respiración—. Hablamos otro día, pronto, ¿de acuerdo?

—De acuerdo.

No se oye nada más, así que cuelgo el teléfono.

—¿Dónde está tu otro zapato? —me pregunta la Abuela.

Miro las llamas anaranjadas que bailan debajo de la olla de la pasta. La cerilla está sobre la encimera, con la punta negra y rizada. La acerco al fuego, que silba. Brota otra llama y dejo caer la cerilla en los fogones. La llamita se hace casi invisible, va comiéndose a mordisquitos la cerilla hasta que se queda completamente negra y un humo pequeño sube como una cinta plateada. Huele mágico. Saco otra cerilla de la caja, prendo el extremo con el fuego, y esta vez la sujeto cuando hace ese silbido. Es mi llamita, puedo llevármela a donde quiera. Dibujo un círculo con ella y primero creo que se ha apagado, pero luego vuelve. La llama se hace más grande y se extiende por la cerilla, convertida en dos llamas distintas con una línea roja chiquitita en la madera de en medio que las separa...

—¡Eh!

Doy un brinco, es el Astro. De repente ya no tengo la cerilla en la mano.

Me da un pisotón en el pie.

Me sale un alarido.

—La tenías en el calcetín —me enseña la cerilla enroscada, me frota el calcetín en el lugar donde ha quedado un pequeño redondel negro—. ¿Es que tu madre no te ha enseñado que con el fuego no se juega?

—No había.

—Que no había ¿qué?

—Fuego.

Me mira fijamente.

—Supongo que teníais una cocina eléctrica. Vete a saber.

—¿Qué pasa? —entra la Abuela.

—Nada, Jack está aprendiendo el nombre de los utensilios de cocina —dice el Astro removiendo la pasta. Sujeta una cosa en alto y me mira.

—Rallador —digo, porque de éste me acuerdo.

La Abuela empieza a poner la mesa.

—¿Y esto?

—Pisa-ajos.

—Triturador de ajos. Mucho más violento que pisar —el Astro me sonríe. No le ha contado a la Abuela lo de la cerilla; eso es una especie de mentira, pero para no meterme en problemas, así que hay una buena razón. Levanta otro objeto.

—¿Otro rallador?

—Sirve para rallar la cáscara de los cítricos. ¿Y esto?

—Mmm..., una batidora.

El Astro aguanta un hilo de pasta en alto y lo sorbe.

—Mi hermano mayor se echó encima una olla de arroz hirviendo cuando tenía tres años, y se le quedó el brazo ondulado como una patata frita para siempre.

—Ah, ya sé, las he visto por la Tele.

La Abuela me mira muy seria.

—¿No me digas que nunca has comido patatas fritas?

Acto seguido se sube a un escalón y remueve cosas en un armario.

—Tiempo estimado de llegada, dos minutos —anuncia el Astro.

—Bah, por un puñado no pasa nada —la Abuela baja de nuevo con una bolsa de papel crujiente y la abre.

Las patatas están llenas de rayas. Cojo una y mordisqueo el borde.

—No, gracias —digo, y la meto de nuevo en la bolsa.

El Astro se echa a reír, no sé qué le ha hecho tanta gracia.

—El chico se está reservando para mis *tagliatelle carbonara*.

—Prefiero ver la piel, ¿puedo?

—¿Qué piel? —pregunta la Abuela.

—La del hermano.

—Ah, vive en México. Podemos decir que es tu tío abuelo, supongo.

El Astro vierte toda el agua en el fregadero y se forma una gran nube de aire húmedo.

—¿Y por qué?

—Porque es el hermano de Leo. Todos nuestros parientes ahora también son familia tuya —dice la Abuela—. Lo que es nuestro también es tuyo.

—Un LEGO —dice el Astro.

—¿Cómo? —dice ella.

—Igual que con el LEGO. Pedacitos de familias pegados unos a otros.

—Eso también lo vi en la Tele —les cuento.

La Abuela me mira de nuevo fijamente.

—Crecer sin el LEGO —le dice al Astro—. No puedo ni imaginarlo, y lo digo en el verdadero sentido de la expresión.

—Apuesto a que hay un par de billones de niños en el mundo que se las arreglan de algún modo —dice el Astro.

—Supongo que tienes razón —la Abuela parece confundida—. Debemos de tener una caja de piezas dando tumbos por el sótano, aunque...

El Astro casca un huevo con una mano y lo deja caer encima de la pasta.

—La cena está servida.

Pedaleo sin parar en la bicicleta que no se mueve. Si me estiro llego con los dedos a los pedales. La monto miles de horas para que se me pongan las piernas superfuertes y pueda escaparme a buscar a Mamá y salvarla otra vez. Me tumbo en las colchonetas azules porque siento las piernas cansadas. Levanto los pesos libres, aunque de libres no sé qué tienen. Me pongo uno encima de la barriga. Me gusta cómo me sujeta, no me deja caer de este mundo que no para de dar vueltas.

Ding, dong. La Abuela grita porque tengo visita: el doctor Clay ha venido a verme.

Nos sentamos en la tarima; me avisará si se acerca alguna abeja. Las personas y las abejas deberían saludarse nada más, sin tocarse. No se acaricia a un perro a no ser que su humano diga que se puede, no se cruza la calle corriendo, no se tocan las partes íntimas menos las mías en privado. Aunque hay casos especiales, como que la policía puede disparar, pero sólo a los tipos malos. Hay demasiadas normas que debo meterme en la cabeza, así que hacemos una lista con el bolígrafo de oro superpesado del doctor Clay. Luego otra lista de todas las cosas nuevas, como los pesos libres, las patatas fritas y los pájaros.

—Es emocionante ver las cosas de verdad y no sólo por la tele, ¿verdad? —me pregunta.

—Sí. Aunque las cosas de la Tele nunca me habían picado.

—Tienes razón —dice el doctor Clay asintiendo—. «La condición humana no es capaz de resistir un exceso de realidad.»

—¿Es un poema otra vez?

—¿Cómo lo has adivinado?

—Porque pones una voz rara —le digo—. ¿Qué es la condición humana?

—La raza humana, todos nosotros.

—O sea que ¿yo también?

—Ah, desde luego, tú eres uno de los nuestros.

—Y de Mamá.

El doctor Clay asiente.

—Ella también lo es, claro.

Pero en realidad me refería a que, aunque a lo mejor soy humano, también soy como somos solamente Mamá y yo. No sé cómo llamarnos. ¿Habitantes?

—¿Va a venir pronto a buscarme?

—En cuanto le sea posible —dice—. ¿Estarías más a gusto en la clínica, en lugar de seguir aquí en casa de tu abuela?

—¿Con Mamá, en la Habitación Número Siete?

Niega con la cabeza.

—Ella está en otra ala del centro, necesita pasar un poco más de tiempo sola.

Creo que se equivoca, porque si yo estuviera malito, necesitaría a Mamá aún más.

—Pero está trabajando durísimo para ponerse mejor —me dice.

Pensaba que la gente está enferma o curada, pero no sabía que era un trabajo.

Al despedirnos, el doctor Clay y yo chocamos los cinco en alto, abajo y de espaldas.

Cuando estoy en el váter lo oigo hablando en el porche con la Abuela. La voz de ella es el doble de aguda que la del doctor.

—Por el amor de Dios, si sólo hablamos de una leve quemadura del sol y una picadura de abeja —le dice la Abuela—. Crié a dos niños, no me venga con eso del «nivel de cuidados aceptable».

Por la noche hay un millón de ordenadores chiquitines hablando de mí todos a la vez. Mamá ha trepado por la mata de habichuelas y ha desaparecido, y yo estoy abajo, en la tierra, sacudiéndola y sacudiéndola para que se caiga...

No. Sólo era un sueño.

—Se me ha encendido la bombilla —me dice la Abuela al oído. Está asomada en su cama, con la parte de abajo del cuerpo todavía debajo de las sábanas—. Vamos a ir en coche al parque antes de desayunar, y así no habrá otros niños.

Nuestras sombras se ven muy largas y elásticas en el suelo. Saludo con mis puños gigantes. La Abuela está a punto de sentarse en un banco pero está mojado, así que al final se queda apoyada en la valla. Todo está un poco húmedo, la Abuela dice que es por el rocío. Se parece a la lluvia, aunque no cae del cielo, es una especie de sudor que aparece por la noche. Dibujo una cara en la rampa del tobogán.

—No importa si se te moja la ropa, despreocúpate.

—No estoy preocupado, más bien tengo frío.

Hay un trocito con arena dentro; la Abuela dice que puedo ir a sentarme ahí a jugar.

—¿A qué?

—¿Cómo? —dice.

—Jugar ¿a qué?

—Qué sé yo, a hacer agujeros, o excavar o lo que quieras.

La toco, pero es rasposa y no quiero embadurnarme.

—¿Y la pared para escalar, o los columpios? —dice la Abuela.

—¿Tú vienes?

Suelta una risita, dice que lo más probable es que rompiera alguna cosa.

—¿Por qué?

—Ah, no a propósito, sino porque peso mucho.

Subo algunos travesaños, de pie como un niño y no como un mono. Son de metal, y tienen trocitos anaranjados y ásperos que se llaman óxido y las barras para sujetarse me dejan las manos heladas. Al final hay una casa chiquitita como las de los duendes. Me siento a la mesa y el techo me queda justo por encima de la cabeza; es rojo, y la mesa azul.

—Yuuujuuu.

Doy un brinco. Es la Abuela, que me saluda desde el otro lado de la ventana. Entonces da la vuelta hasta el otro lado y me saluda de nuevo. También la saludo, y veo que se pone contenta.

En la esquina de la mesa veo algo que se mueve: es una arañita. Me pregunto si la Araña vive todavía en la Habitación, si la tela que teje se hace cada vez más grande. Tamborileo canciones con los dedos, como cuando tarareo pero sólo dando golpecitos, y Mamá tiene que adivinarlas dentro de mi cabeza. Las acierta casi todas. Cuando las hago en el suelo con el zapato suena distinto, porque es de metal. La pared dice algo que no consigo leer, son garabatos y hay un dibujo que me parece que es un pene, pero grande como la persona.

—Prueba el tobogán, Jack, parece divertido.

Es la Abuela, que me llama. Salgo de la casita y miro hacia abajo; el tobogán es plateado, con algunas piedrecitas encima.

—¡Yupi! Vamos, te recojo abajo.

—No, gracias.

Hay una escalera de cuerdas que se parece a la hamaca, pero cuelga hasta el suelo; creo que me rasparía los dedos. Hay un montón de barras de las que podría colgarme si tuviera unos brazos más fuertes o fuera un mono de verdad. Hay una parte que le enseño a la Abuela donde los ladrones han debido de llevarse los travesaños.

—No, mira, hay que deslizarse por la barra de bomberos —me dice.

—Ah, sí, eso lo vi por la Tele. Pero ¿por qué viven aquí arriba?

—¿Quiénes?

—Los bomberos.

—Ah, en realidad no es una barra de las suyas, sino de juguete.

Cuando tenía cuatro años pensaba que todo lo de la Tele era sólo Tele. Luego cumplí cinco y Mamá me desmintió y me contó que un montón de cosas son imágenes de cosas de verdad, y que el Exterior era de verdad verdadera. Y ahora que estoy en el Exterior resulta que muchas de esas cosas no son de verdad para nada.

Vuelvo a la casa de los duendes. La araña se ha ido a alguna parte. Me quito los zapatos debajo de la mesa y estiro los pies.

La Abuela está en los columpios. Dos de ellos son una tabla plana, pero el tercero tiene un cubo de goma con agujeros para las piernas.

—De éste no puedes caerte —me dice—. ¿Quieres probar?

Tiene que alzarme, y es raro sentir sus manos apretándome las axilas. Me empuja desde la parte de atrás del cubo, pero no me gusta y no paro de darme la vuelta para ver, así que luego me empuja desde delante. Me columpio cada vez más y más rápido, muy alto, muy alto, es la cosa más rara que he hecho en mi vida.

—Echa la cabeza hacia atrás.

—¿Por qué?

—Confía en mí.

Echo la cabeza hacia atrás y todo se pone del revés, el cielo y los árboles y las casas y la Abuela y todo, es increíble.

En el otro columpio hay una niña, no la había visto llegar. Se está columpiando pero no al mismo tiempo, porque cuando yo voy hacia delante ella va hacia atrás.

—¿Cómo te llamas? —me pregunta.

Hago ver que no la oigo.

—Se llama Ja... Jason —dice la Abuela.

¿Por qué me llama así?

—Yo me llamo Cora y tengo cuatro años y medio —dice la niña, y me mira y pregunta—: ¿Es un bebé?

—En realidad es un niño, y tiene cinco años —contesta la Abuela.

—Entonces, ¿por qué se monta en el columpio de los bebés?

Quiero salir, pero las piernas se me han quedado trabadas en la goma; empiezo a dar patadas, tiro de las cadenas.

—Tranquilo, con calma —dice la Abuela.

—¿Le ha dado una rabieta? —pregunta la niña Cora.

Mi pie le da una patada a la Abuela sin querer.

—Basta ya.

—Al hermanito de mi amiga le dan rabietas.

La Abuela tira de mí por debajo de los brazos. Se me retuerce el pie, pero al final consigo salir. Se para en la puerta.

—Los zapatos, Jack.

Pienso con todas mis fuerzas y me acuerdo.

—Están en la casita.

—Pues ve pitando a cogerlos —espera—. La nena no te molestará.

Pero no puedo volver a trepar ahí si a lo mejor me está mirando, así que lo hace la Abuela, y el culo se le queda atascado en la casita de los duendes y se enfada. Me aprieta demasiado el zapato izquierdo, así que me lo vuelvo a quitar, y el otro también. Camino en calcetines hasta el coche blanco. La Abuela dice que voy a clavarme un cristal en el pie, pero no me lo clavo.

Se me han mojado los pantalones de rocío, y los calcetines también. El Astro está en su butaca reclinable con una taza enorme.

—¿Cómo ha ido? —pregunta.

—Poco a poco —dice la Abuela subiendo las escaleras.

El Astro me deja probar su café; está tan malo que me dan escalofríos.

—¿Por qué los lugares para comer se llaman cafeterías? —le pregunto.

—Bueno, el café es lo que más se pide en esos sitios, porque la mayoría lo necesitamos para funcionar, como la gasolina de un coche.

Mamá sólo bebe agua, leche y zumo, igual que yo. Me pregunto qué es lo que la hace funcionar.

—¿Y los niños qué toman?

—Mira, donde se ponga un buen plato de judías...

Las judías blancas me hacen funcionar sin problema, pero las judías verdes son mi comida más enemiga. La Abuela las preparó para cenar hace unos días e hice como que no las veía en el plato. Ahora que estoy en el mundo no voy a comer judías verdes nunca más.

Estoy sentado en las escaleras, escuchando a las señoras.

—Ajá. Sabe más de matemáticas que yo, pero no es capaz de tirarse por un tobogán —dice la Abuela.

Creo que habla de mí.

Son sus amigas del grupo de lectura, pero no entiendo por qué, si no leen ningún libro. Olvidó cancelar la cita, así que a las 03.30 llegaron todas con platos de pasteles y otras cosas. Me he puesto tres pastelitos en un plato de postre, pero tengo que mantenerme fuera del paso. Además, la Abuela me ha dado cinco llaves metidas en un llavero donde dice CASA DE PIZZAS POZZO'S. Me pregunto cómo será una casa de pizza, ¿no se derrumba? En realidad no son llaves de ningún sitio, pero tintinean, y me las he ganado después de prometerle que no volveré a sacar la llave del mueble bar. El primer pastel se llama coco, es asqueroso. El segundo es de limón y el tercero no sé de qué es, pero es el que más me gusta.

—Debes de estar molida —dice una de las señoras con la voz más aguda de todas.

—Qué proeza —dice otra.

También me han prestado la cámara; no la megaguay del Astro que tiene el redondel gigante, sino la que hay escondida en el ojo del móvil de la Abuela, aunque si suena tengo que llamarla, no contestar. Llevo ya diez fotos: una, mis zapatos blanditos; dos, la luz del techo del gimnasio;

tres, la oscuridad del sótano (sólo que la foto salió demasiado resplandeciente); cuatro, las líneas de mi mano por dentro; cinco, un agujero al lado de la nevera que ojalá que sea una ratonera; seis, mi rodilla con pantalones; siete, la alfombra de la sala de estar vista de cerca; ocho, en realidad es Dora cuando salió esta mañana por la tele, pero ha quedado toda en zigzag; nueve, el Astro sin sonreír; diez, desde la ventana del dormitorio cuando pasaba una gaviota, sólo que la gaviota no aparece en la foto. Iba a hacer una de mí en el espejo, pero entonces sería un *paparazzi*.

—Bueno, en las fotos parece un angelito —oigo que dice una de las señoras.

¿Cómo ha visto mis diez fotos? Y además, es que no me parezco en nada a un ángel, porque los ángeles son enormes y tienen alas.

—¿Hablas de aquellas secuencias borrosas a la puerta de la comisaría? —pregunta la Abuela.

—No, a los primeros planos, de cuando le hicieron la entrevista a...

—A mi hija, sí. Pero ¿primeros planos de Jack? —por la voz, parece furiosa.

—Ay, cariño, están colgados en Internet —dice otra voz.

Entonces se ponen a hablar muchas a la vez.

—¿No lo sabías?

—Hoy en día todo se filtra.

—El mundo es como una gran ostra.

—Terrible.

—Se ven cosas tan horribles todos los días en las noticias, que a veces me dan ganas de quedarme en la cama con las cortinas echadas.

—Todavía me cuesta creerlo —dice la voz grave—. Recuerdo haberle dicho a Bill hace siete años: «¿Cómo ha podido pasarle esto a una chica que nosotros conocemos?».

—Todos pensábamos que estaba muerta. Claro que nunca quisimos decirlo...

—Y tú tenías tanta fe.

—Quién iba a imaginarlo.

—¿Alguien quiere más té? —ésa es la Abuela.

—Bueno, no sé. Una vez pasé una semana en un monasterio, en Escocia —dice otra voz—, y había una paz increíble.

Me he terminado los pastelitos, menos el de coco. Dejo el plato en el escalón y subo al dormitorio a ver mis tesoros. Me meto la Muela Mala en la boca para chuparla un ratito. No sabe a Mamá.

La Abuela ha encontrado una caja grande de LEGO en el sótano, era de Paul y de Mamá.

—¿Qué te gustaría construir? —me pregunta—. ¿Una casa? ¿Un rascacielos? ¿Un pueblo, quizá?

—A lo mejor le apetece apuntar un poco más bajo —dice el Astro detrás del periódico.

Hay tantas piezas chiquititas de todos los colores que parece una sopa.

—Bueno —dice la Abuela—, desmelénate. Yo tengo mucha plancha.

Miro el LEGO pero no lo toco, me da miedo romperlo.

Al cabo de un minuto el Astro deja caer el periódico.

—Llevo demasiado tiempo sin hacer esto —empieza a coger piezas al tuntún, y las aprieta hasta que encajan unas con otras.

—¿Y por qué?

—Buena pregunta, Jack.

—¿Jugabas al LEGO con tus hijos?

—Yo no tengo hijos.

—¿Y eso?

El Astro se encoge de hombros.

—Mira, sencillamente nunca se dio.

Observo sus manos, llenas de bultos pero mañosas.

—¿Existe una palabra para los adultos que no son padres?

Se echa a reír.

—No sé, ¿gente con otras cosas que hacer?

—¿Cosas como cuáles?

—Sus trabajos, supongo. Los amigos. Viajes. Aficiones.

—¿Qué son las aficiones?

—Formas de pasar el fin de semana. Yo, por ejemplo, coleccionaba monedas antiguas de todo el mundo y las guardaba en estuches de terciopelo.

—¿Por qué?

Se ríe otra vez.

—Bueno, eran más fáciles que los niños, y no había que cambiar pañales.

Me da risa eso que ha dicho.

Me enseña sus piecitas de LEGO, que por arte de magia se han convertido en un coche. Tiene una, dos, tres, cuatro ruedas que giran, y techo y conductor y todo.

—¿Cómo lo has hecho?

—Pieza a pieza. Vamos, ahora coge tú una —me dice.

—¿Cuál?

—Cualquiera.

Elijo un cuadrado grande rojo.

El Astro me da una piecita pequeña con una rueda.

—Encájale ésta.

Coloco la parte que sobresale debajo del agujero de la otra parte que sobresale y aprieto fuerte.

Me da otra pieza con rueda y la encajo también.

—Qué moto tan chula. ¡Brum!

Hace un ruido tan fuerte que se me cae el LEGO al suelo y se le sale una rueda.

—Perdona.

—No te disculpes. Deja que te enseñe algo —pone su coche en el suelo y lo pisa: crec. Se deshace en piezas—.

¿Ves? —dice el Astro—. *No hay problema.* Empecemos de nuevo.

La Abuela dice que huelo mal.

—Me lavo con el trapo.

—Ya, pero la suciedad se esconde en los pliegues. Así que voy a preparar un baño y tú vas a hacer una inmersión.

Deja correr el agua caliente hasta muy arriba y echa gel de burbujas para que salgan montes brillantes. El verde de la bañera casi desaparece, pero sé que todavía está ahí.

—Fuera ropa, corazón —se queda de pie con los brazos en jarras—. ¿No quieres que te vea? ¿Preferirías que me quedara fuera?

—¡No!

—¿Qué pasa? —espera—. ¿Crees que sin Mamá en la bañera vas a ahogarte o algo así?

No sabía que la gente pudiera ahogarse en una bañera.

—Me quedaré aquí sentada todo el rato —dice dando unas palmaditas en la tapa del váter.

Digo que no con la cabeza.

—Ven a la bañera tú también.

—¿Yo? Jack, me ducho todas las mañanas. ¿Y si me quedo aquí sentada en el borde de la bañera, así?

—Dentro.

La Abuela me mira. Luego gruñe.

—De acuerdo. Si hay que llegar a estos extremos, y sólo por esta vez... Pero me pondré el bañador de natación.

—Yo no sé nadar.

—No, no vamos a nadar de verdad, es sólo... —dice— que prefiero no estar desnuda, si a ti no te molesta.

—¿Te da miedo?

—No —dice—, sólo que... lo prefiero, si no te importa.

—Y yo ¿puedo estar desnudo?

—Claro, tú eres un niño.

En la Habitación a veces íbamos desnudos y a veces vestidos, nos daba lo mismo.

—Jack, ¿podemos darnos ese baño antes de que el agua se enfríe?

No está ni pizca de fría, aún sube el vapor flotando. Empiezo a quitarme la ropa. La Abuela dice que vuelve en un segundo.

Las estatuas pueden ir desnudas aunque sean personas adultas, o a lo mejor es que tienen que ir así. El Astro dice que es porque intentan parecer estatuas antiguas, que siempre iban desnudas porque los romanos pensaban que los cuerpos son la cosa más bella del mundo. Me apoyo en la bañera, pero la parte dura de fuera me da frío en la barriga. Me acuerdo de ese trocito que sale en *Alicia:*

> *Si ella o yo tal vez nos vemos*
> *mezclados en este lío,*
> *él espera que tú los libres*
> *y sean como al principio.*

Mis dedos son submarinistas. La pastilla de jabón se cae al agua y juego a que es un tiburón. La Abuela entra con una especie de funda con muchos tirantes que parecen las bragas y la camiseta unidas con cuentas, y también lleva una bolsa de plástico en la cabeza que dice que se llama gorro de ducha, aunque nosotros vamos a bañarnos. No me río de ella, sólo un poco por dentro.

Cuando se mete en la bañera, el agua sube, y cuando me meto yo llega casi al borde. Ella se apoya en la pared lisa; Mamá se sentaba siempre en la pared del grifo. Voy con cuidado para no tocar las piernas de la Abuela con mis piernas. Me doy un coscorrón con un grifo.

—Cuidado.

¿Por qué las personas dicen eso sólo cuando ya te has hecho daño?

La Abuela no se acuerda de juegos de bañera más que de «Row Row Row Your Boat»; cuando intentamos remar juntos salpicamos todo el suelo.

Tampoco tiene ningún juguete. Juego a que el cepillo de las uñas es un submarino que barre el fondo del mar y encuentra la pastilla de jabón, que es una medusa pegajosa.

Cuando nos secamos, me rasco la nariz y un poquito se me queda pegado en la uña. En el espejo veo que tengo toda la piel llena de circulitos, se me están pelando como escamas.

El Astro entra a buscar sus zapatillas.

—Huy, esto me encantaba... —me toca el hombro y de repente me arranca una tira fina y blanca, aunque no he sentido nada—. Me chifla.

—Vamos, basta ya —dice la Abuela.

Froto la tira blanquecina y se hace un rollito, una bolita reseca de mi cuerpo.

—Otra vez —digo.

—Espera, deja que te encuentre una tira larga en la espalda...

—¡Hombres! —dice la Abuela con una mueca.

Esta mañana no hay nadie en la cocina. Saco las tijeras del cajón y me corto la coleta, ras.

La Abuela entra y se queda mirándome.

—Bueno, pues si me dejas te lo arreglo un poco —dice—, y después puedes ir a buscar la escoba y el recogedor. Tenemos que guardar un mechón, porque es tu primer corte de pelo.

La mayor parte acaba en la basura, pero la Abuela coge tres trozos largos y hace con ellos una trenza, que va a ser una pulsera para mí, atada con un hilo verde en la punta.

Me dice que vaya a mirarme al espejo, pero primero me aseguro de que mis músculos siguen en su sitio. La forzudez no se me ha ido.

En la parte de arriba del periódico pone SÁBADO 17 DE ABRIL, y eso significa que llevo una semana entera en la casa de la Abuela y el Astro. Antes de eso había estado una semana en la clínica, y si las sumo hace ya dos semanas que estoy en el mundo. No dejo de repasar las cuentas porque parece que hiciera ya un millón de años, y Mamá sigue sin venir a buscarme.

La Abuela dice que tenemos que salir de casa. Nadie me reconocerá ahora que llevo el pelo corto y se me hacen ricitos. Me dice que me quite las gafas, porque los ojos tienen que acostumbrarse al aire libre a partir de ahora, y además, las gafas sólo sirven para llamar la atención.

Cruzamos un montón de calles cogidos de la mano y sin dejar que los coches nos aplasten. No me gusta ir de la mano, pero imagino que la Abuela va de la mano con otro niño. Entonces a la Abuela se le ocurre una buena idea: si quiero, puedo agarrarme a la cadena de su bolso.

En el mundo hay miles de cosas de la misma clase, pero todas cuestan dinero, incluso las que son para tirar, como cuando el hombre que va delante de nosotros en la cola de la tienda se compra algo que va en una caja y la tira a la basura enseguida. Las cartulinas pequeñas llenas de números se llaman lotería, y la compran los tontos que esperan hacerse millonarios por arte de magia.

En la oficina de correos compramos sellos para mandarle a Mamá una foto que hice de mí y Dora en un cohete espacial.

Entramos en un rascacielos que es la oficina de Paul. Nos dice que está liadísimo pero me fotocopia las manos y me compra una barrita de golosina de una máquina expendedora. Al bajar en el ascensor apretando los botones, juego a que estoy dentro de una de esas máquinas.

Entramos en una pequeña parte del gobierno para que la Abuela se haga una nueva tarjeta de la Seguridad Social porque ha perdido la antigua y estamos siglos esperando. Después me lleva a una cafetería donde no hay judías verdes, y me pido una galleta que es más grande que mi cara.

Hay un bebé tomando lechita, eso nunca lo había visto.

—A mí me gusta la izquierda —le digo señalando—. ¿A ti también te gusta más la izquierda? —creo que el bebé no me está escuchando.

La Abuela me aparta de allí.

—Disculpa.

La mujer se tapa con un pañuelo, así que ya no veo la cara del bebé.

—Esa señora quería estar sola —susurra la Abuela.

No sabía que las personas pudieran estar solas fuera, en el mundo.

Entramos en una lavandería, sólo para mirar. Quiero meterme en una máquina que da muchas vueltas, pero la Abuela dice que me moriría.

Caminamos hasta el parque para dar de comer a los patos con Deana y Bronwyn. Bronwyn tira todos sus panes al agua a la vez, y también la bolsa de plástico, y la Abuela tiene que sacarla con un palo. Bronwyn quiere mis panes, y la Abuela dice que debo darle la mitad porque ella es pequeñita. Deana dice que lamenta lo de los dinosaurios, que seguro que iremos al Museo de Historia Natural uno de estos días.

Hay una tienda en la que desde fuera sólo se ven zapatos. La Abuela me deja probarme un par de unos de colores vivos que parecen de esponja con agujeros por todas partes. Elijo unos amarillos. No llevan cordones ni Velcro ni nada, se mete el pie y ya está. Pesan tan poco que es como si no los llevara puestos. Entramos y la Abuela paga los zapatos con un papel de cinco dólares, que es lo mismo que veinte de veinticinco centavos, y le digo que me encantan.

Al salir hay una mujer sentada en el suelo con el gorro en la mano. La Abuela me da dos monedas de veinticinco centavos y señala el gorro.

Meto una dentro y echo a correr detrás de la Abuela.

—¿Qué tienes en la mano? —me pregunta cuando me está poniendo el cinturón de seguridad.

Le enseño la segunda moneda.

—Es de Nebraska, la voy a guardar con mis tesoros.

Chasquea la lengua y la coge.

—Deberías habérsela dado a la señora de la calle, como te he dicho.

—Vale, se la...

—Ahora ya es tarde.

Pone el coche en marcha. Nada más veo la parte de atrás de su pelo.

—¿Por qué es una señora de la calle?

—Pues porque ahí es donde vive, en la calle. No tiene ni cama donde dormir.

Ahora siento no haberle dado la segunda moneda de veinticinco centavos.

La Abuela dice que a eso se le llama tener conciencia.

En el escaparate de una tienda veo unos cuadrados que son planchas de corcho como las que había en la Habitación, y la Abuela me deja entrar a acariciar una y olerla, pero no me la compra.

Vamos a un túnel de lavado de coches. Los cepillos pasan susurrando a nuestro alrededor, pero el agua no entra porque las ventanillas están bien cerradas. Es superdivertido.

Veo que en el mundo las personas van siempre con prisas y no tienen tiempo de nada. Incluso la Abuela lo dice a menudo, aunque ella y el Astro no tienen que ir a trabajar, así que no sé cómo se las arregla la gente con trabajo para trabajar y luego hacer todo lo demás. En la Habitación, a Mamá y a mí nos daba tiempo a todo. Supongo que al extender el tiempo por todo el mundo, por las calles, las casas, los parques y las tiendas, queda untado en una capa muy fina, como de mantequilla, y por eso al final hay sólo un poquito en cada lugar y todo el mundo tiene que ir corriendo hasta el siguiente.

Veo niños por todas partes y los miro. A la mayoría de los adultos no parecen gustarles mucho, ni siquiera a los padres. Les dicen cosas como «preciosa» o «qué guapo», hacen a los niños repetir lo que acaban de hacer para sacarles una foto, pero en realidad no quieren jugar con ellos. Prefieren tomar café mientras hablan con otros adultos. A veces hay un crío pequeño llorando y la madre ni lo oye.

En la biblioteca viven millones de libros que podemos llevarnos sin pagar ningunos dineros. Del techo cuelgan insectos gigantes, pero de papel, no de verdad. La Abuela busca *Alicia* debajo de la C y ahí está: aunque la forma del libro está equivocada, aparecen las mismas palabras y los mismos dibujos, qué raro. Le enseño a la Abuela el dibujo que me da más miedo, donde sale la Duquesa. Nos sentamos en el banco porque va a leerme *El flautista de Hamelín*. No sabía que además de un cuento fuera un libro. Mi parte favorita es cuando los padres oyen las risas dentro de la roca. Gritan para que los niños vuelvan, pero los niños están en un país maravilloso. Creo que puede ser el Cielo. La montaña no se abre nunca más para dejar entrar a los padres.

Hay un niño grande jugando a Harry Potter en el ordenador. La Abuela me dice que no me quede ahí de pie tan cerca, no es mi turno.

Encima de una mesa hay un mundo en pequeño con vías de tren y edificios, y un niño está jugando con un camión verde. Me subo y cojo una máquina roja. La acerco al camión del niño un poquito, y el niño se ríe. Lo hago más rápido y el camión se cae del camino, y el niño se ríe más.

—Así me gusta, Walker, a compartir —habla un hombre desde un sillón mientras mira una cosa que se parece a la BlackBerry del Tío Paul.

Creo que Walker debe de ser el niño.

—Otra vez —me pide.

Esta vez pongo en equilibrio mi máquina encima del camioncito, y luego cojo un autobús naranja y lo choco contra los dos.

—Despacito —dice la Abuela, pero Walker se pone a dar saltos y me pide que lo haga otra vez.

Otro hombre entra y le da un beso al primero y luego otro a Walker.

—Dile adiós a tu amigo —le dicen.

¿Se refiere a mí?

—Adiós —Walker mueve la mano como si aleteara.

Creo que voy a darle un abrazo. Voy demasiado rápido y lo tiro al suelo, y el niño se golpea con la mesa del tren y se echa a llorar.

—Cuánto lo siento —repite la Abuela—. Mi nieto no sabe..., está aprendiendo los límites...

—No ha sido nada —dice el primer hombre. Se marchan luego con el chiquitín columpiándose entre los dos a la de una, a la de dos y a la de tres, ¡yupi! Ya ha dejado de llorar. La Abuela los mira, parece confundida.

—Recuerda —me dice de camino al coche blanco—, no se abraza a los desconocidos. Ni siquiera a los que nos caen simpáticos.

—¿Por qué no?

—Pues porque eso no se hace. Los abrazos se guardan para las personas a las que queremos.

—Yo quiero a ese niño Walker.

—Jack, si no lo habías visto en tu vida.

Esta mañana me unté un poco de sirope en una tortita. La verdad es que las dos cosas juntas están ricas.

La Abuela me dibuja tumbado en el suelo. Dice que no pasa nada por pintar en la tarima del patio, porque la próxima vez que llueva se limpiará la tiza. Miro las nubes: si empiezan a llover correré adentro con mi velocidad supersónica antes de que me caiga una sola gota.

—A mí no me pintes —le digo.

—Anda, no seas tan tiquismiquis.

Me ayuda a levantarme y a ponerme de pie, y veo en el suelo la silueta de un niño: soy yo. Tengo una cabeza enorme, sin cara, sin tripas, y manos como si llevara guantes muy gruesos.

—Un paquete para ti, Jack —me grita el Astro. ¿Qué quiere decir?

Cuando entro en la casa está cortando una caja grande. Saca algo inmenso.

—Bueno, para empezar esto puede irse a la basura.

La Abuela lo desenrolla.

—¡La Alfombra! —digo dándole un abrazo enorme—. Es nuestra Alfombra, de Mamá y mía.

—Como quieras —dice el Astro poniendo las manos en alto.

La cara de la Abuela se tuerce.

—A lo mejor si la sacas fuera y le das una buena sacudida, Leo...

—¡No! —grito.

—Bueno, usaré la aspiradora, pero no quiero ni pensar lo que hay aquí... —frota la Alfombra entre los dedos.

Tengo que guardar la Alfombra encima de mi hinchable en el dormitorio, no puedo ir arrastrándola por toda la casa. Así que me siento y me tapo la cabeza con ella como si fuera una tienda de campaña. El olor es justo como lo recordaba, y el tacto. Debajo he guardado también otras cosas que ha traído la policía. Los besos más grandes se los doy al Jeep y al Mando, y también a la Cuchara Derretida. Me gustaría que el Mando no estuviera roto para que el Jeep funcionara. La Pelota Palabrera está más aplastada de lo que la recordaba, y el Globo Rojo casi ni existe. Han traído la Nave Espacial, aunque le falta el cohete propulsor y no tiene muy buen aspecto. De la Fortaleza y del Laberinto nada de nada; a lo mejor eran demasiado grandes para caber en las cajas. He recuperado mis cinco libros, el de *Dylan* también. Saco el otro *Dylan,* el que cogí en el centro comercial porque pensaba que era mío, pero el nuevo es mucho más brillante. La Abuela dice que en el mundo hay miles de ejemplares de cada libro, para que miles de personas puedan leer lo mismo en el mismo momento. Me mareo de pensarlo. Dylan el Nuevo dice: «Hola, Dylan, encantado de conocerte».

—Yo soy el Dylan de Jack —dice Dylan el Viejo.

—Yo también soy de Jack —dice el Nuevo.

—Sí, pero en realidad yo lo fui primero.

Entonces el Viejo y el Nuevo se dan porrazos el uno al otro con los cantos, hasta que una página del Nuevo se rasga y entonces paro, porque he roto un libro y Mamá se va a enfadar. Ahora no está aquí para enfadarse, ni siquiera lo sabe. Me echo a llorar, guardo los libros en mi mochila de Dora y cierro la cremallera para no mojarlos de lágrimas. Los dos Dylan se acurrucan juntos dentro y piden perdón.

Encuentro la Muela Mala debajo del hinchable y la chupo hasta que la siento como si fuera una de las mías.

En las ventanas se oyen unos ruidos raros: son las gotas de lluvia. Me acerco, porque si hay un cristal en medio no me da tanto miedo. Apoyo la nariz en el cristal empañado por la lluvia, y las gotas se funden unas con otras y se convierten en ríos largos que caen, caen, caen por la ventana.

La Abuela, el Astro y yo nos montamos los tres juntos en el coche blanco para hacer un viaje sorpresa.

—Pero ¿cómo sabes por qué camino hay que ir? —le pregunto a la Abuela, que va conduciendo.

Me guiña el ojo por el retrovisor.

—Sólo para ti es una sorpresa.

Por la ventana voy mirando cosas nuevas. Una chica va en una silla de ruedas con la cabeza echada hacia atrás entre dos almohadillas. Un perro huele el culo de otro perro, qué gracioso. Hay una caja de metal para echar el correo. Una bolsa de plástico va volando por el aire.

Creo que me he dormido un poco, aunque no estoy seguro.

Nos hemos parado en un aparcamiento que tiene una especie de polvo encima de las rayas del suelo.

—¿Adivinas? —pregunta el Astro señalándolo.

—¿Azúcar?

—No, arena —dice—. ¿Caliente, caliente?

—No, tengo frío.

—Quiere decir que si tienes idea de dónde estamos. Un lugar adonde tu abuelo y yo traíamos a tu mamá y a Paul cuando eran pequeños, ¿se te ocurre qué puede ser?

Miro a lo lejos.

—¿Montañas?

—Dunas. Y en medio de aquellas dos, ¿ves aquello azul?

—El Cielo.

—Sí, pero más abajo. De un azul más oscuro.

Hasta con gafas de sol me duelen los ojos.

—¡El mar! —dice la Abuela.

Voy tras ellos por el sendero de madera, con el cubo en la mano. No es como lo había imaginado, el viento no deja de meterme piedrecitas minúsculas en los ojos. La Abuela despliega una gran alfombra de flores. Se va a llenar toda de arena, pero la Abuela dice que no pasa nada, que es una manta de picnic.

—¿Dónde está el picnic?

—En esta época del año todavía es un poco pronto para eso.

El Astro dice que por qué no nos acercamos al agua.

Me ha entrado arena en los zapatos, y uno se me sale.

—Buena idea —dice el Astro. Se quita los zapatos y mete los calcetines dentro. Luego los lleva colgando de los cordones.

Yo también me quito los calcetines y los guardo dentro de los zapatos. La arena está muy húmeda, la siento rara en los pies, hay cositas que pinchan. Mamá no me contó nunca que la playa fuera así.

—Vamos —dice el Astro, y echa a correr hacia el mar.

Me quedo atrás, lejos, porque hay unas cosas enormes que crecen, les sale una cresta blanca en lo alto, rugen y se estrellan. El mar no deja de bramar y es demasiado grande, no deberíamos estar aquí.

Vuelvo a la manta de picnic con la Abuela, que mueve los pies descalzos, llenos de arrugas.

Intentamos construir un castillo de arena, pero la arena no es del tamaño apropiado y se derrumba todo el rato.

El Astro vuelve con los pantalones remangados y chorreando.

—¿Qué, no te apetecía chapotear?

—Hay caca en todas partes.

—¿Dónde?

—En el mar. Nuestras cacas bajan por las tuberías hasta el mar, yo no quiero meter los pies ahí.

El Astro se echa a reír.

—Tu madre no sabe mucho de fontanería, ¿verdad?

Me dan ganas de darle un puñetazo.

—Mamá lo sabe todo.

—Hay una especie de fábrica muy grande en la que desembocan las tuberías de todos los váteres —se ha sentado en la manta, con los pies rebozados de arena—. Allí los tipos sacan toda la caca y lavan bien cada gota de agua hasta que la hacen buena para beber. Entonces la devuelven a las tuberías, y vuelve a salir por nuestros grifos.

—¿Y cuándo va al mar?

Sacude la cabeza.

—Creo que el mar es sólo agua de lluvia y sal.

—¿Alguna vez has probado una lágrima? —pregunta la Abuela.

—Sí.

—Bueno, pues el mar es lo mismo.

Aunque tampoco tengo ganas de meter los pies si está hecho de lágrimas, voy otra vez cerca del agua a buscar tesoros con el Astro. Encontramos una concha blanca que parece un caracol. Meto el dedo en forma de gancho por el agujero, pero el bichito se ha ido.

—Guárdatela —dice el Astro.

—¿Y si vuelve a casa más tarde?

—Bueno —dice el Astro—, no creo que hubiera dejado la concha en cualquier parte si aún la necesitara.

A lo mejor se lo comió un pájaro. O un león. Me guardo la concha en el bolsillo, y también una de color rosa, una negra, y una larga afilada que se llama navaja. Me dejan llevármelas a casa porque el que se fue a Sevilla perdió su silla.

Comemos en un área de servicio, que son sitios donde se puede comer a cualquier hora. Yo pido un bocata caliente de lechuga y tomate con trozos de beicon escondidos dentro.

Volviendo a casa en el coche veo el parque, pero lo han movido, porque los columpios están al otro lado.

—Jack, es que éste es otro —dice la Abuela—. En todos los pueblos hay parques.

Muchas cosas en el mundo parecen repetidas.

—Noreen me ha dicho que te has cortado el pelo —la voz de Mamá suena chiquitita por teléfono.

—Sí, pero no he perdido mi forzudez —estoy sentado con el teléfono debajo de la Alfombra, completamente a oscuras, para imaginar que Mamá está conmigo, a mi lado—. Ahora me baño yo solo —le cuento—. He estado en los columpios y he aprendido el dinero y el fuego y las personas de la calle, y tengo dos *Dylan la Excavadora,* y conciencia, y zapatos de esponja.

—Caramba.

—Ah, y he visto el mar. Dentro no hay caca, me estabas engañando.

—Hacías tantas preguntas... —dice Mamá—. Y yo no tenía todas las respuestas, así que algunas me las tenía que inventar.

Oigo su respiración llorosa.

—Mamá, ¿no puedes venir a buscarme esta noche?

—Todavía no.

—¿Por qué no?

—Aún me están ajustando la dosis de la medicación, intentando entender qué es lo que me hace falta.

Yo soy lo que le hace falta, ¿es que no puede entender eso ella sola?

Quiero comerme mi *pad thai* con la Cuchara Derretida, pero la Abuela dice que es antihigiénico.

Luego, cuando estoy en la sala de estar zapeando, que quiere decir pasando todos los planetas a toda pastilla, de pronto oigo mi nombre. No de verdad, sino en la Tele.

—... tenemos que escuchar a Jack.

—Todos somos Jack, en cierto sentido —dice otro hombre. Están sentados alrededor de una mesa grande.

—Desde luego —dice otro.

¿Ellos también se llaman Jack, serán algunos del millón?

—El niño interior, orwellianamente atrapados en nuestra particular habitación 101 —dice otro de los hombres, asintiendo.

Creo que yo no he estado nunca en esa habitación.

—Pero entonces se da la perversidad de que, una vez liberados, nos hallamos solos en la multitud...

—Aturdidos por la sobrecarga sensorial de la modernidad —dice el primero.

—Posmodernidad, más bien.

También hay una mujer.

—Sin embargo, en mi opinión, en un plano simbólico Jack es el sacrificio del niño —dice ahora— que subyace en los cimientos mismos a fin de aplacar a los espíritus.

¿Qué?

—Yo habría creído que el arquetipo más relevante en este caso era Perseo: nacido de una virgen cautiva, abandonado a la deriva en una caja de madera, la víctima que vuelve convertida en héroe —dice uno de los hombres.

—No olvidemos la célebre afirmación de Kaspar Hauser, cuando aseguró haber sido feliz en su mazmorra, aunque tal vez en realidad quiso decir que la sociedad alemana del siglo XIX era tan sólo una mazmorra mayor.

—Por lo menos Jack tenía la televisión.

Otro hombre se ríe.

—La cultura como una sombra proyectada en el muro de la caverna de Platón.

La Abuela entra y la apaga inmediatamente, frunciendo el ceño.

—Era sobre mí —le digo.

—Esos tipos pasaron demasiado tiempo en la universidad.

—Mamá dice que yo tengo que ir a la universidad.

La Abuela pone los ojos en blanco.

—Todo a su debido tiempo. Ahora el traje de noche y los dientes.

Me lee *El conejito andarín,* pero esta noche no me gusta. No dejo de pensar qué pasaría si fuera la mamá conejo quien huyera y se escondiera, y el bebé conejo nunca pudiera encontrarla.

La Abuela va a comprarme una pelota de fútbol, qué guay. Me acerco a mirar a un hombre de plástico que lleva un traje negro de goma y zapatillas, y entonces veo un montón de maletas de todos los colores: rosa, verde, azul... Más allá hay una escalera mecánica. Me subo sólo un segundo pero no puedo volver atrás, me arrastra rapidísimo hacia abajo, hacia abajo, y es una sensación chulísima y de miedo a la vez. Miedichula, es un sándwich de palabras que a Mamá le gustaría, seguro. Al final tengo que bajarme de un salto, pero no sé cómo volver arriba con la Abuela. Me cuento los dientes cinco veces, una vez me salen diecinueve en vez de veinte.

Por todas partes hay carteles que dicen lo mismo: SÓLO FALTAN TRES SEMANAS PARA EL DÍA DE LA MADRE, ¿NO SE MERECE ELLA LO MEJOR? Miro los platos, las cocinas, las sillas, y entonces me siento cansado y me tumbo en una cama.

Una mujer dice que no está permitido sentarse ahí.

—¿Dónde está tu mamá, jovencito?

—Está en la clínica porque intentó irse al Cielo antes de tiempo —la mujer me mira con los ojos muy abiertos—. Yo soy un bonsái.

—¿Que eres qué?

—Estábamos encerrados en un cobertizo, y ahora somos estrellas de rap.

—Dios m..., ¡eres ese chico! El de... Lorana —grita—, ven un momento. No te lo vas a creer. Es el niño que sale por la tele, Jack, el del cobertizo.

Se acerca otra persona y niega con la cabeza.

—El del cobertizo era más pequeño y tenía el pelo largo recogido en una coleta. Además, iba así como encorvado.

—Que es él —dice—, te juro que es él.

—Nanay —dice la otra.

—De la China —digo.

Ella se echa a reír, no para.

—Esto es surrealista. ¿Me das un autógrafo?

—Lorana, cómo va a saber escribir su nombre...

—Sí que sé —digo—, puedo escribir cualquier cosa.

—Eres lo máximo —me dice—. ¿Verdad que es lo máximo? —le dice a la otra.

El único papel que tienen es el de las etiquetas viejas de la ropa, y me pongo a escribir JACK en un montón porque las mujeres se las quieren regalar a sus amigas, hasta que de pronto la Abuela viene corriendo con una pelota debajo del brazo. Nunca la he visto así de enfadada. Les grita a las mujeres que vaya manera de ayudar a un niño extraviado, rompe en trocitos los autógrafos que he hecho. Tira de mí de la mano. Cuando salimos corriendo de la tienda, la puerta em pieza a aullar y la Abuela tira la pelota de fútbol en la moqueta.

En el coche ni me mira por el espejo.

—¿Por qué has tirado mi pelota? —le pregunto.

—Se ha disparado la alarma —dice la Abuela—, porque no la había pagado.

—¿Estabas robando?

—No, Jack —grita—, iba dando vueltas como una loca buscándote —luego, más calmada, dice—: Podría haber pasado cualquier cosa.

—¿Como un terremoto, por ejemplo?

La Abuela me mira muy seria por el espejito.

—Te podría haber raptado un desconocido, Jack, de eso estoy hablando.

Un desconocido no es un amigo; pero las mujeres eran amigas que acababa de conocer.

—¿Por qué?

—Pues porque podría querer a un niño para quedárselo, ¿entiendes?

No suena muy bonito.

—O incluso hacerte daño.

—¿Te refieres a él? —al Viejo Nick; no puedo decir su nombre.

—No, él no puede salir de la cárcel, pero a alguien como él —dice la Abuela.

No sabía que en el mundo hubiera alguien como él.

—¿Puedes volver ahora a recoger mi pelota? —le pregunto.

Pone el motor en marcha y sale del aparcamiento tan rápido que las ruedas rechinan. En el coche cada vez me siento más enfadado, estoy rabioso.

Cuando llegamos a la casa guardo todas mis cosas en la mochila de Dora, menos los zapatos, que no caben y los tiro a la basura. Luego enrollo la Alfombra y la bajo a rastras por las escaleras.

La Abuela entra en el recibidor.

—¿Te has lavado las manos?

—Vuelvo a la clínica —le grito—, y no puedes impedírmelo porque eres..., eres una desconocida.

—Jack —me dice—, pon esa alfombra apestosa donde estaba.

—Tú sí que eres apestosa —le contesto con un rugido.

Se aprieta el pecho.

—Leo —dice hablando por encima del hombro—, te juro que ya he hecho todo lo que...

El Astro sube las escaleras y me levanta en vilo.

La Alfombra se me cae al suelo. El Astro quita de en medio mi mochila de Dora de una patada. Me lleva en brazos, yo grito y le doy golpes porque está permitido, es un caso especial, incluso podría matarlo. Lo mato una vez, y otra...

—Leo —gimotea la Abuela desde abajo—, Leo...

¡Diantre! Va a hacerme pedazos, va a envolverme en la Alfombra y a enterrarme mientras *los gusanos rastreros reptan por el suelo...*

El Astro me tira encima del hinchable, pero no me hago daño.

Se sienta en el borde, y el colchón se levanta igual que una ola. Aún estoy llorando y temblando, y lleno la sábana de mocos.

Dejo de llorar. A tientas, busco la Muela Mala debajo del colchón, me la meto en la boca y la chupo con todas mis fuerzas. Ya no tiene sabor a nada.

La mano del Astro está encima de la sábana, justo a mi lado. Tiene pelos en los dedos.

Sus ojos están esperando a que los míos lo miren.

—Bueno, ¿amigos? ¿Agua pasada?

Muevo la Muela Mala hacia la encía.

—¿Qué?

—¿Quieres que veamos el partido en el sofá con un trozo de tarta?

—Vale.

Recojo las ramas caídas de los árboles, incluso algunas enormes que pesan mucho. La Abuela y yo las atamos en haces con una cuerda para que se las lleve el municipio.

—¿Y cómo se las lleva el municipio?

—Los trabajadores del municipio, me refiero, la gente a quien corresponde ese trabajo.

Cuando sea mayor, mi trabajo consistirá en hacer de gigante. No de los comilones, sino de los que salvan a los niños que están a punto de caerse al mar, por ejemplo, y los ponen de nuevo en tierra.

—Alerta, diente de león —grito. Y entonces la Abuela lo arranca con su palita para que pueda crecer el césped, porque no hay sitio para todo.

Cuando estamos cansados nos tumbamos en la hamaca. La Abuela también.

—Solía sentarme así con tu mamá cuando ella era una cría.

—¿Le dabas?

—Si le daba ¿qué?

—Lechita.

La Abuela niega con la cabeza.

—Me cogía los dedos y me los retorcía mientras se tomaba el biberón.

—¿Dónde está su mamá de la barriga?

—La ma... Ah, así que te ha hablado de eso... Me temo que no tengo ni idea.

—¿Luego tuvo otro bebé?

Al principio la Abuela no contesta.

—Es una idea bonita —dice al final.

Estoy pintando en la mesa de la cocina con el delantal viejo de la Abuela, el que tiene un cocodrilo y debajo pone COMÍ CAIMÁN EN EL CANAL. No hago dibujos de verdad, sólo manchas, rayas y espirales. Utilizo todos los colores, e incluso los mezclo en pequeños charquitos. Me gusta mojar un trozo y luego doblar el papel, como la Abuela me enseñó, y cuando vuelvo a abrirlo hay una mariposa.

Mamá está en la ventana.

El color rojo se vierte. Intento limpiarlo, pero se me ha caído en el pie y por el suelo. La cara de Mamá ya no está, voy corriendo a la ventana, pero ha desaparecido. ¿Habrán sido imaginaciones mías? He untado de rojo la ventana, el fregadero y la encimera.

—¿Abuela? —grito—. ¿Abuela?

De pronto Mamá aparece justo detrás de mí.

Corro hasta llegar muy cerca de ella. Va a abrazarme, pero le digo:

—No, que estoy pintoso.

Se echa a reír, me desata el delantal y lo deja encima de la mesa. Me aprieta con fuerza todo el cuerpo, aunque los brazos y los pies los mantengo apartados.

—No te hubiera reconocido —me dice soplándome las palabras en el pelo.

—¿Por qué?

—No sé, supongo que por el corte de pelo.

—Mira, tengo un mechón largo en una pulsera, pero no para de engancharse por todas partes.

—¿Me lo regalas?

—Claro.

La pulsera se mancha un poco de pintura al sacármela por la muñeca. Mamá se la pone. La veo diferente, pero no sé en qué.

—Perdona, te he dejado rojo en el brazo.

—No te preocupes, se quita con agua —dice la Abuela entrando a la cocina.

—¿No le habías dicho que venía? —pregunta Mamá dándole un beso.

—Creí que era mejor no hacerlo, por si surgía alguna complicación.

—No hay complicaciones.

—Me alegra saberlo —la Abuela se seca los ojos y empieza a limpiar la pintura—. Bueno, pues Jack ha estado durmiendo en un colchón inflable en nuestra habitación, pero puedo prepararte una cama en el sofá...

—En realidad, será mejor que vayamos tirando.

La Abuela se queda inmóvil unos momentos.

—Al menos os quedaréis a cenar algo, ¿o no?

—Claro —dice Mamá.

El Astro prepara costillas de cerdo con risotto. Los trozos con hueso no me gustan, pero me como todo el arroz y rebaño la salsa con el tenedor. El Astro me quita un poco de carne del plato.

—Swiper, no robes.

—¡Jolín! —gruñe él.

La Abuela me enseña un libro que pesa mucho donde salen unos niños que eran Mamá y Paul de pequeños. Quiero creer a la Abuela con todas mis fuerzas. De repente veo una foto de la niña en una playa, la misma a la que me llevaron la Abuela y el Astro, con la misma cara de Mamá. Se la enseño.

—Sí, soy yo —dice. Al pasar la página hay una de Paul saludando con la mano desde la ventana de un plátano gigante, que en realidad es una estatua. También hay una donde salen los dos juntos comiendo helados de cucurucho con el Abuelo, aunque él parece diferente y la Abuela también, en la foto tiene el pelo oscuro.

—¿Dónde hay una de la hamaca?

—Como siempre estábamos ahí tumbados, lo más probable es que a nadie se le ocurriera nunca sacar una foto —dice Mamá.

—Debe de ser terrible no tener ninguna —le dice la Abuela.

—Ninguna ¿qué? —dice Mamá.

—Fotografías de cuando Jack era bebé, o de chiquitín —dice—. Para recordar cómo era, me refiero.

La cara de Mamá se queda en blanco.

—No olvido ni un solo día —mira su reloj. No sabía que tuviera uno; es de los de manitas de punta.

—¿A qué hora os esperan en la clínica? —pregunta el Astro.

Mamá dice que no con la cabeza.

—Ya he pasado página —Mamá saca algo del bolsillo y lo sacude: es una llave metida en un aro—. ¿Sabes qué, Jack? Ahora tú y yo tenemos nuestro propio apartamento.

La Abuela la llama por su otro nombre.

—¿Crees que es una buena idea?

—Ha sido idea mía. No te preocupes, Mamá. Hay servicio de orientación psicológica las veinticuatro horas.

—Pero si tú nunca has vivido fuera de casa...

Mamá se queda mirando a la Abuela, y el Astro también. A él se le escapa una carcajada.

—No tiene ninguna gracia —dice la Abuela dándole un mamporro en el pecho—. Ella ya sabe lo que quiero decir.

Mamá me lleva arriba a recoger mis cosas.

—Cierra los ojos —le digo—, que hay sorpresas —la llevo hasta el dormitorio—. Tachán —espero a ver qué dice—. Mira, la Alfombra y muchas de nuestras cosas. La policía nos las devolvió.

—Ya veo —dice Mamá.

—Mira, el Jeep y el Mando...

—No carguemos con chismes rotos —dice—, coge solamente lo que de verdad te haga falta, y lo metes todo en tu nueva mochila de Dora.

—Todo esto lo necesito.

Mamá resopla.

—Pues bueno, salte con la tuya.

¿Y cuál es la mía?

—Aún están las cajas donde nos trajeron las cosas.

—He dicho que sí, ¿de acuerdo?

El Astro mete nuestras cosas en el maletero del coche blanco.

—Tengo que renovar mi permiso de conducir —dice Mamá mientras la Abuela va conduciendo.

—Tal vez al principio te sientas un poco oxidada.

—Oh, oxidada estoy en todo —dice Mamá.

—¿Por qué? —le pregunto.

—Igual que el Hombre de Hojalata —me explica por encima del hombro. Levanta el codo y hace un chirrido con la boca—. Eh, Jack, ¿te gustaría que algún día nos compráramos un coche?

—Sí, vale. O mejor un helicóptero. Un superbólido helicóptero-tren-coche-submarino.

—Huy, eso suena a que el viaje va a ser de los buenos.

Hace horas que estamos en el coche.

—¿Por qué tardamos tanto? —le pregunto.

—Porque hay que atravesar toda la ciudad —dice la Abuela—, prácticamente está en otro estado.

—Mamá...

El cielo empieza a oscurecerse.

La Abuela aparca donde Mamá le dice. Hay un cartel enorme que dice COMPLEJO RESIDENCIAL ASISTIDO DE VIVIENDAS INDEPENDIENTES. La Abuela nos ayuda a llevar todas nuestras cajas y mochilas hasta el edificio de ladrillos marrones, menos mi mochila de Dora, que la llevo yo sobre las rueditas. Entramos por una puerta grande donde hay un hombre que se llama Portero y que sonríe.

—¿Nos va a encerrar aquí dentro? —le susurro a Mamá.

—No, sólo está para que no entre otra gente.

Hay tres mujeres y un hombre que son Personal de Apoyo. Somos muy bienvenidos y podemos llamarlos por el interfono siempre que necesitemos ayuda de cualquier clase. Llamar por el interfono es como llamar por teléfono. Hay un montón de pisos, y en cada uno hay varios apartamentos. El nuestro está en el sexto. Le tiro a Mamá de la manga.

—Cinco —le digo bajito.

—¿Cómo?

—¿No podemos estar en el quinto, mejor?

—Lo siento, pero no nos han dado a escoger —dice Mamá.

Cuando el ascensor se cierra de un portazo, a Mamá le da un escalofrío.

—¿Estás bien? —pregunta la Abuela.

—Sólo es una cosa más a la que tendré que acostumbrarme.

Mamá debe marcar el código secreto para que el ascensor se ponga en marcha con una sacudida. Cuando sube, la barriga me hace cosquillas. Entonces las puertas se abren y estamos ya en el sexto. Hemos volado sin darnos cuenta. Hay una ranura pequeña donde pone INCINERADOR, y cuando ponemos ahí la basura cae, cae, cae y luego sube otra vez convertida en humo. En las puertas no hay números, sino letras. La nuestra es la B, y eso quiere decir que vivimos en el Sexto B. El seis no es un número malo como el nueve; al contrario, es el nueve del revés. Mamá mete la llave en la cerradura, y al girarla pone una mueca porque le duele la muñeca. Todavía no está curada del todo.

—Bueno, estamos en casa —dice abriendo la puerta de par en par.

¿Cómo va a ser nuestra casa, si nunca he estado aquí? Un apartamento es como una casa, pero aplastada. Hay cinco habitaciones, qué suerte. Una es el cuarto de baño con bañera y todo, para poder hacer inmersiones y no sólo ducharnos.

—¿Podemos darnos un baño ahora?

—Antes vamos a instalarnos —dice Mamá.

La cocina es de llama, igual que la de la Abuela. Al lado de la cocina está la sala de estar, que tiene un sofá y una mesita baja con una tele supergrande dentro.

La Abuela está en la cocina sacando cosas de una caja.

—Leche, roscas... No sé si ya has vuelto a tomar café. A Jack le gustan estos cereales con las letras del abecedario, el otro día formó la palabra volcán.

Mamá sujeta a la Abuela de los hombros para que se quede un momento quieta.

—Gracias.

—¿Quieres que me escape a por alguna otra cosa?

—No, creo que has pensado en todo. Buenas noches, Mamá.

La Abuela tuerce la cara.

—Sabes...

—¿Qué? —pregunta Mamá—. ¿Qué ocurre?

—Tampoco ni un solo día he dejado de pensar en ti.

Como no se dicen nada más, voy a las camas a probar cuál bota mejor. Mientras hago volteretas las oigo hablar sin parar. Recorro el apartamento abriendo y cerrándolo todo.

Cuando la Abuela se ha ido ya a su casa, Mamá me enseña a echar el cerrojo, que es una llave que solamente nosotros podemos abrir o cerrar desde dentro.

En la cama me acuerdo y le levanto la camiseta.

—Ah —dice—, no creo que haya nada.

—Sí, tiene que haber.

—Bueno, lo que sucede con los pechos es que si no se toma, piensan: «Vale, nadie necesita ya nuestra leche, así que ya no fabricamos más».

—Qué tarugos. Seguro que encontraré algo...

—No —dice Mamá poniendo la mano en medio—, lo siento. Eso se ha terminado. Anda, ven aquí.

Nos acurrucamos muy fuerte. Su corazón hace pum, pum, pum en mi oído.

Le levanto la camiseta.

—Jack...

Doy un beso en la derecha.

—Adiós —le digo.

A la izquierda le doy dos besos, porque siempre era la más cremosa. Mamá me abraza la cabeza superfuerte.

—No puedo respirar —le digo. Y me suelta.

La cara de Dios, de un rojo pálido, se me cuela por los ojos. Pestañeo para abrir y cerrar la puerta a la luz. Espero a que empiece la respiración de Mamá.

—¿Hasta cuándo nos quedamos aquí, en la Vivienda Independiente?

Bosteza.

—Hasta cuando queramos.

—Me gustaría quedarme una semana.

Estira todo el cuerpo, desperezándose.

—Nos quedaremos una semana, y entonces veremos.

Le enrosco el pelo como si fuera una cuerda.

—Podría cortártelo a ti también, y así lo tendríamos igual de nuevo.

Mamá niega con la cabeza.

—Creo que yo me lo dejo largo.

Al deshacer el equipaje hay un gran problema, porque no encuentro la Muela Mala. Revuelvo todas mis cosas y después busco en todas partes por si se me ha caído por la noche sin darme cuenta. Intento recordar cuándo la tuve en la mano o en la boca por última vez. Anoche no, pero la noche antes en casa de la Abuela creo que la estuve chupando. Se me ocurre una idea terrible: a lo mejor me la tragué sin querer mientras dormía.

—¿Qué pasa si nos comemos algo que no es comida?

Mamá está guardando los calcetines en su cajón.

—¿Como qué?

No puedo decirle que creo que he perdido un trocito de su cuerpo.

—Como una piedrecita o algo así.

—Ah, en ese caso simplemente se desliza y sale por el otro lado.

Hoy no bajamos en el ascensor, ni siquiera nos vestimos. Nos quedamos en nuestra Vivienda Independiente y nos aprendemos todos los recovecos.

—Podríamos dormir en esta habitación —dice Mamá—, pero para jugar podrías ir a la otra, que tiene más luz.

—Contigo.

—Bueno, sí, pero a veces yo estaré haciendo otras cosas, así que a lo mejor durante el día el cuarto de dormir podría ser mi habitación.

¿Qué otras cosas?

Mamá sirve cereales para los dos, sin contarlos ni nada. Doy las gracias al Niño Jesús.

—Leí un libro en la universidad que decía que todo el mundo debería tener una habitación propia —me dice.

—¿Por qué?

—Para poder pensar a sus anchas.

—Yo puedo pensar en una habitación contigo —espero—. ¿Por qué no puedes pensar en una habitación conmigo?

Mamá tuerce la cara.

—La mayor parte del tiempo sí puedo, pero sería agradable disponer de algún lugar adonde ir de vez en cuando que sea sólo para mí.

—Pues yo no lo creo.

Resopla.

—Vamos a probarlo por hoy. Podríamos hacer placas con nuestros nombres y colgarlas en las puertas...

—Qué guay.

En unos folios blancos dibujamos las letras, cada una de un color distinto, y ponemos: HABITACIÓN DE JACK y HABITACIÓN DE MAMÁ. Luego las pegamos con celo. Podemos usar todo el que queramos.

Voy a hacer caca. Al terminar miro, pero no veo la Muela Mala.

Estamos sentados en el sofá, mirando el jarrón que hay encima de la mesa: es de vidrio, pero no invisible sino de muchos tonos azules y verdes.

—No me gustan las paredes —le digo a Mamá.

—¿Qué tienen de malo?

—Son demasiado blancas. Eh, ¿sabes qué? Podríamos comprar planchas de corcho en la tienda para taparlas.

—Nanay de la China —se calla unos momentos y dice—: Empezamos de cero, ¿te acuerdas?

Me pide que me acuerde, y en cambio ella no quiere recordar nada de la Habitación.

Eso me hace pensar en la Alfombra, y voy corriendo a sacarla de la caja. La traigo a rastras.

—¿Dónde ponemos la Alfombra, al lado del sofá o al lado de nuestra cama? —Mamá niega con la cabeza.

—Pero...

—Jack, es una jarapa deshilachada y manchada tras siete años de... Desde aquí la huelo, imagínate. No tuve más remedio que verte aprender a gatear en esa alfombra, a caminar, siempre te hacía tropezar. Una vez te hiciste caca encima, otra vez se cayó la sopa... Nunca conseguí limpiarla de verdad —le brillan mucho los ojos y se los veo más grandes de lo normal.

—Sí, y nací ahí encima, y también estuve muerto enrollado en ella.

—Exacto. Así que lo que de verdad me gustaría es tirarla al incinerador.

—¡No!

—Si por una vez en tu vida pensaras en mí en lugar de...

—Lo hago —le digo a gritos—. Pensaba en ti siempre cuando no estabas.

Mamá cierra los ojos, un segundo nada más.

—Te diré qué vamos a hacer. Puedes guardarla en tu cuarto, pero enrollada en el armario. ¿Te parece bien? No quiero verla.

Sale y se va a la cocina. Oigo el ruido del agua en el fregadero. Levanto el jarrón de la mesa, lo tiro contra la pared y se hace un millón de añicos.

—Jack... —Mamá está ahí, de pie.

—¡Yo no quiero ser tu pequeño conejito! —aúllo.

Me meto corriendo en la HABITACIÓN DE JACK arrastrando la Alfombra. Se queda enganchada en la puerta, tiro de ella y la llevo hasta el armario. Me meto dentro envuelto en ella. Me quedo ahí sentado durante horas, y Mamá no viene.

Siento la cara tirante por las lágrimas. El Astro dice que así es como fabrican la sal: atrapan olas en unos pequeños estanques y luego el sol las seca.

Oigo un ruido que me da miedo, zzz, zzz, y luego a Mamá hablar.

—Sí, supongo que es tan buen momento como cualquier otro.

Al cabo de un instante la oigo fuera del armario.

—Tenemos visita —dice.

Son el doctor Clay y Noreen. Han traído comida «para llevar», que son fideos, arroz y unas cosas amarillas y resbaladizas que están riquísimas.

Ni rastro del jarrón hecho añicos. Creo que Mamá lo ha desaparecido por el incinerador.

Nos han traído un ordenador. Es para nosotros, el doctor Clay lo está instalando para que podamos jugar y mandar correos electrónicos. Noreen me enseña a hacer dibujos en la pantalla, convirtiendo la flechita en un pincel. Hago uno donde salimos Mamá y yo en la Vivienda Independiente.

—¿Qué son todos esos garabatos blancos? —pregunta Noreen.

—Es el espacio.

—¿El espacio exterior?

—No, todo el espacio de dentro, el aire.

El doctor Clay está hablando con Mamá.

—Bueno, la fama es un trauma secundario —oigo que le dice—. ¿Has vuelto a pensar en un posible cambio de identidad?

Mamá niega con la cabeza.

—No logro imaginar... Yo soy yo, y Jack es Jack, ¿no? ¿Cómo voy a empezar a llamarlo Michael, o Zane, o lo que sea?

¿Por qué iba a llamarme Michael o Zane?

—Bien. ¿Y por qué no un apellido nuevo, por lo menos? —dice el doctor Clay—. Para que llame menos la atención cuando empiece la escuela.

—¿Cuándo empiezo la escuela?

—No vas a ir hasta que estés preparado —dice Mamá—, no te preocupes.

No creo que vaya a estar preparado nunca jamás.

Por la noche nos damos un baño y apoyo la cabeza en la barriga de Mamá. Por poco me quedo dormido.

Practicamos estar en dos cuartos distintos y hablar de uno a otro, aunque no demasiado fuerte, porque en las Viviendas Independientes vive más gente que no está en el Sexto B. Cuando estoy en la HABITACIÓN DE JACK y Mamá está en la HABITACIÓN DE MAMÁ, no está tan mal. Lo único que no me gusta es cuando está en alguna de las otras habitaciones y no sé en cuál.

—No pasa nada —me dice—, siempre voy a oírte.

Volvemos a calentar la comida «para llevar» en nuestro microondas, que es el horno pequeñito que funciona a toda máquina con rayos mortales invisibles.

—No encuentro la Muela Mala —le cuento a Mamá.

—¿Mi muela?

—Sí, aquella mala que me guardé cuando se te cayó. Estuvo conmigo todo el tiempo que no estabas, pero ahora creo que se me ha perdido. A no ser que me la haya tragado, aunque todavía no me ha salido con la caca.

—No te preocupes por eso —dice Mamá.

—Pero...

—Las personas se mueven tanto por el mundo que constantemente se pierden cosas.

—La Muela Mala no es una cosa cualquiera, tengo que tenerla conmigo.

—Hazme caso, no la necesitas para nada.

—Pero...

Me coge de los hombros.

—Adiós, vieja muela cariada. Y fin de la historia.

Ella se echa a reír, pero a mí no me hace ninguna gracia.

Creo que a lo mejor me la he tragado sin querer. A lo mejor no va a salirme por el otro lado con la caca, a lo mejor se me va a quedar escondida en un rincón dentro de mi cuerpo para siempre.

Por la noche no me puedo dormir.

—Estoy despierto —susurro.

—Lo sé —dice Mamá—. Yo también.

Nuestro cuarto es la HABITACIÓN DE MAMÁ, que está en las Viviendas Independientes, que está en América del Norte, que está pegada en el mundo, que es una bola azul y verde que mide millones de kilómetros de punta a punta y no deja nunca de girar. Fuera del mundo está el Espacio Exterior. No sé por qué no nos caemos. Mamá dice que por la gravedad, que es una fuerza invisible que nos mantiene unidos al suelo, aunque yo no noto nada.

La cara amarilla de Dios se levanta y la miramos por la ventana.

—¿Te das cuenta —dice Mamá— de que cada mañana sale un poco más temprano?

En nuestra Vivienda Independiente hay seis ventanas. Desde cada una se ve una imagen diferente, pero algunas de las mismas cosas. Mi favorita es la del baño, porque da a una obra en construcción y veo las grúas y las excavadoras desde arriba. A todas les digo las palabras de *Dylan* y se ponen contentas.

Me estoy atando el Velcro en la sala de estar porque vamos a salir. Veo el hueco donde estaba el jarrón hasta que lo tiré.

—Podríamos pedir otro para el Gusto del Domingo —le digo a Mamá, pero luego me acuerdo.

Ella se está atando los zapatos, que son de cordones. Me mira, sin cara de enfado.

—¿Sabes? Ya no vas a tener que verlo nunca más.

—¿Al Viejo Nick? —digo su nombre para ver si al oírlo me da miedo. Un poco sí que da, pero no mucho.

—Yo sí tendré que verlo, pero sólo una vez más —dice Mamá—, cuando se celebre el juicio. Aunque para eso faltan un montón de meses.

—¿Por qué tendrás que verlo?

—Morris dice que podría hacerlo por videoconferencia, pero quiero mirarle a los ojos. Esos ojillos perversos suyos.

Intento recordar cómo eran.

—A lo mejor es él quien nos pide un Gusto del Domingo, eso sí que tendría gracia.

Mamá se ríe, pero sin ganas. Se está mirando al espejo, pintándose unas líneas negras alrededor de los ojos y la boca de morado.

—Pareces un payaso.

—Sólo es maquillaje —me explica—, para estar más guapa.

—Siempre estás más guapa —le digo.

Me sonríe desde el espejo. Me pongo de puntillas para verme y le hago burla.

Nos damos la mano, pero hoy hace un día de calor de verdad y enseguida se nos ponen pegajosas. Miramos las ventanas de las tiendas, pero no entramos, simplemente vamos paseando. Mamá no para de decir que las cosas son carísimas, o si no, que son baratijas de porquería.

—Ahí venden hombres, mujeres y niños —le digo.

—¿Qué? —da media vuelta—. Ah, no, mira, es una tienda de ropa, así que cuando dice «hombres, mujeres, niños» significa que tienen ropa para todos ellos.

Cuando hay que cruzar la calle apretamos el botón y esperamos a que salga el hombrecillo verde, que se encarga de que no nos pase nada. Hay un lugar que parece una superficie de cemento, pero en realidad se llama parque de agua y hay niños chillando y saltando para mojarse con los chorritos que caen de todas partes. Nos quedamos mirando un rato, no demasiado, porque Mamá dice que entonces vamos a parecer bichos raros.

Jugamos a Veo Veo. Compramos helado, que es la cosa más rica del mundo: el mío de vainilla y el de Mamá de fresa. La próxima vez podemos cambiar de sabor, hay cientos. Me trago un pedazo grande y siento que el frío me baja hasta la barriga y que me duele la cara. Mamá me enseña a taparme la boca y la nariz con la mano y aspirar el aire caliente para que no me pase eso. Hace tres semanas y media que estoy en el mundo y todavía nunca sé lo que va a hacerme daño.

Tengo unas monedas que me dio el Astro y le compro a Mamá una horquilla para el pelo con una mariquita de mentira.

Me da las gracias una y otra vez.

—Te la puedes quedar para siempre, y cuando estés muerta también —le digo—. ¿Tú te morirás antes que yo?

—Sí, ése es el plan.

—¿Por qué ése es el plan?

—Bueno, cuando tú tengas cien años yo tendré ciento veintiuno, y supongo que mi cuerpo para entonces estará ya bastante hecho polvo —sonríe—. Así que estaré en el Cielo preparando tu habitación.

—Nuestra habitación —la corrijo.

—Vale, nuestra habitación.

Entonces veo una cabina telefónica y entro a jugar a que soy Superman cambiándome el traje, y saludo a Mamá desde el otro lado del cristal. Hay tarjetitas con fotos sonrientes que dicen «Rubia tetona 18 años» y «Transexual filipina». Me las quedo, porque el que va a Sevilla perdió su silla, pero cuando se las enseño a Mamá dice que son guarrerías y me hace tirarlas a la basura.

Nos perdemos durante un rato, pero luego ella ve el nombre de la calle de las Viviendas Independientes, así que en realidad no nos habíamos perdido. Siento los pies cansados. Creo que la gente en el mundo debe de estar todo el tiempo cansada.

Cuando entro en las Viviendas camino descalzo, jamás voy a acostumbrarme a los zapatos.

Las personas del Sexto C son una mujer y dos niñas grandes; o sea, más grandes que yo, pero no grandes hasta el techo. La mujer va siempre con gafas de sol, hasta en el ascensor, camina a la pata coja apoyándose en una muleta; las niñas creo que no hablan, pero a una la saludé con los dedos y sonrió.

Hay cosas nuevas todos los días.

La Abuela me compró un juego de acuarelas, diez óvalos de colores en un estuche con una tapa invisible. Aclaro el pincelito después de usar cada color, para que no se mezclen, y cuando el agua se pone sucia la cambio y ya está. La primera vez que levanté la pintura para enseñársela a Mamá chorreó por todas partes, así desde entonces las dejo secar encima de la mesa.

Vamos a la casa de la hamaca y hago LEGOS alucinantes con el Astro de un castillo y un bolidomóvil.

La Abuela puede venir a vernos sólo por las tardes, porque ahora por la mañana trabaja en una tienda donde la gente compra pelo nuevo y pechos nuevos cuando los suyos se les caen. Mamá y yo vamos a esperarla a la puerta de la tienda y la espiamos: la Abuela no parece la Abuela. Mamá dice que todo el mundo tiene varios yos.

Paul viene a nuestra Vivienda Independiente con una sorpresa para mí: una pelota de fútbol, la que la Abuela tiró al suelo en la tienda. Bajo con él al parque, Mamá no, porque va a una cafetería a encontrarse con una de sus viejas amigas.

—Genial —me dice Paul—. Otra vez.

—No, tú —le digo.

Paul da una patada tremenda, y la pelota vuela más allá del edificio y cae en unos arbustos, lejos.

—Ve a por ella —me grita.

Cuando chuto, la pelota se cae al estanque y me echo a llorar.

Paul la saca con una rama. La chuta lejos, lejos.

—¿Quieres enseñarme lo rápido que corres?

—Hacíamos la Pista alrededor de la Cama —le explico—. Sé correr superrápido, hice un ida y vuelta en dieciséis pasos.

—Caramba. Seguro que ahora puedes ir aún más rápido.

Digo que no con la cabeza.

—Me caeré.

—No lo creo —dice Paul.

—Estos días me caigo siempre, el mundo está lleno de tropezones.

—Sí, pero este césped es mullido como una alfombra, así que aunque te caigas no te haces daño.

Vienen Bronwyn y Deana, las veo a lo lejos con mis ojos de lince.

Cada día hace un poco más de calor, Mamá dice que para ser abril es increíble.

Luego llueve. Mamá dice que sería divertido comprar dos paraguas y salir a pasear mientras la lluvia rebota en la tela impermeable y no nos moja ni un pelo, pero no me lo creo.

Al día siguiente ya no llueve, así que salimos. Hay charcos, pero no me dan miedo. Llevo mis zapatos esponjosos y se me mojan los pies por los agujeros, no pasa nada.

Mamá y yo hemos hecho un trato: vamos a probarlo todo una vez para saber lo que nos gusta y lo que no.

Ir al parque con mi pelota de fútbol y dar de comer a los patos es una cosa que ya sé que me gusta. Me encanta el parque, menos cuando aquel niño bajó por el tobogán pegado a mí y me dio una patada en la espalda. Me gusta el Museo de Historia Natural, aunque sólo hay dinosaurios muertos que están en los huesos.

Cuando voy al cuarto de baño oigo a gente hablando en español, aunque Mamá cree que es un idioma que en realidad se llama chino. Hay cientos de maneras extranjeras de hablar, me mareo sólo de pensarlo.

Vamos a otro museo a ver cuadros. Se parecen un poco a las obras maestras de las cajas de copos de avena pero en grande, y además aquí se nota lo pringosa que es la pintura. Me lo paso bien recorriendo toda la sala llena de cuadros, pero resulta que hay muchas más salas y tengo que tumbarme en el banco a descansar. Cuando el hombre del uniforme viene con cara de pocos amigos, echo a correr.

El Astro viene a las Viviendas y me trae una cosa súper, una bicicleta que estaban guardando para Bronwyn, pero que primero va a ser para mí porque soy más grande. Tiene caras brillantes en los radios de las ruedas. Para ir al parque en bici tengo que ponerme casco, rodilleras y muñequeras por si me caigo, pero no me caigo porque tengo equilibrio. El Astro dice que eso es innato. La tercera vez, Mamá me da permiso para que vaya sin todas esas rodilleras y muñequeras, y en un par de semanas me va a quitar las ruedecitas pequeñas porque ya no me harán falta.

Mamá se entera de que hay un concierto en un parque, no el que está al lado de las Viviendas, sino uno al que hay que ir en autobús. Me encanta ir en autobús, nos sentamos y desde arriba miramos las cabezas peludas de la gente que va por la calle. En el concierto, la norma es que los músicos son los que hacen todo el ruido, mientras que nosotros no podemos decir ni pío, sólo aplaudir al final.

La Abuela dice que por qué Mamá no me lleva al zoo, pero Mamá dice que no podría soportar todas esas jaulas.

Vamos a dos iglesias distintas. A mí me gusta la de las ventanas de colores, aunque el órgano suena demasiado fuerte.

También vamos a ver una obra de teatro, que es cuando los adultos se disfrazan y actúan como niños y todo el mundo mira. Se llama *Sueño de una noche de verano* y la hacen también en un parque. Me siento en la hierba con los dedos pegados a los labios para acordarme de que no puedo abrir la boca. Hay unas cuantas hadas peleándose por un chico, no paran de hablar, y todos se apretujan unos a otros. A veces las hadas desaparecen y personas vestidas todas de negro mueven los muebles de un lado a otro.

—Igual que nosotros en la Habitación —le susurro a Mamá, y por poco se echa a reír.

Entonces, las personas sentadas cerca de nosotros de repente empiezan a gritar: «¿Qué hay, Espíritu?» y «Salve, Titania», y yo me enfado y digo chsss, y luego les grito de verdad para que se callen. Mamá me lleva de la mano hasta una zona de árboles y me explica que justo entonces era el momento en que el público participa porque está permitido, es un caso especial. Cuando volvemos a casa y estamos ya en la Vivienda ponemos por escrito todo lo que ya hemos probado. La lista es cada vez más larga. Apuntamos también las cosas que podríamos probar cuando seamos más valientes.

Subir a un avión
Invitar a algunos de los viejos amigos de Mamá a cenar
Conducir un coche
Ir al Polo Norte
Ir a la escuela (yo) y a la universidad (Mamá)
Buscar un apartamento que sea nuestro de verdad, no una Vivienda Independiente
Inventar algo
Hacer nuevos amigos
Vivir en otro país que no sea Estados Unidos
Quedar a jugar en casa de otro niño, igual que el Niño Jesús con Juan el Bautista
Ir a natación
Que Mamá salga a bailar por la noche y yo me quede en el hinchable de casa del Astro y de la Abuela
Tener trabajos
Ir a la Luna

La más importante es «conseguir un perro que se llame Lucky». Estoy preparado todos los días, pero Mamá dice que por el momento ya tiene que bregar con demasiadas cosas, a lo mejor cuando cumpla seis años.

—¿Y tendré un pastel con velas?

—Seis velas —dice—. Lo juro.

Por la noche, cuando estamos en nuestra cama que no es la Cama, acaricio nuestro edredón, que está mucho más inflado que el Edredón. Cuando tenía cuatro años no sabía nada del mundo, o pensaba que eran sólo historias. Entonces Mamá me dijo la verdad y creí que ya lo sabía todo. Y ahora que estoy siempre en el mundo, me doy cuenta de que no sé tantas cosas y me hago un lío todo el rato.

—¿Mamá?

—¿Sí?

Todavía huele como siempre, aunque los pechos no huelen igual. Ahora sólo a pechos, sin más.

—¿Alguna vez te gustaría no habernos escapado?

No oigo nada. Luego contesta.

—No, eso no lo deseo nunca.

—Es perverso, todos estos años me moría por tener compañía, y en cambio ahora me da la sensación de haber perdido el interés —le está explicando Mamá al doctor Clay.

Él asiente. Dan sorbos de sus cafés humeantes, porque Mamá ahora también lo toma como los adultos, para funcionar. Yo aún tomo leche, aunque a veces es leche con cacao, que sabe a chocolate, porque ahora me dejan.

Estoy en el suelo haciendo un puzle con Noreen. Es superdifícil, un tren de veinticuatro piezas.

—La mayor parte de los días... con Jack me basta.

—«El alma elige su propia compañía, y luego cierra la puerta» —ha puesto su voz de poema.

Mamá asiente.

—Sí, pero no es así como me recuerdo a mí misma.

—Tuviste que cambiar para sobrevivir.

Noreen levanta la vista.

—No olvides que habrías cambiado de todos modos. Dejar atrás la adolescencia, tener un hijo... No seguirías siendo la misma.

Mamá no dice nada, sólo se toma el café.

Un día se me ocurre comprobar si las ventanas se pueden abrir. Pruebo con la del baño. Descubro cómo funciona el cierre y empujo el cristal. Al principio el aire me da miedo, pero aunque estoy asustiente me asomo y saco las manos. Estoy mitad dentro, mitad fuera, es la cosa más alucinante que...

—¡Jack! —Mamá me estira hacia dentro por la parte de atrás de la camiseta.

—Ay.

—Hay seis pisos de altura, si te llegas a caer, te rompes la crisma.

—No me estaba cayendo —le digo—, sólo probaba estar dentro y fuera a la vez.

—Estabas haciendo una locura y una tontería a la vez —me dice, aunque se le escapa una sonrisa.

La sigo hasta la cocina. Está batiendo huevos en un cuenco para preparar torrijas. Las cáscaras están rotas, las tiramos directamente a la basura y adiós muy buenas. Me pregunto si alguna vez se reconvierten en huevos.

—¿Volvemos después de ir al Cielo? —creo que no me ha oído—. ¿Crecemos de nuevo en las barrigas?

—Eso se llama reencarnación —está cortando el pan en rodajas—. Hay gente que cree que podemos volver al mundo en forma de burros, o caracoles.

—No, me refiero a si volvemos a ser humanos dentro de las mismas barrigas. Si vuelvo a crecer otra vez dentro de ti...

Mamá enciende el fuego.

—¿Qué es lo que quieres preguntarme?

—¿Volverías a llamarme Jack?

Me mira.

—De acuerdo.

—¿Me lo prometes?

—Siempre te llamaré Jack.

Mañana es el Primero de Mayo, y eso significa que ya llega el verano y que va a haber un desfile. Podríamos ir a echar un vistazo.

—¿Solamente es Primero de Mayo en el mundo? —pregunto.

Estamos tomando unos cuencos de leche con cereales de avena en el sofá, sin derramar nada.

—¿Qué quieres decir?

—¿En la Habitación también es primero de mayo?

—Supongo —dice Mamá—, pero allí no hay nadie para celebrarlo.

—Podríamos ir allí.

Repica con la cuchara en su cuenco.

—Jack.

—¿Podemos?

—¿De verdad? ¿De verdad es eso lo que quieres?

—Sí.

—¿Por qué?

—No lo sé —le digo.

—¿Es que no te gusta estar fuera?

—Sí. Bueno, no todo.

—Ya, bueno, pero en general, ¿te gusta más que la Habitación?

—En general —me como el resto de los cereales, y rebaño un poquito que Mamá ha dejado en su cuenco—. ¿Podríamos volver alguna vez?

—A vivir no, desde luego.

Niego con la cabeza.

—Nada más pasar un momento, de visita.

Mamá apoya la boca en la mano.

—No me veo capaz.

—Claro que eres capaz —espero a ver si dice algo—. ¿Es peligroso?

—No, pero sólo pensarlo me hace sentir...

No dice cómo la hace sentir.

—Yo te daré la mano.

Mamá me mira fijamente.

—¿Y si fueras tú solo?

—No.

—Con alguien que te acompañara, quiero decir. ¿Con Noreen?

—No.

—O la Abuela.

—Contigo.

—No puedo...

—Voy a elegir yo por los dos —le digo.

Se levanta, creo que está enfadada. Se lleva el teléfono a la HABITACIÓN DE MAMÁ y habla con alguien.

Por la mañana, más tarde, el Portero nos llama y dice que ha venido a buscarnos un coche de policía.

—¿Sigues siendo la agente Oh?

—Desde luego que lo soy —dice la agente Oh—. Cuánto tiempo sin verte.

Hay puntitos minúsculos en el cristal del coche de policía, creo que es lluvia. Mamá se está mordiendo el dedo gordo.

—Mala idea —le digo apartándole la mano.

—Sí —se acerca el dedo de nuevo a la boca y empieza a mordisquearlo de nuevo—. Desearía que estuviera muerto.

Sé a quién se refiere.

—Pero no en el Cielo.

—No, que allí no pusiera ni un pie.

—Que llamara todo el rato a la puerta pero no le dejaran entrar.

—Exacto.

—Ja, ja.

Pasan dos camiones de bomberos con las sirenas encendidas.

—La Abuela dice que hay más como él.

—Más ¿qué?

—Más personas como él, en el mundo.

—Ah —dice Mamá.

—¿Es verdad?

—Sí, pero el asunto delicado de verdad es que hay mucha más gente en el medio.

—¿Dónde?

Mamá mira fijamente por la ventana, aunque no sé qué.

—En algún punto entre el bien y el mal —dice—. Un poquito de cada juntos en la misma persona.

Los puntitos de la ventana se unen y forman ríos chiquititos.

Nos paramos.

—Ya estamos —dice la agente Oh, y entonces sé que hemos llegado.

No me acuerdo de qué casa salió Mamá la noche de nuestra Gran Evasión, todas las casas tienen garajes. Por fuera ninguna parece un secreto.

—Debería haber traído paraguas —dice la agente Oh.

—Sólo chispea —dice Mamá. Sale del coche y me tiende la mano.

No me quito el cinturón de seguridad.

—Nos caerá la lluvia encima...

—Vamos a zanjar esto, Jack, porque no pienso volver aquí otra vez.

Me lo desabrocho, clic. Agacho la cabeza y entrecierro los ojos. Mamá va a mi lado, guiándome. Me cae la lluvia encima, se me está mojando la cara, la chaqueta, un poco las manos. No hace daño, sólo es raro.

Cuando nos acercamos a la puerta, sé que es la casa del Viejo Nick porque hay una cinta amarilla que en letras negras dice: ESCENA DEL CRIMEN. NO PASAR. Una pegatina grande con la cara de un lobo temible que dice CUIDADO CON EL PERRO. Se la señalo a Mamá.

—Es de mentira, tranquilo —me dice.

Ah, sí, el perro falso al que le había dado el ataque aquel día, cuando Mamá tenía diecinueve años.

Un hombre policía que no conozco abre la puerta desde dentro. Mamá y la agente Oh tienen que agacharse para pasar por debajo de la cinta amarilla, yo sólo he de ladear-me un poco.

La casa tiene muchas habitaciones con toda clase de cosas, como sillas gordas o la tele más enorme que he visto en la vida, pero pasamos de largo hasta que llegamos a otra puerta en la parte de atrás. Después hay césped. Sigue cayendo la lluvia, pero ahora mis ojos se quedan bien abiertos.

—Setos de tres metros de altura en todo el perímetro —le está diciendo la agente Oh a Mamá—, los vecinos no sospechaban nada. Un hombre tiene derecho a su intimidad, etcétera.

Hay arbustos y un agujero también rodeado de cinta amarilla. De pronto me acuerdo de algo.

—Mamá, ¿es ahí donde...?

Ella se queda quieta, mirando.

—Creo que no voy a poder seguir con esto.

Me acerco al agujero. Hay cosas marrones en el barro.

—¿Son gusanos? —le pregunto a la agente Oh. El pecho me hace pum, pum, pum.

—Sólo son las raíces de los árboles.

—¿Dónde está el bebé?

Mamá está a mi lado, deja escapar un gemido.

—La hemos desenterrado —dice la agente Oh.

—No quería que siguiera aquí por más tiempo —dice Mamá, con la voz rasposa. Se aclara la garganta y le pregunta a la agente Oh—: ¿Cómo han encontrado el lugar?

—Disponemos de sondas sensibles al tipo de sustrato.

—La pondremos en un lugar mejor —me dice Mamá.

—¿En el jardín de la Abuela?

—¿Sabes qué? Podríamos..., podríamos convertir sus huesos en cenizas y esparcirlas debajo de la hamaca.

—¿Y crecerá de nuevo para ser mi hermana?

Mamá dice que no con la cabeza. Veo que tiene la cara mojada, con surcos de agua.

A mí también me llueve. No es como una ducha, es más suave.

Mamá se ha dado la vuelta y está mirando una caseta gris que hay en un rincón del jardín.

—Ahí la tienes —dice.

—¿El qué?

—La habitación.

—¡Bah!

—Sí, Jack. Lo que sucede es que nunca la habías visto desde fuera.

Seguimos a la agente Oh. Pasamos por encima de otra cinta amarilla.

—Date cuenta de que el climatizador de aire está oculto entre esos arbustos —le explica a Mamá—. Y la entrada está en la parte de atrás, fuera del alcance de la vista desde cualquier punto.

Veo el metal plateado: es la Puerta, creo, pero del lado que nunca había visto. Ya está medio abierta.

—¿Queréis que entre con vosotros? —dice la agente Oh.

—¡No! —grito.

—De acuerdo.

—Sólo Mamá y yo.

Pero Mamá me ha soltado la mano y está encorvada, hace unos ruidos raros. En el césped hay algo que le cae de la boca, huele a vómito. ¿Se ha envenenado otra vez?

—Mamá, Mamá...

—Estoy bien —se limpia la boca con un pañuelo que le ha dado la agente Oh.

—Quizá prefieras... —dice la agente Oh.

—No —dice Mamá, y me da otra vez la mano—. Vamos.

Entramos por la Puerta y nada es como debe ser. Es más pequeño que la Habitación, está más vacío y huele raro. No hay nada en el Suelo porque falta la Alfombra, la tengo guardada en el armario de nuestra Vivienda. Me había olvidado de que no podría estar aquí al mismo tiempo. La Cama sí está, pero sin las sábanas ni el Edredón puestos. Veo también la Mecedora, la Mesa, el Lavabo y la Bañera. También la Alacena, aunque no hay platos ni cubiertos encima, y la Cajonera, y la Tele, y el Conejo Orejón con la cinta lila, y la Estantería, que ya no aguanta nada, y nuestras sillas plegadas. Pero todos parecen diferentes. No me dicen nada.

—Creo que aquí no es —le susurro a Mamá.

—Sí, es aquí.

Ni nuestras voces suenan a que nosotros seamos nosotros.

—¿Se ha encogido?

—No, siempre ha sido así.

El móvil de espaguetis ya no está, ni mi dibujo del pulpo, ni las obras maestras, ni todos los juguetes, ni la Fortaleza, ni el Laberinto. Miro debajo de la Mesa y no encuentro ninguna telaraña.

—Está más oscuro.

—Bueno, hoy es un día de lluvia. Podrías encender la luz —Mamá señala la Lámpara, pero no quiero tocar nada. Miro más de cerca, tratando de ver cómo era todo, y encuentro algunas cosas que recuerdo. Los números que marcábamos al lado de la Puerta el día de mi cumpleaños;

me pego a la pared bien erguido, pongo la mano plana por encima de la cabeza y veo que soy más alto que el número 5 de color negro. Una capa fina lo oscurece todo.

—¿Es el polvo de nuestra piel? —pregunto.

—Es revelador de huellas dactilares —dice la agente Oh.

Me agacho a mirar debajo de la Cama y veo a la Serpiente de Huevos enroscada, como si estuviera durmiendo. No le veo la lengua, tanteo con cuidado hasta que siento el pinchazo de la aguja. Me levanto del Suelo.

—¿Dónde vivía la Planta?

—¿Ya no te acuerdas? Aquí encima —dice Mamá dando unas palmaditas en el centro de la Cajonera, y veo un redondel de color más fuerte.

Se ve también la marca de la Pista alrededor de la Cama. El agujerito del Suelo donde rozábamos con los pies debajo de la Mesa. Supongo que una vez esto fue la Habitación.

—Pero ya no lo es —le digo a Mamá.

—¿Qué?

—Ahora ya no es la Habitación.

—¿No te lo parece? —olisquea a su alrededor—. El aire estaba aún más viciado. Claro que ahora la puerta está abierta.

A lo mejor es por eso.

—A lo mejor no es la misma Habitación si está la Puerta abierta.

A Mamá le asoma una sonrisa.

—¿Quieres...? —carraspea—. ¿Te gustaría cerrar la puerta un momento?

—No.

—Vale. Ahora necesito irme de aquí.

Me acerco a la Pared de la Cama y la toco con un dedo. El tacto del corcho no me parece nada especial.

—¿Se dan las buenas noches de día?

—¿Cómo?

—¿Podemos decir «buenas noches» cuando no es de noche?

—Creo que más bien habría que decir adiós.

—Adiós, Pared —luego se lo digo a las otras tres paredes. Luego digo: «Adiós, Suelo». Doy unas palmaditas a la Cama: «Adiós, Cama». Me agacho para decir: «Adiós, Serpiente de Huevos». Meto la cabeza en el Armario y susurro: «Adiós, Armario». En la oscuridad está el retrato que Mamá hizo para mi cumpleaños, parezco muy pequeño. Le hago una seña y se lo muestro.

Le doy un beso en las lágrimas que le mojan la cara. Así sabe el mar.

Descuelgo mi retrato, me lo meto dentro de la chaqueta y cierro la cremallera. Mamá está al lado de la Puerta, voy hasta ella.

—¿Me aúpas?

—Jack...

—Por favor.

Mamá me sienta en su cadera. Estiro los brazos hacia arriba.

—Más alto.

Me sujeta por las costillas y me sube, arriba, arriba, arriba, hasta que toco el lugar donde empieza el Techo.

—Adiós, Techo —me despido.

Mamá me baja otra vez.

—Adiós, Habitación —saludo a la Claraboya—. Di adiós —le pido a Mamá—. ¡Adiós, Habitación!

Mamá lo dice, pero sin voz.

Miro atrás una vez más. Parece un cráter, un agujero que queda donde ha pasado algo. Luego cruzamos la puerta y salimos.

Agradecimientos

Quisiera dar las gracias a mi amada Chris Roulston y a mi agente Caroline Davidson por su respuesta ante el primer esbozo de la novela, así como a Caroline (que contó con la colaboración de Victoria X. Kwee y Laura Macdougall) y a mi agente en Estados Unidos, Kathy Anderson, por el entusiasmo que le han dedicado desde el primer día. Gracias a Judy Clain, de Little, Brown, a Sam Humphreys, de Picador, y a Iris Tupholme, de HarperCollins Canadá, por sus inteligentes aportaciones. También a mis amigas Debra Westgate, Liz Veecock, Arja Vainio-Mattila, Tamara Sugunasiri, Hélène Roulston, Andrea Plumb, Chantal Phillips, Ann Patty, Sinéad McBrearty y Ali Dover, por sus sugerencias en todo lo que va del desarrollo infantil al desarrollo de una trama. Y, ante todo, gracias a mi cuñado, Jeff Miles, por sus perspicaces y turbadores consejos acerca de los aspectos prácticos de la Habitación.

Índice